|grafit|

Dieses Buch ist ein Roman. Handlungen und Personen sind frei erfunden.
Ähnlichkeiten mit lebenden oder toten Personen sind nicht gewollt
und rein zufällig.

Bibliografische Information der Deutschen Nationalbibliothek
Die Deutsche Nationalbibliothek verzeichnet diese Publikation
in der Deutschen Nationalbibliografie; detaillierte bibliografische Daten
sind im Internet über http://dnb.d-nb.de abrufbar.

© 2022 by GRAFIT in der Emons Verlag GmbH
Cäcilienstraße 48, D-50667 Köln
Internet: http://www.grafit.de
E-Mail: info@grafit.de
Alle Rechte vorbehalten
Umschlaggestaltung: Nele Schütz Design unter Verwendung von
Shutterstock/Kris Hoobaer (Hamburg), EcoPrint (Boot)
Gestaltung Innenteil: DÜDE Satz und Grafik, Odenthal
Lektorat: Nadine Buranaseda, typo18, Bornheim
Druck und Bindearbeiten: CPI – Clausen & Bosse, Leck
ISBN 978-3-98659-004-8
1. Auflage 2022

Olaf R. Dahlmann

Der Fall Brinkowsky

Kriminalroman

grafit

Olaf R. Dahlmann lebt in Großhansdorf, ist seit über dreißig Jahren als freiberuflicher Rechtsanwalt tätig und Seniorpartner einer Rechtsanwalts- und Steuerberatungsgesellschaft. Aufgrund seiner frühzeitigen Spezialisierung auf das Steuerstrafrecht ist er mittlerweile einer der erfahrensten Hamburger Anwälte auf diesem Gebiet. In allen seinen Romanen lässt Olaf R. Dahlmann Geschehnisse aus wahren Fällen einfließen.

Für meine Eltern
– in memoriam –

Alles, was wir hören, ist eine Meinung, keine Tatsache.
Alles, was wir sehen, ist eine Perspektive, nicht die Wahrheit.

Marcus Aurelius, Philosoph und römischer Kaiser
von 161 bis 180 nach Christus

Prolog

Die Stimme am Telefon hatte er sofort wiedererkannt, obwohl es mit Sicherheit zwei Jahre her war, dass er sie zuletzt vernommen hatte. Er wusste nicht, wem sie gehörte. Noch viel weniger hatte er eine Vorstellung von der Person dahinter. Aber den ruhigen, wohlklingenden Singsang hatte er früher schon schwer vergessen können. Wie einen Ohrwurm.

Es war seit langer Zeit der erste Kontakt zu den Hintermännern des Mossad. Er war kein fester oder, besser gesagt, ständiger Mitarbeiter des israelischen Geheimdienstes. Das hätte er seiner Familie niemals zumuten können. Er war nur einer der unzähligen Kontaktleute, die die Diaspora hervorgebracht hatte und die weltweit freiwillig dafür sorgten, dass dieser ausländische Nachrichtendienst immer noch als einer der bestinformierten der westlichen Welt galt. In der Vergangenheit hatte er für diese Institution oft Informationen beschafft, die man getrost als staatstragend bezeichnen durfte, wie er meistens erst später erfahren hatte. Wenn in den Medien anschließend über die Vernichtung von Feinden des israelischen Staats berichtet wurde, hatte er das immer unter Kollateralschaden verbucht.

Stolz war er auf seine Dienste nie gewesen.

Die letzte Aktion, die er unterstützt hatte, lag vier Jahre zurück. Er musste an den kanadischen Waffeningenieur denken, der für den Irak eine neuartige Laserkanone entwickeln sollte und auf dem Flug von Frankfurt nach Damaskus vergiftet wurde. Er hatte damals die präzisen Flugdaten weitergegeben. Dass er nicht genau gewusst hatte, was seine Auftraggeber im Schilde führten, war mehr eine Ausrede als ein Trost. Wenn er an die Fernsehbilder dachte, wurde ihm mulmig in der Magengegend. Seine Familie allerdings hätte ihm seine Gedanken niemals verziehen.

Sein Vater, Gott habe ihn selig, war als Offizier einer der führenden Köpfe bei der Operation *Zorn Gottes* gewesen. Als

7

Racheakt für die Tötung von elf Sportlern bei der Olympiade 1972 in München drang er in der Nacht vom 9. auf den 10. April 1973 mit zwei anderen Männern in das Wohnhaus des Anführers der Bewegung *Schwarzer September* ein. Abu Youssef und seine Ehefrau starben in einer Gewehrsalve, während sie gemeinsam in ihrer Badewanne saßen und gerade mit dem Liebesspiel beginnen wollten. Voller Inbrunst berichtete er, dass sie bei der Operation insgesamt zwanzig der an dem Anschlag beteiligten Palästinenser gerichtet hatten. Ministerpräsidentin Golda Meir hatte ihm und seinen Männern persönlich zum Erfolg der Operation gratuliert.

Auch diesmal hatte er nur eine leise Ahnung, was seine Auftraggeber mit den von ihm beschafften Informationen planten. Er sollte einem Boten seine Recherchen über drei Zielobjekte übergeben. Es waren eine Frau und zwei Männer, die auf dem Gebiet der künstlichen Intelligenz forschten und im Auftrag von großen Unternehmen mit ihrer kleinen Firma auch spezielle Entwicklungen übernahmen. Es ging um den Verkauf einer Technologie, deren militärischer Einsatz im Nahen Osten einen Flächenbrand auslösen könnte. Sie wollten die persönlichen Lebensverhältnisse der Personen herausfinden, die alle in dieser Stadt lebten. Wo, wie und mit wem sie lebten, schliefen und welche persönlichen Kontakte sie pflegten. Und alle Informationen sollten mit entsprechendem Bildmaterial unterlegt sein.

Die Frage, warum ausgerechnet diese drei in den Fokus des Geheimdienstes geraten waren, hatte er sich lieber gar nicht erst gestellt. Es war in dem Umfeld besser, nicht allzu viel zu wissen. Und eines stand fest. Wenn sich der Mossad Informationen beschaffen wollte, war die Hamas nicht weit. Mit diesen Leuten war nicht zu spaßen. Er wagte gar nicht, daran zu denken, was mit ihm geschehen würde, wenn sie von seinen Aktivitäten erführen.

Er hatte akribisch gearbeitet und ein mehrseitiges Dossier zusammengestellt, das jetzt in einem Umschlag neben ihm auf dem Beifahrersitz lag.

Den Treffpunkt, den ihm die Stimme am Telefon genannt hatte, kannte er genau. Es war der Parkplatz oben auf einem der großen Warenhäuser in der Nähe des Hauptbahnhofs.

Die Geschäfte in der Hamburger Innenstadt waren um diese Zeit zwar bereits geschlossen, doch das Parkdeck hatte rund um die Uhr geöffnet. Er fuhr an die Schranke, zog ein Ticket und kurvte die Auffahrt hinauf bis zum siebten Deck. Es standen nur wenige Autos darauf. Ein weißer Mercedes-Kombi mit holländischem Kennzeichen war nicht darunter. Er stellte seinen rostigen Ford mitten auf der großen Freifläche ab und stieg aus. Die funzeligen Neonröhren an der Balustrade gaben spärliches Licht. Weit und breit konnte er niemanden entdecken.

Die Anweisungen, die er erhalten hatte, waren knapp und präzise formuliert gewesen. Er sollte direkt neben dem Kombi halten. Fahrerfenster an Fahrerfenster. Dann sollte er den Briefumschlag übergeben, Zug um Zug gegen Erhalt seiner Bezahlung.

Er überlegte, was er tun sollte.

Den Briefumschlag hatte er auf dem Beifahrersitz liegen gelassen.

Sollte er versuchen, irgendwen anzurufen? Aber eine Nummer für Notfälle oder Ähnliches hatte die Stimme am Telefon ihm nicht genannt. Man ging anscheinend davon aus, dass es keine Probleme bei der Abwicklung geben würde.

Er schaute auf seine Armbanduhr. Es war kurz vor zweiundzwanzig Uhr.

Er hatte sich extra keine Notizen gemacht. Ort, Zeit und der weiße Mercedes-Kombi waren leicht zu merken gewesen. Bei dem Parkhaus konnte er sich auch nicht geirrt haben. Es war ihm gleich erinnerlich gewesen, denn er hatte in dem darunterliegenden Kaufhaus mal einen Studentenjob gehabt und öfter hier geparkt.

Hatte er sich vielleicht in der Zeit geirrt? Er holte den Umschlag mit dem Dossier aus dem Wagen, steckte ihn ein und entschloss sich, mindestens eine Stunde zu warten.

Er begab sich zur Balustrade und schaute auf den spärlichen Nachtverkehr tief unten.

Dann drehte er sich um und ließ den Blick über das Deck schweifen. In ungefähr achtzig Metern Entfernung erhob sich am Ende ein Häuschen mit einem Unterstand aus Wellblech davor. Da war der Ausgang zum Treppenhaus mit den Kassenautomaten, erinnerte er sich. Neben dem Unterstand erkannte er zwei Motorräder. Bullige, schwere Maschinen, deren Fabrikate von Weitem nur zu erahnen waren.

Er bewegte sich zögernd auf den Wellblechunterstand zu. Auf halbem Weg blieb er stehen. Jetzt erkannte er die beiden Harleys, die eng nebeneinander parkten. Sie hatten sperrige Gepäckkästen hinter den Sitzen. Wahrscheinlich für die Motorradhelme.

In den Augenwinkeln glaubte er im Inneren des Unterstands das Glimmen einer Zigarette wahrzunehmen.

»Hallo, ist da jemand?«

Keine Antwort.

Er bewegte sich langsam weiter und nach wenigen Metern bemerkte er im Inneren des Unterstands eine große, kräftige Gestalt. Er stoppte und versuchte angespannt, Konturen auszumachen. Fehlanzeige.

In dem angrenzenden Gebäudeteil schälten sich jetzt die Umrisse einer geschlossenen Stahltür mit der Aufschrift *Ausgang* aus dem Zwielicht.

Plötzlich vernahm er ein durchdringendes Summen, das immer stärker wurde und auf einmal verstummte.

Der Fahrstuhl ist gerade oben angekommen, sagte er sich.

Die dunkle Gestalt verharrte immer noch reglos im Unterstand. Die Stahltür öffnete sich geräuschlos.

Vielleicht habe ich die Anweisung am Telefon falsch verstanden?

Er drehte sich langsam zu der Stahltür um und machte dabei einen Schritt in den Unterstand hinein.

Jetzt ging alles rasend schnell.

Der erste Schlag saß direkt über der Nasenwurzel. Die Wucht, mit der der Baseballschläger sein Gesicht traf, sorgte für ein trockenes Knacken seines Stirnbeins.

Als der zweite Hieb sein linkes Hüftbein zertrümmerte, versank er in tiefster Schwärze.

1

Der Regen peitschte zornig gegen die Scheiben, als wollte er all diejenigen Lügen strafen, die gebetsmühlenartig die Verödung der Landschaften durch Dürre und Hitze heraufbeschworen.

Katharina Tenzer hatte gerade ihre Mittagspause beendet. Heute ausnahmsweise am Schreibtisch, denn die zur Gewohnheit gewordene mittägliche Runde um die Binnenalster war dem heftigen Frühjahrsunwetter zum Opfer gefallen. Es war bereits Ende April und Sturmtief *Ortwin* spät dran dieses Jahr. Vor zwei Wochen hatte es in ganz Norddeutschland schon die ersten Sommertage gegeben, dann hatte eine Schlechtwetterfront die nächste abgelöst. Der Fischmarkt hatte in der vergangenen Nacht Land unter gemeldet und es sollte in den nächsten fünf Stunden noch schlimmer kommen, wenn man den Vorhersagen Glauben schenkte. Das waren keine guten Aussichten für den bevorstehenden Hafengeburtstag.

Sie stand in ihrem Bürozimmer am Fenster und schaute über den Rathausmarkt. Wo sich sonst Reisegruppen um Guides scharten und schmunzelnd den Hamburger Döntjes lauschten, fegten jetzt Mützen, Schirme oder andere herrenlose Utensilien quer über den Platz oder blieben an den Kioskständen hängen. Arm in Arm und tief gebückt kämpften sich vereinzelt vermummte Gestalten durch den stärker werdenden Orkan.

Katharina fragte sich, ob Rebecca Brinkowsky bei diesem Wetter überhaupt heil in der Innenstadt ankommen würde. Eigentlich hatte Katharina heute Morgen mit einer Absage gerechnet, nachdem die Wettermeldungen um neun Uhr bereits apokalyptische Züge angenommen hatten. Aber anscheinend war der kurzfristig vereinbarte Termin ihrer neuen Mandantin zu wichtig.

Rebecca Brinkowsky hatte vor drei Tagen in der Kanzlei angerufen und am Anfang herumgedruckst. Katharina verstand zuerst nur die Worte »Levin«, »Ramon« und »Elternabend«.

Im Laufe des Gesprächs erinnerte sie sich. Auf dem Eltern-abend im letzten Herbst hatten sie nebeneinandergesessen und hinterher noch ein Glas Wein getrunken. Da zwischen ihnen auf Anhieb die Chemie gestimmt hatte, waren sie schnell beim Du gewesen.

Levin und Ramon gingen in dieselbe Klasse. Ramon war Katharinas vierzehnjähriges Pflegekind. Er war der Sohn ihres Bruders, der vor vier Jahren in Hamburg einem grausamen Ver-brechen zum Opfer gefallen war. Der Junge war Vollwaise und hatte außer ihr keine lebenden Verwandten. Obwohl ein zehn-jähriger Junge nicht unbedingt in ihre damalige Lebensplanung gepasst hatte, stand für sie nach dem gewaltsamen Tod ihres Bruders außer Frage, dass Ramon bei ihr bleiben würde. Der Junge baute im Zuge der dramatischen Ereignisse eine spürbare Nähe zu Katharina auf, die sie aus tiefstem Herzen erwiderte. Und nicht zuletzt war es Ramon, der sie am Ende ihrer Ermitt-lungen aus unmittelbarer Lebensgefahr rettete.

Nach einer kurzen Beobachtungsphase stimmte auch das Jugendamt zu, obwohl der zuständige Mitarbeiter Bedenken geäußert hatte. Nach seiner Ansicht war Katharina als selbst-ständiger Single in einem zeitaufwendigen Beruf für eine Pflege-mutter nicht gerade die erste Wahl. Aber Ramon, der die Person war, um die es ging, hatte unmissverständlich zum Ausdruck gebracht, dass er nirgendwo anders bleiben würde.

Nachdem sie am Telefon zunächst nicht so recht mit ihrem Problem hatte herausrücken wollen, schien Levins Mutter nach einigen Minuten doch den Mut gefasst zu haben, sich zu of-fenbaren. Katharina kannte dieses misstrauische Verhalten von manchen neuen Mandanten nur zu gut.

Der Ehemann von Rebecca war seit einigen Wochen einfach verschwunden, wie sie sich ausdrückte. Seit seiner Abreise nach Israel hatte sie kein Lebenszeichen mehr von ihm erhalten. Den letzten tränenreichen Worten hatte Katharina entnommen, dass sie sich auf eine völlig hilflose Person einzustellen hatte.

Auf die Minute pünktlich um halb zwei klingelte es am Empfang. Rebecca Brinkowsky war eine kleine, zierliche, attraktive Frau. Sie war Mitte vierzig, hatte langes dunkles Haar. Der energisch gebändigte Pferdeschwanz entblößte gnadenlos einige graue Strähnen. Sie machte einen nervösen, ja fast ängstlichen Eindruck, als Katharina sie im Wartebereich empfing.

»Nochmals vielen Dank, dass ich so schnell einen Termin bei dir bekommen habe«, sagte sie, nachdem sie es sich mit zwei Tassen Cappuccino in der Besprechungslounge bequem gemacht hatten.

»Das ist doch selbstverständlich. Wo drückt denn der Schuh? Wenn ich es am Telefon richtig verstanden habe, ist dein Mann, äh, verschwunden.«

Rebecca Brinkowsky begann zögerlich zu berichten, was ihr in den letzten Wochen widerfahren war. Wie oft sie diese Geschichte wohl schon erzählt hat?, dachte Katharina, während sie ihre Besucherin aufmerksam studierte.

Isaak Brinkowsky war am Dienstag, dem 13. Februar mit der Bahn nach München abgereist. Er wollte sich dort abends in einem Hotel mit einem Geschäftsfreund treffen.

»Ich habe danach noch mit ihm telefoniert. Er war ganz euphorisch, wie erfolgreich das Treffen verlaufen war«, sagte sie leise und kämpfte sichtlich mit den Tränen. Ihre Stimme wurde brüchig. »Es war das letzte Mal, dass ich etwas von ihm gehört habe.« Sie schluchzte herzzerreißend.

Katharina strich ihr über den Handrücken. Dann schlug sie ihren Schreibblock auf.

»Ich sollte mir ein paar Notizen machen«, sagte sie an die eigene Adresse.

Rebecca schnäuzte sich.

»Nein, das brauchst du nicht. Ich habe mir Aufzeichnungen und für dich eine Kopie gemacht.« Sie holte ein DIN-A4-Blatt in einer Klarsichthülle aus der Handtasche.

Katharina nahm ihre Tasse und lehnte sich zurück.

»Isaak ist am 13. Februar mit dem ICE um vierzehn Uhr zehn vom Hauptbahnhof in Hamburg losgefahren. Ich habe ihn selbst mit dem Auto abgesetzt und bin anschließend direkt nach Hause. Er war gegen neunzehn Uhr in München und wollte am nächsten Morgen um zehn Uhr vierzig geschäftlich weiter nach Tel Aviv fliegen. Mit dem Lufthansa-Flug LH 3512. Diese Daten hat er mir in dem Telefonat am Abend durchgegeben.«

Sie presste eine Faust vor den Mund. Katharina ließ ihr Zeit.

»Ich muss immer daran denken, dass dieses Telefonat das letzte Mal war, dass ich mit ihm gesprochen habe. Danach habe ich nichts mehr von ihm gehört. Kein Anruf, keine Mail, keine WhatsApp. Auf seinem Anrufbeantworter habe ich laufend Nachrichten hinterlassen, dass er doch zurückrufen solle. Jetzt ist der AB voll und springt nicht mehr an. Nach drei Tagen habe ich in der Firma angerufen. Die haben sich ebenso gewundert, dass er sich noch nicht gemeldet hatte.«

»Weißt du denn, in welchem Hotel er in Tel Aviv übernachten wollte?«, fragte Katharina.

»Mir hat er erzählt, er habe drei Übernachtungen im *Crown* Hotel gebucht. Er wollte am Samstag wieder zurück sein.«

Katharina rechnete nach. »Das wäre dann der 17. Februar gewesen. Hatte er denn schon einen Rückflug gebucht?«

»Nein, darüber haben wir gar nicht gesprochen. Das entscheidet sich bei Isaak immer spontan, das kenne ich schon.«

»Und über den Namen des Hotels, hast du damit etwas erreichen können?«

»Im Internet habe ich ein Hotel unter diesem Namen gefunden. Dort gab es auf seinen Namen keine Reservierung und spontan eingecheckt hat er auch nicht. Ich habe wieder in der Firma angerufen und wollte wissen, ob die eine Hoteladresse haben oder wüssten, mit wem er sich in Tel Aviv treffen wollte.«

»Und? Was haben die Kollegen deines Mannes gesagt?«, fragte Katharina.

»Nichts, das hat mich ja stutzig gemacht. Angeblich hat er

seinen beiden Partnern gegenüber gar nicht gesagt, mit wem und warum er sich in Israel treffen wollte.« Sie schwieg für einen Moment. »Das glaube ich niemals«, fügte sie energisch hinzu.

»Und Buchungsbestätigungen per E-Mail auf den Rechnern in der Firma gibt es auch nicht?«, hakte Katharina nach.

»Nein, Isaak und sein Laptop sind unzertrennlich. Er arbeitet nur damit. Seine Reisen bucht er über seine Kreditkarte und bringt am Monatsende seine Belege zum Steuerberater.«

Katharina nickte. »Und was ist mit den Kreditkartenabrechnungen vom Februar, an die müsstest du rankommen, oder nicht?«

»Ja. Ich habe eine Kontovollmacht. Gleich Anfang März habe ich bei der Bank angerufen und die haben mir die Umsätze mitgeteilt. Das Bahnticket nach München ist abgebucht worden, aber kein Flugticket nach Tel Aviv.«

»Und sonst ergibt sich aus der Abrechnung nichts?«, fragte Katharina.

Rebecca zog den Kopf zwischen die Schultern und starrte auf den Boden. »Na ja. Isaak hat noch am Mittwoch, dem 14. Februar fünfhundert Euro aus dem Geldautomaten im Münchener Hauptbahnhof gezogen.« Sie zögerte. »Und dass er schon am 10. Februar ein Flugticket nach Zürich gebucht hat. Für welchen Flug, war nicht zu erkennen. Seitdem sind außer ein paar Daueraufträgen auf den Abrechnungen keine Buchungen mehr aufgetaucht.«

Katharina runzelte die Stirn. Die Sache kam ihr seltsam vor. »Wenn ich das richtig verstanden habe, hat dein Mann dir gesagt, dass er am 14. Februar nach Tel Aviv fliegen wollte, und hat vier Tage vorher tatsächlich ein Ticket nach Zürich gekauft?«

Rebecca nickte stumm.

Katharina brauchte mehr Hintergrundwissen. Was für ein Mensch war Isaak Brinkowsky? Hatte er Frauengeschichten? Und vor allem, was machte er beruflich?

»Sag mal, was ist das für eine Firma, in der dein Mann arbeitet?

Ist er da Angestellter oder Inhaber? Ich muss mehr Einzelheiten kennen, um euch helfen zu können.«

»Isaak hat zunächst in Tel Aviv und zuletzt in Hamburg Informatik studiert. Seit der Zeit kennen wir uns. Nachdem er fertig war, war er einige Jahre bei einem amerikanischen IT-Unternehmen in der Entwicklungsabteilung tätig. Vor zehn Jahren hat er mit zwei Studienkollegen in Hamburg eine eigene Firma gegründet. Die *ai-solutions*. Ich glaube, jedem von ihnen gehört ein Drittel. Am Anfang lief die Firma mehr schlecht als recht. Aber seit zwei Jahren wirft sie ordentliche Gewinne ab. Uns geht es gut. Wirtschaftlich, meine ich.«

Der nachgeschobene Halbsatz ließ Katharina aufhorchen. Sie erinnerte sich, dass Ramon ihr im letzten Jahr beiläufig erzählt hatte, Levin habe während des Sportunterrichts damit angegeben, dass er mit seinen Eltern in ein riesiges Haus gezogen und sein eigenes Zimmer jetzt so groß sei wie das Klassenzimmer.

»Und womit beschäftigt sich die Firma?«, fragte Katharina.

»*ai* steht für *artificial intelligence*. Die drei haben spezielle Auftragsentwicklungen für größere Industrieunternehmen durchgeführt. Mehr weiß ich nicht, da musst du Toni, also Anton, wie er richtig heißt, oder Shannon fragen.«

»Sind das die Partner deines Mannes?«

»Ja, Anton Busmann und Shannon McDermott. Sie ist, glaube ich, Amerikanerin und in der Firma für die Akquise zuständig. Und Anton und Isaak für die Entwicklungen. Die beiden sollen auf dem Gebiet der künstlichen Intelligenz absolute Koryphäen sein. Jedenfalls wenn man den Erzählungen in unserem Freundeskreis Glauben schenkt.« Sie legte eine kurze Pause ein. »Und weißt du, was mich am meisten wundert?«

»Nein, sag schon.«

Rebecca schaute Katharina mit großen Augen an. »Toni ist der beste Freund von Isaak. Er ist zwar ein bisschen speziell, wie soll ich sagen, ziemlich von sich eingenommen. Aber seit Kindheitstagen sind die zwei dicke Freunde. Und Isaak soll ihm nicht gesagt haben, dass er für die Firma nach Tel Aviv fliegt? Das glaube ich ihm nicht.«

Katharina wiegte zweifelnd den Kopf.

›Ich habe ja von diesen Dingen überhaupt keine Ahnung, bin absoluter Laie und überglücklich, wenn ich im Büro meinen PC bedienen kann.«

›Was machst *du* eigentlich beruflich?«, fragte Katharina, um dem Gespräch eine andere Richtung zu geben.

›Ich habe Betriebswirtschaft mit Schwerpunkt Logistik studiert und arbeite seit Jahren in der Hafencity bei einer Im- und Exportfirma. Seit wir Levin haben, nur noch in Teilzeit.«

›Und ihr habt zu Hause nie darüber gesprochen, was dein Mann gerade für technische Neuerungen entwickelt? Das ist doch ein tierisch spannendes Gebiet«, hakte Katharina nach, obwohl auch sie Probleme hatte, sich ein konkretes Betätigungsfeld in dieser neuen Branche vorzustellen.

»Nein, Isaak hat von Anfang an nie viel über seine Arbeit erzählt. Das war im Studium schon so. Seit Januar war er irgendwie anders. Ich hatte den Eindruck, dass ihn etwas bedrückt. Er machte immer so einen niedergeschlagenen Eindruck. Selbst Levin ist das aufgefallen. Früher haben die beiden an den Wochenenden regelmäßig Schach gespielt. Levin ist darin richtig talentiert. Seit letztem Jahr spielt er sogar in der Schülermannschaft unseres Gymnasiums.« Ihr mütterlicher Stolz war nicht zu überhören.

Katharina dachte an Ramon. Wie unterschiedlich die Jungs waren. Schachspielen würde Ramon glatt als Strafarbeit auffassen, da es mit Stillsitzen verbunden war. Sie musste ihn nach dem Training jedes Mal vom Fußballplatz herunterzerren. Alle seine bisherigen Trainer attestierten, dass Ramon nicht nur ein erstaunliches Ballgefühl, sondern für sein Alter auch ungewöhnliche motorische Fähigkeiten hatte.

»Wenn Levin in letzter Zeit mit seinem Brett in der Wohnzimmertür stand, hat er sich regelmäßig einen Korb bei seinem

Vater geholt«, fuhr Rebecca fort. »Und irgendwann im Januar, es war an einem Sonntagabend, nachdem er Levin wieder einmal hat abblitzen lassen, habe ich ihn darauf angesprochen. Ich habe ihn gefragt, warum er in den letzten Wochen so abweisend zu uns ist und nur in seinem Arbeitszimmer vor dem Laptop brütet.«

»Und?«

»Isaak hat sich tausendmal entschuldigt und gemeint, dass sie mit der Firma gerade in Verhandlungen über einen wahnsinnigen Auftrag steckten, der eine revolutionäre Entwicklung bedeuten würde, wenn sie ihn erfolgreich abschließen könnten. Er könne den ganzen Tag lang an nichts anderes denken. Mehr dürfe er mir auf gar keinen Fall erzählen.«

»Und auch die Partner deines Mannes konnten dir darüber nichts sagen?«, fragte Katharina.

»Nein, das ist es ja gerade, was mich so stutzig macht. Und Toni nehme ich nicht ab, dass er keine Ahnung von so einem Auftrag gehabt haben will.«

Katharina überlegte, ob sie die nächste Frage tatsächlich stellen sollte. »Rebecca, versteh mich nicht falsch, aber ich muss dich das fragen. Wie läuft eure Ehe? Ist eure Beziehung glücklich? Gab es für Isaak andere Frauen in den letzten Jahren?«

Rebecca starrte wieder auf ihren Zettel und nickte stumm.

»Ja. Das hat mich die Polizei ebenfalls gefragt«, antwortete sie zögerlich.

»Du warst schon dort?« Den Satz hatte Katharina noch nicht ganz ausgesprochen, da ärgerte sie sich bereits darüber. »Das hast du absolut richtig gemacht, Rebecca«, schob sie hinterher. »Und was haben die gesagt? Welche Schritte unternehmen sie?«

»Das war vor zwei Wochen. Die Anzeige haben sie entgegengenommen. Doch die glauben mir nicht. Die denken, Isaak hätte sich eine Auszeit von der Familie genommen. Sie haben mir ein Aktenzeichen gegeben und das war's.« Sie blickte Katharina an. »Darauf haben ja wohl deine letzten Fragen abgezielt«, ergänzte sie verstimmt. »Ich kann dir versichern, wir haben eine absolut intakte Beziehung geführt. Natürlich gab es mal Streit. Aber das war nichts, was Isaak veranlasst hätte, aus der Familie auszubrechen. Ich bin mir zu hundert Prozent sicher, dass er nichts mit anderen Frauen hatte. Der Typ ist er nicht. Für ihn gibt es in erster Linie seine Arbeit. Und insbesondere Levin, der ist sein Ein und Alles. Nie würde er ihn freiwillig zurücklassen. Das habe ich bei der Polizei zu Protokoll gegeben. Die haben nur gemeint, ich solle mir erst einmal keine Sorgen machen.«

Und an welcher Stelle kommst du?, dachte Katharina.

»Nein, so habe ich es nicht gemeint, Rebecca«, sagte sie und versuchte so, verlorenes Terrain zurückzugewinnen. »Doch du verstehst sicher, dass alle denkbaren Gründe für das Verschwinden deines Mannes in Betracht gezogen werden müssen. Aber ich gebe dir recht, eine Auszeit von der Familie scheint mir Unsinn zu sein. Wir haben jetzt Ende April. Das sind über zwei Monate, seit dein Mann verschwunden ist. Eine lange Auszeit, finde ich.«

Sie beugte sich nach vorne und lächelte zuversichtlich. Es wäre sicher ratsam, der Vermisstenanzeige bei der Polizei Nachdruck zu verleihen. Sie betrieb jedoch nun mal kein Detektivbüro und hatte nicht annähernd die Ermittlungsmöglichkeiten, wie sie die Behörden besaßen. Eigentlich hatte sie keine Vorstellung, wie sie Rebecca Brinkowsky helfen könnte.

»Wir müssen überlegen, wie wir der Polizei weitere Hinweise liefern können«, sagte sie bedächtig.

»Levin … Er fragt mich ständig, wo sein Vater ist. Irgendetwas muss ich ihm sagen, Katharina. Und es sollte glaubwürdig klingen.«

»Es gibt im Grunde ja nur drei Möglichkeiten«, sagte Katharina betont sachlich, während sie eine vorbereitete Mandatsvollmacht über den Tisch schob. »Entweder hat dein Mann euch tatsächlich aus freien Stücken verlassen oder er ist verunfallt oder einem Verbrechen zum Opfer gefallen. Ich werde erst mal mit der Polizei und seinen Partnern sprechen, dann sehen wir weiter.«

Rebecca Brinkowsky nickte und unterschrieb die Vollmacht. Während sie aufstand, sagte sie mit fester Stimme: »Ich möchte, dass wir Isaak so schnell wie möglich amtlich für tot erklären lassen. Nach dem, was ich bisher recherchiert habe, ist das ja wohl möglich.«

Katharina konnte ihr Erstaunen nur mit Mühe unterdrücken.

War ihre neue Mandantin tatsächlich derart kaltherzig oder spielte sie ihr nur etwas vor?

Sie verkniff sich eine Nachfrage, die Frau stand womöglich unter Schock.

Draußen wütete *Ortwin* unterdessen hemmungslos mit Böen von über hundertfünfzig Stundenkilometern und brachte den gesamten Bahn- und Luftverkehr für die nächsten vierundzwanzig Stunden zum Erliegen.

2

Die Anwaltskanzlei in der Hamburger Innenstadt bestand aus vier Partnern, die sich in den letzten Jahren mehr oder weniger zufällig gefunden hatten. Richtigerweise waren es drei aktive Partner, denn Friedemann Hausner, Namensgeber und Kanzleigründer, stand seinen jüngeren Kollegen zwar noch hin und wieder als Ratgeber zur Verfügung, übernahm aber selbst seit längerer Zeit keine eigenen Fälle mehr. Er hatte sich als Steueranwalt früh einen exzellenten Namen weit über die Stadtgrenzen hinaus gemacht, war dann jedoch selbst in das Visier der Steuerbehörden geraten, was ihm wohl die Lust an seinem Job genommen hatte. Katharina hatte sich schon als Referendarin bei Hausner ihre ersten Sporen verdient und war unter seiner Obhut schnell zu einer gestandenen Anwältin gereift. Viele seiner exzellenten Mandanten schätzten sie mittlerweile aufgrund ihrer soliden Ausbildung und überaus schnellen Auffassungsgabe. Vor seinem überraschenden Rückzug ins Privatleben hatte Hausner noch für eine gezielte Vergrößerung der Kanzlei gesorgt.

Der Erste, den er geholt hatte, war Wolf von Behringer. Er war mit seinen achtundvierzig Jahren der dienstälteste aktive Anwalt. Von Haus aus Bankrechtler, ausgestattet mit außergewöhnlich fundierten Kenntnissen auf diesem Spezialgebiet, wilderte er häufig auf für ihn fachlich ungewohntem Terrain. Sobald sich irgendwo am Horizont eine öffentlichkeitswirksame juristische Auseinandersetzung abzeichnete und er wieder einmal pressemäßig in Erscheinung treten konnte, war er zur Stelle. Die erwarteten Honorareinnahmen schienen dabei für ihn nicht der Grund für die Übernahme der Mandate zu sein, denn nicht selten übernahm er Fälle pro bono. Katharina war immer wieder überrascht, dass er sich als alter Hase immer noch in bestimmte Fälle geradezu verbeißen konnte. Von seinem Privatleben oder von dem, was davon übrig war, wusste sie nicht viel.

Nicht mehr.

Es war jetzt fast sieben Jahre her. Sie hatte gerade als Frischling bei *Hausner & Kollegen* angefangen, als er begann, ihr unverhohlen Avancen zu machen. Vielleicht war es sein souveränes Auftreten, das sie anfangs beeindruckte. Vielleicht ließ sie sich auch von seinen charmanten Aufmerksamkeiten und den häufig übertriebenen beruflichen Belobigungen verführen. Wahrscheinlich war es von jedem etwas. Schließlich musste er keine Berge mehr versetzen, um bei ihr im Bett zu landen. Fortan stand er jeden Abend mit einer frisch gefüllten Reisetasche vor ihrer Wohnungstür und bereits nach wenigen Tagen hatte ihre Zweizimmerwohnung einen endgültigen Sättigungsgrad erreicht. Die von ihnen vollzogene Quarantäne in Bett und Büro wurde jäh unterbrochen, als er eines Abends nach einem Telefonanruf gegen zwanzig Uhr plötzlich eine ungewohnte Hektik an den Tag legte und einen Großteil seiner Sachen hastig in die Reisetasche stopfte.

Seine pubertierende Tochter hatte sich übers Handy lautstark nach seinem momentanen Aufenthaltsort erkundigt. Ein vierzehntägiger Urlaub mit der Mutter war vorüber und das Mädchen war nach der Ankunft entgegen der telefonischen Absprache quasi als Überraschung unmittelbar in die väterliche Wohnung gefahren, hatte aber niemanden angetroffen.

Kleinlaut verabschiedete er sich und versprach, am nächsten Tag reinen Tisch zu machen. Was immer er darunter verstanden haben mochte, Katharina fühlte sich ausgenutzt und hintergangen. Sie wusste zwar, dass er geschieden war, von einer zwölfjährigen Tochter hatte er allerdings nichts erzählt.

Als die Wohnungstür hinter ihm ins Schloss gefallen war, zog sie ihre Joggingsachen an, stellte ihr Handy auf lautlos und rannte fast eine ganze Stunde lang quer durch die Stadt. Danach duschte sie ausgiebig und setzte sich mit einem Glas Rotwein, etwas Brot und Käse vor den Fernseher. Seine wiederholten Anrufe den ganzen Abend über blieben ebenso ungehört wie seine Erklärungsversuche und Beteuerungen am nächsten Tag im Büro.

Sie war erstaunt, wie gelassen sie die Situation genommen hatte. Genauso schnell und leidenschaftlich, wie die Affäre begonnen hatte, war sie auch schon wieder vorüber. Das eigentlich Überraschende war, dass sich ihr Verhältnis in der Folgezeit zwar auf ein rein berufliches reduzierte, aber ohne jegliche Häme oder Erniedrigungen von gegenseitigem Respekt geprägt war.

Die Affäre zwischen ihnen war der dritten Partnerin in der Kanzlei, Dr. Sophia Dressler, nicht entgangen. Die zierliche Familienrechtlerin war Hanseatin durch und durch und man sah es ihr förmlich an, wie zutiefst unangenehm es ihr war, in jener Zeit allein mit ihnen gemeinsam an Besprechungen teilzunehmen. Sie war vierundvierzig, stammte aus einer alten hamburgischen Kaufmannsfamilie aus Blankenese und die wohldosierte Mischung aus gesellschaftlicher Herkunft, standesgemäßer Ortsgebundenheit und fachlicher Kompetenz sorgte dafür, dass im noblen Hamburger Westen keine Millionenscheidung mehr ohne sie ablief. Wolf hatte einmal im Bett über sie gelästert und gemeint, eigentlich sei sich Sophia selbst zum Naserümpfen noch zu fein und überhaupt habe er gar nicht verstanden, warum Friedemann Hausner ausgerechnet sie als Verstärkung seiner Kanzlei ausgewählt habe. Diese Meinung musste er später grundlegend revidieren, nachdem er gemerkt hatte, welch betuchte Klientel Hausner mit ihr an Land gezogen hatte. Denn auch er durfte mittlerweile den ein oder anderen gestopften Klienten von Sophia in Wirtschaftsfragen beraten.

Katharina hatte früh einen Draht zu ihrer älteren Kollegin gefunden und schnell gemerkt, dass die vornehme Zurückhaltung der Hanseatin vorwiegend Fassade war. So tough sie im Umgang mit ihren scheidungswilligen Mandanten war, so unsicher war sie, wenn es darum ging, private Probleme in den Griff zu bekommen. Als Katharinas Beziehung zu Wolf von Behringer Geschichte war, hatte sie in Sophia eine dankbare Zuhörerin gefunden. Sophia, acht Jahre älter und um zwei Kinder und einen Piloten als Ehemann reicher, bewunderte anfangs Katharinas

Unabhängigkeit. Andererseits schien sie Katharinas Verhältnis zu Wolf von Behringer zu stören. »Nur deine Lebensweise, Katharina, finde ich einfach lasziv. Das solltest du ändern. Bei Wolf habe ich mich ja nach seiner Trennung damit abgefunden. Aber bei dir ...«, äußerte sie Katharina gegenüber deutlich. Katharina wiederum ärgerte sich maßlos über diese Einmischung und war tierisch angefasst. Beinahe hätte sie Sophia ins Gesicht gesagt, dass sie ja nichts dafürkönne, dass diese bei Wolf nicht habe landen können. Rückblickend wäre dieser Vorwurf auch völlig unsinnig gewesen. Sophia und Wolf allein. Das wäre nicht über ein kurzes abendliches Intermezzo hinausgegangen.

Als Katharina ihren Neffen als Pflegekind bei sich aufgenommen hatte, verbesserte sich das Verhältnis zwischen Katharina und Sophia schlagartig. Katharinas Liebesleben war von heute auf morgen eingetrocknet, was Sophia wohlwollend zur Kenntnis nahm.

Nachdem Rebecca gegangen war, sortierte Katharina die spärlichen Fakten, die ihr die neue Mandantin hinterlassen hatte.

Viele waren es nicht.

Als Erstes schickte sie ein Fax an die Vermisstenstelle der Polizei und kündigte ihren morgigen Besuch an. Dann rief sie die Website der Firma von Isaak Brinkowsky auf. Wie viele junge Start-ups und solche, die sich gerne dazu zählten, logierte *ai-solutions* in der Dienerreihe, einer Seitenstraße mitten in der Speicherstadt. Auf der Startseite klickte Katharina auf den Imagefilm des Unternehmens.

Eine Brücke über einem Fleet in der Speicherstadt bei herrlichem Sonnenschein. Dezente Reggaeklänge erinnern an Sommer, Sonne, Strand. Im Hintergrund ist deutlich das Wasserschloss zu erkennen, ein bekanntes Teekontor mit angeschlossenem Genussrestaurant zwischen Wandrahmsfleet und St. Annenfleet.

Wie abgegriffen, dachte Katharina. Ein absoluter Touritempel, auf jedem zweiten Foto aus der Speicherstadt zu sehen.

Drei Personen schlendern über die Brücke Richtung Kamera. Zwei Männer in Jeans und weißen Oberhemden, die Ärmel lässig hochgekrempelt, jeder einen Laptop unter dem Arm. Über der anderen Schulter hängt ein kariertes hellblaues Sakko. Zwischen den Männern geht mit federnden Schritten eine Frau. Jungenhafte Erscheinung. Kurze, lockige Haare, dünne Lippen. Unter der hellen Bluse zeichnen sich statt weiblichen Brüsten Muskeln an Schultern und Oberarmen ab.

Katharina fielen augenblicklich Schwimmerinnen bei den Olympischen Spielen ein.

Alle drei Personen sind gut gelaunt. Hinter den drei Personen taucht ein Droide auf. Er sieht aus wie ein C-3PO, nur ganz in Weiß. Er zieht einen uralten hölzernen Bollerwagen hinter sich her. Nach etwa fünfzehn Sekunden bleiben die drei Personen am Brückengeländer stehen. Auch der Droide verharrt. Er beugt sich in den Wagen und eine weiße Drohne schwebt langsam hoch. Der Droide stellt den Bügel senkrecht nach oben und steigt mit einer erstaunlich flüssigen Bewegung in den Bollerwagen. Er setzt sich kerzengerade hin und gibt der Drohne über ihm ein Handzeichen. Das Gefährt setzt sich daraufhin langsam in Bewegung und wie von der Drohne durch Geisterhand gelenkt, verschwindet er hinter dem Fluggerät aus dem Bild. Die drei am Brückengeländer schauen dem Bollerwagen nach und nicken sich anerkennend zu.

Das Video wird langsam ausgeblendet, die Startseite ist jetzt komplett schwarz. Die Reggaemusik ist verklungen. Große Buchstaben fallen wie welke Blätter herab.

ai-solutions – *für intelligente Lösungen*

Während der kurzen Videosequenz musste Katharina mehrmals auflachen.

Wer hat dieses Video bloß konzipiert?

Sie klickte sich durch die Unterseiten. Für ein IT-Unternehmen fand sie den Internetauftritt enttäuschend. Interessiert stellte sie fest, dass die Firma eine Zweigniederlassung am Habima-Platz in Tel Aviv besaß. Vielleicht war Isaak Brinkowsky ja dort? Nein, das wäre wahrscheinlich zu einfach, aber sie musste Rebecca in jedem Fall danach fragen.

Dann blieb sie bei den Bildern der drei Inhaber hängen. Shannon McDermott und Anton Busmann waren auf den Fotos gut getroffen. Sie kamen freundlich und tatendurstig rüber. Insbesondere Anton Busmann sah verdammt gut aus. Und Shannon McDermott gab sich bewusst jugendlich. Isaak Brinkowsky hingegen hatte sich ein gequältes Lächeln abgekniffen und mit der unmodernen runden Woodstock-Brille aus den Siebzigern, der hohen Stirn und dem dünnen, langen Haar sah er aus wie nicht von dieser Welt. Hätte man kein anderes Foto von ihm verwenden können? Wahrscheinlich gab es keines.

Sie verstand Rebecca nicht. Entweder kannte sie dieses Foto nicht, weil sie überhaupt kein Interesse an der Firma ihres Mannes und seinem äußeren Erscheinungsbild zeigte, oder ihr war seine Außenwirkung egal.

Nein, Isaak Brinkowsky hatte mit Sicherheit nicht mit anderen Frauen angebändelt.

3

Inga Steenken hatte gerade ihre Tasche über die Schulter geworfen und wollte das Büro verlassen, als ihr Handy einen Anruf der Bereitschaftspolizei anzeigte. Sie ahnte, dass es heute mit dem Abbau von Überstunden wieder nichts werden würde. Ihre Befürchtung bewahrheitete sich, da Spaziergänger in einem Waldstück in Hamburg-Neugraben ein völlig ausgebranntes Autowrack entdeckt hatten. Im Kofferraum hatte die Streifenwagenbesatzung anschließend die verkohlten Überreste einer Leiche gefunden und die Mordbereitschaft informiert. Die Spurensicherung war bereits unterwegs, sodass sie sich nur noch einen ihrer Kollegen schnappen und auf den Weg in den Süden der Stadt machen musste. Die Wahl fiel zwangsläufig auf Anders Hasberg, da er der Erste war, der nach der Mittagspause wieder am Schreibtisch saß.

»Hasberg, wir müssen los. Nach Neugraben. Leichenfund in einem ausgebrannten Autowrack. Die Kollegen vor Ort warten auf uns«, warf sie ihm im Vorbeigehen hin.

»Neugraben? Das ist ja eine Weltreise. Ging's nicht ein bisschen näher?«, brabbelte er in seinen grauen Vollbart, während er seine Jacke vom Kleiderhaken nahm und Inga Steenken zur Fahrbereitschaft ins Untergeschoss des Polizeipräsidiums folgte.

Sie waren zusammen mit Bernd Jondracek und Gesa Zanker in ihrem Kommissariat seit vielen Jahren ein eingespieltes Ermittlerteam. Seit Kriminalhauptkommissar Jan Jansen letztes Jahr für alle völlig überraschend eine besondere Vorruhestandsregelung innerhalb der Polizeibehörde in Anspruch genommen hatte, war Hasberg plötzlich zum Ältesten im Team aufgestiegen. Inga Steenken glaubte, dass diese Tatsache mit ein Grund für seine mürrische Art war, die er seither an den Tag legte. Alle waren nämlich überzeugt gewesen, dass ihr alter Chef spätestens nach drei Monaten reuig wieder auf der Bildfläche erscheinen würde.

Doch sie hatten sich getäuscht. Seine Anna, eine dreizehn Jahre jüngere Gerichtsdolmetscherin aus Kiew, mit der Jansen seit drei Jahren liiert war, hatte ihn privat mächtig unter Feuer genommen. Als Inga Steenken ihn vor etwa vier Monaten bei einer privaten Jubiläumsfeier eines Kollegen wiedergetroffen hatte, konnte sie ihren Augen kaum trauen. Er hatte mindestens fünfzehn Kilo abgenommen und musste gerade eine längere Sitzung im Barbershop hinter sich gehabt haben. Die Kassenbrille hatte er gegen einen grauen Dreitagebart eingetauscht, der ausgesprochen gut zu dem stylishen Kurzhaarschnitt passte. Unter einem lässigen Cardigan trug er ein edles dunkelblaues Designerpoloshirt und auch die Cargohosen mit den hellen Sneakers entsprachen nicht im Entferntesten dem typischen Erscheinungsbild eines pensionierten Kriminalbeamten.

Er hätte einen perfekten Fernsehmoderator im Vorabendprogramm abgegeben. Aber er schien den Ruhestand wirklich zu genießen, denn so unterhaltsam wie auf dieser Feier hatte sie ihren ehemaligen Chef noch nie erlebt. Als sie am nächsten Morgen den Kollegen von ihrer zufälligen Begegnung erzählt und seine herzlichen Grüße ausgerichtet hatte, merkte sie, dass sich bei ihr ein wenig Neid eingenistet hatte.

Inga Steenken schwang sich hinters Steuer und fegte aus der Tiefgarage. Nach einer halbstündigen Fahrt einmal quer durch die Stadt atmete Hasberg erst mal tief durch, als sie auf einen Parkplatz vor dem Waldeingang einbogen. Der Bereich vor einem breiten Weg war großräumig abgesperrt, was Inga Steenken nicht störte, denn sie fuhr unter dem Flatterband hindurch bis direkt an den Waldrand. Sie stiegen aus und das Erste, was sie wahrnahm, war ein durchdringender Brandgeruch mit süßlicher Note. In etwa hundertfünfzig Metern Entfernung bemerkte sie das verkohlte Autowrack, um das herum die Kollegen der Spurensicherung schon emsig bei der Arbeit waren. Sie stiefelten durch den aufgeweichten Waldboden und einer der Kriminaltechniker kam ihnen entgegen.

»Moin, ihr beiden. Ziemliche Sauerei das hier«, sagte er, während sie sich zur Waldlichtung bewegten.

Inga Steenken blieb stehen und schaute erst in den Wald und dann Richtung Landstraße. »Die Landesgrenze dürfte höchstens ein paar Hundert Meter von hier entfernt sein, oder?«

»Um genau zu sein, fehlen uns siebenhundertfünfzig Meter und die Kollegen aus Niedersachsen hätten einen Fall mehr gehabt. Ich habe das schon auf der Herfahrt gecheckt«, antwortete Hasberg.

Der Kriminaltechniker grinste.

»Ich weiß gar nicht, warum ihr euch um diesen Fall drücken wollt. Das scheint doch mal wieder eine echte Aufgabe zu sein«, sagte er und nickte anerkennend zu dem schwarzen Blechgerippe auf der Lichtung.

Du Idiot, dachte Inga Steenken, du hast ja keine Ahnung, welchen bürokratischen Aufwand es verursacht, wenn wir irrtümlich in fremden Gewässern fischen.

Sie hatten das Autowrack erreicht und ein zweiter Kriminaltechniker gesellte sich zu ihnen. Inga Steenken und er kannten sich. Er hieß Marko Feistner und sie hatten vor anderthalb Jahren für wenige Wochen so etwas wie eine Beziehung miteinander gehabt. Eine Beziehung intim ausgelebt, wie sie es damals nannte. Zu mehr als zu unregelmäßigem Sex und hin und wieder Essengehen hatte es nicht gereicht. Das hatten sie auch ziemlich schnell begriffen, sodass am Ende keiner auf den anderen böse war.

»Hallo, Inga, lange nicht gesehen. Das ist ja 'n Zufall, dass ihr an dem Fall dran seid«, sagte Marko und nickte Hasberg beiläufig zu.

»Das ist Marko, wir hatten mal eine Affäre«, sagte sie zu Hasberg, um jeglichen Tratsch im Keim zu ersticken.

Er zog die Brauen hoch, sagte aber nichts.

Sie wandte sich der offen stehenden Fahrertür zu und warf einen Blick in den Autotorso.

Hasberg musterte den Kriminaltechniker, als wollte er ihn

einer Eignungsprüfung unterziehen, bevor er antwortete. »Na, dann schieß mal los, Marko. Was haben wir bisher für Erkenntnisse?«

Inga Steenkens Ex trat an den geöffneten Kofferraum und nickte. Hasberg blickte hinein und verzog angewidert das Gesicht. Eine vollständig verkohlte Leiche lag in Embryohaltung mit Blickrichtung zum Innenraum.

»Von dem oder der ist ja nicht mehr viel übrig«, sagte er.

»Von ihm. Die Leiche ist männlich. Das ist aber auch das Einzige, was wir euch gesichert sagen können«, erwiderte Marko.

»Wir gehen davon aus, dass ein extremer Brandbeschleuniger verwendet wurde, denn sonst wären weder die Leiche noch das Auto derart verkohlt. Mehr können wir erst nach der gaschromatischen Untersuchung sagen«, ergänzte der Kollege, der ihnen am Waldeingang entgegengekommen war.

Inga Steenken war ebenfalls an den Kofferraum getreten.

»Was ist das da ganz hinten, zwischen Rückwand und dem Toten?« Sie zeigte auf einen länglichen metallenen Gegenstand, der unter der verkohlten Leiche herausragte.

»Keine Ahnung, wir müssen erst den Leichnam vorsichtig mit einer besonderen Hebevorrichtung aus dem Kofferraum bugsieren, denn bei dem Zustand der Knochen ist die Gefahr sonst groß, dass die Leiche buchstäblich zerbröckelt«, sagte Marko.

»Und diese Vorrichtung hatten wir nicht mit, sie müsste allerdings gleich hier sein«, sagte der Kollege.

Inga Steenken nickte und umrundete das Auto. »Kann man schon sagen, welches Fabrikat der Wagen hat?«

»Ich tippe auf einen Alfa Romeo, auch das wisst ihr morgen«, sagte Marko.

»Was ist mit den Nummernschildern?«

»Abgeschraubt«, antwortete Marko.

Inga Steenken erinnerte sich, dass es an den letzten beiden Tagen im gesamten norddeutschen Raum ein heftiges Frühjahrsgewitter gegeben hatte. »Sagt mal, bei dem Starkregen gestern und vorgestern kann nichts derart gebrannt haben, oder etwa doch?«

Der Kollege nickte. »Ja, wir gehen davon aus, dass das Feuer davor gelegt worden ist. Und während des Gewitters ist im Wald niemand gewesen. Wenn das geplant war, dann war es ein schlauer Plan.«

Hasberg steckte den Kopf durch die Fahrertür. »Ob ihr Überreste von irgendwelchen persönlichen Sachen gefunden habt, brauche ich wohl gar nicht erst zu fragen, richtig?«

Marko schüttelte den Kopf. Er griff in eine Kunststoffkiste, entnahm ihr einen Beweismittelbeutel und reichte ihn Hasberg. »Auf der Rückbank kann eine Aktentasche oder etwas Ähnliches gelegen haben. Auf dem Boden direkt unter den Metallresten der Sitze haben wir das gefunden. Sieht aus wie der Rest einer gewöhnlichen Lederschnalle. Jedenfalls hat sie die Hitze erstaunlich gut überstanden.«

Hasberg nahm den Beutel entgegen und begutachtete den Inhalt argwöhnisch. Die kreisrunde Metallspange hatte einen Durchmesser von fast zehn Zentimetern. In der Mitte befand sich eine Verzierung, die aussah wie ein Pokal. Er wiegte zweifelnd den Kopf und reichte das Beweisstück an Inga Steenken weiter. Sie drehte es nach allen Seiten und zuckte mit den Schultern.

»Mit deiner Vermutung könntest du recht haben. Aber ich habe keine Ahnung, was das für ein Zeichen da vorne drauf ist.« Sie holte ihr Handy hervor und machte mehrere Fotos. Anschließend gab sie Marko den Plastikbeutel zurück. »Das soll sich als Erstes die KTU ansehen. Vielleicht ist es ein Emblem einer Gruppe aus dem rechten Spektrum? Oder etwas Spirituelles?«

Inga Steenken und Hasberg verabschiedeten sich und kehrten zu ihrem Wagen zurück.

Als sie eingestiegen waren, schnappte sich Hasberg sein Handy. »Dann wollen wir mal sehen, wer so alles bei uns seit drei Tagen oder länger vermisst wird.«

4

Katharina verließ bereits am späten Nachmittag die Kanzlei. Sie hatte Ramon eine Nachricht geschickt, dass sie erst einkaufen gehen und am Abend sein Lieblingsgericht kochen würde. Chili con Carne. Vorsorglich hatte sie ihm angekündigt, dass es anschließend noch etwas zu besprechen gebe. Die WhatsApp war gerade abgeschickt, da ärgerte sie sich schon über die Vorwarnung. Es wäre mit Sicherheit besser gewesen, den Jungen einfach während des Abendessens beiläufig über seinen Klassenkameraden auszufragen. Jetzt war die Sache bei Ramon mit Sicherheit auf der Wichtigkeitsskala einige Stufen nach oben geklettert. Aber sie wollte unbedingt wissen, was Levin Brinkowsky in der Schule über das Verschwinden seines Vaters erzählt hatte. Und zwar aus erster Hand.

Katharina und Ramon wohnten in einer schönen Dreizimmerwohnung auf der Uhlenhorst, einem altehrwürdigen Hamburger Stadtteil westlich der Außenalster mit zahlreichem Altbaubestand. Die Wohnung gehörte ihrem Seniorpartner Friedemann Hausner, der entgegen den Usancen in der Hansestadt die Miete nicht ausgereizt hatte. Er hatte ihr erzählt, dass er froh sei, eine solvente und ordentliche Mieterin gefunden zu haben. Außerdem wolle er sich das großherzige Gefühl gönnen, der besonderen familiären Situation seiner jungen Anwaltspartnerin Wertschätzung zu zollen. Katharina war richtig ergriffen gewesen. So hatte sie Friedemann Hausner bisher nicht kennengelernt.

Die dramatischen Ereignisse um den gewaltsamen Tod seines Vaters hatten Ramon zwar nicht aus der Bahn geworfen, jedoch zunächst eine ständige kinderpsychologische Betreuung erfordert. Für Katharina war die psychische Belastung im Umgang mit dem Kind neben der beruflichen Beanspruchung eigentlich gar nicht zu schaffen gewesen. Doch sie war eine Kämpfernatur, ausgestattet mit einem eisernen Willen, dem sich besser niemand in den Weg stellte.

Sie hatte erst mit Anfang dreißig erfahren, dass sie einen leiblichen Bruder hatte, der in einer Pflegefamilie groß geworden war. Sie selbst war früh adoptiert worden und wuchs wie ein Einzelkind auf, eingeschult in der ehemaligen DDR in einer der immer noch nicht ganz erblühten Landschaften in Mecklenburg-Vorpommern. Früh musste sie lernen, den Tod des Adoptivvaters zu verdauen. Da auch das Verhältnis zur Adoptivmutter seit jenen Ereignissen vor vier Jahren eigentlich nicht mehr existierte, hatte ihr plötzlich aufgetauchter Neffe ungewollt die Rolle eines Bruders im Geiste übernommen. Er war ein Seelenverwandter. Auch er stand mit einem Mal allein im Leben, aber er war von ihrem Blut. Der Junge und sie bildeten jetzt eine Familie.

Während Ramon die neue Rolle dankbar angenommen hatte, merkte Katharina schnell, dass sie mit der Betreuung des Jungen neben ihrem Job als Anwältin heillos überfordert war. Ihr Liebesleben beschränkte sich auf wenige Wochenenden im Jahr und vielleicht zwei bis drei Urlaubswochen, die sie regelmäßig zusammen mit Beat Ferry und seinem Sohn Noah verbrachten.

Beat war Schweizer, über zehn Jahre älter als sie und lebte in Solothurn, eine Autostunde von Zürich entfernt. Sie hatten sich vor vier Jahren kennengelernt und es hatte schnell gefunkt. Noah war ein paar Jahre älter als Ramon und genauso fußballverrückt. Auch die beiden Jungs verstanden sich auf Anhieb prächtig. Hinter der Frage nach einer gemeinsamen Zukunft stand dagegen ein großes Fragezeichen. Er war Witwer, finanziell unabhängig und nicht bereit, seine Zelte in der Schweiz endgültig abzubrechen. Genauso wenig konnte sich Katharina vorstellen, mit Ramon aus Hamburg wegzuziehen.

Seit ein paar Monaten waren diese Kontakte weniger geworden, ohne dass sie sich erklären konnte, warum. Telefoniert hatten sie das letzte Mal vor zwei Wochen. Da seit etwa einem Jahr die schulischen Leistungen von Ramon besser geworden waren, konnten die Besuche beim Psychologen auf vier- bis fünfmal im Jahr reduziert werden. Also sprach in den nächsten Ferien nichts gegen eine Reise in die Schweiz. Wenn Katharina daran dachte, nach über einem Jahr wieder in Beats Armen zu liegen, fühlte sie sich wie ein Backfisch. Ganz egal, was war oder sein würde, es musste sich etwas ändern.

Sie würde heute Abend einfach zum Hörer greifen.

»Wieso interessiert dich, was mit Levins Papa passiert ist?«, fragte Ramon, während er das Chili in sich hineinschaufelte.

Katharinas plötzlich aufkommenden Gedanken an ihre anwaltliche Schweigepflicht verdrängte sie.

»Hat Levin dir nicht erzählt, dass seine Mama heute bei mir im Büro war und mich gebeten hat, ihr bei der Suche nach seinem Papa behilflich zu sein?«, fragte sie.

»Ja, das stimmt. In der letzten Pause hat er so komisch bei uns rumgemacht«, antwortete der Junge zögernd.

»Was heißt denn ›bei euch rumgemacht‹?«

»Na ja, wir standen mit ein paar Kumpels am Fahrradschuppen und haben Silvios neues Bike in Augenschein genommen, das er zum Geburtstag gekriegt hat. Cooles Teil. Kannst du für meinen nächsten Geburtstag schon mal auf die Liste setzen. Ich hab nur diese olle Gurke«, sagte er grinsend. »Levin und ich sind ja nicht so die dicken Kumpels, aber der schlich immer so um uns herum und fragte dann, ob er mal allein mit mir sprechen könnte.«

»Und?«

»Warum soll ich nicht mit ihm sprechen? Hab doch nichts gegen ihn.«

»Nun lass dir nicht alles aus der Nase ziehen.«

»Er hat mich nur gefragt, ob du wirklich Rechtsanwältin bist und ob du auch Scheidungen machst.«

»Ob ich Scheidungen mache? Das hat Levin dich gefragt? Und was hast du ihm geantwortet?«

Der Löffel kratzte über den Tellerboden.

»Ich hab ihm gesagt, dass ich keine Ahnung habe, was du überhaupt machst«, sagte er, ließ den Löffel hörbar auf den Teller fallen und zog den Deckel mit einem lauten Ratschen vom Joghurtbecher.

Katharina schüttelte ungläubig den Kopf.

Hatte Rebecca ihrem Sohn tatsächlich erzählt, dass sein Vater verschwunden war, weil er sich von der Familie trennen wollte und eine Scheidung im Raum stand? Das konnte nicht stimmen. Das musste sich der Junge ausgedacht haben.

Im selben Moment meldete sich ihr Handy. Es war eine WhatsApp von Beat.

Das war Gedankenübertragung. Er meinte, man sollte schleunigst die Ferienplanung für den Sommer in Angriff nehmen. Noah freue sich schon riesig auf ein gemeinsames Fußballcamp mit Ramon im Juli. Und sie könnten dann ja diese Tage zu zweit irgendwo an einem Bergsee verbringen. Auch er schien seine Schmetterlinge nicht mehr im Zaum halten zu können.

Der Gedanke an einen gemeinsamen Sommer zu viert in den Bergen hatte gleichzeitig etwas Bedrückendes.

Die Jungs hatten sich bisher immer super vertragen und fieberten einem mehrtägigen Fußballcamp schon Wochen vorher entgegen. Und sie sehnte sich mehr denn je nach Zweisamkeit. Genauer gesagt, nach lauen Abenden und heißen Nächten. Doch da war auch die Angst, wenn sie an die Heimreise denken musste. Und daran, nach den fröhlichen und entspannten Wochen den Alltag in Hamburg wieder allein meistern zu müssen. Die ersten Tage zu Hause fühlten sich jedes Mal wie ein ausgewachsener Kater nach einer durchzechten Nacht an.

So wie ihre sporadischen Treffen bisher abgelaufen waren, wollte sie diese Beziehung nicht weiterführen, das war ihr in den letzten Monaten klar geworden. Doch was wollte sie dann?

Darüber würde sie nachdenken müssen. Was Beat wollte, wusste sie genau. Er hätte es am liebsten gesehen, wenn sie und Ramon nach Solothurn ziehen würden. Es gab mit Sicherheit schlechtere Lebenssituationen für eine alleinerziehende junge Frau. Er lebte in einem großzügigen, wunderschönen Fachwerkhaus auf einem riesigen Naturgrundstück am Stadtrand. Und finanziell dürfte sich diese Idee nicht als Glücksspiel herausstellen. Sie hatten zwar nie konkret über ihre wirtschaftlichen Verhältnisse gesprochen, sie schätzte Beat jedoch als wohlhabend ein. Sie würde in Zürich als deutsche Juristin mit Sicherheit schnell eine Anstellung in einem Unternehmen finden. Außerdem waren die Gehälter in der Schweiz üppig.

War es das? Sie wusste es nicht.

Nur musste sie sich endlich entscheiden, und zwar möglichst rasch, denn wenn Noah Ramon erst mit einem geplanten Fußballcamp heißgemacht hatte, würde sie keine ruhige Minute mehr haben. Sie verstand allerdings nicht, warum ihr diese Entscheidung so schwerfiel. Das war so gar nicht die Katharina Tenzer, die sie kannte. Sie schickte ihm eine unverfängliche Melde-mich-später-Antwort.

Aber mit einem Kuss-Emoji.

5

Sie hatte mit Anton Busmann einen Termin für zehn Uhr verabredet. Das Büro von *ai-solutions* befand sich in der zweiten Etage, besser gesagt auf dem zweiten Boden, wie die Stockwerke in den Gebäuden der Speicherstadt genannt wurden. Katharina verzichtete auf den Fahrstuhl und nahm die Treppe. Wann immer es ging, vermied sie es, Aufzüge zu benutzen. Nicht nur um ihrem Kreislauf die Gelegenheit zu geben, sie zum Schnaufen zu bringen, sondern weil sie panische Angst davor hatte, stecken zu bleiben.

Während sie die beiden Stockwerke über das Treppenhaus bewältigte, musste sie an die eigenwillige Website der Firma denken. Wahrscheinlich würde sie gleich von dem weißen C-3PO aus dem Videoclip begrüßt und anschließend von einem selbstfahrenden Wakeboard im Wartezimmer abgeholt werden.

Als sie das Stockwerk erreichte, fragte sie sich, ob sie nach rechts oder links gehen sollte. Ein Firmenschild war in dem dunklen Flur nirgends zu entdecken. Weder von *ai-solutions* noch von anderen Unternehmen, die sich nach der Beschilderung im Erdgeschoss hier befinden mussten.

Fünfzig Prozent Chance, dachte Katharina und entschied sich für die rechte Seite. Die Wahl war richtig, wie sich nach wenigen Metern zeigte. Deckenstrahler gingen an, als sie den Flurbereich betrat. Am Ende befand sich eine matte Glastür, an der ein defektes Plastikschild mit dem Firmenemblem klebte. Eine Klingel fehlte, stattdessen hing ein Schild *Bitte eintreten* neben dem Türgriff.

Der Empfangsbereich von *ai-solutions* machte entgegen ihrer Erwartung einen schäbigen Eindruck. Die ramponierten Möbel eines schwedischen Möbelhändlers hatten sichtliche Standschwierigkeiten und stammten wahrscheinlich noch aus der Studentenzeit der Inhaber. Von modernen Droiden oder umherschwebenden Drohnen war weit und breit nichts zu sehen. Eine junge Frau mit Piercings in den Ohren nickte gelangweilt einen Flur hinunter, nachdem sich Katharina vorgestellt hatte. Aus einem der hinteren Zimmer trat im selben Moment ein Mann. Katharina erkannte ihn sofort vom Internetauftritt als Anton Busmann. Der schöne Toni. Er winkte sie in sein Zimmer.

Katharina betrat ein großzügig geschnittenes Büro. Ein offenes Regal diente als Raumteiler und trennte den Arbeitsplatz von der Besucherecke. Gegenüber bot die Fensterfront einen Ausblick auf die viel befahrene Hauptstraße in den Süden der Stadt. In nicht allzu großer Entfernung war Hamburgs Einfallstor, die charakteristische Norderelbbrücke mit ihren halbrunden Stahlträgern, gut zu erkennen.

Bevor sie sich in einen der unbequem aussehenden Designersessel setzte, musste Katharina den Eindruck verarbeiten, den dieser Raum auf sie machte. Neben dem mannsgroßen Standspiegel in der einen Ecke wechselten sich auf einer blassgelben Tapete unzählige Spiegelkacheln mit Fotos ab, auf denen Busmann bei verschiedenen Aktivitäten zu sehen war. Auf einigen Bildern war auch Isaak Brinkowsky.

Anton Busmann war ziemlich wortkarg. Sie hatte schon bei der Terminvereinbarung am Telefon gemerkt, dass er nicht sonderlich erpicht darauf war, mit ihr über das Verschwinden seines Partners und besten Freundes zu reden. Letztlich hatte er doch eingewilligt, sich mit ihr zu treffen. Wohl auch unter dem Druck, den Katharina unverhohlen aufgebaut hatte.

Sollte er nicht kooperieren, würde sie bei Gericht eine einstweilige Anordnung auf Auskunftserteilung erwirken, so schnell könne er gar nicht gucken. Wohl wissend, dass an ihrer Drohung nicht das Mindeste dran war. Zumindest nicht im Augenblick.

Solange Isaak Brinkowsky nicht amtlich für tot erklärt worden war oder das Gericht zumindest eine Abwesenheitspflegschaft eingerichtet hatte, bestand für Rebecca keine rechtliche Möglichkeit, in irgendeiner Form auf die restliche Geschäftsführung einzuwirken.

Sie setzten sich. Anton Busmann war ein Schönling. Obwohl auch er über vierzig sein musste, hatte er außerordentlich weiche und ebene Gesichtszüge. Er hatte fast gar keinen Bartwuchs, denn sein glatt rasiertes Gesicht wies keinerlei Stoppeln auf und wirkte wie das eines Abiturienten. Sein gelocktes tiefschwarzes Haar war mittellang und von keiner einzigen grauen Strähne durchzogen. Von den Bildern im Internet hatte sie ihn gar nicht so makellos in Erinnerung gehabt.

»Dürfte ich zunächst bitte einmal Ihre Vollmacht von Rebecca sehen?«, fragte er geschäftsmäßig. Er sprach leise und in einem leichten Singsang, wie bei einer Sprechprobe im Theater.

Sie kam seiner Bitte nach und sein Blick verharrte auf der Unterschrift von Rebecca Brinkowsky.

»Warum glaubt Rebecca mir nicht?«, sagte er und reichte das Dokument zurück.

»*Was* glaubt sie Ihnen nicht?«, fragte Katharina.

»Sie glaubt mir nicht, dass ich keine Ahnung habe, was Isaak angeblich in Tel Aviv wollte. Wir kennen uns nun so lange … und … und … jetzt schickt sie mir tatsächlich eine Anwältin auf den Hals. Und das mir …« Er war sichtlich angefressen.

»Das müssen Sie verstehen, Herr Busmann«, sagte sie beschwichtigend. »Rebecca möchte alles versuchen, um zu erfahren, was mit ihrem Mann passiert ist. Sie weiß sich nicht mehr anders zu helfen.« Sie blickte ihm direkt in die Augen. »Das müsste doch auch in Ihrem und in dem Interesse der Firma liegen, oder etwa nicht?«

»Jaja, natürlich. Wir haben wirklich überhaupt keine Vorstellung, was mit Isaak passiert ist. Ich weiß nur, dass er niemals verschwinden würde, ohne mir etwas zu sagen. Wir sind wie Brüder.«

»Ja, das hat Rebecca erzählt. Und gerade wegen der engen Beziehung zu Ihnen ist die Annahme der Polizei, er hätte sich eine Auszeit von der Familie und der Firma genommen, in meinen Augen blanker Unsinn. Lassen Sie uns die Fakten durchgehen, bitte.« Sie nahm ihre Aufzeichnungen zur Hand. »Am Dienstag, dem 13. Februar ist Herr Brinkowsky mittags mit der Bahn nach München zu einem Geschäftstermin gereist. Was das für ein Termin war, wissen Sie schon, oder?«

»Ja, wir arbeiten seit mehreren Jahren für einen großen Zulieferer in der Automobilbranche an einer Weiterentwicklung der Software für die automatische Einpark- und Selbstfahrfunktion. Es ging um die Verlängerung unseres Vertrags für zwei weitere Jahre, die Isaak problemlos erreicht hat, wie er mir am Abend telefonisch mitgeteilt hat. Diese Entwicklungsarbeit ist öffentlich bekannt, da verrate ich keine Geheimnisse.« Er wirkte nachdenklich.

»Bitte fahren Sie fort.«

»Nun, das Telefonat war komisch, das habe ich Rebecca auch gesagt. Isaak tat geheimnisvoll. Er sagte mir, dass er Mittwochfrüh in München noch einen privaten Termin wahrnehmen wolle. Mittags fliege er dann mit dem Flugzeug zurück nach Hamburg. Was er noch genau in München vorhatte oder mit wem er sich treffen wollte, hat er nicht gesagt und ich habe nicht gefragt.«

»Dass er zu diesem Zeitpunkt bereits einen Flug nach Zürich gebucht hatte, hat er nicht erwähnt?«, hakte Katharina nach.

»Nein, mit keinem Wort. Ich wüsste nicht, was er dort gewollt haben könnte. Geschäftlich haben wir im Moment in der Schweiz keinerlei Kontakte.«

»Und warum hat er Rebecca erzählt, dass er sich für drei Tage in Tel Aviv im *Crown* Hotel eingebucht habe? Haben Sie dafür eine Erklärung?«

»Wir haben in Tel Aviv ein Büro angemietet, in dem einige hochbegabte Studenten für uns an bestimmten Entwicklungsprojekten arbeiten. Immer wenn einer von uns nach Tel Aviv fliegt, übernachtet er im *Crown* Hotel. Das liegt nur wenige Hundert Meter von unserem Büro entfernt. Ich habe mit den Mitarbeitern gesprochen. Isaak war definitiv seit Dezember letzten Jahres nicht mehr dort und hat sich nicht angekündigt.«

»Und was ist mit der dritten Partnerin in der Firma, Frau McDermott? Weiß sie Genaueres?«

»Nein. Und falls doch, hat sie Rebecca und mir nichts davon erzählt. Zurzeit ist sie geschäftlich bis nächste Woche in San Francisco. Wenn es eilt, können Sie sie telefonisch erreichen.«

»An welchen Projekten hat Herr Brinkowsky zuletzt gearbeitet?«, fragte Katharina beiläufig, obwohl sie ahnte, dass Busmann ihr keine Antwort geben würde.

»Betriebsgeheimnis. Mehr kann ich Ihnen dazu nicht sagen.«

»Aber Sie wissen, Isaak Brinkowsky hat seiner Frau erzählt, dass die Firma an einer ganz großen Sache arbeiten würde? Und Sie sollen Rebecca gesagt haben, dass Sie von solch einem Auftrag nichts wüssten. Was stimmt denn nun?«, insistierte sie.

»Kein Kommentar«, war seine Antwort, die von einem Kopfschütteln begleitet wurde.

Der ist kalt wie eine Hundeschnauze, dachte Katharina. Sie hatte keine Erklärung, warum dieser Mann ihr und damit auch Rebecca gegenüber so abweisend war. Isaak Brinkowsky und Anton Busmann verband eine Sandkastenfreundschaft. Er müsste allein deswegen Wert legen auf den Verbleib seines Freundes und Partners.

Vielleicht trug er ja sogar an Brinkowskys Verschwinden eine Mitschuld? Er schien ihre Gedanken zu lesen und hielt ihrem Blick stand.

»Ich weiß nicht, ob Rebecca Ihnen alles erzählt hat …«, sagte er.

Katharina blickte ihn ungläubig an.

»Im Januar dieses Jahres hat Isaak mir mitgeteilt, dass er seine Familie absichern wolle und eine Risikolebensversicherung über siebenhundertfünfzigtausend Euro abgeschlossen habe. Ich glaube, das sollten Sie wissen.«

***

Die sterile Umgebung im Institut für Rechtsmedizin löste bei Inga Steenken regelmäßig beklemmende Gefühle aus. Sie war jetzt schon einige Jahre bei der Mordkommission und hatte durch die Teilnahme an unzähligen Obduktionen bewiesen, dass sie die Empfindungen beherrschen konnte, die eine Leichenöffnung bei den meisten Menschen auslöste. Die elektrisch gesicherte Türschleuse des Instituts fiel hinter ihr ins Schloss und das Reich der Toten öffnete sich mit einem gefliesten, fensterlosen Eingangsflur. Der scharfe Geruch nach Desinfektionsmitteln, gepaart mit dem grellen Deckenlicht, verursachte bei ihr normalerweise nach wenigen Minuten Kopfschmerzen. Heute hatte sie nicht vergessen, vorher im Büro eine Tablette einzuwerfen.

Der Rechtsmediziner hatte Inga Steenken gebeten, kurzfristig bei ihm vorbeizuschauen. Die Obduktion der verkohlten Leiche aus dem Kofferraum war abgeschlossen. Für den endgültigen Bericht brauchten sie noch die abschließenden Laborergebnisse und die würden erst morgen vorliegen, hatte er entschuldigend verlauten lassen. Aber er könne ihr jetzt schon sagen, dass es sich bei dem Toten um einen Mann zwischen dreißig und fünfzig Jahren handelte. Außerdem gebe es eindeutige Erkenntnisse über die Todesursache, die am Telefon schwer zu erläutern seien.

Inga Steenken betrat den Sektionssaal I, in dem sich drei Obduktionstische befanden. Die beiden hinteren waren leer und warteten blitzblank auf ihre nächsten Kunden. Am vorderen Tisch standen zwei Männer, die sich angeregt unterhielten. Bei dem älteren handelte es sich um Professor Sigmund Jülich, mit dem sie telefoniert hatte. Den jüngeren Mann kannte sie nicht. Während Jülich auf mehrere an der Wand hängende Röntgenbilder zeigte, bemerkte er sie in der Tür und winkte eifrig. Er stellte den jüngeren Mann neben ihm als seinen neuen Doktoranden vor. Den Namen hatte Professor Jülich entweder vergessen oder er hielt es nicht für notwendig, ihn zu kommunizieren.

»Nett, dass Sie gekommen sind, Frau Steenken«, sagte er überaus freundlich und schob seinen Dr. Namenlos in spe unsanft beiseite.

Auf dem blanken Edelstahl lag ein verkohltes Skelett, vollständig zerlegt in viele einzelne Knochenteile, räumlich zugeordnet nach den jeweiligen Körperregionen. Sieht aus wie ein Puzzle für Medizinstudenten, dachte sie. Der kohlrabenschwarze Schädel erinnerte sie an einen Schrumpfkopf eines indigenen Volks irgendwo aus Südamerika.

»Schauen Sie mal hier!«, sagte Jülich aufgeregt, während er mit einer Pinzette auf einen länglichen Riss von wenigen Zentimetern Länge an der linken Schädelseite deutete. »Unser Freund ist vor der Hitzebehandlung intensiv mit einem harten Gegenstand bearbeitet worden.« Er konnte sich ein gackerndes Lachen nicht verkneifen. »Aber nicht nur der Schädel weist derartige Bruchverletzungen auf. Die Brust- und die Beckenregion haben ebenfalls einiges abbekommen. Soweit wir das beurteilen können, sind mindestens noch einige Rippen und das linke Hüftbein gebrochen.«

Inga Steenken beugte sich über den Seziertisch.

Jülich stemmte die Hände in die Hüften. »Der oder die Täter müssen ganz schön zugeschlagen haben. Als das Feuer gelegt wurde, war das Opfer bereits mehrere Tage tot, vielleicht sogar Wochen. Bis ich Ihnen Genaueres sagen kann, auch darüber, welcher Brandbeschleuniger verwendet wurde, müssen erst die gaschromatischen Untersuchungsergebnisse und die Laborbefunde da sein.«

Inga Steenken nickte. Da muss viel Wut oder Hass im Spiel gewesen sein, dachte sie. Irgendwie steckte auch ein Plan dahinter, denn immerhin war der Leichnam einige Tage zwischengelagert worden, bis der Täter die Gelegenheit gefunden hatte, ihn samt Pkw anzuzünden.

»Wir haben im Kofferraum unter dem Leichnam eine Metallstange gefunden, die entweder hier oder in der KTU sein muss. Könnte das die Tatwaffe gewesen sein?«, wollte sie wissen.

44

Jülich schlug sich mit der flachen Hand gegen die Stirn und nickte energisch. Dann griff er unter den Sektionstisch und holte ein etwa ein Meter langes und zwei bis drei Zentimeter breites Metallrohr hervor, das Inga Steenken sofort als dasjenige wiedererkannte, das sie an der Brandstelle gefunden hatten. »Ja, das ist die Tatwaffe. Wir haben Blutanhaftungen des Toten daran sicherstellen können.«

6

Auf dem Weg zur Polizei musste Katharina an ihr Gespräch mit Anton Busmann denken. Warum hatte Rebecca ihr nichts von der Lebensversicherung erzählt? Siebenhundertfünfzigtausend Euro waren kein Pappenstiel. Und unbequeme Ehemänner waren schon für viel weniger auf immer und ewig verschwunden. Es bestand Gesprächsbedarf, so viel war klar.

»Schreibt sich der mit w? Und hinten mit y oder mit i?«, fragte die Polizistin auf der Leichen- und Vermisstenstelle, während sie umständlich die Tastatur vor ihrem Monitor bearbeitete.

Katharina beantwortete die Frage, hatte jedoch wenig Hoffnung, dass die Polizei bisher überhaupt irgendeine erfolgversprechende Spur entdeckt hatte. Die ältere Beamtin erhob sich schwerfällig aus ihrem Drehsessel und schlurfte zu einem halbhohen Stahlschrank. Sie schloss ihn auf und wühlte in einem Stapel Akten. Nach einer Ewigkeit zog sie eine dünne Mappe mit losen Blättern in einer Klarsichthülle hervor.

»Viel ist bisher leider noch nicht unternommen worden. Aber meine Kollegin war auch vier Wochen krank«, sagte sie mit schuldbewusstem Gesichtsausdruck.

»Das kann doch wohl nicht wahr sein! Nach fast zwei Monaten seit der Vermisstenanzeige haben Sie überhaupt nichts unternommen, um den Ehemann meiner Mandantin zu finden?«, fragte Katharina. »Ist denn eine Handyortung durchgeführt worden?«

»Nein«, erwiderte die Beamtin. »Sie sind Rechtsanwältin. Dann muss ich Ihnen nicht erklären, dass wir eine Handyortung ohne Einwilligung des Betroffenen nur bei einem Anfangsverdacht auf ein Kapitalverbrechen oder eine konkrete Lebensgefahr des Opfers beantragen können. Dafür liegen bisher keinerlei Anhaltspunkte vor.« Sie klappte demonstrativ die Akte zu und wollte das Gespräch damit offenbar beenden.

Katharina waren die rechtlichen Möglichkeiten einer Handyortung bekannt und sie ärgerte sich, mit ihrer Frage dieser oberlehrerhaften Polizistin überhaupt eine Vorlage geliefert zu haben, um ihre Untätigkeit rechtfertigen zu können. Sie war drauf und dran, ihr vollmundig klarzumachen, dass die Angaben, die Rebecca Brinkowsky in ihrer Anzeige gemacht hatte, gerade für einen solchen Anfangsverdacht ausreichten. Katharina hatte bereits mit einigen Kriminalbeamten aus der Mordkommission zu tun gehabt. Zwar lagen diese Geschehnisse einige Zeit zurück, aber die Namen waren ihr noch geläufig.

»Mir scheint, ich muss mich in dieser Angelegenheit an Ihre übergeordneten Kollegen halten, die ihre Ermittlungsaufträge etwas ernsthafter verfolgen. Können Sie mir bitte die Dienstnummern von den Kollegen Jansen und Steenken aus der Mordkommission heraussuchen?«, fragte sie frostig.

Die Beamtin stutzte und gab dann widerspenstig die beiden Namen in den Computer ein.

»Kriminaloberkommissarin Steenken erreichen Sie in der Mordkommission 3 unter der Durchwahl 1536«, sagte sie. »Der Kollege Jansen wird hier im Personenverzeichnis nicht geführt. Da müssten Sie die Kollegin Steenken fragen.«

Katharina bedankte sich kühl und fuhr zurück ins Büro. Unterwegs rief sie die Nummer von Inga Steenken an. Die Leitung war besetzt.

∗∗

Jorge de la Penya stammte aus Madrid, arbeitete jedoch seit zwei Monaten als Austauschkorrespondent beim Hamburger Nachrichtenmagazin *EuroPA*. Er war zweisprachig aufgewachsen, denn sein Vater war Deutscher. Ein gelernter Maschinenbauer, der für eine Firma aus Memmingen als Handelsvertreter quer durch die Weltgeschichte unterwegs gewesen war und moderne Turbinen und Industriepumpen vertrieben hatte. In den Achtzigern verliebte er sich während eines Spanienurlaubs an der

Costa Brava Hals über Kopf in die zierliche Rezeptionistin seines Hotels. Da er schon immer ein Mann schneller Entschlüsse gewesen war, teilte er seinem Arbeitgeber noch während des Urlaubs mit, dass er nun sein Lebensglück gefunden habe und die Produkte deutscher Ingenieurskunst künftig direkt auf der Iberischen Halbinsel auf eigene Rechnung verticken werde.

Jorges Mutter stammte aus einem Bergdorf in Extremadura im Nordwesten Spaniens. Ihr Vater hatte eine für diese Region typische Schweinezucht, aber weder Jorges Mutter Afrodita noch eines ihrer vier Geschwister wollten ihre berufliche Zukunft ausschließlich mit der Herstellung des Jamón ibérico verschwenden. So zog es Afrodita zur Ausbildung nach Barcelona in eine große internationale Hotelkette und später in ein Viersternehotel nach Tossa de Mar, wo auch sie schließlich mit dem Handelsvertreter aus Memmingen die Liebe ihres Lebens fand. Nach einer überstürzten Hochzeit und Jorges Geburt lebte die Familie einige Jahre in einem Vorort von Madrid, wo der Vater mittlerweile einen eigenen Maschinenbaubetrieb aufgebaut hatte.

Eines Nachmittags kam Jorge aus der Schule und sah schon im Schulbus die Rettungswagen und die Feuerwehr vor dem elterlichen Betriebsgelände stehen. Aus der Werkshalle quoll dunkler Rauch in den wolkenlosen Himmel. Auf der Eingangstreppe des benachbarten Wohnhauses kauerte seine Mutter, eingehüllt in eine goldglänzende Folie, eng umschlungen von einer Rettungssanitäterin.

Eine Gasexplosion hatte das Hallendach zum Einsturz gebracht und den Vater und zwei Arbeiter schwer verletzt. Der Vater erlag noch am Abend im Krankenhaus seinen Verletzungen, ohne dass Jorge noch einmal mit ihm hatte sprechen können.

Schon wenige Wochen nach der Katastrophe verkaufte die Mutter den gesamten Betrieb. Sie beschloss, die Vergangenheit vollständig abzuschütteln, und nahm für sich und Jorge wieder ihren Mädchennamen an. Sie zogen ins Zentrum von Madrid, wo sie schnell einen Job in einem Reisebüro fand. Als Jorge an die

Journalistenschule nach San Pablo wechselte, gab es nichts, was Afrodita de la Penya noch in Madrid gehalten hätte. Ihr Vater hatte gerade einen Schlaganfall erlitten und sie hatte ihre spärliche Habe gepackt und war auf den elterlichen Hof zurückgezogen. In der Hoffnung, diesen nur vorübergehend bewirtschaften zu müssen, bis der Vater wieder das Ruder übernehmen könnte, saß sie noch immer auf dem kleinen Hof bei ihrer greisen Mutter.

Jorges Verlag hatte ihn im Februar im Austausch mit einem deutschen Kollegen nach Hamburg beordert, wo Jorge in der Redaktion für Investigation hospitieren sollte. Er war heute mal wieder der Letzte im Büro. Das Handy für die Mobilnummer des Nachrichtenmagazins lag neben ihm und wartete darauf, in der Schreibtischschublade verschlossen zu werden.

»Srr. Srr. Srr.«

Vibrierend wanderte das Mobilteil über die Schreibtischplatte. Im Display leuchtete *Anonym* auf. Jorge schaute auf die Uhr. Zwanzig Uhr dreißig.

Stirnrunzelnd nahm er das Telefon hoch und drückte die grüne Sprechtaste. »Nachrichtenmagazin *EuroPA*. Wer spricht?«

Der Anrufer meldete sich mit dünner, leiser Stimme. »Hören Sie gut zu. Ich erzähle es Ihnen nur einmal.«

»Wer sind Sie? Von wo rufen Sie an?«

»Das spielt keine Rolle. Noch nicht.«

»Sagen Sie mir wenigstens Ihren Namen.«

»Nein. Aber das, was ich Ihnen zu sagen habe, sollten Sie sich notieren. Haben Sie etwas zu schreiben?«

»Ja.«

»Ich bin im Besitz von Dokumenten und Unterlagen, die beweisen, dass in den nächsten Wochen eine neuartige, hochbrisante Software für eine Rüstungstechnologie an einen Staat im Nahen Osten verkauft werden soll. Entwickelt wurde sie von einem deutschen Unternehmen.«

Pause.

Jorge atmete hörbar ein. »Ich gehe davon aus, dass eine entsprechende Genehmigung für den Verkauf nicht vorliegt, denn sonst würde dieses Telefonat nicht stattfinden.«

»So ist es.«

»Was ist denn das für eine Technologie? Um welche Firma handelt es sich? Welche Beweise haben Sie dafür?«

»Diese Informationen bekommen Sie noch. Keine Sorge. Ich muss mich zunächst absichern, denn wenn Sie erst an die Öffentlichkeit gegangen sind, werde ich keine Nacht mehr ruhig schlafen können.«

»Warum das? Wir haben hier bei *EuroPA* selbstverständlich Quellenschutz. Darauf können Sie sich verlassen.«

»Scheiß auf Ihren Quellenschutz. Der interessiert den Mossad nicht. Wenn der Deal erst bekannt ist, weiß man auch, wer Ihnen die Information gegeben hat.«

»Mossad? Meinen Sie *den* Mossad?«

»Es gibt nur den einen. Sollte die Regierung in Israel erfahren, dass diese Technologie an einen Erzfeind verkauft wurde, könnte das zu einer neuen Krisensituation im Nahen Osten führen. Und wenn dann noch bekannt wird, dass der Verkäufer ein deutsches Unternehmen ist, dürften die diplomatischen Beziehungen zu Israel einer ernsten Belastungsprobe ausgesetzt sein. Mehr kann ich Ihnen jetzt nicht sagen.«

»Und was wollen Sie von mir? Geld? Viel Geld wahrscheinlich. Ist es das?«

»Nein, es geht mir in erster Linie nicht um Geld. Nicht direkt jedenfalls. Selbst wenn Sie es nicht glauben. Ich möchte, dass Sie mir erst einen Rechtsbeistand besorgen.«

»Was wollen Sie mit einem Anwalt? Wir sind ein Nachrichtenmagazin«, sagte Jorge.

»Sie Idiot. Das weiß ich. Sonst hätte ich wohl kaum angerufen. Aber mit dem, was ich zu tun beabsichtige, mache ich mich strafbar.«

Jorge überlegte einen Moment und stellte fest, dass seine Rechtskenntnisse auf diesem Gebiet bescheiden waren. »Das trifft wahrscheinlich auch auf meine Kollegen und mich zu, wenn wir mit Ihnen zusammenarbeiten.«

»Korrekt. Sie wollen die Story doch exklusiv, oder? Also tanzen wir nach meiner Musik. Und jetzt komme ich auf das Geld zurück, von dem Sie vorhin gesprochen haben.«

»Ich verstehe. Und den Anwalt sollen wir bezahlen«, bemerkte Jorge.

»Sie sind ja ein schlaues Kerlchen.«

Stille.

»Ich muss die Sache erst im Haus besprechen. Das können Sie sich doch vorstellen. Ach ja, haben Sie bei der Anwaltssuche konkrete Vorgaben?«

»Nein, aber er oder sie sollte aus Hamburg kommen, weil die Staatsanwaltschaft dort auch zuständig sein dürfte.«

Der Bursche kannte sich aus. Wahrscheinlich zog er die Nummer nicht zum ersten Mal durch.

»Können Sie mich wieder anrufen?«

»Ja. Wie heißen Sie?«

Jorge nannte seinen Namen. Er wollte gerade fragen, wann sich der Unbekannte zurückmelden würde. Da war die Leitung bereits tot.

7

»Hast du gewusst, dass dein Mann im Januar kurz vor seinem Verschwinden eine Lebensversicherungspolice über siebenhundertfünfzigtausend Euro abgeschlossen hat? Und zwar zu deinen Gunsten.« Die Schärfe, mit der Katharina die Frage durch den Telefonhörer geschickt hatte, bereute sie in derselben Sekunde. Bevor Rebecca antworten konnte, schob sie in normalem Tonfall hinterher: »Da er Anton Busmann davon erzählt hat, gehe ich davon aus, dass du es auch gewusst hast.«

Rebecca holte hörbar Luft, bevor sie antwortete.

»Ja, das stimmt. Es tut mir leid, Katharina, aber an diese Police habe ich überhaupt nicht mehr gedacht. Das musst du mir glauben«, sagte sie in weinerlichem Ton. »Ich habe ja bisher nicht einmal der Versicherungsgesellschaft etwas von Isaaks Verschwinden mitgeteilt, geschweige denn irgendwelche Ansprüche angemeldet. Und ich will von dem Geld gar nichts haben. Das bringt mir Isaak nicht zurück.«

Katharina wollte Rebecca nicht verletzen, allein die Tatsache, dass eine Lebensversicherung in dieser Höhe bestand, war jedoch wichtig. Über die Brücke, dass Rebecca das Geld am Ende gar nicht haben wollte, ging sie noch lange nicht.

»Konntest du dir denn nicht vorstellen, dass diese Information von erheblichem Interesse sein könnte? Besonders für die Polizei«, sagte sie möglichst einfühlsam.

Dann berichtete sie von dem unergiebigen Besuch bei der Leichen- und Vermisstenstelle der Polizei und dem zähen Gespräch mit Anton Busmann.

»Können wir nicht gerichtlich gegen Anton oder die Firma vorgehen? Die müssen mir doch Auskünfte geben, wenn ein Mitglied der Geschäftsführung verschwunden ist«, sagte Rebecca.

»Ja, wir haben da durchaus Möglichkeiten, zum Beispiel können wir vom Betreuungsgericht einen Abwesenheitspfleger einsetzen lassen. Das könnte ich oder jemand anders sein.

Damit hättest du etwas gegen die Firma in der Hand. Bevor das Gericht eine solche Pflegschaft anordnet, müsstest du allerdings nachweisen, dass dein Mann verschollen und nicht einfach nur untergetaucht ist.«

Rebecca ließ nicht locker. »Und wann kann ich Isaak für tot erklären lassen?«

»Normalerweise muss dein Mann zehn Jahre verschwunden sein, erst dann kannst du ihn amtlich für tot erklären lassen. Nur wenn er nach einem Flugzeugunglück oder einer Schiffskatastrophe nicht wiederaufgetaucht ist, gelten kürzere Fristen.« Katharina holte tief Luft. Warum war Rebecca so ungeduldig? »Ich bin dafür, dass wir erst einmal versuchen, die Nachforschungen der Polizei zu unterstützen und vor allem zu beschleunigen. Eine Pflegschaft können wir dann immer noch beantragen. Das geht am Ende ziemlich fix.«

Den Laut am anderen Ende der Leitung wertete sie als Zustimmung.

In diesem Moment ging eine E-Mail aus dem Sekretariat ein.

Ein Herr Kontakos wollte dringend zurückgerufen werden. Der Name war Katharina erinnerlich. Wolf hatte ihn in den letzten Monaten häufiger beim Mittagessen erwähnt. Agapios Kontakos war einer seiner Mandanten, die einer besonderen Betreuung bedurften, wie er sich geheimnisvoll ausgedrückt hatte.

Katharina signalisierte ihrer Gesprächspartnerin, dass sie das Telefonat beenden mussten. Sie vereinbarten, dass sie im nächsten Schritt erst einmal mit der ihr bekannten Kriminaloberkommissarin sprechen sollte. Danach würden sie wieder telefonieren.

Nachdem Katharina aufgelegt hatte, wurde sie das Gefühl nicht los, bei Rebecca Misstrauen gespürt zu haben. Warum, konnte sie sich nicht erklären. Hatte es mit der verschwiegenen Lebensversicherung zu tun, die Rebecca angeblich gar nicht haben wollte?

Aber war sie nicht selbst misstrauisch gegenüber dem, was Rebecca Brinkowsky ihr in Bezug auf ihre Ehe erzählt hatte?

Wenn die angeblich so super gelaufen war, warum hatte Levin dann Ramon im Fahrradschuppen vor der Schule gefragt, ob sie eine Scheidungsanwältin sei? Sie hatte Rebecca von Levins Äußerungen Ramon gegenüber nichts erwähnt. Und je länger sie über die wenigen Worte nachdachte, die sie mit Ramon über dieses Thema gewechselt hatte, desto sicherer war sie sich, dass er künftig völlig aus dem Spiel bleiben musste. Er hatte mit ihren beruflichen Verpflichtungen nichts zu tun. Dass sie ihn ausgehorcht hatte, war nicht richtig gewesen. Sie verdrängte ihr schlechtes Gewissen und suchte in der Akte den Zettel mit der Telefonnummer, die ihr die Beamtin auf der Leichen- und Vermisstenstelle gegeben hatte.

Inga Steenken, die verkniffene Mitarbeiterin des damaligen Kriminalhauptkommissars. Sie waren sich anfangs überhaupt nicht grün gewesen. Erst am Ende war das Eis gebrochen. Und jetzt brauchte sie ihre Hilfe.

Katharina fand den Zettel und wählte die Nummer.

Es war wieder besetzt.

Bei der Handynummer von Agapios Kontakos hatte sie mehr Glück. Er war sofort am Telefon und völlig aufgelöst. Drei Steuerfahnder hatten ihn überraschend aufgesucht und durchwühlten gerade seine komplette Wohnung. Sie verstand nur bruchstückhaft, was er in einem deutsch-griechischen Kauderwelsch ins Telefon brüllte.

»Überfall ... Nazimethoden ... Polizei holen!«

Sie ließ ihn sich erst einmal den Frust von der Seele fluchen. Dann bat sie ihn, den leitenden Beamten ans Telefon zu holen. Während sie mit der Steuerfahndung telefonierte, sollte er ihr den Durchsuchungsbeschluss per E-Mail zusenden. Kurz darauf meldete sich Steueramtsrat Ricke. Der Fahndungsleiter erläuterte ihr, dass der Verdacht bestehe, dass Kontakos in den letzten Jahren gewerbsmäßig mit Scheinrechnungen gehandelt habe.

Da Katharina die Lebensgeschichte von Wolfs Mandanten

kannte, ahnte sie sofort, was es mit den angeblichen Scheinrechnungen auf sich hatte.

Als Sohn eines griechischen Opernsängers hatte Kontakos nach seinem betriebswirtschaftlichen Studium über die Kontakte seines Vaters eine Künstleragentur aufgebaut. Nachdem sein Vater bei einem tragischen Autounfall gestorben war, änderte sich sein Leben schlagartig. Ausgerechnet mit der nicht unerheblichen Erbschaft begann sein wirtschaftlicher Absturz. Durch Vermittlung eines windigen Anlageberaters nahm er in siebenstelliger Höhe Kredite bei verschiedenen Banken auf und steckte das gesamte Geld in angeblich hundert Prozent sichere Immobilienbeteiligungen. »Betongold, nichts anderes«, wie sich der Windhund selbstbewusst ausgedrückt hatte.

Da sich die hundertprozentig sicheren Anlagen als Schrottimmobilien entpuppten, war sein gesamtes Vermögen einschließlich des väterlichen Erbes schnell dahingeschmolzen wie Butter in der Sonne. Der Anlageberater war über alle Berge und die Tatsache, dass er mit internationalem Haftbefehl gesucht wurde, half dem armen Tropf auch nicht weiter. Aufgrund der eindeutigen Vertragslage verabschiedeten sich die kreditgebenden Banken schnell aus ihrer Verantwortung, woran am Ende auch Wolf von Behringer mit seinen juristischen Fähigkeiten im Bankenrecht nichts ändern konnte. Der einzige Trost für den bankrotten Künstleragenten war, dass er nach seinem Insolvenzverfahren einen veritablen Verlust von rund zwei Millionen Euro mitschleppte, der in seiner letzten Einkommensteuererklärung amtlich verbrieft worden war. Das hieß für ihn im Klartext, dass er die nächsten Jahre beruflich neu durchstarten konnte, ohne Einkommensteuern zahlen zu müssen, bis der Verlust aufgebraucht war.

»Es sind bei größeren Künstleragenturen im gesamten Bundesgebiet Rechnungen von Herrn Kontakos aufgetaucht, in denen er als selbstständiger Berater für völlig unspezifizierte Leistungen höhere fünfstellige Beträge abgerechnet hat«, sagte der Steuerfahnder in eindringlichem Ton.

»Aha. Und weiter? Seit wann ist das strafbar?«, kommentierte Katharina.

Der Finanzbeamte schien über diese lapidare Antwort verärgert.

»Wir haben das Bankkonto von Herrn Kontakos gesichtet und wie nicht anders zu erwarten war, sind die Rechnungsbeträge immer pünktlich durch Überweisung von den Kunden bezahlt worden. Wenige Tage nach dem Zahlungseingang hat Herr Kontakos dann regelmäßig rund neunzig Prozent der Nettorechnungssumme in bar von seiner Bank abgehoben. Etwa neunhunderttausend Euro in drei Jahren«, bellte Ricke, als hätte er soeben mit einem Royal Flash den Pott geknackt.

»Und lassen Sie mich raten, die Umsatzsteuer, die er in seinen Rechnungen ausgewiesen hat, hat er auch immer brav seinem Finanzamt gegenüber erklärt und pünktlich bezahlt.« Katharina ahnte, worauf die Sache hinauslief.

»Na klar«, antwortete der Steueramtsrat. »Aber wir haben so unsere Vorstellungen, was Herr Kontakos mit dem ganzen Bargeld angestellt hat. Den größten Teil dürfte er gleich wieder seinen angeblichen Kunden zurückgegeben haben. In bar, versteht sich. Wir gehen davon aus, dass die Rechnungen, die Herr Kontakos geschrieben hat, nur Scheinrechnungen waren. Die kriminelle Folge dieser Masche war, dass die Kunden plötzlich mit hohen Betriebsausgaben in den Büchern ihre Gewinne minimiert und zugleich ordentliche Bargeldbeträge in den Taschen hatten.«

»Und für diese Geschichte haben Sie Beweise?«

»Lassen Sie sich überraschen, Frau Anwältin. Sie werden staunen, wenn Sie erst die Akten durchgesehen haben.« Ricke verabschiedete sich und reichte das Handy wieder an den Griechen zurück.

Katharina würgte den ersten Wortschwall ihres neuen Mandanten elegant ab, denn sie wollte die Sache nicht am Telefon besprechen. Sie vereinbarten einen kurzfristigen Termin im Büro und Katharina riet ihm, dass er zu eventuellen Sachfragen erst einmal schweigen sollte. Nachdem sie aufgelegt hatte, machte sie sich über das Gespräch mit dem Steuerfahnder eine Aktennotiz.

Wenn tatsächlich etwas dran war an dem, was Ricke behauptet hatte, drohte dem Griechen ein Strafverfahren wegen Beihilfe zur Steuerhinterziehung zugunsten seiner diversen Rechnungsempfänger. Und wenn er Pech hatte, ging es um Steuern in siebenstelliger Höhe. Dann würde er wahrscheinlich für einige Jahre in den Bau wandern. Doch so weit war es noch lange nicht. Sie war gespannt, welche Beweise der Fahnder am Telefon gemeint hatte.

***

Inga Steenken war sofort am Apparat. Sie erinnerte sich an Katharina und erkundigte sich spontan nach ihrem Seniorpartner a. D. Katharina musste schmunzeln. Friedemann Hausner schien damals Eindruck bei der jungen Polizistin hinterlassen zu haben.

»Herrn Hausner geht es gut, danke der Nachfrage. Ab und zu steht er uns noch mit Rat und Tat zur Seite. Eigentlich ist er Privatier und ich glaube sogar, ganz gerne.«

Dann erzählte sie der Kriminaloberkommissarin von ihrem unerfreulichen Gespräch auf der Leichen- und Vermisstenstelle. Inga Steenken wunderte sich, dass die Vermisstenmeldung von Isaak Brinkowsky bisher nicht bearbeitet und aufgenommen worden war. Ein absolutes No-Go, wie sie fand. Aber die drastischen Sparmaßnahmen des Hamburger Senats in den letzten Jahren waren eben auch an der Innenbehörde nicht spurlos vorübergegangen.

»Sagen Sie, Frau Tenzer, könnten Sie in Kürze mit Ihrer Mandantin bei uns erscheinen, dass wir die Anzeige noch einmal im Detail aufnehmen? Wäre das möglich?«

Katharina bejahte und sie verabredeten sich gleich für morgen für neun Uhr, vorbehaltlich des Einverständnisses von Rebecca Brinkowsky. Dann berichtete Inga Steenken von dem Leichenfund im Waldstück in Neugraben. Die Beschreibung könnte auf Isaak Brinkowsky passen. Bei dem ausgebrannten Pkw handelte es sich um einen italienischen Mittelklassewagen, der vor der extremen Hitzeeinwirkung eine dunkle Metalliclackierung besessen hatte.

»Wissen Sie denn, ob die Familie einen dunkelblauen oder schwarzen Alfa gefahren hat? Oder vielleicht hat im Freundes- oder Bekanntenkreis jemand ein solches Auto gehabt. So häufig gibt es die ja nicht. Wir wären für jeden Hinweis dankbar, Frau Tenzer.«

Katharina musste schlucken. Konnte man Rebecca mit dieser Entdeckung konfrontieren? Sie fand das Vorgehen der Polizistin sehr direkt, um nicht zu sagen äußerst gefühllos. Nach den Einzelheiten zu urteilen, war sie froh, dass sie Rebecca nicht gleich auf eine Identifizierung in der Rechtsmedizin vorbereiten musste.

»Frau Kriminaloberkommissarin, müssen wir meine Mandantin gleich mit einem konkreten Todesfall konfrontieren?«

Inga Steenken schien gemerkt zu haben, dass ihr Ansinnen etwas unsensibel gewesen war. »Nein, natürlich nicht. Aber wäre es möglich, dass Frau Brinkowsky morgen ein paar getragene Kleidungsstücke oder Ähnliches von ihrem Mann mitbringt? Sie verstehen schon.«

Katharina sagte zu, sich darum zu kümmern, und verabschiedete sich. Nachdem sie aufgelegt hatte, überlegte sie, wie sie ihrer Mandantin beibringen sollte, dass sie morgen früh – rein vorsorglich – geeignete Sachen für einen möglicherweise später einmal notwendigen DNA-Abgleich einpacken solle. Und das, nachdem mehr als zwei Monate seit dem Verschwinden von Isaak Brinkowsky ins Land gegangen waren.

***

Es war der erste milde Frühlingsabend in diesem Jahr und Katharina saß mit ihrer ehemaligen Schulfreundin beim Italiener in der Nähe ihrer Wohnung. Sie hatten es riskiert, sich an einen Tisch auf der offenen Veranda zu setzen, denn die halbhohen Glasscheiben hielten das laue Abendlüftchen in Schach. Ramon war bei einem Freund zum Übernachtungsbesuch. Eigentlich hatte Katharina vorgehabt, ins Kino zu gehen. Dann hatte Millie angerufen. Sie hatten viele Jahre nichts voneinander gehört. Aus alter Verbundenheit heraus hatte sie spontan ihre abendlichen Pläne geändert und war gespannt, zu hören, was aus der Ulknudel von früher geworden war.

Millie hieß eigentlich Milena Krutov. Sie hatten zusammen in Greifswald Abitur gemacht und in dieser Zeit ziemlich viel Unsinn veranstaltet. Nach dem Abschluss hatten sie sich wie so viele Schulabsolventen aus den Augen verloren. Als Katharina an der Uni in Greifswald das Jurastudium aufnahm, startete Millie ihre Karriere mit einer Lehre zur Werbekauffrau bei einer der größten Werbeagenturen Berlins. Schon während des anschließenden Marketingstudiums jobbte sie nebenher in ihrer Lehrfirma und entwickelte früh ein erstaunliches Gespür für die Zusammenhänge von gesellschaftlichen Entwicklungen und unternehmerischen Märkten. Wo immer neue soziale Strömungen entstanden, ob in den Neuen Medien oder in althergebrachten zwischenmenschlichen Kontaktbereichen, Millie wusste sofort, welche Bedürfnisse man innerhalb der jeweiligen Gruppierungen wecken konnte. Sie hatte sich mit Mitte dreißig als Bereichsleiterin bis unterhalb der Vorstandsebene hochgearbeitet. Das Grundbuch einer schnuckeligen Zweiraumwohnung in Berlin-Charlottenburg trug bereits ihren Namen als Eigentümerin. Heute war sie bei einem Kunden in Hamburg gewesen und als sie im Hauptbahnhof aus dem Zug gestiegen war, hatte sie spontan an Katharina gedacht.

Privat war es für Millie nicht ganz so gut gelaufen, denn sie war eben auch ein bisschen verrückt. Irgendwie überdreht. Das war sie schon als Schülerin gewesen. Zwei kurze, heftige Ehen hatte Millie hinter sich und war gerade in der Anbahnungsphase zu einer dritten, was wiederum zu einem gesteigerten Sendungsbewusstsein führte.

»Er ist einfach süß, Kathi. Du musst ihn unbedingt kennenlernen. In seiner Freizeit macht er Triathlon, was ja eigentlich nicht meins ist, aber das kriegen wir schon hin«, sagte sie wie selbstverständlich. »Und das Beste ist, Jonas kann zuhören, ohne gleich Kritik anzubringen.«

»Was ist er von Beruf? Habt ihr euch in der Agentur kennengelernt?«, wollte Katharina wissen.

»Nein. Er ist im Hotelfach tätig. Stell dir vor, er ist für den gesamten Barbetrieb im *Palace* zuständig. Personal, Einkauf und was sonst alles so dranhängt.«

Der Ober brachte ihre Vorspeise und Millie nahm die Unterbrechung dankbar zum Anlass, ihr Handy vom Tisch zu nehmen. Sie hatte es gleich nach ihrer Ankunft mit dem Display nach unten abgelegt. »Ich will seit einiger Zeit meine Abhängigkeit von diesem Ding reduzieren. Es ist auf lautlos gestellt und ich versuche, es zu ignorieren«, hatte sie vollmundig angekündigt und tatsächlich hatte das Gerät seither keinen Laut von sich gegeben.

»Na, schon schwach geworden, Millie?«, flachste Katharina.

»Ja, du hast ja recht. Lass uns was essen«, antwortete sie lachend und legte das Teil wieder mit dem Rücken nach oben auf den Tisch.

Der Abend verlief kurzweilig. Wie Katharina unter anderem erfuhr, war Jonas einige Jahre jünger als Millie und hatte zum Glück mit Familienplanung noch nichts im Sinn. Aber was wollte Millie in ihrem Fünfundsechzig-Wochenstunden-Job mit den ständigen Geschäftsreisen auch mit Familienplanung? Katharina fragte sich sowieso, wann sich die beiden überhaupt einmal zu Gesicht bekämen, denn Jonas schien ausgedehnte berufliche Arbeitszeiten zu haben.

Katharinas persönliche Lebenssituation war bisher nicht zur Sprache gekommen. Millie hatte es anscheinend nicht interessiert und sie selbst hatte hauptsächlich von ihrem Beruf erzählt. Sie ertappte sich wieder mal dabei, die Tatsache, dass sie nach dem Tod ihres Bruders ihren vierzehnjährigen Neffen bei sich aufgenommen hatte, lieber verschweigen zu wollen. Gerade bei Menschen wie Millie forderte dies doch wieder nur die üblichen von Unverständnis getragenen Fragen nach Beruf, Zukunft und Partnerschaft heraus. Darauf hatte sie keine Lust.

Als sie beim Espresso angelangt waren und Millie von ihren Urlaubsplänen im Herbst auf Sri Lanka erzählte, brummte Katharinas Handy in ihrer Tasche. Mandanten riefen abends gewöhnlich nicht mehr an und an möglichen dringenden Anrufern fiel ihr nur Ramon ein. Wahrscheinlich hatte er seine Zahnbürste, frische Unterwäsche oder irgendetwas anderes vergessen. Wenn sie den Redeschwall von Millie jetzt für ein Telefonat mit Ramon über seine vergessenen Unterhosen unterbrechen würde, hätte sie vermutlich genau die Diskussion am Hals, die sie heute Abend um jeden Preis vermeiden wollte. Sie schaute verstohlen auf die Uhr. Es war kurz nach neun. Sie würden sowieso gleich aufbrechen müssen, denn Katharina hatte zugesagt, Millie am Hauptbahnhof abzusetzen. Der letzte ICE nach Berlin fuhr um halb elf. Sie ließ das Handy brummen.

Millie hatte den Anruf gar nicht mitbekommen, sondern ausführlich von den Tauchkursen geschwärmt, die Jonas über das Fünfsternehotel in Colombo gebucht hatte. Sie schaute plötzlich auf die Uhr und wühlte in ihrer Handtasche. Als sie in dem überdimensionierten Utensil fündig geworden war, legte sie ihre Louis-Vuitton-Börse demonstrativ auf den Tisch und blickte sich nach einer Bedienung um.

»Mensch, Kathi, wir verquatschen uns völlig und ich verpasse noch meinen Zug. Meine Liebe, du bist heute eingeladen. Meinetwegen hast du ja wahrscheinlich deine Pläne über den Haufen geworfen.«

Nachdem sie Millie mit dem Versprechen am Hauptbahnhof abgesetzt hatte, sie und Jonas demnächst in Berlin zu besuchen, kramte Katharina ihr Telefon hervor. Nein, Ramon hatte nicht angerufen.

Es war Beat gewesen.

Sie wählte seine Nummer und fuhr vom Parkplatz. Nach wenigen Rufzeichen meldete sich über die Freisprechanlage die weltweit wohlklingendste Telefonstimme, wie sie seinen Schweizer Akzent schon öfter bezeichnet hatte. Er hatte ihre Nachricht, dass er das Fußballcamp buchen könne, auf dem AB erhalten.

»Es tut mir leid, dass ich nicht da war, aber ich habe ein paar Probleme bei verschiedenen Kunden mit ihren Vermögensanlagen. Eine Videokonferenz nach der anderen. Ich hatte allerdings den Eindruck, dass du mit der weiteren Urlaubsplanung in der Schweiz nicht ganz einverstanden warst.« Bevor Katharina etwas sagen konnte, fuhr er fort. »Dann planen wir einfach um. Wir streichen das Fußballcamp und ich fahre mit den Jungs für eine Woche nach Nordschweden zum Lachsangeln nach Jämtland. Da wollte ich schon lange mal hin. Wir holen Ramon aus Hamburg ab und nach einer Woche treffen wir uns alle vier in Stockholm und machen dann zusammen Remmidemmi. Mit allem Drum und Dran. Was hältst du davon? Die Jungs würden das sicher auch toll finden.«

Sie fand die Idee im Prinzip gar nicht so schlecht. Insbesondere fand sie es äußerst rücksichtsvoll, dass er sie gar nicht erst gebeten hatte, schon mit ihm und den beiden Jungs in die Einöde zum Angeln zu fahren. Sie versprach, gleich morgen mit Ramon darüber zu sprechen. Dann bemerkte sie in seiner Stimme eine eigenartige Zurückhaltung, als traute er sich nicht, ihr eine schlechte Nachricht zu übermitteln. Dann sprudelte es aus ihm heraus. Er habe jetzt ernstere Pläne und wolle keine Urlaubsbekanntschaft mehr führen. Sie genoss seine gefühlvollen Worte. Es schien ihm tatsächlich ernst zu sein mit einer gemeinsamen Zukunft. Sie hatten schon früher in viel intimeren Momenten über dieses Thema gesprochen, es jedoch immer wieder vertagt, weil sich keiner so richtig vorstellen konnte, sein bisheriges Leben komplett zu ändern. Er wollte mit ihr mehrere konkrete Pläne besprechen, wie er sagte. Aber nicht am Telefon oder per Skype.

Ihre Gefühle für ihn waren immer noch dieselben wie am Anfang ihrer Beziehung. Sie war ausgesprochen gerne in seiner Nähe. Ja, zeitweise begehrte sie ihn sogar nicht nur körperlich. Doch reichte das? Und vor allem stellte sich die Frage, wie es wäre, wenn sie ihren Alltag gemeinsam meistern müssten. Es schien so, als würde sie sich irgendwann entscheiden müssen.

8

Ludwig Bühlhammer hatte schlecht geschlafen, wie so oft in letzter Zeit. Seine Frau lag ihm immer in den Ohren, dass er sich mehr bewegen solle. Was für ein Quatsch. Sollte er mit fast sechzig etwa das Golfspielen anfangen? Oder besser noch dieses bescheuerte Gehen mit den komischen Stöcken, die sonst nur die Männer mit den knalligen Overalls von der Stadtreinigung verwendeten, um die Anlagen von Papier und Plastik zu säubern. Nein, als CEO, er hasste diese neumodische Bezeichnung eines Vorstandsvorsitzenden einer börsennotierten Aktiengesellschaft zutiefst, musste er ein gewisses Schlafdefizit in Kauf nehmen. Für ein siebenstelliges Jahresgehalt von der *Bellmann & Wächter AG* musste er eben Opfer bringen. Aber letzte Nacht hatte er so etwas wie eine Vorahnung gehabt.

Und heute Morgen waren seine Albträume bittere Realität geworden, als er die Nachricht aus der Entwicklungsabteilung gelesen hatte. Der wichtigste Mann aus dieser Hamburger Klitsche, die sie als Fremdfirma beauftragt hatten, war seit mehreren Wochen nicht erreichbar. Angeblich war er verschwunden. In Hamburg hatten sie wohl schon eine Vermisstenanzeige aufgegeben.

Ludwig Bühlhammer hatte es von Anfang an gewusst.

Sie hätten diese Firma da oben niemals mit dem Projekt betrauen dürfen, trotz der vergleichsweise niedrigen Entwicklungskosten. Die letzte Entwicklungsstufe hatte begonnen und bei der Hamburger Firma war der verantwortliche Geschäftsführer nicht erreichbar.

Jetzt hatten sie den Salat.

Er hasste es, immer recht zu haben.

Bühlhammer griff zum Telefon und beorderte kurzerhand seinen Projektleiter aus der Entwicklungsabteilung in sein Büro.

»Sagen Sie bloß, Sie haben die Zahlung der zweiten Teilrechnung schon freigegeben, wenn jetzt bei dieser Hamburger

Firma der Hauptentwickler verschwunden ist!«, fuhr er seinen Mitarbeiter an.

»Herr Bühlhammer, als wir die zweite Teilrechnung erhalten hatten, bestand kein Anlass, misstrauisch zu werden. Die bisher geschuldeten Leistungen waren mängelfrei erbracht und die Zahlung fällig«, sagte der Projektleiter, während er vor Bühlhammers Schreibtisch stand und sich die Finger weichknetete. Er war ein kleines, dünnes Männchen mit wachen Augen und grünen Pupillen, die hinter den dicken Brillengläsern schnell anfingen zu tanzen, wenn man ihm direkt ins Gesicht schaute.

Bühlhammer tat genau das, während er steif in seinem Chefsessel saß und sich die Brille auf die Nase schob.

»Der gelieferte Teil der Software lief im Test einwandfrei, Herr Bühlhammer. Überhaupt keine Macken. Und dass Isaak Brinkowsky seit Wochen verschwunden ist und seine Frau bei der Polizei eine Vermisstenanzeige erstattet hat, haben wir erst vor Kurzem zufällig aus der Zeitung erfahren. Da war die zweite Rate längst bezahlt.«

»Und wer soll die Software jetzt fertigstellen und für unsere Programmierer konfigurieren? Sie vielleicht? Sehen Sie zu, dass Sie von der Geschäftsführung der Firma so schnell wie möglich eine konkrete Aussage über die Einhaltung des Fertigstellungstermins in einem Monat erhalten. Unsere Auftraggeber machen Druck.«

Er wischte mit der rechten Hand über den Schreibtischrand und gab so zu verstehen, dass das Gespräch für ihn beendet war.

Nicht dass der Bursche noch auf die Idee käme, nach dem wahren Abnehmer zu fragen, um vielleicht ihren eigenen Liefertermin verlängern zu wollen.

Als der Projektleiter die Bürotür hinter sich geschlossen hatte, ließ sich Bühlhammer von seinen Assistentinnen die gesamten Projektunterlagen vorlegen.

Während im Vorzimmer emsige Betriebsamkeit herrschte,

schnappte er sich die Mappe mit der Tagespost. Schon der erste Posteingang hatte es in sich.

Grund war ein Anwaltsschreiben aus Hamburg. Absender war eine dieser Riesenkanzleien, bei denen die Anwälte gar nicht mehr alle oben auf den Briefbogen passten. Man brauchte schon eine Lupe, um die blasse Schrift auf der Rückseite entziffern zu können.

Sie sollten die zweite Rate von vier Komma fünf Millionen Euro binnen einer Woche endlich an die Hamburger Firma *ai-solutions GmbH*, ihren Auftragnehmer, zahlen. Selbstverständlich zuzüglich der Anwaltskosten in unverschämter Höhe.

Was war denn das? Die Zahlung war doch angeblich längst veranlasst, wie sein Projektleiter ihm eben mitgeteilt hatte.

Den Rest der Tagespost legte er zur Seite und mahnte stattdessen noch einmal die angeforderten Unterlagen an. Nach wenigen Minuten brachte ihm eine seiner Assistentinnen einen prallen Ordner.

Zielgenau entdeckte er die entsprechenden Belege. Tatsächlich war die im Januar fällige Rate in Höhe von vier Komma fünf Millionen Euro von ihrem Geschäftskonto abgegangen. Nachdem er sich die Belege aus der Buchhaltung über die Zahlungsausführung genauer angesehen hatte, schnellte sein Blutdruck abrupt in die Höhe. Die Zahlungsanweisung aus ihrer Abteilung vom 21. Januar war auf der Empfängerseite auf ein anderes Bankkonto ausgestellt als jenes, das der Vertrag mit der Firma *ai-solutions* aufwies. Das Geld war an eine ihm völlig unbekannte Firma auf Malta geflossen.

Er blätterte weiter.

Hinter dem Überweisungsauftrag war ein Fax mit dem Datum des 19. Januar abgeheftet, das auf den ersten Blick von der Hamburger Firma stammte und in dem stand, dass sie die vier Komma fünf Millionen Euro bitte an die maltesische Firma zahlen sollten. Er schnappte sich wieder den Vertragsordner und schaute in den Originalvertrag. Für die *ai-solutions* hatten drei Personen gezeichnet. Die Unterschrift unter dem Fax ähnelte keiner von denen im Vertrag. Nicht einmal ansatzweise, wie er zugeben musste.

Was war das denn für eine Scheiße?

Bloß aufgrund dieses Faxes hätte das Geld niemals nach Malta transferiert werden dürfen. Das bedeutete, dass die Schweinehunde entweder in Hamburg oder in seiner Buchhaltungsabteilung saßen. Und angesichts des Anwaltsschreibens aus Hamburg schwante ihm Böses. So dreist, den Betrag bewusst zweimal zu fordern, konnten sie da im hohen Norden nicht sein.

In ihrem Unternehmen gab es klare Zuständigkeiten für Geldüberweisungen ab fünfzigtausend Euro. Neben dem Vorstand für Finanzen musste eine weitere Person aus der jeweiligen Fachbereichsabteilung die Zahlungsanweisung gegenzeichnen. Dann sah er, dass auf dem Beleg zur Zahlungsanweisung eine Unterschrift fehlte.

Schweiß trat ihm auf die Stirn.

Damit nicht genug. Die vorhandene Unterschrift war nicht nur völlig unleserlich, sondern enthielt auch keinen Namenszug unter der Unterschrift, aus dem sich ergeben hätte, wer aus dem Fachbereich diese Auszahlung angeordnet hatte.

Das reichte. Jetzt war der Zeitpunkt gekommen, sofort eine außerordentliche Vorstandssitzung einzuberufen. Er griff zum Hörer und wies seine beiden Assistentinnen an, die entsprechenden Schritte einzuleiten.

Dann wählte er die Nummer seines Finanzvorstands und beorderte ihn in sein Büro.

»Was ist das für eine Sauerei! Wer hat hier grünes Licht für den Geldtransfer nach Malta gegeben?«, brüllte er seinen Vorstandskollegen an und legte ihm die Zahlungsbelege vor, nachdem sich der Mann gesetzt hatte.

Der Finanzvorstand fingerte nervös durch die wenigen Belege.

»Herr Bühlhammer, es tut mir leid, aber zum Zeitpunkt dieser

Überweisung Mitte Januar war ich zwei Wochen krankgeschrieben. Ich hatte ja dieses fürchterliche Magengeschwür, das im Krankenhaus sofort entfernt werden musste«, verteidigte sich der Vorstandskollege plump. »Erinnern Sie sich nicht mehr? Sie haben mich noch im Krankenhaus angerufen und mir die besten Genesungswünsche übermittelt. Übrigens auch von Ihrer Frau.«

Bühlhammer erinnerte sich. Der Vorstandskollege war damals sogar mit einem Rettungswagen aus der Firma direkt ins Krankenhaus gefahren worden. Er schob seinem Gegenüber das Anwaltsschreiben über den Tisch.

»Und was tun wir damit? Mit denen ist nicht gut Kirschen essen«, bellte Bühlhammer.

Der Finanzvorstand machte den Hals gerade und schielte linkisch auf den schlanken, aber wirkungsvollen Text. Dann verdrehte er die Augen und zuckte mit den Schultern. Bühlhammer sammelte die Papiere ein und entließ den Finanzvorstand mit der ausdrücklichen Order, sich auf die kommende Sitzung vorzubereiten.

Die verbleibende Zeit bis zur außerordentlichen Vorstandssitzung verbrachte Bühlhammer mit Denken. Das tat er überhaupt am liebsten, denn es war mit der geringsten körperlichen Anstrengung verbunden.

Er schaute sich immer wieder die einsame unleserliche Unterschrift unter der Zahlungsanweisung an. Natürlich hätte der Auftrag niemals zur Ausführung in die Buchhaltung gelangen dürfen. Das war der erste Fehler. Oberste Priorität hatte die Suche nach der Person, die die Zahlungsanweisung gegengezeichnet hatte.

Der zweite Fehler war die anschließende Onlineüberweisung auf das Konto der ominösen Firma auf Malta. Bei den unzähligen Zahlungsvorgängen ihres Unternehmens an nur einem Tag war die Chance gering, den Schuldigen zu erwischen. Und es würde auch nichts ändern. Für die Fehler ihrer Mitarbeiter mussten sie im Vorstand die Wangen hinhalten.

Und am Ende er.

Die Überlegung, den Betrag als irrtümlich gezahlt von der Firma auf Malta zurückzuverlangen, konnte er gleich vergessen.

Nach drei Monaten?

Er hörte schon die Wirtschaftsprüfer und Anwälte trompeten, was für ein Saftladen sie eigentlich waren, wenn ihnen vier Komma fünf Millionen Euro Fehlbestand in der Kasse erst drei Monate später auffielen. Der Fall *Wirecard* ließ grüßen.

Es blieb ihnen gar nichts anderes übrig, als den Betrag noch einmal an die Hamburger Firma zu zahlen. Einschließlich des horrenden Anwaltshonorars. Bei dem Gedanken daran drehte sich ihm der Magen um, doch es half nichts. Aber dann würde er seine Meute auf diese Firma in Malta loslassen, bis er rausgekriegt hatte, wer dahintersteckte.

Als Allererstes würde er in der außerordentlichen Vorstandssitzung seinem Finanzvorstand vor der gesamten Mannschaft ordentlich den Kopf waschen und Konsequenzen ankündigen. Tatkräftiges Handeln machte sich immer gut. Und einer musste schließlich hängen. Magengeschwür hin oder her.

***

Katharina hatte versprochen, ihre Mandantin von zu Hause abzuholen. Es war kurz vor acht, als sie die vornehm gepflasterte Auffahrt bis vor die breite Eingangstür fuhr. Das weiß getünchte Haus war zwar älterer Bauart, jedoch kostspielig renoviert. Unter dem frisch eingedeckten silbrig schimmernden Satteldach fielen sofort die neuen bodentiefen echten Sprossenfenster auf, die dem schmucken Häuschen zusammen mit den dunkelgrün lackierten Holzläden einen unverwechselbaren Landhauscharakter verliehen. Ramon hatte ihr erzählt, dass die Familie Brinkowsky erst vor Kurzem umgezogen war. Allem Anschein nach warf die Entwicklung künstlicher Intelligenz einiges ab. Die heruntergekommene Büroausstattung in der Firma passte so gar nicht ins Bild.

Rebecca hatte bereits einen Wäschekorb herausgestellt. Auf einer alten, verdreckten Jeans lag eine herkömmliche Zahnbürste. Katharina war erstaunt, wie gelassen Rebecca reagiert hatte, als es hieß, dass sie ungewaschene Kleidung für die Polizei zusammenpacken sollte. Den DNA-Abgleich hatte sie ihr genauso verschwiegen wie die Brandleiche im Kofferraum des Alfa Romeo.

»Ich habe Isaaks Gartenklamotten zusammengepackt. Die sind ziemlich oft getragen. Und seine Arbeitshandschuhe und ein paar alte Stiefel habe ich auch noch dazugepackt. Die Sachen müssten reichen, oder was meinst du?«

Katharina nickte. »Aber ich glaube, es wäre besser, wenn du eine Tüte oder einen Tragebeutel holst. Mit dem Wäschekorb durchs Polizeipräsidium zu laufen, ist vielleicht etwas unglücklich.«

Rebecca verschwand im Haus und erschien nach wenigen Minuten mit einem blauen Jutebeutel in der Hand. Sie packte die Klamotten um und verschloss die Haustür.

Die Fahrt zum Präsidium verlief wortkarg. Erst auf dem Parkplatz kam Rebecca auf den eigentlichen Grund des heutigen Besuchs bei der Polizei zu sprechen.

»Wie ist sie denn so, deine Kommissarin?«, fragte sie.

Katharina wurde den Eindruck nicht los, dass der Termin Rebecca nervös machte.

»Sie ist nicht *meine* Kommissarin. Ich habe sie vor einigen Jahren in einem Fall kennengelernt.« Katharina erwähnte nicht, dass sie damals selbst in großer Lebensgefahr geschwebt hatte. »Ich fand sie sympathisch. Fair und locker. Gar nicht so beamtenmäßig.«

Rebecca nickte stumm.

Inga Steenken hatte in ihrem Dienstzimmer Kaffee und ein paar Plätzchen aufgetischt. Insgeheim war Katharina froh, mit Rebecca nicht in einem sterilen Vernehmungszimmer sitzen zu müssen. Katharina schaute sich in dem Raum um. Drei Schreibtische standen über Eck zusammen, was darauf schließen ließ, dass hier normalerweise drei Beamte ihren Dienst versahen. Die Tür zum Nachbarraum ging auf und ein älterer Kriminalbeamter trat ein. Katharina musste bei seinem Anblick unweigerlich an den Comic denken, der über Ramons Schreibtisch hing. Er zeigte einen völlig zerknitterten jungen Mann auf einer Bettkante. Darunter stand: *Die drei größten Feinde des Morgenmuffels. Tageslicht, Frischluft und das unerträgliche Gebrüll der Vögel.*

Inga Steenken stellte ihn als ihren Kollegen Hasberg vor. Sie drückte ihm wortlos den Beutel mit den Utensilien von Isaak Brinkowsky in die Hand, den Katharina ihr kurz zuvor übergeben hatte. Hasberg verschwand ebenso knurrig, wie er gekommen war. Sie setzten sich und die Polizistin schenkte Kaffee ein.

Rebecca willigte ein, dass Inga Steenken ein Band mitlaufen ließ, während sie ihre Geschichte zum x-ten Mal wiederholte. Katharina bemerkte, dass Rebecca mit der Zeit ihre Zurückhaltung und ihren Respekt vor der Situation und der Lokalität verlor.

Am Ende schaltete Inga Steenken das Band ab, stand auf und ging zum Fenster.

»Zunächst möchte ich mich noch einmal ausdrücklich für die bisherigen Pannen bei uns entschuldigen. Glauben Sie mir, Frau Brinkowsky, das ist zum Glück nicht die Normalität.« Sie hüstelte und schaute Katharina an, die reglos ihren Blick erwiderte.

Dafür kann sich Rebecca auch nichts kaufen. Leider ist dadurch kostbare Zeit vergeudet worden, in der man einige Nachforschungen hätte in die Wege leiten können.

»Ich verspreche Ihnen, jetzt mit umso mehr Nachdruck alle erdenklichen Schritte zu unternehmen, sodass wir möglichst schnell den Verbleib Ihres Mannes aufklären können«, fuhr die Polizistin fort.

Rebecca schnäuzte sich die Nase und nickte verschämt.

»Was unternehmen Sie konkret?«, fragte sie zögernd.

»Wir werden eine Handyortung veranlassen, die Airline, die Firma Ihres Mannes und die infrage kommenden Hotels kontaktieren. Wenn ich es richtig verstanden habe, haben Sie mit der Amerikanerin, der anderen Firmenpartnerin, auch noch nicht gesprochen. Das werden wir nachholen. Und in München werde ich ein paar Kollegen mit dem Bild Ihres Mannes losschicken.«

»Gut«, sagte Rebecca matt.

»Es ist zwar richtig, dass Sie und Ihre Anwältin schon bei vielen dieser Stellen nachgefragt haben, aber glauben Sie mir: Wenn die Polizei das tut, hat die Sache ein anderes Gewicht.«

Katharina nickte. »Frau Steenken, da ist noch etwas, das Sie wissen sollten«, sagte sie bestimmt und schaute dabei Rebecca an. »Der Vermisste hat kurz vor seinem Verschwinden eine Lebensversicherung zugunsten meiner Mandantin abgeschlossen. Wir wollen das nicht verschweigen.«

Die Polizistin hob die Augenbrauen. »Über welche Summe denn?«

»Eine Dreiviertelmillion Euro«, erwiderte Katharina.

»Pf.«

»Ich will das Geld nicht!«, fuhr Rebecca dazwischen. »Das habe ich meiner Anwältin schon gesagt. Sie können das gerne schriftlich haben.«

Katharina nickte.

Inga Steenken war sichtlich überrascht, setzte sich an ihren Schreibtisch und machte sich eine Notiz. Dann bat sie Rebecca um Kopien aller Dokumente des Versicherungsvertrags. Katharina sicherte ihr zu, sich darum zu kümmern. Das Gespräch war beendet und Inga Steenken erhob sich als Erste. Während sie im Fahrstuhl standen, wollte Rebecca wissen, wann sie mit Ergebnissen rechnen dürfe.

»Sobald es etwas gibt, das sich lohnt zu kommunizieren, lasse ich es Sie und Frau Tenzer sofort wissen. Versprochen, Frau Brinkowsky.«

Der Besprechungsraum war rappelvoll. Jorge de la Penya lief mit hochrotem Kopf vor dem übergroßen Bildschirm wie ein Tiger in seinem Gehege auf und ab und wartete auf das Eintreffen des Redaktionsleiters. Heute Morgen hatte der Whistleblower wieder angerufen. Tatsächlich hatte er mit seiner Ankündigung Ernst gemacht. Er werde jetzt die ersten Kostproben verschicken. Im Laufe des Vormittags hatte Jorge dann auch eine E-Mail mit einer angehängten Datei auf seinem Rechner gefunden. Zum Anfüttern, wie der Anrufer sich zuvor ausgedrückt hatte. Der Anhang enthielt über dreißig Seiten, die in deutscher Sprache verfasst waren. Es war ein sogenanntes Pflichtenheft für eine Softwareentwicklung mit der passenden Bezeichnung Projekt *Sensenmann*. Das Dokument war professionell bearbeitet worden, sodass Auftraggeber und Auftragnehmer nicht zu erkennen waren. Sollte sich die Redaktion mit dem Unbekannten über alle weiteren Details einig werden, bekämen sie sämtliche Unterlagen über die neuartige Entwicklung und die anschließende Vermarktung frei Haus. Mit allen überprüfbaren Fakten.

Das Projekt war in der Tat brisant, um nicht zu sagen explosiv, wie Jorge schnell erkannt hatte. Mittels künstlicher Intelligenz erkannte das Programm Personen und erfasste Alter, Geschlecht, Hautfarbe und Bekleidung. Zusammen mit der satellitengestützten Objekterkennung und der Sensorsteuerung für völlig autonomen Flug wurde hier nichts anderes als die elektronische Grundausstattung einer vollautomatischen Kampfdrohne beschrieben.

Der Redaktionsleiter, ein fahriger Endvierziger, hatte soeben Platz genommen und winkte Jorge ungeduldig zu, endlich anzufangen. Er war der Einzige, den Jorge über den Inhalt der E-Mail informiert hatte. Eigentlich gab es ja noch gar nicht viel Konkretes, was er den Kollegen zum jetzigen Zeitpunkt servieren konnte. Aber er hatte in den letzten beiden Stunden alle auf die Schnelle verfügbaren Informationsquellen zu bewaffneten Kampfdrohnen angezapft und eine anschauliche Präsentation zum Status quo zusammengestellt.

Er beschrieb die bislang auf dem internationalen Markt gehandelten Modelle und kam dann auf die in Europa und besonders in Deutschland bis vor einem halben Jahr geführte Diskussion zu sprechen. Pro und Kontra waren nicht nur im Bundestag heiß diskutiert worden, sondern es hatte auch eine breite gesellschaftliche Auseinandersetzung mit dem Thema gegeben. Die Befürworter beriefen sich vehement auf den körperlichen Schutz der kämpfenden Truppe, die Gegner befürchteten den Beginn einer neuen technologischen Kriegsführung, bei der die Hemmschwelle für den Einsatz militärischer Gewalt zu sehr abgesenkt werden würde. Es wäre der erste Schritt auf dem Weg zu Killer Robots. Nach vielem Hin und Her hatte noch vor wenigen Wochen eine Abstimmung im Parlament dazu geführt, dass der Einsatz von bewaffneten Kampfdrohnen bei der Bundeswehr eine politische Mehrheit fand.

»Aber unabhängig von der geschilderten kontroversen Grundsatzdiskussion waren sich beide Seiten einig, dass es niemals zum Einsatz von sogenannten autonomen Drohnen kommen darf«, erläuterte Jorge. »Das sind nach wie vor geächtete Waffensysteme.«

»Was verstehst du genau darunter?«, wollte ein Zwischenrufer wissen.

»Autonome Drohnen sind im Gegensatz zu ferngesteuerten Drohnen selbstständig. Ausgestattet mit einem Steuerungssystem, beurteilen sie Angriffs- oder Verteidigungshandlungen eigenständig und entscheiden sekundenschnell über eine Reaktion darauf.« Er ließ die Worte wirken. »Natürlich mit einem entsprechenden Fehlerrisiko.«

»Haben die Amis so was nicht längst?«, wollte eine andere Kollegin wissen.

»Nein, nach dem, was ich auf die Schnelle herausfinden konnte, gibt es anders als bei Autos autonome Steuerungssysteme im militärischen Bereich noch nicht.« Er ließ den Beamer das nächste Bild präsentieren. »Zumindest war das mein Kenntnisstand bis heute Morgen.«

Auf dem Bildschirm war jetzt die erste Seite des Pflichtenhefts des Projekts *Sensenmann* zu sehen.

»Das ist der Grund, warum der Chef kurzfristig eine Redaktionssitzung anberaumt hat. Ihr seht hier ein sogenanntes Pflichtenheft. Das ist im Grunde nichts anderes als die genaue Beschreibung des Umfangs und der Ausgestaltung eines abzuarbeitenden Auftrags. So etwas gibt es insbesondere im IT-Bereich, wenn es um die Entwicklung eines konkreten Projekts geht.«

Er scrollte den Text weiter nach unten und ließ seine Kollegen die von ihm hervorgehobenen Stellen lesen.

»Das ist die Beschreibung der Softwareentwicklung einer absolut autonomen Kampfdrohne, wie es sie weltweit noch nicht gibt.«

Er schaute in die Runde und stellte zufrieden fest, dass viele wie gebannt auf den Bildschirm starrten. Andere nickten anerkennend in seine Richtung.

»Und wenn ich euch jetzt sage, dass die Entwicklung bereits abgeschlossen sein soll und das fertige Produkt von einer deutschen Firma unter Verstoß gegen das Kriegswaffenkontrollgesetz an die Araber verkauft wurde oder demnächst verkauft werden soll, wisst ihr um die Brisanz der Angelegenheit.«

Alle nickten. Einige machten sich Notizen oder nahmen ihre Telefone zur Hand.

Jorge berichtete von seinen beiden Gesprächen mit dem Whistleblower. »Er möchte, dass wir ihm einen Anwalt besorgen, der sich mit der Staatsanwaltschaft in Verbindung setzt und einen Deal aushandelt. Straflosigkeit und Aufnahme in ein Zeugenschutzprogramm mit neuer Identität. Unser Mann hat keine Lust, jahrelang irgendwo in einer Bananenrepublik im Asyl zu versauern wie Julian Assange.«

Wieder nickten alle.

»Außerdem will er Quellenschutz und ein Handgeld von einer halben Million Euro. Eigentlich ganz preiswert.« Er hüstelte und blickte zum Redaktionsleiter, der sich zu keiner Regung herabließ.

»Und was bekommen wir dafür?«, fragte jemand von ganz hinten aus dem Kollegenkreis.

»So wie ich den Anrufer verstanden habe, wird er uns exklusiv sämtliche Dokumente zuspielen, um alle an dem Geschäft beteiligten Firmen und Personen hochgehen zu lassen. Das wird eine Riesenstory. Er will bis morgen Abend wissen, ob wir sie haben wollen. Wenn nicht, klopft er an eine andere Tür.«

Der Redaktionsleiter stand auf und hob beide Hände. »Ruhe bitte, bitte Ruhe ... Ich habe heute Morgen bereits mit unserem Mehrheitsgesellschafter gesprochen und grünes Licht für diesen Deal erhalten. Wir sollen das machen. Mit diesen Beweisen können wir die Story um diesen kriminellen Waffenhandel mit den Arabern ganz groß und exklusiv aufziehen. Obendrein haben wir mit dem Thema Kampfdrohnen Stoff für viele weitere Auflagen. Sobald Jorge die Dokumente hat, prüfen wir sie auf ihre Echtheit hin und dann wird recherchiert, was das Zeug hält. Ich werde mich gleich um einen geeigneten Anwalt kümmern.« Er nahm Platz und bedeutete Jorge, fortzufahren.

Allgemeines Gemurmel erhob sich in der Runde, einige wiegten skeptisch die Köpfe.

Eine ältere Kollegin stand energisch auf. »Wisst ihr eigentlich, dass die Sache ziemlich gefährlich werden kann? Wenn die Abnehmer dieser Technologie im Libanon oder in Teheran sein sollten, wird der israelische Geheimdienst Himmel und Hölle in Bewegung setzen, um dieses Geschäft zu verhindern. Koste es, was es wolle. Und wenn wir damit an die Öffentlichkeit gehen, ist wahrscheinlich nicht nur der Hinweisgeber in Lebensgefahr, sondern alle anderen Beteiligten auch. Wollen wir das riskieren?«

Der Redaktionsleiter biss sich auf die Unterlippe und blickte auf den Bildschirm. Ihm war anzusehen, dass es in ihm brodelte.

Jorge nickte demonstrativ in Richtung der Kollegin. »Definitiv, ja. Diese Sauerei aufzudecken, sind wir der Öffentlichkeit schuldig.«

9

Für den Vormittag hatte sich der griechische Künstleragent mit dem imposanten Verlustvortrag bei Katharina in der Kanzlei einen Termin geben lassen. Er hatte den Schock der Razzia anscheinend gut verdaut, denn er machte einen aufgeräumten Eindruck und war in angriffslustiger Stimmung. Sie würden es den gierigen Steuereintreibern schon zeigen. Und wenn man die horrenden Erbschaftsteuern berücksichtige, die er nach dem Tod seines Vaters habe zahlen müssen, dann sei dieser Überfall nichts anderes als ein persönlicher Rachefeldzug der Finanzämter gewesen, die ihn nach seiner Erbschaft kahlpfänden wollten. Gerichtsbeschlüsse hin oder her, seine Anwälte müssten diesen Raubrittern jetzt einmal deutlich die Grenzen aufzeigen.

Katharina hörte dem forschen Vortrag gelassen zu und nickte hier und da bedeutungsschwanger. Was fehlte, war nur ein Verweis auf die alten Nazimethoden.

Wirtschaftsstrafmandate, in denen die Beweislage erdrückend war, die Mandanten aber überhaupt kein Unrechtsbewusstsein an den Tag legten, waren undankbar, denn es bedurfte einer Menge Fingerspitzengefühl. Bis zu welchem Punkt war man bereit, für einen lukrativen Auftrag die Uneinsichtigkeit eines Delinquenten mitzutragen und ihn sehenden Auges in den Ruin stürzen zu lassen? Bei Agapios Kontakos kam hinzu, dass er eigentlich ein Mandant von Wolf war.

Nach der ersten Beschwerdewelle lenkte Katharina das Gespräch auf die Formalien und ließ ihn eine Vollmacht und eine Honorarvereinbarung mit einem ordentlichen Stundensatz unterschreiben. Dann erwähnte Katharina den üblichen Kostenvorschuss. Sie war gespannt, wie er sich verhalten würde. Zusammen mit dem Durchsuchungsbeschluss hatte die Staatsanwaltschaft nämlich auch gleich einen Vermögensarrest über eins Komma fünf Millionen Euro beim Gericht erwirkt. Die Höhe entsprach nach Ansicht der Steuerfahndung den angeblich nachzuzahlenden Steuern. Das Gericht hatte der Zahlenakrobatik der Steuerfahnder dem Anschein nach nichts entgegenzusetzen und übernahm die Summen schlank und stempelte sie ab. Als die Ermittler morgens bei Kontakos an der Tür geklingelt hatten, waren seine Bankkonten bereits gesperrt. Ihr neuer Mandant war praktisch blank.

»Keine Sorge, Frau Tenzer, das mit dem Vorschuss geht in Ordnung, den besorge ich.«

Katharina erklärte ihm, dass sie erst Einsicht in die amtlichen Akten nehmen müsse, bevor sie eine Verteidigungsstrategie besprechen könnten. Wegen der radikalen Pfändungsaktionen handelte es sich um eine Eilsache, daher würde sie die Akten schnell erhalten. Kontakos war einverstanden und sie vertagten sich auf Anfang nächster Woche. Nachdem sie ihn verabschiedet hatte, ging sie direkt zu Wolf von Behringer, der ihr aus einem Stapel Aktenordner heraus zuwinkte.

»Hallo, Wolf, ich hatte gerade die erste Besprechung mit deinem Mandanten Kontakos. Keine erfreuliche Sache, die du mir da vermittelt hast. Möglicherweise wird es für ihn eng. Wenn er nicht noch einiges in petto hat, wandert er wahrscheinlich für ein paar Jahre in den Bau. Allerdings weiß er davon noch nichts.«

»Ich kenne Agapios lange. Er ist wirklich kein schlechter Kerl. Mit diesen Finanzanlagen vor vielen Jahren ist er schon einmal auf den Rat irgendeines Gauners hereingefallen. Und jetzt das. Diese Idee mit den Scheinrechnungen stammt mit Sicherheit auch nicht von ihm. Und er hat wie immer gleich das große Geld gewittert.«

Katharina nickte und schaute auf ihr Handy, das gerade durch ein sattes Brummen eine Nachricht ankündigte. Ramon hatte anscheinend zwischenzeitlich mit Noah Ferry erst einmal den Sommerurlaub klargemacht. Ohne auf die Idee zu verfallen, sie zu fragen, ob sie damit einverstanden sei.

Katharina gab Wolf ein Zeichen, dass sie dringend telefonieren müsse, und verschwand in ihr Büro. Sie war selbst schuld. Weil sie nach wie vor nicht wusste, wie es mit Beat und ihr weitergehen sollte, hatte sie bisher nicht mit Ramon über Beats Vorschläge gesprochen.

Sie schaute auf die Uhr. Ramon hatte gerade große Pause. Sie wollte seine Nummer wählen, da läutete ihr Festnetztelefon. Die Mitarbeiterin vom Empfang kündigte eine Frau McDermott an, die im Wartezimmer sitze. Einen Termin habe sie nicht, aber sie würde gerne mit Katharina sprechen. Es gehe um Isaak Brinkowsky.

Shannon McDermott. Das war eine handfeste Überraschung, mit der Katharina nicht gerechnet hatte. Jedenfalls nicht jetzt.

Anscheinend war Shannon McDermott gerade aus Amerika zurückgekehrt und Anton Busmann hatte ihr prompt aufgegeben, dass Katharina gerne mit ihr über das Verschwinden von Isaak Brinkowsky reden würde.

Shannon McDermott war wie ihre beiden Partner um die vierzig. Katharina hatte noch das Video von der Website der Firma *ai-solutions* vor Augen. Schon darin war ihr Shannon McDermott maskulin vorgekommen. In natura hatte die Frau noch einmal ordentlich Muskelmasse draufgepackt. Ihr Körper war kompakt, fast quadratisch und ließ jegliche weibliche Form vermissen. Nur das Gesicht unter den kurzen blonden Locken hatte weiche Züge, die so gar nicht zum Rest der Erscheinung passten.

Sie sprach fast akzentfreies Deutsch und auf Katharinas Nachfragen hin erzählte sie, dass sie zweisprachig aufgewachsen sei. Sie redete ungezwungen von ihren Eltern, die sich auf der Ramstein Air Base, dem Hauptquartier der US Air Force in Deutschland, kennengelernt hatten. Ihr Vater war ein hoher Offizier bei der MP gewesen und ihre Mutter arbeitete als Übersetzerin bei einer Abteilung des amerikanischen Militärgerichts. Beide lebten seit einigen Jahren im wohlverdienten Ruhestand und pendelten mehrmals im Jahr zwischen Frankfurt und San Francisco.

Es gibt wahrlich schlechtere Altersschicksale, dachte Katharina und schenkte ihnen Kaffee ein.

»Ich komme gerade aus Kalifornien, wo ich einen Abstecher zu meinen Eltern mit einem beruflichen Termin verbunden habe. Eigentlich wollte ich erst in ein paar Tagen nach Deutschland zurückkehren, aber die beiden haben überraschend Besuch erhalten«, sagte sie lächelnd. Ihre Stimme war ruhig und klar. Auf Katharina wirkte sie ein wenig zu cool.

Als Katharina Isaak Brinkowsky erwähnte, veränderte sich ihre Miene schlagartig. Sie presste die Lippen zusammen, ihre Hände wurden unruhig. Shannon McDermott erzählte, dass Isaak und Anton die Ideengeber und Tüftler in der Firma seien. Sie kümmere sich darum, dass die Entwicklungen am Ende auch Abnehmer fanden. Seit gut zwei Jahren seien sie den Kinderschuhen entwachsen und die Firma fahre gute Umsätze ein.

Nichts, was ich nicht schon wusste, sagte sich Katharina.

»Bleiben wir beim Thema, Frau McDermott. Rebecca Brinkowsky hat mir erzählt, dass die Firma zuletzt einen großen Auftrag an Land gezogen hat. Ihr Mann soll seit Monaten zu Hause durcheinander gewirkt haben. Mit ihr hat er kein einziges Wort über seine Arbeit und sein Stimmungstief gesprochen, sondern ist ihren Fragen ausgewichen. Können Sie mir sagen, was das für ein besonderer Auftrag war, an dem Isaak zuletzt gearbeitet hat?«

Shannon McDermott verschränkte die Arme vor dem Oberkörper und lehnte sich zurück. »Nein, das tut mir leid. Ich kann Ihnen auch nicht mehr sagen als das, was Sie von Anton erfahren haben.«

»Ihnen ist klar, dass Rebecca Brinkowsky Sie notfalls auf Erteilung von Auskünften über sämtliche Belange der Firma verklagen kann.«

»Bevor ich zu Ihnen gekommen bin, habe ich mich bei unserem Firmenanwalt erkundigt. Der hat gesagt, so einfach erhalten Sie kein Urteil. Sie müssten erst nachweisen, was mit Isaak passiert sei.«

Sieh an, sieh an. Beim Anwalt seid ihr also schon gewesen. Was habt ihr nur zu verbergen, was Rebecca nicht erfahren soll?

»Und was, glauben Sie, ist mit ihm passiert?«, fragte Katharina immer noch in freundlichem Ton.

»Ehrlich gesagt, ich weiß es nicht. Die Sache ist für mich völlig unverständlich. Das habe ich auch Rebecca gesagt, die mir wirklich leidtut.«

»Halten Sie es denn für wahrscheinlich, dass Herr Brinkowsky aus der Familie ausbrechen wollte und irgendwo untergetaucht ist?«

»Nein, das ist in meinen Augen völlig ausgeschlossen. Seine Familie ist sein Ein und Alles. Insbesondere Levin. Den würde er niemals einfach so im Stich lassen.«

Katharina nickte. »Dann bleiben nur drei Möglichkeiten. Entweder hatte er einen Unfall, er hat Suizid begangen oder er ist Opfer eines Verbrechens geworden.«

***

Inga Steenken legte den Laborbericht zur Seite und griff zum Telefonhörer. Hasberg war sofort am Handy. Er kam gerade aus dem Gerichtssaal und war auf dem Weg ins Präsidium. Bevor sie etwas sagen konnte, ließ er erst einmal kräftig Dampf ab und beschwerte sich über die Art und Weise der Befragung durch einen der Verteidiger in dem gerade laufenden Mordprozess.

Es war einer ihrer Fälle aus dem letzten Jahr, der jetzt verhandelt wurde. Hasberg hatte damals die Ermittlungen geleitet und in seinen Augen hatte der Junge seine Großtante kaltblütig erwürgt. Und das für zweitausendfünfhundert Euro, die sie gerade von der Bank geholt und von denen sie ihm einen Hunderter an der Tür zugesteckt hatte.

»Pass auf, Hasberg, in der Sache mit der verkohlten Leiche in dem Kofferraum gibt es neue Entwicklungen. Wir wissen jetzt, wer der Tote ist. Ich habe bereits die Kollegen informiert. In einer halben Stunde setzen wir uns zusammen. Schwing deinen Hintern hierher«, sagte sie und legte auf.

Sie blieb noch einen Moment am Schreibtisch sitzen.

Ihre Gedanken waren bei Rebecca Brinkowsky und ihrem Jungen. Auch wenn sie nun schon einige Jahre bei der Mordkommission arbeitete, das Überbringen von Hiobsbotschaften lastete immer schwer auf ihrem Gemüt. Die DNA-Proben von den Utensilien, die Rebecca Brinkowsky zur Anzeigenaufnahme mitgebracht hatte, stimmten genetisch mit denen der Brandleiche aus Neugraben überein. Der Todeszeitpunkt konnte nach den Untersuchungen der Brandstelle und des Autowracks und laut der rechtsmedizinischen Befunde auf zwei bis drei Wochen nach dem Verschwinden des Opfers vor zweieinhalb Monaten eingegrenzt werden.

Die Ergebnisse der KTU waren demgegenüber unspektakulär. Das Metallrohr, das sie im Kofferraum gefunden hatten, bestand aus verzinktem Edelstahl, hatte einen Durchmesser von fünf Zentimetern und war einen Meter fünfundzwanzig lang. Üblicherweise wurden solche Rohre im Gerüstbau oder im Metallbau zum Aufstellen von Schildern oder Zelten verwendet. Bei dem Pkw handelte es sich um einen fünf bis zehn Jahre alten Alfa Romeo. Die Fahrgestell- und Motornummer hatte man identifizieren können. Die Werksanfragen liefen bereits. Die gaschromatischen Untersuchungen hatten ergeben, dass der Wagen mit Benzin ordentlich aufgeheizt worden war.

Inga Steenken schnappte sich die Vermisstenakte und ging noch einmal ihren Vermerk durch, den sie im Anschluss an das Gespräch mit den beiden Frauen niedergeschrieben hatte. Es gab einige Ungereimtheiten in dem Fall, die alle möglichen Spekulationen zuließen und eine Menge Fragen aufwarfen. Die Tatsache, dass Isaak Brinkowsky kurz vor seinem Tod eine Lebensversicherung zugunsten seiner Ehefrau über siebenhundertfünfzigtausend Euro abgeschlossen hatte, ging ihr nicht aus dem Kopf.

Und war die Aussage, dass sie das Geld gar nicht annehmen wollte, nicht nur eine Schutzbehauptung?

War der Fall wirklich so einfach?

Sie nahm die Unterlagen und begab sich in den Besprechungsraum am Ende des Flurs, in dem schon zwei Kollegen warteten.

Gesa Zanker war extrem gut in der Internetrecherche und kannte sich im World Wide Web bestens aus. Immer wieder überraschte sie das Team mit erstaunlichen Recherchen, bei denen Inga Steenken stets kopfschüttelnd ihre eigenen Grenzen erkennen musste. Jondracek, ihr zweiter IT-Experte, war bekannt dafür, dass kein Passwort vor ihm sicher war. Er konnte tage- und nächtelang vor beschlagnahmten Laptops oder PCs sitzen und sich wie ein Maulwurf durch die Datenmengen graben, bis er Zugriff auf alle Dateien hatte.

Hasberg war noch nicht von seinem Gerichtstermin zurück, musste aber jeden Augenblick zur Tür hereinschneien. Inga Steenken berichtete ihren Kollegen von den Fakten und Hintergründen, die Rebecca Brinkowsky in Gegenwart ihrer Anwältin bei der Vermisstenanzeige erläutert hatte. Dann reichte sie die Laborbefunde aus der Rechtsmedizin und der KTU an alle weiter.

»Ich möchte aus ermittlungstaktischen Gründen, dass wir das Laborergebnis noch ein wenig zurückhalten, selbst auf die Gefahr hin, dass die Anwältin von Frau Brinkowsky das nicht besonders nett finden und mir die Hölle heißmachen wird. Das nehme ich auf meine Kappe.«

»Was hast du vor?«, wollte Gesa wissen.

»Bevor wir die Resultate aus dem Labor an die Angehörigen weiterleiten, möchte ich zumindest in München, in Zürich und bei den Fluggesellschaften nachgefasst haben. Außerdem will ich die Bewegungsdaten seines Handys haben. Auf ein oder zwei Tage kommt es nicht an. Das Ergebnis dieser Ermittlungen würde ich gerne kennen, wenn ich Rebecca Brinkowsky die Nachricht vom Tod ihres Mannes überbringe.«

Gesa und Jondracek nickten. In diesem Moment betrat Hasberg den Raum und Inga Steenken fasste für ihr das Wesentliche zusammen. Dann erinnerte sie sich, dass sie Gesa gebeten hatte, sich um die auf dem Wagenboden sichergestellte Schnalle zu kümmern. Bis jetzt hatte sie noch keine Gelegenheit gehabt, danach zu fragen.

Gesa nickte und übergab ihr einen Beweismittelbeutel mit der besagten Schnalle.

»Ich habe die Lederschnalle in der KTU reinigen lassen. Die Darstellung auf der Schließe ist jetzt gut zu erkennen«, sagte sie und hob ein Papier in die Höhe. »Das Emblem auf der Gürtelschnalle habe ich für alle vergrößert. Daneben seht ihr das, was meine Recherche ergeben hat. Es zeigt die Menora.«

»Die was?«, fragte Hasberg.

»Die Menora stellt einen siebenarmigen Leuchter dar und ist eines der wichtigsten religiösen Symbole des Judentums. Sie ist im Übrigen auch Bestandteil des Staatswappens von Israel.«

Alle starrten auf das Papier und nickten anerkennend.

»Das ist noch nicht alles«, fuhr sie fort. »Die Menora befindet sich außerdem im Emblem des Mossad.«

10

»Du hättest mich wenigstens vorher fragen können, bevor du mit Noah und Beat die Urlaubsplanung übernimmst. Ich bin schließlich nicht dein Butler oder Chauffeur. Möglicherweise habe ich ja ganz andere Pläne für den Sommerurlaub«, warf Katharina ihrem Ziehsohn an den Kopf.

Sie saßen beim Abendessen und Ramon hatte nebenbei den Wunsch geäußert, dass Katharina ihm für den Sommerurlaub in Schweden eine eigene Angel kaufen solle. Von seinem Geld, wie er gönnerhaft ergänzte. Er hatte nach dem Tod seines Vaters eine kleine Geldsumme geerbt, die Katharina für ihn bis zur Volljährigkeit verwaltete. Das Vormundschaftsgericht wachte mit Argusaugen über die Abrechnungen der Geldanlagen und Ausgaben, die Katharina in regelmäßigen Abständen einreichen musste. Das Pflegegeld der Stadt von gut tausenddreihundert Euro im Monat, das sie für Ramon erhielt, reichte normalerweise für den Alltag aus. Besondere Kosten für Urlaubsreisen oder größere Anschaffungen hatte sie bisher aus eigener Tasche bezahlt. Sie verdiente schließlich nicht schlecht und für die ewigen Diskussionen mit den Behörden über die Notwendigkeit eines zweiten Fernsehers oder einer kostspieligen Fußballreise hatte sie keinen Nerv. Das mit der Angelausrüstung musste sie sich noch einmal überlegen. Eigentlich hatte er für seine fehlende Rücksichtnahme ihr gegenüber einen Denkzettel verdient.

Als hätte er ihre Gedanken gelesen, zeigte er plötzlich einen Anflug von Reue. Er legte den Löffel in die Suppentasse und lehnte sich zurück. »Okay, okay, du hast recht. Tut mir echt leid. Aber ich hätte so einen Bock auf das Angeln mit Noah und Beat. Wir schlafen in Holzhäusern und machen Lagerfeuer oder Nachtwanderungen im Hellen, sagt Beat. Voll cool.«

Er schielte zu ihr rüber und setzte dabei seine beste Waffe ein. Die großen dunklen Augen, die er von seiner costa-ricanischen

Mutter geerbt hatte, besaßen eine grenzenlose Tiefe und waren doch so fröhlich trotz seines Schicksals.

»Noah hat gesagt, er hat zwei verschiedene Angeln. Eine zum Fliegenfischen und eine für Lachse.« Er beugte sich nach vorne und löffelte den Rest Suppe aus. »Schön wär's, wenn ich wenigstens eine hätte.«

Innerlich hatte sie sich bereits mit dem Gedanken abgefunden, Ramon für eine Woche mit zum Angeln zu schicken und dann nach Stockholm nachzukommen. Schweden kannte sie nicht und von Stockholm hatte sie bisher nur Interessantes gehört. In jedem Fall war ihr diese Variante lieber, als zwei oder drei Wochen in der Schweiz bei Beat zu verbringen. Jedenfalls in ihrer jetzigen Gefühlslage.

»Warum heiratet Beat dich eigentlich nicht? Noah fände das auch normal und alles wäre viiiel einfacher«, sagte er und griff sich einen Apfel aus der Obstschale.

Katharina schüttelte unmerklich den Kopf.

Der Junge hatte anscheinend gerade seine telepathischen fünf Minuten.

»Hör mal, Ramon, Heiraten ist keine einseitige Angelegenheit. Nicht Beat würde *mich* heiraten, sondern *wir* würden heiraten. Und dann würden wir ja auch erst einmal nur zusammenziehen, um zu schauen, ob wir alle miteinander im Alltag klarkommen.«

»Ich komme klar, auf alle Fälle. Und wie ihr das Zusammenleben nennt, ist doch wurscht«, sagte er flapsig.

»Ich weiß nicht, ob du dir das alles so gut überlegt hast, mein Lieber. Bei uns können die zwei nicht einziehen, das ist dir ja wohl klar. Und wenn wir in die Schweiz ziehen, würdest du hier alles hinter dir lassen müssen. Freunde, deinen Fußballverein, die Schule. Würdest du das wirklich wollen?«

»Weiß nicht«, sagte er nachdenklich, schnappte sich sein Tablet und fläzte sich im angrenzenden Wohnzimmer aufs Sofa.

»Würdest du bitte den Tisch abräumen, Ramon. Ich rufe Beat

an und bespreche mit ihm die Einzelheiten für den Sommerurlaub«, sagte Katharina und holte ihr Smartphone.

»Hm«, war seine Antwort, aber er ließ dem knappen Kommentar zumindest Taten folgen.

Katharina wollte gerade die Nummer von Beat wählen, da
klingelte ihr Handy. Es war Wolf. Er war noch im Büro und hielt
sich für seine Art der Kommunikation am Telefon erstaunlich
lange mit Allgemeinplätzen auf.

Dann war es endlich heraus.

Eine spontane Essenseinladung. Einfach so. Der guten alten
Zeiten wegen.

In einer halben Stunde werde er sie abholen. Katharina überlegte, wie lange es her war, dass sie allein ohne beruflichen Grund
zusammen essen gewesen waren.

Ein Jahr? Anderthalb?

Sie wusste es nicht. Und warum gerade heute? Was hatte er
vor? Wolf war niemand, der irgendetwas unternahm, ohne einen
Plan zu haben. Spontaneität war ihm fremd, ja fast schon zuwi-
der. Eigentlich hatten sie mittlerweile eine professionelle Ebene
miteinander gefunden.

Oder tat sie ihm unrecht?

Sie schaute auf die Uhr. Es war kurz vor halb acht.

»Also, Wolf, ehrlich. Das fragst du mich jetzt? Wir haben gerade gegessen und du weißt, dass ich Termine planen muss. Auch
wenn Ramon vierzehn ist, ohne Vorlauf und eine Absprache geht
das nicht. Das predige ich dem Jungen ja selbst immer.«

Er sagte nichts und sie merkte, dass sie ihn brüsk abgekanzelt
hatte.

»Entschuldige, so war das nicht gemeint. Ich freue mich über
die Einladung und gehe gerne mit dir essen. Ich glaube, das weißt
du auch. Aber so kurz entschlossen … Das kenne ich gar nicht
von dir. Liegt denn was Besonderes an?«

Er druckste herum, rückte dann jedoch mit der Sprache
heraus. Ein alter Studienfreund, Partner in einer größeren, über-

örtlichen Sozietät, hatte ihn angesprochen. Berlin, Frankfurt und Zürich. Ja, hatte sie richtig verstanden? Zürich?

Es war eine alte Seilschaft. Die Kanzlei, in der Wolfs Spezi von früher mittlerweile Partner war, wollte einen Standort in Hamburg aufbauen und hatte grundsätzlich Interesse an einer Kooperation. Man sei offen für alles.

Dass Wolf von Behringer ein zielstrebiger Mann war, war für Katharina nichts Neues. Er hatte ihr einmal erzählt, dass er mit seiner Fachrichtung Bankrecht eigentlich in eine größere Kanzlei gehöre. Doch Friedemann Hausner habe ihn damals geschickt mit der Aussicht gelockt, trotz einigermaßen normaler Arbeitszeiten ein ansprechendes Einkommen erzielen zu können. Mit anderen Worten, wenn er sich beweisen würde, winkten Mandate mit überdurchschnittlichen Streitwerten, oder die Auftraggeber zuckten nur mit den Schultern, wenn er Stundensätze jenseits von fünfhundert Euro vorschlagen würde. Friedemann Hausner hatte nicht zu viel versprochen. Wolf wusste um seine berufliche Situation.

Er wäre allerdings nicht er selbst, wenn er sich auf den Ruf seines alten Studienkollegen hin nicht wenigstens anhören würde, was er zu bieten habe.

»Hast du denn schon mit Sophia und unserem Senior gesprochen?«

»Natürlich nicht, Kathy. Du bist die Erste, die davon erfährt. Du weißt genau wie ich, dass Sophia da nie und nimmer mitmachen würde. Und ihre Pfeffersäcke von Mandanten aus dem edlen Westen würden sich in solch einer Kanzlei niemals gut aufgehoben fühlen.«

»Das weiß ich nicht. Ich glaube eher, dass dieses Modell nicht zu dem komplizierten Privatleben von ihr passt. Was willst du jetzt konkret unternehmen?«

An eine Vergrößerung der Kanzlei hatte sie schon länger gedacht, insbesondere als sich ihr Seniorpartner im letzten Jahr vollständig aus dem aktiven Geschäft zurückgezogen hatte.

Katharina war von Natur aus ein risikoscheuer Mensch. Und ein solcher Schritt, zu Ende gedacht, würde unter Umständen finanzielle Risiken, aber auch Chancen bieten.

Und dann war da die Niederlassung in Zürich, von der Wolf gesprochen hatte.

Zürich. Das klang fast wie ein Aufbruchssignal.

»Wenn ich es richtig in Erinnerung habe, hast du in Zürich oder irgendwo in der Nähe einen …« Weiter kam er nicht.

»Pass auf, was du jetzt sagst«, zischte sie.

Sie mussten lachen.

Das ist ja wie verhext heute, dachte sie. Alle Welt scheint meine Gedanken zu lesen. Sie verständigten sich darauf, morgen beim Mittagessen über ihre gemeinsame berufliche Zukunft zu reden.

Hoffentlich bleibt es bei einer gemeinsamen Zukunft. Sie allein mit Sophia? Das würde nicht gut gehen.

Beat war Feuer und Flamme, als Katharina erzählte, dass sie mit dem Angelurlaub der drei einverstanden sei und sich auf eine anschließende gemeinsame Zeit in Stockholm riesig freue. Allerdings sei ihr ja auch nichts anderes mehr übrig geblieben, nachdem er und Noah Ramon die Sache so schmackhaft gemacht hatten. Am anderen Ende der Leitung herrschte kurz Funkstille. Seine Entschuldigung, sie fehle ihm und er wünsche sich nichts sehnlicher als einen gemeinsamen Urlaub mit ihr, verursachte ein Gefühl innerer Wärme. Beat versprach ihr, sich um alles zu kümmern und sich die nächsten Tage wieder zu melden.

Katharina drückte die rote Hörertaste. Sie würde heute Nacht in Gedanken bei ihm sein. In der Schweiz. Ganz in der Nähe von Zürich. Schade, dass sie vergessen hatte, Wolf nach dem Namen der Kanzlei in Zürich zu fragen.

Sie schickte ihm eine WhatsApp und wartete gespannt auf eine Antwort.

***

Jorge stieg aus der U-Bahn und nahm die Treppen hoch zum Jungfernstieg. Die tief hängenden schwarzen Wolken öffneten sich schlagartig und es fing wie aus Kübeln an zu regnen. Der Wind frischte auf und da er als halber Spanier niemals einen Regenschirm dabeihatte, trat er einige Stufen zurück in den U-Bahn-Abgang und wartete, bis der erste Schauer vorbeigezogen war. Er hatte es nicht mehr weit, denn Rechtsanwalt Dr. Hüne residierte in den Großen Bleichen, etwa achthundert Meter von der Haltestelle entfernt. Die Anwaltskanzlei, die das Nachrichtenmagazin regelmäßig juristisch beriet, bestand aus Spezialisten aus dem Bereich Presse- und Urheberrecht und hatte den Kollegen wärmstens empfohlen. Der Redaktionsleiter hatte Jorge darüber informiert, dass er bereits mit dem Anwalt telefoniert und ihn über die wesentlichen Fakten ins Bild gesetzt hatte. Auf dessen Wunsch hin hatte er auch die Dokumente von dem Whistleblower übersandt. Jorge fand, dass sein Chef viel zu vorsichtig an die Sache heranging. Ein Faktencheck war ja gut und schön, aber gleich einen juristischen Spezialisten zurate zu ziehen, war seiner Meinung nach zu viel des Guten.

Dr. Fritz Hüne war Mitte sechzig und galt als bestens vernetzt bis in die Tiefen des hanseatischen Behördensumpfs. Vor zwanzig Jahren hatte er es mit dem richtigen Parteibuch sogar bis zum Staatsrat der Innenbehörde gebracht. Jetzt übernahm er nur noch Fälle, die ihn entweder juristisch faszinierten oder derart lukrativ waren, dass nur Idioten sie ablehnen würden. Er war gerade damit beschäftigt, seine Orchidee auf der Fensterbank zu gießen, als seine Assistentin den Raum betrat und den Redaktionsmitarbeiter Jorge de la Penya ankündigte, der bereits im Wartezimmer sitzen würde.

Nachdem der Advokat Jorges Bericht über die beiden Telefonanrufe des Whistleblowers und seine Internetrecherche vernommen hatte, lehnte er sich in seinem Chefsessel zurück und strich sich über den kahlen Schädel.

»Wenn diese Technologie bei den Arabern in die falschen

Hände gerät, käme das in der Tat einem politischen Erdrutsch gleich. Wir hätten im Nahen Osten auf der Stelle einen neuen Brandherd. Und bei uns im Wirtschaftsministerium würden Köpfe rollen«, sagte er bedächtig. »Wenn ich zunächst auf das Dokument zu sprechen kommen darf, das mir über die Technologie an sich zugemailt wurde. Sie wissen, was ich meine?«

Jorge nickte eifrig. »Sie meinen das Pflichtenheft, nicht wahr?«

»Genau. Da sämtliche Angaben anonymisiert wurden, ist nicht erkennbar, für welche Vertragsbeziehung es eigentlich gilt.«

Jorge runzelte die Stirn. »Wie meinen Sie das?«

»Ich will es Ihnen erklären. Ihr Hinweisgeber behauptet, diese Technologie sei von einem Hamburger Unternehmen entwickelt und über ein anderes Unternehmen an die Araber verkauft worden. So habe ich Ihren Chef am Telefon jedenfalls verstanden.«

Jorge nickte erneut.

»Okay. Also wäre zuerst zu klären, ob das Pflichtenheft überhaupt für die Hamburger Firma bestimmt ist. Und wenn ja, müsste man prüfen, ob diese Technologie unter das Kriegswaffenkontrollgesetz fällt.« Er musterte Jorge durch seine dicken Brillengläser. »Eine Rolle Panzerdraht fällt zum Beispiel für sich genommen nicht darunter, auch wenn Sie damit ein Gelände einzäunen wollen, auf dem Atomwaffen hergestellt oder Munition gelagert wird, kapiert?«

Jorge nickte brav. Er ahnte, was der Jurist meinte, traute sich aber nicht nachzufragen.

»Ich will damit nur sagen, dass Sie höllisch aufpassen müssen, wenn Sie Behauptungen in diese Richtung aufstellen. Ihr Verlag sollte sich gut absichern und die Rechtslage eingehend prüfen lassen.«

»Alles klar, das habe ich verstanden.« Jorge machte sich eine Notiz. »Sagen Sie, wenn ich mich nicht irre, gibt es eine Whistleblower-Richtlinie der Europäischen Union.«

»Ja, mein Bester«, antwortete der Anwalt oberlehrerhaft, wobei er die Augen verdrehte. »Diese Richtlinie existiert zwar, aber sie muss erst in nationales Recht umgesetzt werden, und zwar bis Ende des Jahres. Das Gesetzgebungsverfahren ist allerdings auf den Weg gebracht. Nur im Moment haben wir noch keine gültige Rechtsänderung. Nichts Konkretes zumindest, was es zu berücksichtigen gäbe.« Er kramte umständlich in der Schublade, holte einige Formulare hervor und legte sie auf die Tischplatte. »Haben Sie sich schon einmal überlegt, mit welchem Auftrag Sie oder der unbekannte Anrufer mich eigentlich mandatieren wollen?«

Jorge nickte und blickte auf seinen Notizblock. »Wir hatten uns vorgestellt, dass Sie die Informationen, die uns geliefert werden, auf ihre Beweisfestigkeit hin prüfen und die Rechtslage checken, die Sie angesprochen haben. Wenn uns alles den geforderten Betrag wert ist, würden wir den Geldtransfer der fünfhunderttausend Euro gerne über Sie abwickeln.«

Der Anwalt lächelte süffisant. »Sonst noch was?«

»Na ja, und dann müssten Sie uns darüber aufklären, ob wir und der Whistleblower uns mit der Weitergabe der Informationen strafbar machen würden.« Jorge räusperte sich und sein Blick blieb an der Schreibtischkante hängen. »Wir in der Redaktion gehen zurzeit davon aus, dass das der Fall sein wird. Deshalb müssten Sie auch Kontakt mit der Staatsanwaltschaft aufnehmen und Straffreiheit für alle Beteiligten herausholen. Und schließlich möchte unser Informant ins Zeugenschutzprogramm.«

»Mehr Wünsche haben Sie nicht?«, fragte Dr. Hüne grinsend.

Jorge schüttelte den Kopf.

»Ich kann ja verstehen, dass Sie die ganz große Story wittern, doch so einfach ist die Angelegenheit leider nicht. Das habe ich Ihnen ja bereits erklärt«, äußerte der Anwalt bedächtig. »Wenn wir genau wissen, was der Hinweisgeber zu bieten hat, und es dabei bleibt, dass der Vertrieb von Software der einzige Handelsgegenstand war oder ist, kann ich unter Zuhilfenahme eines Patentanwalts rechtlich beurteilen, ob es sich um eine Kriegswaffe im Sinne des Kriegswaffenkontrollgesetzes handelt. Die

Rechtslage ist da nach meinem Kenntnisstand noch ziemlich jungfräulich, aber das kriegen wir schon hin.«

»Wir haben nicht tagelang Zeit«, erlaubte sich Jorge einzuwenden.

»Das ist mir klar. Wenn ich das Material bekomme, brauchen wir aller Voraussicht nach drei bis vier Stunden. Mehr nicht.«

»Okay, das müsste drin sein«, sagte Jorge.

»Und schließlich müssen Sie sich darüber Gedanken machen, wen ich vertreten soll. Ihre Redaktion, also den Verlag, einzelne Personen des Verlags oder den Hinweisgeber? Alle kann ich aus standesrechtlichen Gründen nicht vertreten, denn es könnte ja zu einer Interessenkollision kommen. Und das ist so etwas wie die heilige Kuh des anwaltlichen Standesrechts.«

Jorge nickte und notierte sich erneut etwas.

»Ach ja, und dieser Geldtransfer. Ihren Chef habe ich so verstanden, dass der Hinweisgeber Bargeld haben will. Womöglich noch irgendwo nachts auf einer Autobahnraststätte … So was mache ich grundsätzlich nicht. Ich bin ja nicht in den Vereinigten Staaten. Da müssten Sie sich schon einen Privatdetektiv oder etwas Ähnliches suchen«, sagte Dr. Hüne lächelnd.

Jorge erinnerte sich, dass der Whistleblower tatsächlich von Bargeld gesprochen hatte. Ob die Redaktion einen externen Privatdetektiv einschalten würde, war zweifelhaft. Er ahnte, dass der Job am Ende an ihm hängen bleiben würde.

Sie verabschiedeten sich und vereinbarten, dass sich die Redaktion melden werde, wenn die Sache heiß werden würde. Selbstverständlich war Dr. Fritz Hüne mit der Weitergabe seiner Kontaktdaten an den Hinweisgeber einverstanden. Auch dass die Honorarfrage erst am Ende besprochen werden sollte, nahm Jorge wohlwollend zur Kenntnis. Wahrscheinlich will er erst einmal die Brisanz der Informationen verdauen, um dann Sensationsaufschläge zu verlangen, ging es ihm beim Abschied durch den Kopf.

Als er wieder in der Bahn saß, schwirrte ihm der Kopf. Während der Fahrt dachte er an die Gespräche mit dem unbekannten Anrufer. Es klang alles so irre. Was aber war, wenn die ganze Sache am Ende nur ein Fake war?

Nein, das konnte er sich beim besten Willen nicht vorstellen. Und nach dem letzten Telefonat hatte er sogar den Eindruck gewonnen, dass der Whistleblower schon ein gewisses Maß an Vertrauen zu ihm aufgebaut hatte.

Das galt es jetzt zu nutzen.

Wenn sein Magazin die Sache durchzog, dann nur mit ihm. In keinem Fall durfte es dazu kommen, dass sie ihn irgendwie ausbooteten, nur weil er ein Austauschkorrespondent war und nicht zur Stammbelegschaft gehörte. Er wollte bei dieser Nummer nicht den Kürzeren ziehen. Und zwar karrieremäßig und finanziell. In Gedanken malte er sich aus, wie er als gemachter Mann mit seiner Freundin in Spanien einen gut dotierten Job als Chefredakteur antrat.

Was war der Anruf an dem Abend in der Redaktion doch für eine glückliche Fügung des Schicksals, dachte Jorge. Ein Hochgefühl überkam ihn, wie er es lange nicht verspürt hatte.

11

Katharina trat aus dem Gerichtsgebäude und schaltete ihr Handy ein. Eine Sprachnachricht von Rebecca war vor etwa einer Stunde auf der Mailbox eingegangen. Die Polizei hatte sich bei ihr gemeldet und um einen erneuten Gesprächstermin bei ihr zu Hause gebeten. Es gebe neue Entwicklungen. Inga Steenken hatte auch noch ein paar Fragen. Und sie würde gerne mit ihrem Sohn sprechen. Vorausgesetzt, Rebecca habe nichts dagegen. In der Hoffnung, dass Katharina bei dem Gespräch zugegen sein könnte, hatte sie fünfzehn Uhr vorgeschlagen und die Kriminaloberkommissarin hatte eingewilligt.

Es war jetzt kurz nach zwei, aber Katharina wollte erst noch im Büro vorbeifahren, um ihre Unterlagen mitzunehmen. Wer weiß, welche Fragen die Polizei haben würde?

Auf dem Weg zu ihrer Mandantin überlegte Katharina, ob sie gegen die Befragung von Levin durch die Polizei intervenieren sollte. Bestand die Möglichkeit, dass der Junge irgendetwas erzählen würde, was im Widerspruch zu den Äußerungen von Rebecca stand? Andererseits hinterließ es keinen glaubwürdigen Eindruck, wenn Rebecca ihren Mann als vermisst meldete und gleichzeitig eine Befragung des vierzehnjährigen Sohns verhinderte. Sie müssten in jedem Fall vorher darüber sprechen. Sie wählte Rebeccas Nummer. Die saß noch im Bus, konnte jedoch frei reden. Sie teilte Katharinas Bedenken ob einer möglichen widersprüchlichen Aussage von Levin, hegte allerdings keinen Zweifel daran, dass er ihre Angaben eins zu eins bestätigen würde. Und auch Rebecca war der Meinung, dass es nicht überzeugend wäre, wenn sie eine Befragung ihres Sohns verhindern würde.

Fünf Minuten vor drei fuhr sie überpünktlich bei ihrer Mandantin in die Auffahrt. Von einem Zivilfahrzeug oder Streifenwagen war nichts zu sehen. Sie war gerade ausgestiegen und hatte ihre Aktentasche von der Rückbank genommen, da sah sie zwei weibliche Personen auf sich zukommen. Eine davon war Kriminaloberkommissarin Steenken, die andere kannte sie nicht. Sie wurde ihr als Kriminalkommissarin Zanker vorgestellt. Sie war kräftiger gebaut als Inga Steenken und mindestens einen Kopf größer. Beide machten auf Katharina einen niedergeschlagenen Eindruck.

Rebecca öffnete die Eingangstür und Katharina fiel sofort auf, dass sie erst vor Kurzem geweint haben musste.

Sie gingen ins Wohnzimmer und Rebecca bot Kaffee oder Tee an und wies einladend auf die großzügige Wohnlandschaft neben der Terrassentür. Der flüchtige Blickkontakt zwischen den Polizistinnen blieb Katharina nicht verborgen, bevor sie sich dankend für Kaffee entschieden. Irgendetwas geht in ihnen vor, dachte Katharina und half Rebecca beim Hereintragen der Getränke aus der Küche.

»Frau Brinkowsky, wir würden zunächst gerne mit Ihrem Sohn Levin sprechen, wenn Sie nichts dagegen haben«, begann Inga Steenken.

Rebecca blickte zu Katharina. Sie nickte freundlich. Wortlos erhob sich Rebecca, ging zur Wohnzimmertür und rief das Treppenhaus hinauf. Nach einem Moment erschien Levin Brinkowsky im Türrahmen und sah unsicher von einer Besucherin zur anderen. Seine Mutter umfasste seine Schultern und setzte sich dann in den großen Wohnzimmersessel. Levin nahm auf der Lehne Platz.

Katharina verfolgte die einfühlsame Befragung durch die Kriminaloberkommissarin aufmerksam und musste erkennen, dass sie mit Sicherheit nicht zum ersten Mal einen Jugendlichen in einer psychischen Stresssituation befragte.

Levin machte seine Sache hervorragend. Der Junge wirkte zwar angespannt und ab und zu drohte seine Stimme zu versagen, aber er fing sich jedes Mal. Er schien sich seine Antworten stets gut zu überlegen, denn er ließ sich Zeit damit. Manchmal blieb sein Blick auf dem Pistolenholster von Kriminalkommissarin

Zanker hängen. Neue Erkenntnisse ergaben sich nicht. Levin hatte zuletzt am Morgen des 13. Februar, am Tag der Abreise seines Vaters nach München, am Frühstückstisch mit ihm gesprochen. Am Ende erwähnte er, dass er seit dem Verschwinden seines Vaters mindestens zweimal die Woche vergebens versucht habe, ihn auf dem Handy zu erreichen. Zuletzt sei nicht einmal mehr die Mailbox angesprungen.

Gesa Zanker ergriff das Wort.

»Ich muss Ihnen leider eine traurige Nachricht überbringen. Wir haben vor einigen Tagen eine nicht identifizierte männliche Leiche aufgefunden. Die DNA Ihres Mannes stimmt mit der des Toten überein.« Sie holte tief Luft. »Ein Irrtum ist ausgeschlossen. Es tut uns aufrichtig leid.«

Katharina blieb die Luft weg. Inga Steenken ließ Rebecca nicht aus den Augen. Sie saß wie versteinert in ihrem Sessel und starrte aus dem Wohnzimmerfenster. Dann ertastete sie die Hand ihres Sohns und umklammerte sie so fest, dass die Fingerknöchel des Jungen weiß wurden. Die andere Hand ballte sie zur Faust und drückte sie zwischen die Zähne. Ihr Gesicht war aschfahl und ein Schluchzen schüttelte sie.

Katharina stand auf, setzte sich auf die andere Sessellehne und legte den Arm um Rebeccas Schultern. Levin erwiderte stumm den Händedruck seiner Mutter. Er konnte den Blick nicht von der Beamtin abwenden, die die fürchterliche Botschaft überbracht hatte. Er atmete schwer, dann kullerten dicke Tränen über seine Wangen.

»Auch ich möchte Ihnen beiden mein aufrichtiges Beileid aussprechen«, brach Inga Steenken das Schweigen.

In diesem Augenblick riss sich der Junge von seiner Mutter los und stürmte aus dem Zimmer. Die trampelnden Schritte verloren sich im Haus. Katharina war im Begriff, sich zu erheben, da hielt Rebecca sie zurück.

»Lass ihn, er will jetzt allein sein, das weiß ich. Ich kümmere mich gleich um ihn«, sagte sie.

»Rebecca, es tut mir so leid …«, flüsterte Katharina und streichelte sanft über ihren Handrücken.

»Frau Brinkowsky, wir müssten Ihnen noch einige Fragen stellen, wenn Sie sich dazu in der Lage fühlen«, sagte Inga Steenken in beruhigendem Ton. »Wir können Ihnen Einzelheiten über den Tod Ihres Mannes mitteilen, wenn Sie es wünschen. Wie Sie wissen, ist bereits einige Zeit verstrichen und wir benötigen dringend Ermittlungsansätze.«

Rebecca schaute Katharina fragend an.

Sie zuckte mit den Schultern. »Du musst entscheiden, ob du dich dazu in der Lage siehst. Wenn nicht, verschieben wir das.«

Rebecca hatte sich wieder etwas gefangen und erklärte sich bereit, für Fragen zur Verfügung zu stehen, allerdings wollte sie sich erst im Bad frisch machen und dann kurz nach Levin sehen. Inga Steenken bat Katharina, ihre Mandantin zu begleiten, und verschwand währenddessen im Gäste-WC.

Nach zehn Minuten saßen sie wieder im Wohnzimmer. Rebecca hatte auf dem Sofa die Beine hochgelegt und sich von Katharina einen Cognac bringen lassen. Levin war auf seinem Zimmer geblieben.

Inga Steenken berichtete, wann und wo sie die Leiche gefunden hatten und dass der Todeszeitpunkt von der Rechtsmedizin auf ungefähr Ende Februar bestimmt worden war. Als Rebecca vernahm, dass man ihren Mann brutal mit einer Eisenstange erschlagen und anschließend zusammen mit einem Auto angezündet hatte, verfiel sie in einen Weinkrampf. Katharina fürchtete, dass sie die Befragung jeden Moment abbrechen mussten.

»Das ist ja fürchterlich … Der Arme … Was muss er gelitten haben?« Sie schluchzte in ihr Taschentuch. »Und Neugraben? Was hat er da gemacht? Wo war er überhaupt von Mitte bis Ende Februar?«

»Das sind genau die Fragen, die auch wir uns stellen, Frau Brinkowsky«, sagte Gesa Zanker.

»Ich habe keine Ahnung, nicht die leiseste«, sagte Rebecca verzweifelt.

»Haben Sie denn überhaupt eine Vorstellung, wer Ihrem Mann nach dem Leben getrachtet haben könnte?«, fragte die Polizistin.

»Da waren die ganzen antisemitischen Anfeindungen, unter denen wir seit Jahren gelitten haben. Wir sind Juden, wissen Sie, und das ist leider in Deutschland zurzeit wieder sehr gefährlich. Selbst Levin haben sie in der Schule nicht in Ruhe gelassen. Deswegen sind wir aus der Wohnung in das Einfamilienhaus umgezogen. Levin wird im nächsten Schuljahr die Schule wechseln. Und die Polizei tut nichts.«

Katharina musste an ihr beiläufiges Gespräch mit Ramon neulich beim Abendessen denken und daran, dass er davon gar nichts erzählt hatte.

»Wie sahen denn diese Anfeindungen im Einzelnen aus? Können Sie uns Namen nennen?«, fragte Inga Steenken.

»In dem Mietshaus, in dem wir bis Oktober letzten Jahres gewohnt haben, lebten unter uns die Metzgers. Eine fürchterliche Familie. Er betreibt im Süden der Stadt eine Motorradwerkstatt und fährt selbst eine schwere Harley. Ich glaube, er ist Mitglied in so einer völkischen Kameradschaft, denn ab und zu lungerten auf dem Hof bei uns ganz seltsame Typen herum. Alle fuhren Motorräder und hatten Embleme auf ihren Lederjacken, die ich nicht entziffern konnte. Levin wollte diese Abzeichen mal fotografieren, doch ich habe es ihm ausdrücklich verboten. Und im letzten Sommer stand er einmal mit nacktem Oberkörper in der offenen Wohnungstür, als ich durchs Treppenhaus ging. Er hat auf die tätowierten SS-Runen auf seiner Brust gezeigt und feist gegrinst. Ein widerlicher Kerl. Und seine Frau ist Alkoholikerin. Ich glaube, früher ist die mal anschaffen gegangen. Das Klischee schlechthin, aber es passt.« Sie holte tief Luft. »Trotzdem schafft es die Polizei nicht, nachzuweisen, dass es Antisemiten sind, die für die Judensterne im Treppenhaus und unsere vollgepinkelten

Fußabtreter verantwortlich waren. Alle Anzeigen, die wir erstattet haben, sind im Sande verlaufen. Da macht man sich schon seine Gedanken …«

Inga Steenken nickte verständnisvoll.

»Frau Brinkowsky, ich verspreche Ihnen, wir gehen der Sache nach«, sagte sie und notierte sich die Anschrift.

»Sind alle in Ihrer Familie israelische Staatsangehörige?«, wollte Gesa Zanker wissen.

»Mein Mann und ich haben die deutsche und die israelische Staatsangehörigkeit. Für uns ist das aufgrund einer gesetzlichen Sonderregelung ja möglich. Unsere Familien sind im Gegensatz zu uns streng praktizierende Juden, wenn Sie verstehen, was ich meine.«

Die Polizistinnen nickten.

»Das hat auch zu einem Zerwürfnis zwischen Isaak und seiner Familie geführt. Sein Onkel in Tel Aviv ist Rabbiner und spricht deswegen seit Jahren nicht mehr mit ihm. Mein Gott, wie sage ich es ihnen nur?« Sie schüttelte den Kopf und vergrub das Gesicht in den Händen. »Levin ist früher in einen jüdischen Kindergarten gegangen und wird zweisprachig erzogen.« Es klang wie eine Entschuldigung.

»Lassen wir das Thema fürs Erste. Wir kommen später sicherlich noch einmal darauf zurück«, sagte Inga Steenken und nickte ihrer Kollegin zu.

»Wir haben festgestellt, dass Ihr Mann am 10. Februar für den 14. einen Flug von München nach Zürich über seine Kreditkarte gebucht hat. Das hatten Sie ja schon selbst herausgefunden. Wie wir weiter festgestellt haben, ist er tatsächlich geflogen«, sagte Gesa Zanker und nahm einen Schluck Kaffee. »In Zürich ist er umgestiegen und am Nachmittag weiter nach Malta geflogen, wo er angeblich um achtzehn Uhr dreißig gelandet ist.« Sie blätterte in ihrem Notizbuch. »Ich sage angeblich, weil eine Bestätigung der SWISS Air, dass er tatsächlich geflogen ist, noch aussteht. Entweder verliert sich seine Spur in Zürich oder auf

Malta. Insbesondere haben wir noch keine Spur, wie und wann er zurück nach Hamburg gelangt ist.«

»Sein Handy war zuletzt in München eingeloggt. Er hat es nach der Landung in Zürich nicht wieder eingeschaltet«, ergänzte Inga Steenken.

»Frau Brinkowsky, was uns vollkommen unverständlich erscheint, ist die Tatsache, dass Ihr Mann nach seiner Rückkehr aus Zürich oder aus Malta nach Hamburg gekommen sein muss und sich weder bei Ihnen noch in seiner Firma gemeldet hat«, sagte Gesa Zanker.

»Ihr Ton missfällt mir. Wollen Sie damit etwa behaupten, meine Mandantin hätte Ihnen Unwahrheiten erzählt?«, fuhr Katharina scharf dazwischen.

Die Angesprochene runzelte die Stirn.

»Entschuldigung, wenn Sie mich missverstanden haben«, sagte Gesa Zanker. »Selbstverständlich glauben wir Ihren Schilderungen, Frau Brinkowsky. Wir haben momentan keinen Grund, daran zu zweifeln. Ich wollte Sie nur fragen, ob Sie sich erklären können, wo sich Ihr Mann in den letzten zehn Tagen des Februars in Hamburg aufgehalten haben könnte und warum er nicht heimgekehrt ist.«

»Das ist mir völlig unerklärlich«, antwortete Rebecca. »Das kann nur mit der Firma zusammenhängen. Aber Toni, also Anton Busmann, hat mir nichts gesagt. Angeblich haben die auch seit Isaaks Abreise nach München nichts mehr von ihm gehört.«

Katharina räusperte sich und ergriff das Wort. »Ich kann Ihnen zu diesem Thema nur mitteilen, dass Herr Busmann und Frau McDermott die Angaben meiner Mandantin bestätigt haben.«

»Ach, die andere Partnerin aus der Firma ist aus den Staaten zurück? Und Sie haben bereits mit ihr gesprochen, ohne uns zu informieren, Frau Tenzer?«, fragte Inga Steenken.

»Es gibt keinen Grund, sich aufzuregen. Frau McDermott ist gestern völlig überraschend und unangemeldet bei mir im

Büro erschienen, weil ich Herrn Busmann gebeten hatte, ihr das auszurichten. Ich wollte Sie heute selbstverständlich davon in Kenntnis setzen, was ich hiermit getan habe«, antwortete Katharina bissig.

Die Kriminaloberkommissarin nickte und wechselte das Thema. »Haben Sie eine Erinnerung, ob irgendjemand in Ihrem Bekannten- oder Freundeskreis einen schwarzen Alfa Romeo fährt oder mal gefahren hat, Frau Brinkowsky? So sieht das Auto in neuwertigem Zustand aus.« Sie hielt Rebecca einen Ausdruck hin.

Rebecca schüttelte den Kopf und reichte ihn an Katharina weiter. Dann kam die Sprache auf das Metallrohr, mit dem Isaak Brinkowsky so brutal erschlagen worden war.

»Hatten Sie möglicherweise in den letzten Monaten vor dem Verschwinden Ihres Mannes in irgendeiner Form mit einem Bauunternehmen zu tun?«, fragte Gesa Zanker. »Aller Wahrscheinlichkeit nach handelt es sich bei der Tatwaffe um einen Teil eines Gerüsts, wie es hundertfach auf dem Bau verwendet wird.«

»Ja, wo Sie das jetzt so fragen …«, setzte Rebecca zu einer Antwort an und stockte. »Könnte ich mit Frau Tenzer kurz unter vier Augen sprechen, bevor ich Ihre Frage beantworte?«

Die Polizistinnen runzelten die Stirn.

»Frau Brinkowsky, wir sind nicht von der Steuerfahndung, sondern ermitteln in einem Mordfall. Schwarzarbeit interessiert uns nicht«, sagte die Kriminaloberkommissarin.

Katharina ging davon aus, dass Inga Steenken mit ihrer Vermutung ins Schwarze getroffen hatte.

Rebecca nickte stumm, begann dann aber zu erzählen. »Ja, ich vermute, Isaak hat die Bauarbeiter, die noch bis in den Februar Arbeiten an unserem Dach ausgeführt haben, schwarz bezahlt. Für etwa zwei Wochen stand an einigen Stellen tatsächlich ein Gerüst. Um alle Renovierungsarbeiten hat sich von Anfang an mein Mann gekümmert.« Sie setzte sich aufrecht hin und nippte an ihrem Cognac. »Wenn ich mich richtig erinnere, hat er mir erzählt, dass die ohne Rechnung arbeiten würden. Bezahlt haben muss er sie in jedem Fall, denn sie haben sich bis heute nicht mehr gemeldet. Und eine Rechnung habe ich nie gesehen.«

»Wie viele Personen haben in dieser Zeit bei Ihnen gearbeitet? Und können Sie uns Namen nennen oder eine Firma?«, wollte Inga Steenken wissen.

Rebecca überlegte. »Am Dach haben zuletzt zwei gearbeitet. Einer hieß Mar... Mari... Marius, glaube ich. Der war so zwischen vierzig und fünfzig. Der andere war älter. Ich tippe auf sechzig. Den Namen weiß ich nicht mehr. Ich glaube auch nicht, dass die für eine Firma gearbeitet haben.«

»Was waren das denn für Landsleute?«, hakte Inga Steenken nach.

»Ich habe keine Ahnung, Südländer, würde ich sagen.«

»Haben die beiden auch das Gerüst aufgestellt und abgebaut? Das wäre bei einer illegalen Beschäftigung eher unüblich. Hatten die überhaupt einen entsprechenden Lkw?«

Rebecca schluchzte auf und hielt sich die Hände vors Gesicht.

»Können wir das nicht für heute beenden? Sie sehen doch, wie Frau Brinkowsky die Befragung zusetzt«, sagte Katharina an Inga Steenken gewandt.

»Schon gut. Es geht schon wieder«, flüsterte Rebecca. »Nein, ich habe keine Ahnung, wer die Gerüste geliefert und aufgebaut hat. Ich kann mich nur daran erinnern, dass ich morgens aus dem Haus gegangen bin und am frühen Nachmittag, als ich nach Hause kam, waren die Gerüste da. Einen Lkw oder Ähnliches habe ich nicht bemerkt.«

Die Antwort schien die Kriminaloberkommissarin nicht zufriedenzustellen, doch sie bohrte nicht weiter nach.

Gesa Zanker machte Anstalten aufzustehen, da hielt sie inne.

»Frau Brinkowsky, eine Frage habe ich noch, dann sind wir fertig.« Sie holte einen Beweismittelbeutel hervor und legte ihn vor Rebecca auf den Couchtisch. »Das ist eine Schnalle oder Schließe eines Gürtels oder Riemens, den wir in dem ausgebrannten Auto gefunden haben. Erkennen Sie die vielleicht wieder?«

Rebecca nahm den Beutel in die Hand und biss sich auf die Unterlippe. »Ja, Isaak hat einen Gürtel mit einer solchen Schnalle.«

»Sagt Ihnen das Emblem da vorne drauf etwas?«

»Natürlich. Das ist die Menora. Sie ist auch Bestandteil unseres Staatswappens«, antwortete sie.

»Das haben wir bereits herausgefunden. Aber wissen Sie auch, dass die Menora das Zeichen des Mossad ist?«, fragte Inga Steenken.

Katharina glaubte ihren Ohren nicht zu trauen.

Rebecca zuckte fragend mit den Schultern.

»Da wir im Moment überhaupt nichts ausschließen können und die Spurenlage sehr dünn ist, muss ich Sie fragen, ob Ihr Mann oder Sie irgendwann einmal Kontakt zum israelischen Auslandsgeheimdienst gehabt haben. Das ist eine reine Routinefrage«, sagte die Kriminaloberkommissarin.

»Ich habe niemals mit dem Mossad zu tun gehabt«, entgegnete Rebecca energisch. »Isaak hat mir mal erzählt, dass ein entfernter Verwandter von ihm entweder direkt beim Geheimdienst oder bei einer Unterabteilung gearbeitet hat. Genau kann ich mich nicht mehr erinnern. Davon, dass er selbst mal für die tätig gewesen ist, weiß ich nichts.«

»Das war's erst einmal, Frau Brinkowsky«, sagte Inga Steenken. »Vielen Dank, dass Sie so tapfer durchgehalten haben. Wenn wir noch Fragen haben oder es Neuigkeiten gibt, melden wir uns. Sollen wir Ihnen noch jemanden vom psychologischen Dienst vorbeischicken oder haben Sie Verwandte oder Freunde, die sich um Sie und Ihren Sohn kümmern können?«

Rebecca blickte auf den Boden und schüttelte langsam den Kopf. »Ich glaube, ich rufe gleich eine Freundin in Berlin an und frage, ob wir ein paar Tage zu ihr kommen können.«

Gesa Zanker, die bereits auf dem Weg in die Diele war, blieb abrupt stehen und drehte sich um.

»Es tut mir leid, aber wir möchten Sie bitten, vorerst nicht die Stadt zu verlassen. Es gibt da leider noch zu viele ungeklärte Fragen«, sagte sie ernst und handelte sich einen harschen Blick ihrer Kollegin ein.

»Was meinen Sie mit ungeklärten Fragen? Sehen Sie das auch so, Frau Kriminaloberkommissarin?«, fragte Katharina sofort.

Inga Steenken wirkte unsicher. »Aktuell läuft das Ermittlungsverfahren noch gegen unbekannt. Doch wie meine Kollegin sagen wollte, müssen wir Ihre Angaben auf ihren Wahrheitsgehalt hin überprüfen. Fassen Sie es eher als Bitte auf, solange in der Stadt zu bleiben. Ich gehe davon aus, dass das nur für die nächsten Tage gilt.«

Katharina konnte nicht glauben, was sie da hörte. »Sie ziehen es tatsächlich in Erwägung, dass meine Mandantin ihren Ehemann und Vater ihres Sohns brutal mit einer Metallstange erschlägt, sich einen wildfremden Wagen besorgt, den Leichnam in den Kofferraum wuchtet und anschließend in den Wald fährt und Wagen samt Leiche anzündet? Das glauben Sie ja selbst nicht. Wie soll sie denn von dort wieder zurückgekommen sein?«

»Wir machen nur unseren Job, Frau Tenzer. Und wer sagt uns, dass Ihre Mandantin nicht einen oder mehrere Komplizen gehabt hat? Denn nach einem Motiv brauchen wir ja nicht lange zu suchen. Es sind schon unzählige Ehemänner für viel weniger als eine Dreiviertelmillion beseitigt worden«, antwortete Gesa Zanker und ging wortlos aus der Tür.

12

Der Ober nahm die Bestellung auf und verschwand mit einer angedeuteten Verbeugung. Es war eine vornehme Location, die Wolf kurzfristig für das Mittagessen zu dritt im Hotel *Vier Jahreszeiten* reserviert hatte. Sein Studienfreund, von dem er Katharina kürzlich erzählt hatte, war plötzlich aus Berlin nach Hamburg zu einer Tagung angereist und Wolf hatte die Gelegenheit beim Schopf gepackt. Eigentlich hatte sie vorgehabt, sich zuerst unter vier Augen mit ihm über eine Kanzleivergrößerung zu unterhalten. So war Wolf nun einmal. Zielstrebig und spontan, aber dabei alles andere als unüberlegt. Sie fand nicht einmal Zeit, sich Gedanken darüber zu machen, welche Fragen sie an den Kollegen richten wollte. Wolf zuliebe hatte sie schließlich zugesagt.

Dr. Gerold Kordelius war ein schlanker, gut aussehender Mann um die fünfzig, der Katharina sofort das Du anbot. Trotzdem wirkte er auf sie eitel, denn er strich sich ständig mit der flachen Hand über die Schläfe und schob das Kinn leicht nach vorne. Irgendwie konnte sich Katharina diesen Mann nur schwer als jungen Studenten vorstellen.

Auf dem kurzen Weg zum Neuen Jungfernstieg hatte Wolf ihr erzählt, wie sich die beiden kennengelernt hatten. Sie waren für mehrere Semester nicht nur Studienkollegen an der Uni in München, sondern wohnten auch fast drei Jahre zusammen in einer Butze in der Türkenstraße. Wolf schwärmte ihr von den herrlichen Studententagen in der bayerischen Metropole vor und dass Gerold und er damals ziemlich dicke waren und nichts anbrennen ließen. Wolf ging dann für ein Auslandssemester nach Kanada und ihre Wege trennten sich. Seine Wohnbeteiligung übernahm während seiner Abwesenheit ein Kommilitone zur Untermiete, was angesichts der damals schon dramatischen Wohnungsnot unter Studenten gang und gäbe war. Nach seiner Rückkehr aus Kanada war sein Untermieter überraschenderweise immer noch da, stattdessen war Gerold Kordelius ausgezogen.

Da es Facebook und Co. noch nicht gab, verloren sie sich aus den Augen. Vor einigen Jahren, als beide längst gestandene Anwälte waren, hatte Wolf den Namen seines alten Münchner Weggefährten durch Zufall auf dem Kanzleibogen einer großen internationalen Anwaltsfirma entdeckt. Sie vertrat eine Bank, die Wolf für einen Mandanten gerade auf Schadenersatz verklagt hatte.

»Ich hatte ja eigentlich gehofft, dass Gerald die gegnerische Bank in Berlin vertreten würde, als ich zum Hörer gegriffen habe«, sagte Wolf grinsend und biss in eine Weißbrotscheibe mit Pesto.

Kordelius schüttelte energisch den Kopf. »Vielleicht frage ich den Kollegen bei uns ja doch noch, ob ich nicht das Mandat gegen euch übernehme. So ein Sieg auf ganzer Linie gegen meinen alten Spezi könnte mir schon gefallen. Ich habe mir nämlich sagen lassen, dass du keine Chance hast, mein Lieber«, sagte er und strich sich bedächtig über die Schläfe.

Wolf wollte gerade zu einer Erwiderung ansetzen, da kam ihm Katharina zuvor. »Jungs, wir sind jetzt nicht im Gerichtssaal. Spart euch die Argumente. Wenn ich mich richtig erinnere, Wolf, wollten wir über ein ganz anderes Thema reden.«

Beide Anwälte lachten und Kordelius erzählte, was er mit Wolf vor einigen Tagen besprochen habe. Tatsächlich beabsichtige die Kanzlei, ihre Niederlassungen in Deutschland und in der Schweiz zu erweitern. Im Zuge dessen suchten sie in Hamburg einen ersten Kontakt für eine Zusammenarbeit, denn in Norddeutschland seien sie noch nicht vertreten. Und als Wolf ihm offenbart habe, dass er ohnehin seit längerer Zeit für eine Veränderung ihrer bisherigen Kanzleisituation sei, habe Gerold Kordelius mit seinen Berliner Partnern gesprochen.

Wolf wich Katharinas Blick aus.

Du Aufschneider. Dass du schon länger eine Veränderung unserer jetzigen Kanzleisituation anstrebst, hast du bis vorgestern Abend mit keiner Silbe erwähnt, dachte sie ärgerlich.

»Und auf welchen Rechtsgebieten wollt ihr expandieren?«, fragte Katharina.

Kordelius spitzte die Lippen und lehnte sich zurück. »Wir wollen verstärkt in die Beratung von Regierungen und regierungsnahen Institutionen vordringen. Das ist ein wahnsinnig großer Kuchen, der da in den nächsten Jahren verteilt wird, und zwar hauptsächlich an internationale Großkanzleien.«

»Und wie wollt ihr die entsprechenden Mandate akquirieren?«, fragte Wolf skeptisch.

»Wir haben bereits mit einigen ehemaligen EU-Parlamentariern, die wir mit guten Beraterverträgen ausgestattet haben, beste Erfahrungen gemacht«, sagte Kordelius. »Und unsere Niederlassung in der Schweiz hat letztes Jahr einen früheren Nationalrat der *Schweizerischen Volkspartei* aus dem Kanton Zürich als regionalen Partner aufgenommen. Seitdem geht da richtig die Post ab. Die kommen mittlerweile mit der Abarbeitung der Aufträge gar nicht mehr nach.«

Katharina vermied es, das K-Wort auszusprechen, um nicht die lockere Stimmung zu trüben. Aber sie konnte sich lebhaft vorstellen, nach welchen Kriterien diese Beratungsaufträge vergeben wurden.

Sie musste an Beat denken. Ob er schon etwas über die Kanzlei herausgefunden hatte? Wolf hatte ihr den Kanzleinamen auf ihre WhatsApp hin mitgeteilt und sie hatte sogleich Beat angeschrieben und um Recherchen gebeten. Er hatte früher für eine Schweizer Großbank gearbeitet und würde die Zürcher Anwälte höchstwahrscheinlich kennen. In Zürich kennt jeder jeden, hörte sie ihn schon sagen. Sie würde ihn anrufen und nachhaken.

Wolf war nach den Schilderungen des Studienkollegen still geworden. Auch er hatte offenbar gemerkt, dass sich die Ausrichtung dieser Firma mit Katharinas und seinen Vorstellungen von anwaltlicher Tätigkeit nur schwer würde in Einklang bringen lassen.

Kordelius fabulierte in den nächsten Minuten ausgiebig über parlamentarische Untersuchungsausschüsse im Deutschen Bundestag und von einem ständigen Beratungsbedarf aufgrund der Unfähigkeit sämtlicher Politiker.

Katharina war sich sicher, dass er mitbekommen hatte, wie unmöglich sie seine Ideen fanden. Doch er ließ sich nichts anmerken. Entweder war er völlig unsensibel oder so was von cool. Als Kordelius das Gespräch plötzlich auf Katharinas persönliche Lebensumstände lenken wollte, zog sie die Reißleine und schaute auf die Uhr.

»Tut mir leid, Gerold, ich muss langsam ins Büro zurück, ich kriege gleich Mandantenbesuch«, sagte sie und machte Anstalten aufzubrechen.

Sie riefen den Ober und man verständigte sich lapidar, die Gespräche nicht abreißen zu lassen. Kordelius musste zum Hauptbahnhof und bestellte sich ein Taxi. Sie verabschiedeten sich und Katharina und Wolf traten den kurzen Fußweg zurück ins Büro in den Alsterarkaden schweigend an. Wolf war die Enttäuschung über den Ausgang des Treffens mit seinem Studienkollegen anzusehen. Und Katharina wollte nicht noch Öl ins Feuer gießen und sparte sich jeglichen Kommentar. Aber für sie war die Akte Gerold Kordelius bereits geschlossen, bevor sie überhaupt angelegt worden war. Wolf schien sich mit ähnlichen Gedanken zu quälen.

Der Nachmittag im Büro verlief hektisch und als sich Katharina gerade mit einer Tasse Kaffee und einem Apfel eine Pause gönnen wollte, stellte das Sekretariat den Anruf eines Seniorenheims aus Stralsund durch. Die Frau am Telefon sprach mit einer ruhigen, festen Stimme. Es habe einige Tage gedauert, ihre Kanzleianschrift herauszufinden. Waltraud Tenzer sei vor elf Monaten nach einem Schlaganfall bei ihnen aufgenommen worden. Sie habe sich zwar zunächst gut erholt, vor einigen Wochen sei jedoch eine schnell verlaufende Demenz diagnostiziert worden. Den Pflegern habe die alte Dame ständig erzählt, dass sie keinen Kontakt mehr zu ihrer Tochter haben würde, aber wenn Katharina mit ihrer Mutter noch einmal ernsthaft sprechen wolle, müsse sie sich beeilen.

Drei Jahre lang hatte sie die bösen Gedanken unterdrücken können. Mit einem heftigen Windstoß fegte jetzt ein Telefonanruf aus der Vergangenheit die überstanden geglaubten Albträume wie einen leeren Müllsack vor ihre Füße.

Nach dem gewaltsamen Tod ihres Bruders hatte sie jeglichen Kontakt zu ihrer Mutter abgebrochen.

M-u-t-t-e-r.

Das Wort war für sie von einem Tag auf den anderen zu einem banalen Schimpfwort geworden. Katharina hatte erfahren müssen, dass die beiden bis dahin wichtigsten Menschen in ihrem Leben eine unsagbare Schuld auf sich geladen hatten.

Die Eheleute Tenzer waren in den letzten Jahren der DDR nicht nur angesehene Ärzte im Klinikum Stralsund, sondern auch eifrige informelle Mitarbeiter der Staatssicherheit gewesen. Letztere Tätigkeit belohnte das Regime damit, ihre ungewollte Kinderlosigkeit zu beenden. Ihr lang gehegter Kinderwunsch erfüllte sich plötzlich durch ein kleines Mädchen mit dem Namen Katharina, das kurz nach der Geburt seiner leiblichen Mutter für eine Zwangsadoption entrissen worden war. Der Mutter und dem wegen versuchter Republikflucht einsitzenden Vater hatte man eine fadenscheinige Geschichte eines plötzlichen Kindstods aufgetischt und mit falschen Urkunden unterlegt.

Katharina notierte sich Telefonnummer und Anschrift des Seniorenheims und versprach, sich kurzfristig zu melden. Nachdem sie aufgelegt hatte, merkte sie, wie sich das lange Zeit verdrängte Schuldgefühl wieder meldete.

Katharina wusste, dass sie in den nächsten Tagen nach Stralsund fahren würde. Sie musste es zu Ende bringen.

Doch sie würde Ramon mitnehmen. Er war alt genug und würde verstehen, wenn sie ihm erklärte, warum sie nicht verzeihen konnte.

***

Ludwig Bühlhammer hatte in seinen mehr als dreißig Berufsjahren sämtliche anstehenden Probleme gelöst. Nicht in jedem Fall hatte der Zweck die Mittel geheiligt, aber oft. Nein, als skrupellos konnte man ihn nicht bezeichnen. Dafür war er viel zu generös, wenn alles nach seinen Vorstellungen lief. Tanzte jedoch jemand aus der Reihe, kannte er keine Verwandten mehr.

Und Edin Pavlov war aus der Reihe getanzt. Wie es schien, sogar ziemlich weit. Mit dem Namen, den ihm die Personalabteilung mitgeteilt hatte, konnte er nicht viel anfangen. Einer von 1.568 Namen, die bei *Bellmann & Wächter* auf der Gehaltsliste standen. Auch bei genauer Betrachtung des Passfotos erinnerte er sich nicht, diesem Mann jemals in der Firma persönlich begegnet zu sein. In einem Unternehmen ihrer Größenordnung war das allerdings keine Besonderheit.

In der Buchhaltungsabteilung war Pavlov einer von acht Angestellten, die für den täglichen Zahlungsverkehr zuständig waren. Nach fünf Jahren Betriebszugehörigkeit hatte er sich eine besondere Vertrauensstellung erarbeitet und war eine von vier Personen, die neben den Vorstandsmitgliedern eine Zugangsberechtigung für das firmeninterne Onlinebankingsystem besaßen. Und er war derjenige gewesen, der am 21. Januar diese vermaledeite Überweisung von vier Komma fünf Millionen Euro an die maltesische Firma ausgeführt hatte, für die nur eine Unterschrift auf der Auszahlungsanordnung existierte, von der niemand wusste, wer sie geleistet hatte. Er würde sich herausreden und auf das ominöse Fax aus Hamburg verweisen, das eine entsprechende Order beinhaltet hatte.

Sein Vorhaben, den Mann von Angesicht zu Angesicht zur Rechenschaft zu ziehen, musste Bühlhammer wohl oder übel verschieben. Seit fast vier Wochen war Edin Pavlov krankgeschrieben.

Er nahm die Auskunft mit einem widerwilligen Knurren entgegen, aber etwas anderes blieb ihm auch gar nicht übrig, denn er konnte seinen Mitarbeitern gegenüber nicht offen seine Meinung sagen.

Ihm war klar, dass er den offiziellen Weg über die Personalabteilung und den Betriebsrat beschreiten musste, wenn er von dem Mitarbeiter eine Stellungnahme zu diesem Vorkommnis erhalten wollte. Möglicherweise mussten sie ein Auskunftsverlangen gerichtlich durchsetzen.

So lange wollte und konnte er nicht warten.

Er nahm sein privates Handy und wählte die Nummer, die er immer dann anrief, wenn es galt, eine heikle Angelegenheit geräuschlos und inoffiziell zu erledigen.

»*IWD Wirtschaftsdetektei*«, meldete sich eine freundliche Stimme.

»Bühlhammer hier. Herrn Schmalzberger bitte. Und sagen Sie ihm, es sei dringend.«

»Guten Tag, Herr Bühlhammer. Wie ist das werte Befinden? Da es dringend ist, nehme ich an, Sie brauchen mal wieder unsere diskrete Hilfe«, meldete sich nach wenigen Augenblicken der gewünschte Gesprächspartner.

»Jaja. Hätte ich sonst angerufen? Es gibt zwei neue Aufträge für Sie, Herr Schmalzberger.«

Er diktierte den Namen und die Anschrift seines angeblich erkrankten Mitarbeiters. »Ich habe Ihnen gerade aus der Personalakte ein Passfoto zugemailt. Der Mensch ist seit einem Monat krankgeschrieben und ich möchte wissen, ob das stimmt. Also das übliche Vorgehen. Verdeckte Observation und hinterher einen kurzen Bericht mit beweisbaren Fakten. Sie verstehen, was ich meine.«

Leon Schmalzberger verstand sofort.

Es war nicht die erste Überwachungsaktion von angeblich arbeitsunfähigen Mitarbeitern, die er für Bühlhammer durchführen sollte.

Bühlhammer vernahm am anderen Ende der Leitung ein leises Grummeln, das er als Annahme des Auftrags wertete.

»Weiß man auch, woran er erkrankt sein soll?«, fragte der Detektiv.

»Angeblich Burn-out. Diese neue Modekrankheit.« Auch so eine moderne Marotte, dachte Bühlhammer. Das hat mit einer Krankheit nichts zu tun. Früher hätte man Arbeitsunwilligkeit gesagt. Er wollte gar nicht daran denken, was man ihm vor über vierzig Jahren als Auszubildendem auf so eine Krankmeldung hin geantwortet hätte.

Schmalzberger kicherte. »Das übernehme ich selbst. Da finden wir schon was.«

Bühlhammer atmete tief durch. »Mich interessiert nicht, ob der Kerl krankfeiert oder nicht. Ich muss ihn nur unbedingt zu einer Geldüberweisung befragen, die er von einem unserer Firmenkonten am 21. Januar durchgeführt hat. Es gab dabei einige Ungereimtheiten, um es vorsichtig auszudrücken. Finden Sie heraus, dass er gar nicht krank ist, und schleppen Sie ihn mir dann gleich ins Büro. Sagen Sie ihm, wir regeln alles still und leise.«

Bevor er Einzelheiten preisgeben konnte, preschte Schmalzberger vor. »Untreue. Er hat sich vom Firmenkonto bedient. Das kommt heutzutage häufiger vor. Um welche Summe hat er Sie denn erleichtert?«

Bühlhammer wurde das Gespräch zu flapsig. Was nahm sich dieser verkrachte Polizist eigentlich heraus?

»Nun warten Sie es doch ab, Schmalzberger. Ob er sich tatsächlich unrechtmäßig bedient hat, sollen Sie ja gerade herausfinden. Vielleicht liegt die Schweinerei bei ganz anderen Beteiligten«, sagte Bühlhammer in gehobener Lautstärke.

Dann erzählte er von der Überweisung. Das ominöse Fax erwähnte er mit keinem Wort. Warum er das tat, wusste er nicht. Es war so eine Vorahnung.

»Besorgen Sie mir alles über diese Firma in Malta. Und beeilen Sie sich. In einer Woche muss ich wissen, ob wir die vier Komma fünf Millionen tatsächlich noch einmal zahlen müssen oder ob wir kräftig auf die Kacke hauen können«, sagte Bühlhammer und beendete das Gespräch.

Nachdem er aufgelegt hatte, sah er, dass er eine E-Mail aus Katar erhalten hatte. Die Käufer machten Druck und pochten auf Vertragserfüllung. Er dachte an die Libanesen, die hinter der Firma in Katar steckten und schon knapp acht Millionen Euro Anzahlung geleistet hatten.

Eine Vertragskündigung kam nicht infrage. Wie hätte er die im Vorstand begründen sollen? Und eine Strafanzeige gegen wen auch immer schied ebenfalls aus.

Der Schuss könnte ganz schnell nach hinten losgehen, denn der Vertrag mit den Libanesen war zwar äußerst lukrativ, aber leider nicht ganz astrein.

Sie hatten ein Problem. Ein massives.

13

Inga Steenken legte den Hörer auf und zog die Tastatur zu sich heran. Dann tippte sie einen Aktenvermerk über ihr soeben beendetes Telefonat mit Anton Busmann. Sie hatte ihm unmissverständlich klargemacht, dass sie kurzfristig eine Aufstellung sämtlicher laufenden Aufträge der *ai-solutions* und Kopien aller Vertragsunterlagen haben wollte. Außerdem sollte er ihr Kopien der Kontoauszüge des Geschäftskontos der letzten sechs Monate zur Verfügung stellen.

Und das am besten gestern.

Um der Forderung Nachdruck zu verleihen, hatte sie ihm zu Beginn des Gesprächs angedroht, dass sie bei einer Mordermittlung bereits einen Durchsuchungsbeschluss in den Händen halten würde, noch bevor er den Hörer aufgelegt hätte. Und wie sein Büro nach einer gründlichen Durchsuchung aussehen würde, wolle er lieber nicht wissen.

Busmann fackelte nicht lange herum, sondern versprach, die Unterlagen sofort zusammenzustellen.

Dann widmete sie sich Familie Metzger, die Rebecca Brinkowsky erwähnt hatte. Sie wühlte sich durch verschiedene polizeiliche Datenbanken und wurde schnell fündig. Im Sommer und im Herbst letzten Jahres hatten die Eheleute Brinkowsky unter ihrer alten Anschrift tatsächlich zwei Strafanzeigen gegen unbekannt erstattet. Sie griff zum Hörer und hoffte, dass die Kollegin, die die Anzeigen aufgenommen hatte, gerade im Dienst war.

Sie hatte Glück. Die Polizeiobermeisterin konnte sich nach dem Studium ihres Einsatzberichts noch genau an die zwei Abende erinnern, an denen sie Isaak und Rebecca Brinkowsky aufgesucht hatte.

»Im Treppenhaus fielen mir sofort die frischen *Juden-raus*-Graffitis ins Auge, von denen die beiden mir schon am Telefon erzählt hatten«, sagte sie. »Und mitten auf der Wohnungstür prangte ein Hakenkreuz. Und dann der Fußabtreter. Voll mit eingerissenen Hundekotbeuteln.«

»Das ist jetzt ein Dreivierteljahr her und ich verstehe nicht, warum ihr damals nicht gegen die Metzgers ermittelt habt. Die sollen angeblich der rechten Szene angehören«, sagte Inga Steenken.

»Haben wir ja. Was glaubst du denn? Aber plötzlich erschienen zwei Kollegen aus der Abteilung Staatsschutz bei mir und haben kräftig auf die Bremse gedrückt. Angeblich werde die Familie in einem groß angelegten Ermittlungsverfahren neben anderen Personen vom BKA observiert und wir sollten uns bloß wegen ein paar Hakenkreuzen an den Türen und vollgeschissener Treppenflure tunlichst raushalten.«

»Aha.«

»Die haben ganz schön aufgezogen damals. Da war alles im Programm. Bildung einer kriminellen Vereinigung, Raub, versuchter Totschlag, Förderung der Prostitution, Steuerhinterziehung … Mir fallen gar nicht mehr alle Delikte ein.«

»Und wie ist die Sache damals ausgegangen?«, wollte Inga Steenken wissen.

»Ich habe keine Ahnung. Es hieß, ich solle die Akte erst einmal zur Seite legen, was ich getan habe. Die vom Staatsschutz müssten wissen, was weiter gelaufen ist.«

Inga Steenken bedankte sich und wählte die Nummer ihres Chefs. Sie berichtete ihm von dem Gespräch mit der Kollegin von der Revierwache. Er versprach, sich sofort um die Sache zu kümmern und den Leiter der Staatsschutzabteilung anzurufen.

Die Tür ging auf und Jondracek trabte ins Zimmer. Er hatte einen Becher Kakao in der Hand, der ziemlich heiß zu sein schien, und setzte sich an den Schreibtisch gegenüber.

»Das Werk aus Italien hat sich gemeldet. Unser Alfa Romeo ist vor sieben Jahren gebaut und direkt vom Werk an ein Autohaus in München ausgeliefert worden«, sagte er und nippte vorsichtig an der Tasse.

»Ja und? Lass dir nicht alles aus der Nase ziehen.«

»Da ist nicht mehr viel zu ziehen. Eine Website von diesem Autohaus gibt es nicht oder nicht mehr. Die Kollegen in München haben mir einen Gefallen getan und festgestellt, dass die Firma vor drei Jahren Insolvenz angemeldet hat. Nach Angaben des Insolvenzverwalters gibt es keine Firmenunterlagen aus dieser Zeit mehr. Diese Spur ist kalt, Inga. Ende der Geschichte und Haken dran.«

Sie nickte säuerlich.

Jondracek blätterte in dem Zettelstapel vor ihm und hob den Zeigefinger.

»Ach, Moment mal. Das habe ich ganz vergessen, dir zu sagen. Ich hatte die Lebensversicherungsgesellschaft angeschrieben. Inzwischen hat die Sachbearbeiterin zurückgerufen. Bisher hat die Witwe keine Ansprüche geltend gemacht. Ich habe die Mitarbeiterin gebeten anzurufen, sobald die Frau es doch tut.« Er schob ihr einen Aktenvermerk über den Tisch. »Glaubst du, dass die Witwe tatsächlich auf eine Dreiviertelmillion verzichtet?«

Inga Steenken schaute auf das Papier. »Irgendwie habe ich ein komisches Gefühl bei diesem Fall. Also nimm den Vermerk zur Akte und bleib dran. In zwei Wochen hakst du noch mal nach.«

Jondracek zuckte mit den Schultern. »Du immer mit deinen komischen Gefühlen. Es gibt keine belastenden Indizien gegen die Ehefrau. Im Gegenteil, alles deutet darauf hin, dass der Grund für die Tat entweder in der Firma liegt, an der das Opfer beteiligt war, oder dass es möglicherweise einen antisemitischen Hintergrund gibt. Du weißt schon, ich meine die Leute in dem Mietshaus, in dem Familie Brinkowsky vorher gewohnt hat.«

Sie nickte. »Trotzdem, ich bleibe dabei. Wir behalten das im Auge.«

»Wie du meinst«, sagte Jondracek.

»Übrigens, wo du eben die Metzgers erwähnt hast.« Inga Steenken erzählte, was sie von der Kollegin erfahren hatte.

»Staatsschutz, sagst du? Da kenne ich einen Kollegen über den Betriebssport. Den könnte ich mal anrufen.«

»Nee, lass uns erst mal schauen, was der Chef über die offizielle Schiene herausbekommt.« Ihr Telefon klingelte und sie schaute aufs Display. »Wenn man vom Teufel spricht«, sagte sie und hob den Hörer ab.

Jondracek stellte die Tasse Kakao auf die Arbeitsunterlage und beobachtete Inga.

»Nun lass *du* dir nicht alles aus der Nase ziehen«, meinte er, als sie aufgelegt hatte. »Was hat der Chef gesagt?«

»Du wirst es nicht glauben, aber die vom Staatsschutz wollen sich kurzfristig mit uns zu einer Einsatzbesprechung treffen. Die haben zeitnah eine Aktion gegen Mitglieder einer rechtsradikalen Gruppe geplant, zu der angeblich auch die Metzgers gehören. Und mit zwei Kollegen vom Staatsschutz sollen wir dort aufschlagen. Die gerichtlichen Durchsuchungsbeschlüsse liegen schon vor.«

»Fein. Endlich mal wieder ein bisschen Körperspannung erzeugen«, sagte Jondracek grinsend und schlug mit der einen Faust in die andere Handfläche.

***

Jorge nahm das Gespräch an und erkannte die Stimme des Whistleblowers sofort. Er wunderte sich, dass im Display diesmal eine Telefonnummer erschien, und überlegte, ob er den Anrufer darauf ansprechen sollte. Er ließ es bleiben. Wer weiß, wofür ich diese Nummer später noch einmal brauche, sagte er sich.

»Haben Sie das Geld beschafft und den Anwalt beauftragt?« Die Stimme des Anrufers klang ruhig und fest, als hätte er einen präzisen Plan, den es abzuarbeiten galt.

»Das Geld wird gerade von der Bank geholt. Und der Anwalt wartet darauf, dass wir ihm die Stichproben von den beweisbaren

Fakten geben, die Sie uns zugesagt haben und die wir hoffentlich auch bald erhalten werden …«, antwortete Jorge.

Der Anrufer blieb stumm. Jorge vernahm nur seine ruhigen Atemzüge.

»… damit er diese strafrechtlich prüfen kann. Und danach wird entschieden, welche Schritte der Anwalt unternehmen muss«, fuhr er hastig fort. Dann gab er dem Whistleblower die Kontaktdaten von Dr. Hüne durch. »Sie können sich auch jederzeit direkt mit dem Mann in Verbindung setzen. Aber die Informationen, die Sie uns verkaufen wollen, müssen wir zuerst in der Redaktion sichten. Und wir entscheiden am Ende, ob daraus eine Story werden kann und der Handel zustande kommt.«

»Das, was Sie hören wollen, erzähle ich Ihnen jetzt schon. Haben Sie etwas zu schreiben?«, meldete sich der anonyme Anrufer.

Jorge bejahte und zog einen Schreibblock zu sich heran. Er legte das Handy auf den Tisch, schloss die Kopfhörer an und schnappte sich einen Kugelschreiber. »Kann losgehen.«

Der Whistleblower packte aus.

Dass es um ein illegales Waffengeschäft ging, wusste Jorge ja bereits. Und dass die Steuerungssoftware für die Kampfdrohnen von einer deutschen Firma in Hamburg entwickelt worden war und bei arabischen Abnehmern im Libanon landen sollte.

Nun nannte der Mann tatsächlich Namen. Den von seinem Arbeitgeber, einem großen Rüstungsunternehmen in der Nähe von Frankfurt. Außerdem den von der Entwicklungsfirma in Hamburg, die drei Personen gehörte. Zwei Männern und einer Frau. Der Name der Frau klang schottisch oder irisch. Der Whistleblower gab zuletzt auch den offiziellen Endabnehmer der Software preis, eine harmlose britische Handelsfirma mit Sitz in Katar, deren Inhaber in Wahrheit zwei Libanesen waren.

Der Anrufer sprach jetzt schnell.

»Moment, Moment!«, rief Jorge ins Mikrofon.

»Keine Sorge. Ich werde Ihnen für sämtliche Beteiligte, die

ich genannt habe, entsprechende Verträge und E-Mail-Korrespondenz übergeben. Dem können Sie alles entnehmen, was Sie brauchen. Preise, Lieferdaten und Zeiten. Sogar Einzelheiten über eine Gewährleistung liefere ich Ihnen. Einfach alles.«

Es folgte ein Augenblick der Stille.

»Nur meinen Namen, den verrate ich Ihnen nicht. Und auch nicht irgendeinem Anwalt. Wenn Sie mit Ihrer Story an die Öffentlichkeit gegangen sind, wird man bei meinem Arbeitgeber zwar sofort wissen, wer die Informationen weitergegeben hat, aber man wird es dort vertuschen. Es sind ohnehin nur wenige Personen in dieses Geschäft eingebunden. Wir verständigen uns auf einen Namen für mich – Alibaba. Oh ja, das passt.«

Jorge musste an Rechtsanwalt Dr. Hüne denken. Dass der eine Mandatsvereinbarung mit einem Mandanten namens Alibaba schließen würde, hielt er für fraglich. Er erinnerte sich dunkel, er hatte irgendwo gelesen, dass Anwälte verpflichtet waren, die wahre Identität ihrer Mandanten festzustellen. Das waren Probleme, mit denen er sich zum Glück nicht beschäftigen musste.

»Wir machen die Übergabe heute Abend«, fuhr der Anrufer fort. »Um dreiundzwanzig Uhr treffen wir uns im Fleetkeller des Hauses Alter Wandrahm 101 in der Speicherstadt. Haben Sie sich die Anschrift notiert?«

»Ja, die Straße kenne ich.«

»Haben Sie ein Auto?«

»Ja klar.«

»Sie parken direkt vor dem Grundstück, umrunden das Haus bis zum Treppenabgang an der rechten Seite. Die Kellertür ist offen. Nehmen Sie eine Taschenlampe mit. Licht gibt es dort keines. Und Sie kommen allein, darauf muss ich mich verlassen können.«

Jorge reagierte nicht sofort.

Eigentlich war er kein übermäßig ängstlicher Mensch. Trotzdem fragte er sich, ob es schlau war, sich mit einer halben Million Euro nachts um elf in einem dunklen Fleetkeller in der Hamburger Speicherstadt mit einem unbekannten Mann zu treffen. Sollte er nicht lieber heimlich jemanden mitnehmen, der im Auto auf ihn wartete? In jedem Fall würde er in der Redaktion eine Nachricht hinterlassen, wo er sich mit einem Angestellten der Rüstungsfirma *Bellmann & Wächter* treffen würde. Das musste reichen.

»In Ordnung. Sie kriegen Ihr Geld und ich die Dokumente. Aber ich brauche eine Weile, um die Unterlagen zu prüfen, das werden Sie verstehen.«

»Wir haben alle Zeit der Welt. Außerdem muss ich ja das Geld zählen.«

»Wie kann ich Sie in den nächsten Tagen erreichen? Vielleicht brauche ich ergänzende Informationen.«

»Ich gebe Ihnen heute Abend eine E-Mail-Adresse, über die Sie mit mir kommunizieren können. Telefonisch können Sie mich nicht erreichen. Jedenfalls nicht gleich. Ich werde mich erst einmal im Ausland aufhalten«, sagte der Mann.

Aktuell bist du irgendwo in Hamburg, davon bin ich überzeugt.

»Und was ist mit dem Anwalt und der Staatsanwaltschaft? Sie wollten doch ins Zeugenschutzprogramm«, hakte Jorge nach.

»Das werde ich alles vom Ausland aus regeln. Den Rechtsanwalt rufe ich an, wenn ich morgen Nachmittag gelandet bin.«

»Warum sagen Sie mir nicht, wo Sie gerade sind und wohin Sie morgen fliegen wollen? Sie können mir vertrauen. Das wissen Sie.«

Einen Moment lang dachte Jorge, die Verbindung wäre unterbrochen.

Dann antwortete Alibaba. »Aktuell bin ich für ein paar Tage in Hamburg bei einem Freund untergetaucht. Zurück nach Hause kann ich nicht. Und morgen früh nehme ich den ersten Flug nach Warschau. Wenn Ihre Zeitung erschienen ist, werde ich mich bereits auf dem Weiterflug nach Sofia befinden.«

»Danke. Wir sehen uns heute Abend«, sagte Jorge und legte auf.

Bulgarien. Was macht er in Bulgarien? Seinem akzentfreien Deutsch nach zu urteilen, war er zumindest hier aufgewachsen und zur Schule gegangen. Jorge wusste, was es hieß, nicht nur zwei Muttersprachen zu haben, sondern sie auch akzentfrei sprechen zu können.

Er überlegte, was er bis heute Abend alles zu erledigen hatte. Als Erstes galt es, einen Artikel zu verfassen, der es in sich hatte. Die Schweinerei dieser beiden Firmen musste ans Licht der Öffentlichkeit gebracht werden. Wenn sein Chef den Entwurf abgenickt hatte, würden sie in der Redaktion gegen Mitternacht nur noch auf sein telefonisches Okay warten, dass er die Beweise in den Händen hielt und sie gefahrlos in Druck gehen konnten.

Und er musste dafür sorgen, dass man ihm rechtzeitig zum Feierabend den Aktenkoffer mit dem Geld übergab.

Nur eine Sache bereitete ihm Kopfschmerzen. Was würde er seiner Freundin erzählen, wenn er um zehn Uhr abends die Wohnung zu verlassen und erst spät nach Mitternacht zurückzukehren gedachte? Ihm fiel ein, dass er ja früher öfter erst spät zum Pokern mit seinen Studienfreunden gegangen war. Daran würde sich Martha sicher erinnern.

Wie es schien, hatte er momentan eine Glückssträhne. In der Chefetage würde man sicher stolz auf ihn sein, wie eiskalt er die Dinge bisher gehandelt hatte.

Vielleicht sollte er heute mit Martha einfach etwas feiern. Er würde eine seiner Paellas zubereiten, wegen der er im Freundeskreis beneidet wurde. Anschließend würden sie mit der angebrochenen Flasche *Rioja* im Schlafzimmer weiterfeiern.

14

Katharina klappte die letzte Seite der fünf Bände dicken Strafakte zu. Sie musste zugeben, dass sie schon aussichtsreichere Fälle übernommen hatte als den von Agapios Kontakos. Die Beweislage war mehr oder weniger erdrückend und sie fragte sich, wie sie dem immer so optimistisch wirkenden Mann erklären sollte, dass er für drei bis vier Jahre hinter schwedischen Gardinen verschwinden müsste, wenn kein Wunder geschah. Selbst ein astreines Geständnis, garniert mit überschwänglichen Worten glaubhafter Reue, würde am Ende nichts als ein paar Monate weniger bedeuten.

Aber der gute Mann hatte es halt auch bunt getrieben. Über anderthalb Millionen Euro Steuern waren kein Pappenstiel. Und sie lebten in Zeiten, in denen Wirtschaftskriminalität mit aller Härte verfolgt und geahndet wurde, während selbst die hartgesottensten Gewalttäter bei den Gerichten auf vergleichsweise unverhältnismäßig milde Strafen hoffen durften. Erst recht, wenn sie ihre Taten vollgedröhnt begangen hatten. Es blieb am Ende nichts anderes übrig, als den Fall liegen zu lassen und zu hoffen, dass entweder bei der Staatsanwaltschaft oder bei Gericht irgendein überarbeiteter Staatsdiener die Verjährungsfristen verschlampen würde. Es wäre schließlich nicht das erste Mal, dass sich Fälle auf diese Art von selbst erledigten.

Katharina erhob sich, holte sich einen Becher Kaffee und ging in Wolfs Büro. Sie wollte ihn über die Faktenlage informieren, bevor sie Kontakos reinen Wein einschenken würde. Immerhin hatte Wolf ihr das Mandat vermittelt.

Die Tür stand auf und eine der Assistentinnen war gerade damit beschäftigt, mehrere Unterschriftenmappen auf dem Schreibtisch zu drapieren.

»Herr von Behringer ist nur kurz raus, eine Besorgung machen«, sagte die junge Frau, als sie Katharina im Türrahmen bemerkte.

Sie nickte wortlos und verschwand wieder in ihrem Büro.

Gerade wollte sie Rebecca Brinkowsky anrufen, um mit ihr die nächsten juristischen Schritte zu besprechen, da ging bei ihr eine E-Mail von Anton Busmann ein. Sie hatte vor wenigen Tagen ein harsches Schreiben aufgesetzt, in dem sie den schönen Toni und Shannon McDermott im Namen der beiden Erben von Isaak Brinkowsky aufforderte, Auskünfte über sämtliche geschäftliche Aktivitäten der Firma zu erteilen. Den Erbschein, der Rebecca und Levin als Erben auswies, hatte sie beigefügt.

Das Schreiben schien gewirkt zu haben, denn der Nachricht von Anton Busmann waren alle angeforderten Unterlagen angehängt.

Sie verschob den Anruf bei ihrer Mandantin, denn sie wollte die Unterlagen erst durchsehen. Sie fand, dass sich Rebecca zuletzt widersprüchlich verhalten hatte. Mehrfach hatte sie Katharina gedrängt, den Verkauf der Firmenanteile zu beschleunigen und den beiden Mitgesellschaftern mit gerichtlichen Schritten zu drohen. Auch ihr gerade erst erworbenes und aufwendig umgebautes Einfamilienhaus wollte sie einer Maklerfirma an die Hand geben. Auf Katharinas Nachfrage hin, ob sie die Ansprüche aus der Lebensversicherung anmelden wollte, hatte sie nur eine ausweichende Antwort gegeben.

Sie klickte sich durch die letzten Bilanzen der Gesellschaft, durch Kontoauszüge und die Vertragsunterlagen über die laufenden Aufträge der Firma.

Plötzlich stutzte sie.

Eine große Hamburger Anwaltsfirma hatte im Auftrag der *ai-solutions* einen ihrer Vertragspartner, die *Bellmann & Wächter AG*, zur Zahlung von vier Komma fünf Millionen Euro gemahnt und gleich eine saftige Kostenrechnung beigefügt. Sie blätterte zurück und suchte den entsprechenden Vertrag heraus. Soweit sie auf den ersten Blick feststellen konnte, wies er keine großen Besonderheiten auf. Die Firma von Isaak Brinkowsky war mit der Entwicklung einer Steuerungssoftware für Fluggeräte aller Art der zivilen Luftfahrt beauftragt, wie sich aus der Präambel des ellenlangen Vertragswerks ergab. Unterschrieben hatten alle drei Partner der *ai-solutions*. Das war keine Überraschung. Dieser Vertrag war mit Sicherheit der lukrativste, den die Firma jemals abgeschlossen hatte.

Auf insgesamt rund neun Millionen Euro belief sich die Vergütung, die die *Bellmann & Wächter AG* insgesamt zahlen musste, wenn das Projekt ordnungsgemäß erfüllt würde. Verteilt auf drei Raten. Zwei Komma fünf Millionen Euro hatten Brinkowsky und seine Partner im letzten Jahr erhalten. Zu den angemahnten vier Komma fünf Millionen Euro kämen am Ende noch einmal zwei Millionen Euro als Schlusszahlung hinzu.

Bei den geringen Personalkosten, die die Firma hatte, war der Umsatz fast der Gewinn. Knapp drei Millionen Euro für jeden Partner. Katharina nickte anerkennend. Vorausgesetzt, dass die gesamte Summe floss.

Angesichts des Geldsegens war es ihr schlicht unverständlich, warum Isaak Brinkowsky in den letzten Monaten vor seinem Tod so fürchterlich depressiv gewesen sein sollte, wie Rebecca ihr erzählt hatte. Sie fragte sich, ob ihre Mandantin die Vertragssituation mit der *Bellmann & Wächter AG* überhaupt kannte. Sie schaute sich den Internetauftritt der Firma an und staunte nicht schlecht. Über tausendfünfhundert Mitarbeiter waren bei dem Mischkonzern beschäftigt, die sich auf mehrere angegliederte Unternehmen aus den Branchen Elektrotechnik, Maschinenbau und Rüstungsgüter verteilten. Erstaunlich, dass sich eine solche Gesellschaft mit einer Klitsche wie der *ai-solutions* abgab. Anscheinend waren die drei Inhaber auf ihrem Gebiet so gut, wie Rebecca behauptet hatte. Dass eine solche Firma eine fällige Zahlung von viereinhalb Millionen Euro nicht zahlte, konnte ihrer Erfahrung nach nur zwei Gründe haben. Entweder gab es Mängelrügen oder man hangelte sich am Rand einer Insolvenz von einer Stundungsvereinbarung zur nächsten.

Aus dem Anwaltsschreiben, das Busmann mitgeschickt hatte,

ergab sich nicht, dass die *Bellmann & Wächter AG* irgendwelche Mängel gerügt hatte. Dann studierte sie die Bilanzzahlen, die die Firma veröffentlicht hatte. Die ordentlichen Gewinne, die in den letzten Jahren eingefahren worden waren, ließen nicht gerade auf eine drohende Zahlungsunfähigkeit schließen. Aber irgendeinen Grund für den Zahlungsrückstand musste es geben.

Sie war entschlossen, mit dem Vorstand Kontakt aufzunehmen.

Ihre Tür ging auf und Wolf stand im Türrahmen. In diesem Moment klingelte Katharinas Handy.

Die Nummer von Beat leuchtete im Display auf.

»Tut mir leid, Wolf, da muss ich drangehen. Es ist Beat. Ich hatte ihn gebeten, sich über die Anwälte in Zürich aus der Riesenkanzlei von deinem Studienkollegen zu erkundigen. Ich komme gleich rüber zu dir«, sagte sie und nahm das Gespräch an.

»Jaja. Schon gut«, sagte er, während er sich umdrehte und die Bürotür zuzog.

Beat Ferry hatte sich tatsächlich mit der Zürcher Niederlassung der Anwaltsfirma beschäftigt, für die Gerold Kordelius in Berlin für Recht und Gerechtigkeit unterwegs war. Katharina hatte Beat noch am selben Abend von ihrem Mittagessen mit Wolf und Kordelius erzählt. Am Ende stritten sie sich. Er fing damit an, was das für eine riesige Chance für sie vier wäre, wenn sie als Anwältin in einer Zürcher Großkanzlei Fuß fassen könnte. Sie würden endlich wie eine Familie zusammenleben können. Auch finanziell würde sie einen Riesensprung nach oben machen. Katharina hörte geduldig seinen rosaroten Träumereien von einem Familienleben zu. Als er dann von Problemen anfing, die sie angeblich mit der Erziehung von Ramon habe, war sie aus der Haut gefahren. Wieso versuchte er ihr immer wieder einzureden, dass sie als Alleinerziehende Schwierigkeiten hatte? Dass er in der Schweiz vielleicht einmal seine Zelte abbrechen und zu ihr nach Norddeutschland ziehen würde, kam in seinen Überlegungen überhaupt nicht vor. Sobald sie an einen Wegzug aus der Hansestadt dachte, zerriss es ihr das Herz.

»Die Anwälte sind alles honorige Leute, Kathy. Ehemalige Bankvorstände, Parlamentarier und ausgeschiedene Regierungsmitglieder. Es heißt, die Kanzlei ist auf dem besten Weg, die erste Adresse in Zürich zu werden. Aber«, er machte eine kurze Pause, »zwei der Partner hätten vor einigen Jahren um ein Haar ihre Anwaltszulassung verloren. Wegen Geldwäsche und Korruption. Der Deal hat sie mehrere Millionen Franken gekostet. Du musst wissen, dass die Aufsicht über die Anwaltschaft bei uns in der Schweiz längst nicht so streng ist wie bei euch. Und wenn derartig hohe Geldbußen verhängt werden, um ein Berufsverbot zu umgehen, müssen die beiden schon ziemlichen Bockmist angestellt haben.«

Katharina dachte an die Worte von Gerold Kordelius, mit denen er die künftige lukrative Neuausrichtung der Kanzlei umschrieben hatte, Beraterverträge mit Regierungen zu akquirieren. Selbst bei größter Unvoreingenommenheit war für jede Betschwester klar, dass dabei ohne Bakschisch gar nichts lief. Und von wegen Neuausrichtung. Wie es schien, hatten einige dieser honorigen Personen ja bereits größere Erfahrung auf dem Gebiet gesammelt.

»Kennst du die Namen der zwei Partner?«, fragte Katharina interessiert.

Beat nannte ihr die Namen kommentarlos. Katharina machte sich eine Notiz.

»Ich finde, dass man diese Dinge nicht überbewerten darf. Das sind Einzelfälle«, sagte er und brachte die rosigen Aussichten einer möglichen Partnerschaft ins Spiel.

Allein die Aussicht, jemals gewinnbeteiligte Partnerin zu werden, war objektiv betrachtet gering. Ganz zu schweigen davon, dass die Ausrichtung dieser Juristenfabrik sowieso nicht mit ihrer Berufsauffassung in Einklang zu bringen wäre.

»Beat, jetzt bin ich aber platt«, sagte sie. »Vor einigen Jahren hast du noch ganz anders geredet. Erinnere dich mal, was du mir erzählt hast, warum du damals aus der Großbank ausgeschieden bist und dich selbstständig gemacht hast. Nach deinen eigenen Worten waren es gerade die Banker und Parlamentarier gewesen, die diese elende Doppelmoral jahrzehntelang gelebt hatten, derentwegen du dem Bankestablishment den Rücken gekehrt hast. Ich werde nie vergessen, wie du dich damals ausgedrückt hast. Unter dem Deckmantel eines über Jahrhunderte tradierten weltweiten Bankgeheimnisses interessiert sich niemand dafür, ob das Geld der ausländischen Anleger aus Geldwäsche, Steuerhinterziehung oder bestenfalls aus Korruption stammt.«

»Ja, das stimmt. Doch diese Zeiten sind längst Geschichte«, wiegelte er ab.

Sie wechselten das Thema und besprachen stattdessen Einzelheiten des gemeinsamen Schwedenurlaubs.

Als das Gespräch zu Ende war, stand sie auf und ging zum Fenster. Sie öffnete beide Flügel und nahm die frische Luft mit tiefen Zügen in sich auf. Wenn sie nur wüsste, ob sie auf die Gefühle vertrauen konnte, die sie unverändert für ihn besaß. Eine Lachmöwe mit einem halben Fischbrötchen im Schnabel fegte am Fenster vorbei und riss sie aus ihren Gedanken.

Ein Kanzleianschluss an diese Firma schied definitiv aus. Jedenfalls für sie. Eigentlich hatte der Entschluss schon vor den Informationen von Beat festgestanden. Sie war gespannt, wie Wolf damit umgehen würde. Sie hoffte, dass er das Richtige tun würde, denn die Entscheidung gegen die Kanzlei von Kordelius war für sie keine grundsätzliche gegen eine Veränderung.

Die Uhr zeigte kurz nach fünf, sie musste Ramon vom Fußballtraining abholen. Morgen früh würde sie mit Wolf sprechen.

Eine halbe Stunde später warf Ramon seine Sporttasche auf die Rückbank und schwang sich in vollem Sportdress einschließlich lehmiger Fußballschuhe auf den Beifahrersitz.

»Sorry, aber die Duschen sind kaputt und die Umkleidekabinen bis nächste Woche gesperrt«, erklärte er schulterzuckend.

»Du hättest zumindest deine Schuhe wechseln können«, sagte Katharina, während sie den Wagen startete.

»Hm«, war sein knapper Kommentar.

Nachdem Katharina mehr oder weniger ergebnislos die Tagesereignisse in der Schule abzufragen versucht hatte, sagte er: »Übrigens, mit dem Angelurlaub gibt es vielleicht Probleme. Unser Trainer hat mir heute signalisiert, dass ich wahrscheinlich in die Hamburger Landesauswahl komme. Die Entscheidung fällt nach den letzten beiden Punktspielen. Nächstes und übernächstes Wochenende.«

»Ramon, das ist ja super. Da freue ich mich für dich. Aber denk daran, wir wollten eines der Wochenenden zu meiner Adoptivmutter ins Pflegeheim nach Stralsund.«

»Ja, mach ich. Wir können sonnabends fahren, denn wir spielen ja immer sonntags«, sagte er.

Zu Hause angekommen, bereitete Katharina das Abendbrot zu, während Ramon den mittlerweile penetranten Körpergeruch unter der Dusche bekämpfte. Als sie am Esstisch saßen, fasste sich Katharina ein Herz und versuchte herauszufinden, ob Levin Brinkowsky in der Schule Opfer von judenfeindlichen Übergriffen geworden war, wie Rebecca in ihrer Gegenwart der Polizei erzählt hatte. Ramon schwieg und aß einfach weiter.

»Hallo? Ich habe dich etwas gefragt.«

»Du meinst antisemitisch, nicht wahr?«, sagte er oberlehrerhaft. »Das ist schon ein paar Wochen her. Nach einer Sportstunde sind wir in den Umkleideraum zurück und auf Levins Rucksack war vorne so ein Aufkleber drauf. Du weißt schon. Dieser Stern, den sie früher den Juden angeklebt haben. Hat uns hinterher Frau Schuben-Günes erklärt.«

»Du meinst den Judenstern.«

»Genau. Und die Rückseite war total aufgeschlitzt. Den hatte er an dem Tag zum Geburtstag gekriegt und das erste Mal mit in der Schule …«

Katharina merkte, wie der Junge mit sich kämpfte.

»Und in dem Rucksack steckte ein Zettel, auf dem stand: *Judensau, verpiss dich.*« Ramons Stimme zitterte. »Levin hat angefangen zu flennen und ist, ohne sich umzuziehen, gleich nach Hause gefahren.«

Katharina konnte nicht glauben, was Ramon ihr berichtet hatte. Ein derartiger Vorfall an einem angesehenen Hamburger Gymnasium war ein Skandal. Und die Eltern der Klasse waren nicht darüber informiert worden? Das war fast ein ebenso großer Skandal.

»Und was hat Frau Schuben-Günes unternommen?«, fragte sie.

Schulterzucken.

»Ramon, du willst mir nicht weismachen, dass eure Lehrerin danach nichts unternommen hat. Zumindest muss sie mit euch gesprochen haben!«, fuhr sie den Jungen an.

»Die hat uns erzählt, dass so was bestraft werden muss und die Schule bei der Polizei eine Anzeige erstatten würde. Vielleicht müssten wir alle als Zeugen aussagen.«

Katharina schüttelte ungläubig den Kopf. »Und warum, zum Teufel, hast du mir damals nichts davon erzählt, Ramon?«

Der Junge schaute erst auf seine Hände und hob dann hilflos die Schultern. »Weil ich weiß, wer das getan hat. Und wenn die das rauskriegen, bin ich tot.«

15

»Was heißt, du weißt, wer das getan hat?«, fragte Katharina.

Der Junge druckste herum und sie merkte, dass er sich schwertat, über den Vorfall zu sprechen.

»Ramon, ich verstehe, dass du Angst hast, mir die Namen dieser Leute zu nennen. Aber ich verspreche dir, dass ich niemandem etwas sage, wenn du nicht damit einverstanden bist. Du musst mir ganz genau erzählen, was passiert ist. Und danach überlegen wir zusammen, was zu tun ist.«

Es folgte eine Pause.

»Ehrenwort. Und du weißt, dass du dich bei mir darauf verlassen kannst.«

»Wenn ich dir alles erzähle, entscheide hinterher ich, was wir machen«, sagte er zögerlich.

Katharina nickte und strich ihm über das pechschwarze Haar.

»Wir haben auf dem Sportplatz Staffellauf trainiert und nach der ersten Einheit musste ich zum Klo. Ich war an der Turnhalle mit den Umkleiden, da liefen drei ältere Jungs lachend raus. Die waren nicht von unserer Schule. Den einen kannte ich vom Fußball her. Das war der Ricky Metzger. Der spielt eine Altersklasse über mir. Als die mich gesehen haben, kam der Größte auf mich zu und drängte mich an die Wand von der Turnhalle.« Seine Stimme wurde weinerlich. »Dann drückte er mir den Hals zu, hielt mir ein Messer an die Wange und sagte, dass er mich totmachen würde, wenn ich irgendwem sage, dass ich die drei hier getroffen hätte.«

Katharina versuchte ihr Entsetzen zu verbergen.

Metzger.

Den Namen hatte Rebecca im letzten Gespräch mit den beiden Polizistinnen erwähnt. Die Familie, die unter den Brinkowskys gewohnt hatte und mehrfach angezeigt worden war.

Ricky musste dazugehören, das konnte kein Zufall sein.

Wenn sie daran dachte, dass sämtliche Strafanzeigen gegen

diesen gesellschaftlichen Abschaum unbearbeitet geblieben waren und Ramon mit dem Ereignis innerlich mehrere Wochen zu kämpfen gehabt hatte, stiegen Hassgefühle in ihr hoch. Hass auf diejenigen, die für die Erziehung des jungen Pöbels verantwortlich waren, und auf die Schule, die den Vorfall verschwiegen hatte. Jetzt verstand sie auch, warum Rebecca davon gesprochen hatte, dass Levin nächstes Schuljahr auf eine andere Schule wechseln würde.

So weit hatte es kommen müssen, weil niemand gehandelt hatte.

Die Hassgefühle, die sie unbedingt verdrängen wollte, wurden angesichts der strafrechtlichen Konsequenzen von einem Ohnmachtsgefühl überlagert. Wahrscheinlich waren die drei gerade strafmündig und selbst wenn man ihrer habhaft würde, hätten sie als Ersttäter nicht viel zu befürchten. Einige Stunden gemeinnützige Arbeit, mehr würden sie sich vor einem Jugendgericht mit Sicherheit nicht einfangen.

Ramon dagegen würde die nächsten Jahre ziemlich sicher noch an der Sache zu kauen haben. Egal, was jetzt die nächsten Schritte wären.

Sie überlegte, wie sie Ramon dazu bewegen könnte, einer Anzeige bei der Polizei zuzustimmen. Nur wie sollte sie einem Vierzehnjährigen erklären, dass Zivilcourage in einer Gesellschaft gerade dann wichtig war, wenn es darum ging, Rassismus und Antisemitismus öffentlich zu machen, um Recht und Gesetz durchsetzen zu können?

Sie berichtete Ramon, dass die Eltern von Levin bei der Polizei gegen die ganze Familie Metzger schon Strafanzeigen erstattet hatten, diese aber noch bearbeitet werden würden.

»Wahrscheinlich gehört Ricky Metzger zu der Familie, die früher mit Levin und seinen Eltern unter einem Dach gewohnt hat, bevor die Brinkowskys umgezogen sind. Weißt du, wo sie jetzt leben, Ramon?«

Er schüttelte den Kopf.

»Und du hast tatsächlich bisher mit niemandem über die Sache geredet, selbst mit deinen Freunden nicht?«, fragte Katharina.

Der Junge schwieg.

»Nur mit Noah am Telefon«, antwortete er schließlich.

»Und was hat Noah gesagt?«

»Wenn er wieder in Hamburg ist, soll ich ihm den Jungen zeigen, der mich an die Wand gedrückt hat ... Noah ist ganz schön stark.«

»Ramon, das kommt gar nicht infrage. Ich verbiete euch, jemals gegen diese kriminellen Typen handgreiflich zu werden. Da zieht ihr immer den Kürzeren, hast du mich verstanden?«

Ramon blickte stumm auf seine Hände.

Katharina war sich sicher, Noah hatte nichts Eiligeres zu tun gehabt, als Beat davon zu erzählen, dass Ramon in der Schule mit einem Messer bedroht worden war. Und Beat hatte seinem Sohn versprechen müssen, ihr nichts davon zu sagen. Klar, dass Beat den Eindruck gewonnen hatte, sie hätte bei der Erziehung von Ramon nichts von den realen Problemen mitbekommen.

Erst musste sie Rebecca anrufen und in Erfahrung bringen, ob Ricky zu der Nachbarfamilie gehörte, die früher unter ihnen gewohnt hatte. Ramon war damit einverstanden.

Rebecca war sofort am Telefon. Katharina erzählte, was Ramon ihr gerade gebeichtet hatte, nicht ohne ihr vorher ein Schweigegelübde abgenommen zu haben.

Rebecca war über den Angriff auf Ramon genauso entsetzt wie Katharina. Sie berichtete, wie Levin nach dem Sportunterricht völlig aufgelöst mit dem aufgeschlitzten Rucksack zu Hause erschienen war. Sie brach sofort mit Levin auf und knallte dem Schulleiter im Beisein der Sportlehrerin den zerstörten Rucksack mit dem Judensternaufkleber auf den Schreibtisch. Den Zettel aus der Innenseite des Rucksacks hatte sie mit einer Sicherheitsnadel außen angeheftet.

Sie machte den beiden schwere Vorwürfe, dass etwas Derartiges an ihrer Schule während des Unterrichts habe stattfinden können. Der Schulleiter, ein unsicherer, nervöser Mitfünfziger mit dicken Brillengläsern, war sichtlich um Fassung bemüht. Als Rebecca ihm drohte, den Vorfall nicht nur bei der Polizei anzuzeigen, sondern auch der örtlichen Stadtteilpresse zu stecken, hob er die Arme und flehte sie an, auch an die anderen Kinder an der Schule zu denken. Sollten die Medien Wind von der Sache bekommen, sei zum Schuljahresende ein Exodus an seiner Schule zu erwarten, winselte er mit zitternder Stimme. Er schlug Rebecca stattdessen vor, gemeinsam zur Polizei zu fahren und den Vorfall zur Anzeige zu bringen. Auf der Wache zeigte man sich mitfühlend und verständnisvoll Levin und ihr gegenüber und fertigte ein präzises Protokoll an. Alle vier mussten dann noch eine halbe Stunde auf dem Flur warten, bevor ein Mann in Zivil erschien und sie in einen Besprechungsraum bat.

Der Mann, dessen Namen Rebecca vergessen hatte, habe sich als Mitarbeiter der Abteilung Staatsschutz ausgewiesen und darum gebeten, dass sie den Rucksack in der KTU untersuchen dürften. Er werde sich anschließend sowohl bei Rebecca als auch bei der Schulleitung melden.

»Das ist jetzt ungefähr fünf Wochen her und nichts ist passiert. Den kaputten Rucksack haben die auch noch«, sagte Rebecca enttäuscht.

Katharina konnte es nicht fassen.

Sie erinnerte sich, dass Inga Steenken ihnen zugesagt hatte, sich um die bisher ergebnislosen Strafanzeigen der Familie Brinkowsky gegen die Metzgers kümmern zu wollen. Jetzt würde sie Gelegenheit bekommen, den Worten Taten folgen zu lassen. Vorausgesetzt, dass Ramon bereit wäre, gegen Ricky Metzger als Zeuge auszusagen.

Sie hatte nicht die leiseste Ahnung, wie sie ihn dazu bringen könnte.

***

Das Namensschild neben dem verrosteten Klingelknopf war verblichen und selbst im Lichtschein der Stablampe fast unleserlich. Einige Buchstaben waren noch zu entziffern und passten zu dem Namen Edin Pavlov. Leon Schmalzberger hatte seinen Wagen zwei Straßen weiter in der Nähe einer Bushaltestelle geparkt und war zu Fuß durch die spärlich beleuchtete Reihenhaussiedlung bis zur Hausnummer 27 geschlendert.

Er war heute Mittag bereits mit dem Auto einmal an der hölzernen Eingangspforte vorbeigefahren und hatte bemerkt, dass das heruntergekommene Reihenhaus einen unbewohnten Eindruck machte. An der Vorderseite gab es zwei Fenster, an denen die Kunststoffrollläden hinuntergelassen waren. Der Vorgarten in Bonsaiformat war ungepflegt und dort, wo vermutlich einmal Rasen gewesen war, wucherten kniehoch Brennnessel und Giersch.

Er schwang die Jägerzaunpforte nach innen und ging auf das Häuschen zu. Nach wenigen Schritten sprang die funzelige Leuchte neben der Eingangstür an. Immerhin funktioniert der Bewegungsmelder und die Glühbirne hat noch nicht den Geist aufgegeben, dachte er. Neben der Eingangstür stand eine mannshohe Kiefer, hinter der Schmalzberger verschwand. Er zog sein Handy hervor und gab die Festnetznummer ein, die sich Bühlhammer aus der Personalabteilung besorgt hatte. Er wartete, bis die Außenleuchte wieder erloschen war. Dann hielt er das Ohr dicht an die Haustür und drückte die grüne Wähltaste. Nach wenigen Augenblicken hörte er im Inneren den Rufton des Telefons. Er ließ es einige Male klingeln und legte schließlich auf. Dann holte er ein Etui aus der Manteltasche, sein kleines Besteck, und nach weniger als einer Minute betrat er geräuschlos den Flurbereich.

Bereits die abgestandene Luft ließ ihn ahnen, dass sich hier seit Wochen keine Menschenseele mehr aufgehalten hatte. Wenn Edin Pavlov mit Burn-out krankgeschrieben war, kurierte er sein Leiden zumindest nicht zu Hause aus.

Er ließ den Lichtkegel der Stablampe durch den Raum wandern und schaltete anschließend die Deckenleuchte an. Er kannte diese Art von Reihenhäusern nur zu gut, war er doch selbst in einem solchen aufgewachsen.

Der vordere Bereich des Erdgeschosses unterteilte sich in den winzigen Flur, ein noch kleineres Gäste-WC und die Küche. Im hinteren Teil befand sich das Wohnesszimmer, das von einem riesigen Flachbildschirm dominiert wurde. Da auch im hinteren Bereich die Rollläden vollständig geschlossen waren, knipste er im gesamten Erdgeschoss das Licht an.

Vom Flur führte neben der Eingangstür eine steile Holztreppe nach oben, wo sich das Schlafzimmer, ein Arbeitszimmer und das Bad befanden.

Sämtliche Räume waren unbewohnt, und zwar schon längere Zeit. Bad und Schlafzimmer erweckten einen aufgeräumten, ja leeren Eindruck. Fehlende Zahnbürste, keine Dusch- und Waschutensilien und ein abgezogenes Bett waren mehr als nur Indizien dafür, dass der Bewohner momentan nicht hier lebte.

Er machte von allen Räumen Aufnahmen und begann mit der systematischen Durchsuchung. Bühlhammer hatte ihm konkrete Wünsche mit auf den Weg gegeben, wonach er zu suchen hatte. Er wollte alles über den Aufenthaltsort von Edin Pavlov wissen, denn selbst bei seinem Arbeitgeber vermutete man, dass er sich zurzeit nicht zu Hause aufhielt. Weder Anrufe auf dem Festnetz noch auf dem Handy hatte er angenommen.

Und dann war da die Sonderprämie, die sein Auftraggeber ihm in Aussicht gestellt hatte, wenn er in den Wohnräumen Hinweise auf eine maltesische Gesellschaft finden würde.

Er fing mit dem Arbeitszimmer an und stellte schnell fest, dass es dort nichts gab, was für ihn von Interesse wäre. Alte Steuerunterlagen, Korrespondenz mit seinem Arbeitgeber, Rentennachweise und Unterlagen der Krankenkasse.

Er wollte gerade den Regalschrank schließen, da fiel ihm ein Ordner ins Auge mit Dokumenten zum Reihenhaus, in dem er sich gerade befand. Er blätterte den Ordner durch und stieß auf einen alten Grundbuchauszug. Als Eigentümerin war eine Valentina Pavlova eingetragen.

Bingo.

Schmalzberger schloss messerscharf, dass es sich um die Mutter oder um eine Tante handeln musste.

Wenn Valentina Pavlova noch lebte, lag es nahe, dass sich Edin Pavlov dort aufhielt. Aus dem Grundbucheintrag ergab sich lediglich, dass Valentina Pavlova das Häuschen seinerzeit geerbt hatte. Weitere Hinweise zum Aufenthaltsort der Hauseigentümerin konnte er nicht entdecken.

Schmalzberger verließ das Arbeitszimmer und wandte sich der Treppe zu. Er war im Begriff, nach unten zu gehen. In diesem Augenblick ertönte die Hausglocke.

Schmalzberger schaute auf die Uhr. Zweiundzwanzig Uhr dreißig.

Er überlegte, wer um diese Zeit an fremden Haustüren klingelte, und entschloss sich, in den Angriffsmodus zu schalten. Er begab sich bewusst geräuschvoll ins Erdgeschoss und öffnete schwungvoll die Eingangstür.

Im Lichtschein der Flurbeleuchtung stand ein kleines, dürres Männchen, fast ein Zwerg. Schmalzberger selbst war mit seinen ein Meter achtundsiebzig nicht gerade ein Riese, fühlte sich dem Besucher gegenüber aber wie ein Schwergewichtsboxer in der falschen Gewichtsklasse.

»Guten Abend. Wie kann ich Ihnen zu so später Stunde helfen?«, sagte er übertrieben freundlich.

Der späte Gast konnte sein Erstaunen über die Person, die ihm die Tür geöffnet hatte, nicht verbergen.

»Äh. Hm. Wer sind Sie, wenn ich fragen darf? Ist Edin endlich wieder da? Ich bin der Nachbar von gegenüber und wollte gerade zu Bett gehen, da habe ich im Eingangsbereich Licht gesehen.«

Der klingt ja wie ein Automat im Callcenter, dachte Schmalzberger.

»Mein Name ist Tucher, Bernhard Tucher. Immobilien«, sagte er geistesgegenwärtig und überreichte dem Besucher eine seiner Visitenkarten, die er für solche Fälle vorsorglich hatte drucken lassen. Neben dem Namen waren auch die Firmenbezeichnung, die Telefonnummer und die Anschrift nichts anderes als Fake. »Herr Pavlov hat mir die Hausschlüssel gegeben und mich gebeten, während seiner Abwesenheit sein Häuschen einer Bewertung zu unterziehen, was ich heute Nachmittag getan habe. Es soll nämlich verkauft werden. Vorhin habe ich mein Handy hier vergessen. Und das brauche ich morgen früh«, log Schmalzberger, was die Balken hergaben, und grinste.

Der Nachbar starrte auf die Visitenkarte. »Verkaufen? Edin will wegziehen? Das Haus gehört doch seiner Mutter.«

»Ja, ich weiß. Valentina Pavlova. Ich habe hier ja einen Grundbuchauszug«, sagte Schmalzberger generös und klopfte sich dabei auf die Brusttasche.

»Wo ist Edin denn? Seit Wochen versuche ich, ihn zu erreichen. An sein Handy geht er nicht. Ist er bei seiner Mutter in Hamburg? Die Nummer von ihr kenne ich leider nicht«, sagte der Mann.

»Ich werde Herrn Pavlov ausrichten, dass er Sie anruft. Ich sehe ihn morgen. Wie ist Ihr Name?«, sagte Schmalzberger todernst.

»Stoller, Hans-Herbert«, sagte der aufmerksame Nachbar.

Schmalzberger schüttelte die ihm angebotene Kinderhand und schaute auf seine Armbanduhr.

»Jetzt muss ich aber sehen, dass ich nach Hause komme. Einen schönen Abend wünsche ich Ihnen«, sagte er geschäftig und schlug dem verdutzten Stoller die Tür vor der Nase zu. Er schaltete das Licht im Flurbereich aus und begab sich zielstrebig ins Wohnzimmer.

Valentina Pavlova wohnte also in Hamburg. Es dürfte nicht allzu schwierig sein, auch die genaue Anschrift in Erfahrung zu bringen. Er wandte sich als Erstes dem Monstrum von Wohnzimmerschrank zu. In der untersten Schublade fand er einen riesigen Pappkarton mit Fotos. Vorwiegend handelte es sich um Urlaubsfotos, auf denen häufig eine attraktive Frau mittleren Alters mit anderen Personen abgelichtet war. Unter dem Karton entdeckte er zwei dicke Fotoalben, die neben den Bildern jeweils eine Beschreibung enthielten. Er blätterte sie hastig durch. Eine Aufnahme löste er vorsichtig aus der Klebefolie. Sie zeigte die in die Jahre gekommene Frau mit einem riesigen Sonnenhut, die auf einer Parkbank saß und einen Sektkelch in die Kamera streckte. Zwei junge Männer hockten neben ihr und prosteten ihr lachend zu. Daneben stand: *Mama und ihre beiden Besten auf Madagaskar zum 70.*

Wie den Bildunterschriften zu entnehmen war, hatte Edin Pavlov einen Bruder. Dann war es wahrscheinlich, dass er sich dort aufhielt. Wo auch immer. Er blätterte weiter und entnahm ein weiteres Foto, auf dem Valentina und Edin Pavlov auf einem Motorboot zu sehen waren.

Nach einer halben Stunde hatte er das Wohnzimmer durchkämmt, ohne die fehlenden Hinweise entdeckt zu haben. Auch über den Bruder hatte er außer ein paar Fotos nichts in Erfahrung bringen können. Er kehrte in den winzigen Flur zurück und nahm sich das Telefonschränkchen vor. In der Schublade wurde er fündig. Ein braunes Telefonbuch, in dem unter M eine Telefonnummer und dahinter ein Straßenname notiert war: *Hamburg-Billstedt, Schiffbeker Weg 197.*

»Das hätten wir«, sagte Leon Schmalzberger zufrieden.

Sein Blick blieb an der Garderobe haften, an der eine Lederjacke hing. Darunter stand ein Paar braune Sneaker neben einer blauen Sporttasche. Die Taschen der Jacke waren leer, aber in der Sporttasche ertastete er mehrere Bücher und einen dünnen DIN-A4-Umschlag. Darin steckte ein Schnellhefter mit Dokumenten in englischer Sprache.

Er verstand genug Englisch, um zu wissen, dass er das gefunden hatte, was er gesucht hatte. Die Gründungsdokumente einer maltesischen Gesellschaft mit Sitz in Valletta und Handlungsvollmachten für diverse Personen.

Sein Puls erhöhte sich merklich. Er sah vor seinem geistigen Auge, wie sich Bühlhammer schadenfroh auf die Schenkel klopfte.

Nach langer Zeit endlich wieder ein echter Zahltag, sagte er sich, als er die Haustür leise hinter sich ins Schloss zog.

***

Inga Steenken lag zu Hause auf dem Sofa und schaute die Spätnachrichten. Als der Wetterbericht angekündigt wurde, klingelte ihr Handy. Die Nummer sagte ihr nichts. Sie nahm den Anruf entgegen und war baff. Marko Feistner aus der Kriminaltechnik, ihre ehemalige Bett- und Küchenbeziehung, war am Apparat. Er druckste herum und sie merkte sofort, dass er keinen besonderen Anlass hatte anzurufen.

»Marko, hast du nichts Besseres zu tun?«, flachste sie.

Er schien pikiert und musste dann mitlachen.

In der Tat hatte er keinen besonderen Grund anzurufen, außer dass er sich gerne wieder einmal mit ihr zum Essen treffen würde.

»Marko, das ist jetzt nicht dein Ernst, dass du alte Kartoffeln aufwärmen willst. Meinst du wirklich, das würde Sinn machen?«, fragte sie.

»Nach wie vor finde ich deine gefühlvolle Art zu kommunizieren richtig erregend«, flötete er zurück.

»Okay, eins zu null für dich. Klar können wir mal ausgehen. Aber nach, lass mich überlegen, mindestens vier Jahren, in denen wir nichts voneinander gehört haben, sollten wir klein anfangen.«

Sie verabredeten sich für das kommende Wochenende bei einem Griechen in der Schanze.

»Vorausgesetzt, dass ich nicht plötzlich losmuss. Doch das brauche ich dir ja nicht zu erklären.«

»Seid ihr immer noch an der Brandleiche aus dem Kofferraum dran?«, wollte Marko wissen.

»Natürlich, wir haben erst kürzlich festgestellt, wer das Opfer ist. Ein ITler mit einer Entwicklungsfirma«, klärte sie ihn auf.

»Hör mal, wir haben da vorgestern vielleicht eine Sache erlebt«, sagte er. »In der Hafencity wird ja momentan viel gebaut und wir wurden vorgestern am frühen Abend zu einer Baustelle im Baakenhafen gerufen, in der Bauarbeiter eine männliche Leiche gefunden haben.«

Inga Steenken hörte, wie er sich eine Zigarette anzündete. Sie erinnerte sich gar nicht, dass er geraucht hatte, als sie noch zusammen gewesen waren.

»In einer zehn Meter tiefen, großen Baugrube sollte ab siebzehn Uhr in einer Nachtschicht ein Betonfundament gegossen werden. Alles war fertig, die Betonrüssel hingen in der Grube, da ließ einer der Bauarbeiter seinen Rucksack aus Versehen in die Grube fallen. Da seine gesamten persönlichen Sachen darin waren, musste die Befüllung der Baugrube erst einmal gestoppt werden und der arme Kerl durfte in die Grube klettern.«

»Lass mich raten, was er dort unten gefunden hat«, unterbrach sie seinen Redefluss.

»Das war ja nicht schwer zu erraten. Eine männliche Leiche unter der Stahlbewehrung und einer großflächigen Kunststoffhaut, die die gesamte Baugrube abgedeckt hat. Und der Bauarbeiter ist ausgerechnet an der Stelle auf die Kunststoffhaut getreten, unter der der Tote lag. Das ist mal ein Sechser im Lotto.«

»Ein irrer Zufall. Und wenn der Beton erst gegossen worden wäre, hätte es diesen Fall niemals gegeben«, sagte Inga Steenken.

»Vom Gesicht des Toten war nicht mehr viel zu erkennen. Ich vermute, da waren kräftige Jungs mit Baseballschlägern am Werk gewesen. Ein Wahnsinn, das alles«, sagte Marko.

»Wisst ihr schon, um wen es sich bei dem Toten handelt?«, fragte sie.

»Nein, bis gestern Abend nicht. So wie der aussieht, dürfte es wohl auch etwas dauern, wenn er nicht in der Kartei ist«, antwortete Marko.

»Wer leitet die Ermittlungen?«

»Das macht, glaube ich, die Mordkommission 5, Meyerhofer und sein Team.« Er holte merklich Luft. »Ach, Inga, ich hätte es auch schön gefunden, wenn wir beide da unten allein in der Baugrube im Baakenhafen ...«

Weiter kam er nicht.

Inga Steenken hatte aufgelegt.

16

Jorge de la Penya war mehr Pedant als Lebenskünstler. Eigentlich war er stolz auf seinen genetischen Dualismus. Die fröhliche Leichtigkeit seiner spanischen Mutter, gepaart mit der strebsamen Zuverlässigkeit seines deutschen Vaters, gab ihm in jeder heiklen Lebenslage das Gefühl, die richtige Entscheidung zu treffen. Auch heute war wieder so ein Tag, an dem es galt, einerseits optimistischen Enthusiasmus auszustrahlen, andererseits die Risiken abzuwägen und wohlüberlegte Sicherungen in die Handlungsabläufe einzubauen.

Er war zu dem vereinbarten Treffpunkt mit dem Whistleblower unterwegs und musste unentwegt an die letzten Stunden denken. Martha und er hatten einen herrlichen Abend verbracht. Sie hatte seinen Ankündigungen eines nächtlichen Pokerabends ab dreiundzwanzig Uhr zwar von vornherein keinen Glauben geschenkt, aber das hatte dem weiteren Verlauf in keiner Weise geschadet.

Er kam gegen halb sechs mit einem braunen Rollkoffer nach Hause und da er morgens ohne Gepäck aus der Wohnung gegangen war, wollte Martha wissen, ob er entgegen seiner großspurigen Planung am Telefon heute Abend doch noch arbeiten müsse. Er schüttelte nur grinsend den Kopf, stellte den Koffer im Flur ab und nahm sie in den Arm. Martha erwiderte die Umarmung und ging ihrerseits zum erotischen Frontalangriff über.

Jorges bisherige Planung erfuhr unerwartet eine Regieänderung, denn Martha entschloss sich, statt in der Küche eine Zuschauerrolle zu übernehmen, lieber aktiv im Schlafzimmer die langersehnte Familienplanung voranzutreiben.

Nachdem sich Jorge nach der Ouvertüre eine heiße Dusche gegönnt hatte und mit einem Badehandtuch um die Hüften voller Tatendrang wieder im Schlafzimmer erschienen war, schnappte sich Martha den Rollkoffer und befriedigte ihre unstillbare Neugier. Jorge staunte nicht schlecht, als er seine Verlobte splitternackt zwischen all den Zweihunderteuroscheinen liegen sah, die sie aus dem Köfferchen geholt und über das gesamte Bett verteilt hatte.

»Sag bloß, das ganze Geld willst du heute Nacht beim Pokern verspielen?«, fragte sie lachend. Das Badetuch verlor seinen Halt und die Geldscheine ihre jungfräuliche Unberührtheit.

Aus der liebevoll zubereiteten Paella wurde am Ende nur eine hastige Tiefkühlpizza, bei der Jorge Martha beichtete, wofür die halbe Million Euro wirklich bestimmt war und was es mit der Verabredung um dreiundzwanzig Uhr in der Speicherstadt tatsächlich auf sich hatte.

Sie wurde ernst und wies auf das Risiko hin, dass er eingehen würde, wenn er das Geld allein übergeben würde. Jorges Einwand, dass der Informant nur ihn als Kontaktperson akzeptiert habe und die Geldscheine nummeriert seien, stimmte Martha gnädig. Um kurz nach zehn Uhr hatte sie ihn mit einem innigen Kuss als Gegenleistung für ein festes Heiratsversprechen entlassen.

Um zweiundzwanzig Uhr fünfundvierzig fuhr er über die Kornhausbrücke und bog kurz danach links in die Straße Alter Wandrahm. Nach etwa vierhundert Metern erreichte er die Hausnummer 101. Es handelte sich um eines der typischen mehrstöckigen Kontorhäuser aus rotem Backstein, die früher als Lagerhäuser für Waren aus aller Herren Länder gedient hatten. Nach der Ausgliederung der historischen Speicherstadt aus dem Hamburger Freihafen in das innerstädtische Entwicklungsgebiet der Hafencity Anfang der Zweitausender setzte ein wahrer Run auf die unter Denkmalschutz stehenden Objekte ein. Es entstanden aufwendig sanierte Büroflächen, in denen vorwiegend Unternehmen aus der IT-Branche, Werbeagenturen und Start-ups ein neues Zuhause fanden.

Nicht so das Gebäude mit der Hausnummer 101. Es war von außen zwar genauso kitschig illuminiert, wie man es von Ansichtskarten her kannte, bei näherem Hinsehen blieb dem Betrachter jedoch nicht verborgen, dass hier die uralte Bausubstanz immer noch auf eine Erneuerung wartete.

Jorge erinnerte sich an die Worte von Alibaba in ihrem letzten Telefonat. Er sollte den Kellerabgang an der rechten Hausseite nehmen und bloß nicht vergessen, eine Taschenlampe mitzubringen. Jorge stellte den Wagen direkt vor der schmalen Eingangstreppe ab, schnappte sich den Rollkoffer vom Beifahrersitz und stieg aus.

Er blickte sich um. Die Straße war durch die Illumination der Hauswände recht gut ausgeleuchtet. Weit und breit war keine Menschenseele zu entdecken. In etwa fünfzig Metern Entfernung parkte ein verbeulter VW Polo mit Hamburger Kennzeichen. Möglicherweise war Alibaba mit diesem Polo gekommen und wartete bereits im Keller des Hauses auf den Geldsegen. Jorge machte ein Foto von dem Wagen und schickte es sofort auf Marthas Handy. Vor dem Gebäude auf der gegenüberliegenden Straßenseite stand ein klappriges Wohnmobil einfachster Bauart. Die Kennzeichen waren abmontiert und aus beiden Vorderrädern hatte sich die Luft verabschiedet.

Die Karosse kann er jedenfalls nicht genommen haben, sagte sich Jorge, fotografierte das Gefährt dennoch und schickte auch das an Martha.

Dann stieg er die Treppenstufen hinauf und leuchtete mit einer Taschenlampe den gesamten Eingangsbereich ab. Nirgendwo befand sich irgendein Schild, das auf einen Bewohner dieses Gebäudes schließen ließ. Er drückte die Klinke hinunter, aber die Tür war verschlossen. Er leuchtete durch die verdreckten Glasscheiben. Der Flur war mit Mosaiksteinen gefliest und an dem hölzernen Treppenaufgang hingen fünf messingfarbene Schilder. Auf dem untersten konnte er mühsam eine Aufschrift erkennen.

1. Boden
Fa. Oehlschläger & Cons.
Schiffsausrüstungen

Die Schilder der Böden zwei bis fünf waren unbeschriftet. Da er durch die Glasscheiben kein Foto machen konnte, sandte er Martha eine entsprechende Beschreibung. Er bog um die rechte Hausecke. Der Abstand zum Nachbargebäude betrug etwa drei Meter. Der Bereich zwischen den Gebäuden war unbeleuchtet und die Kellertreppe, die Alibaba erwähnt hatte, konnte er nur schemenhaft erkennen. Jorge lauschte angestrengt in die Dunkelheit, doch es war lediglich der nächtliche Großstadtverkehr von der weit hinter dem Zollkanal liegenden Straße zu erahnen. Vorsichtig folgte er dem Lichtstrahl der Taschenlampe zum Kellerabgang. Als er die marode Treppe erreichte, spürte er Adrenalin in seinen Körper schießen. Er stieg die Treppe hinab und sah, dass die schwere Holztür nur angelehnt war. Entgegen seiner Erwartung ließ sich die Tür geräuschlos öffnen.

Er blieb im Rahmen stehen und ließ den Lichtstrahl auf dem Boden bis zur Wand am Ende des Raums wandern. Er war rund zwanzig Quadratmeter groß und bis auf ein paar schiefe Holzregale an den Wänden leer. Es gab lediglich ein vergittertes Fenster neben der Treppentür, das Jorge von außen nicht wahrgenommen hatte. In den Wandregalen lagen verstaubte Blechteile, Werkzeuge und Unmengen von Elektrokabeln. In der gegenüberliegenden Wand befand sich ein schmaler Mauerdurchbruch, hinter dem Jorge einen längeren Flur erkennen konnte. Er passierte den Durchbruch und augenblicklich zuckte er zusammen.

Rechts neben ihm flammte Licht auf.

In dem Nebenraum stand ein Schreibtisch mit zwei Stühlen an den Stirnseiten. Über dem Tisch baumelte eine Metalllampe. Der Raum war doppelt so groß wie derjenige, den er durch die Kellertür betreten hatte.

»Kommen Sie rein und schließen Sie die Tür«, hörte Jorge eine bekannte Stimme sagen. Es war diejenige des Whistleblowers.

Im selben Moment trat ein Mann in Jeans und Kapuzenpulli an den Tisch und legte einen DIN-A4-Schnellhefter darauf. Er setzte sich auf einen der beiden Stühle. Jorge trat ein und schloss die Tür. Da Fenster fehlten, war sich Jorge sicher, dass bei geschlossener Tür kein Lichtschein nach draußen dringen würde. Es würde also niemand merken, wenn ihm hier ein Leid angetan würde.

»Setzen Sie sich bitte. Machen Sie Ihr Handy vollständig aus und legen Sie es auf den Tisch«, sagte der Mann und zeigte auf den Stuhl ihm gegenüber. Er zog die Kapuze ab. Der Whistleblower hatte ein hageres, glattes Gesicht mit schmalen Lippen. Die wenigen Haare verteilten sich in Form eines dünnen Kranzes um den länglichen Kopf. Der Oberkörper des Mannes machte unter dem Pullover einen durchtrainierten Eindruck.

Jorge nahm zögernd Platz und stellte den Rollkoffer demonstrativ neben sich. Er folgte den Anweisungen und überlegte, wie er den Mann ansprechen sollte.

»Sie können mich Edin nennen. Edin Pavlov. Es kann sich sowieso nur noch um wenige Tage handeln, dann dürfte mein Name ohnehin kein Geheimnis mehr sein«, nahm ihm Pavlov die Entscheidung ab. »Haben Sie das Geld dabei? Ich habe meinen Teil der Abmachung hier vor mir liegen.« Er schob den Schnellhefter über den Tisch und tippte mit dem Zeigefinger darauf.

Jorge nickte. Er holte die gebündelten Geldscheine aus dem Koffer und stapelte sie vor Pavlov auf den Tisch. Zweitausendfünfhundert gelbe Zweihunderteuroscheine. Pavlov blickte anerkennend auf das Mäuerchen vor ihm, das über die ganze Breite des Tisches reichte.

»Druckfrisch sind sie, aber warum so zerknittert?«, wunderte er sich.

Jorge zog die Schultern hoch und machte ein fragendes Gesicht.

Wenn du wüsstest, was die Scheine heute schon gesehen haben.

»Sie zählen nach und ich vertiefe mich in die Dokumente«, sagte er und schnappte sich den Schnellhefter.

Während Pavlov Stapel für Stapel abarbeitete, stellte Jorge

schnell fest, dass die Dokumente, die Edin Pavlov zusammengestellt hatte, alle Fakten enthielten, die man für eine reißerische Story brauchte. Auch die beteiligten Firmen und Personen waren namentlich benannt.

»Darf ich mein Handy wieder einschalten? Ich würde gerne etwas überprüfen«, sagte Jorge.

Edin Pavlov nickte.

Jorge googelte im Internet nach den Firmennamen *Bellmann & Wächter* und *ai-solutions*. Es schien alles zu stimmen. Er hatte zwar keinerlei Erfahrung mit derartigen Deals, doch dass es sich bei den Dokumenten und Informationen um Fakes handelte, konnte er sich beim besten Willen nicht vorstellen.

»Wie sind Sie an die Unterlagen gelangt?«, fragte er, obwohl er mit keiner Antwort rechnete.

Pavlov, der gerade mit dem Zählen fertig geworden war, schüttelte den Kopf, griff dann aber unter seinen Pulli. Darunter kam ein Tragebeutel zum Vorschein.

»Diese Frage ist unzulässig, ich beantworte sie trotzdem. Ich habe sie kopiert. Ganz einfach. Allerdings dürfte *Bellmann & Wächter* nicht mehr lange mein Arbeitgeber sein. Zurzeit bin ich krankgeschrieben. Und hier ist mein Arbeitsvertrag«, sagte er und schob Jorge das Papier hin. »Den nehme ich wieder mit«, ergänzte er schnell.

Jorge blätterte die Seiten durch, reichte sie zurück und nickte.

»Der Teil unserer Abmachung dürfte erledigt sein. Was ist mit dem Anwalt und dem Zeugenschutzprogramm?«, fragte Pavlov.

Jorge erinnerte ihn an Dr. Hüne und sagte, dass er mit dem Rechtsanwalt darüber sprechen solle. Pavlov war einverstanden und sie vereinbarten, dass Jorge die Dokumente gleich morgen früh an den Anwalt weiterleitete mit dem Hinweis, dass sich Edin Pavlov am Nachmittag persönlich melden würde. Die Honorarübernahme sei bereits mit dem Anwalt abgesprochen, log er frech.

Edin Pavlov stand auf, nahm sich, ohne zu fragen, den Rollkoffer und packte die Geldscheine wieder ein.

»Und Sie wollen morgen früh tatsächlich nach Sofia fliegen?«, fragte Jorge.

»Ja, zunächst werde ich mich dort aufhalten, bis ich davon überzeugt bin, dass alles in meinem Sinne geregelt ist«, sagte Pavlov.

»Sind Sie Bulgare?«, fragte Jorge.

»Ja, meine Mutter ist Bulgarin. Mein Vater war Russlanddeutscher. Er ist tot«, antwortete der Whistleblower.

Wie sich die Familienverhältnisse doch ähneln, dachte Jorge und stand ebenfalls auf.

Pavlov schaute auf seine Armbanduhr. Es war kurz nach Mitternacht.

»So, wir sind hier fertig. Schalten Sie Ihre Taschenlampe an und gehen Sie voraus. Ich mache das Licht aus und komme nach«, sagte er mit energischem Unterton, klappte den Rollkoffer zusammen und zog geräuschvoll die Reißverschlüsse zu.

Jorge steckte sein Handy ein und nahm den Schnellhefter. Er knipste die Taschenlampe an und ging langsam zur Tür.

Das Licht über dem Schreibtisch erlosch.

Plötzlich traf ihn ein harter, zielgerichteter Schlag in den Nacken und er fiel in sich zusammen wie ein Kleidersack. Der Schnellhefter segelte zu Boden und rutschte unter ein Wandregal.

17

»Wie lange brauchen wir denn noch?«, erkundigte sich Ramon zum zweiten Mal, ohne von seinem Tablet aufzuschauen.

»Ungefähr eine Stunde. Und wenn du noch fünfmal fragst, sind wir auch nicht eher da«, antwortete Katharina.

Sie waren gleich nach dem Mittagessen nach Stralsund aufgebrochen und Ramon hatte von Anfang an den Eindruck vermittelt, dass er überhaupt keine Lust verspürte, an einem Sonnabend bei schönstem Wetter in ein Seniorenheim zu fahren. Zumal er die Person, die es zu besuchen galt, nie im Leben gesehen hatte.

»Was ist eigentlich adoptieren?«, wollte er kurz nach Fahrtantritt wissen.

Katharina erklärte es ihm und prompt folgte die nächste Frage nach ihrer »echten« Mutter. Sie überlegte, ob sie seinen Fragen nach ihren leiblichen Eltern nicht lieber ausweichen sollte, und entschied, ihm ehrlich Rede und Antwort zu stehen. Immerhin waren auch sein Vater und seine Großeltern von den Schergen des ehemaligen SED-Staats kaltblütig ermordet worden. Nachdem er ihre Frage bejaht hatte, ob es ihn denn interessieren würde, wo sein Großvater im Gefängnis gesessen habe, nur weil er von Ost nach West habe reisen wollen, versprach sie, mit ihm in den nächsten Ferien einmal nach Berlin zu fahren und ihm zu zeigen, wo und wie die Staatssicherheit ihre beiden Familien ausgelöscht habe.

»Ich weiß nicht, in welcher Gefängniszelle mein leiblicher Vater damals gestorben ist«, sagte sie, »aber das ganze Gebäude ist heute ein Museum und wirklich sehenswert. Ich glaube auch, du bist alt genug, um zu verstehen, was damals alles geschehen ist.«

Der Junge nahm daraufhin wieder sein Tablet zur Hand und daddelte die nächste Stunde stumm vor sich hin. Katharina war ihm sogar dankbar dafür. Sie schaltete das Radio ein und war in Gedanken schon bei dem Besuch ihrer Adoptivmutter. Seit sie vor ein paar Tagen mit der Heimleitung gesprochen und ihren Besuch angekündigt hatte, lag ihr das Wiedersehen mit der Frau, die über dreißig Jahre »ihre Mutter« gewesen war, schwer im Magen. Was erwartete sie im Seniorenstift *Gute Seelen* außer einem atemberaubenden Blick über eine Steilküste hinweg auf die Ostsee, wie sie der Website entnommen hatte?

Eine demente, erinnerungslose Person, die mit belanglosem Geplauder bei Kaffee und gedecktem Apfelkuchen zwei Stunden bei Laune gehalten werden wollte? Oder die Waltraud Tenzer, die sich noch genau daran erinnerte, dass Katharina und ihr Bruder ihrer leiblichen Mutter durch staatliche Gewalt entrissen worden waren und sie selbst dieses Unrecht jahrzehntelang verborgen gehalten hatte.

Katharina wusste nicht einmal, welche Version sie bevorzugt hätte.

Die Heimleiterin hatte ihr am Telefon gesagt, dass das Erinnerungsvermögen an länger zurückliegende Ereignisse bei ihrer Mutter noch einigermaßen intakt sei.

Und ob es eine gute Idee gewesen war, Ramon mitzunehmen, würde sich erst zeigen, wenn sie auf der Rückreise im Auto saßen.

Plötzlich musste Katharina scharf bremsen, denn weiter vorne kündigte sich durch mehrere eingeschaltete Warnblinkleuchten ein Stauende an.

»So ein Mist. Bei der nächsten Autobahnausfahrt in fünf Kilometern hätten wir sowieso runtergemusst«, sagte sie und schnappte sich ihr Handy, als der Wagen zum Stehen gekommen war.

Beat hatte eine WhatsApp geschickt.

»Beat will wissen, ob er den Schwedenurlaub buchen soll oder nicht. Steht denn schon fest, ob du den Lehrgang in der Landesauswahl mitmachen sollst?«

Ramon zuckte nur mit den Schultern und spielte weiter auf seinem Tablet.

»Hallo! Ich habe dich etwas gefragt.«

»Nee, ich fahr nicht mit zum Fußball. Keinen Bock.«

»Du hast keinen Bock auf Fußball? Ramon, was ist los? Rück raus mit der Sprache!«

»Ricky Metzger ist auch dabei«, antwortete Ramon. »Es sind zwei Jahrgänge und er ist in dem über mir. Der erkennt mich ja sofort wieder. Du musst den Trainer anrufen und für mich absagen.«

Katharina war einerseits schockiert, andererseits konnte sie seine Ängste nachvollziehen. Unter Umständen würde der Junge in dem Fußballcamp durch die Hölle gehen, wenn noch andere Jungen vom Kaliber eines Ricky Metzger mitfahren und sich womöglich gegen ihn zusammenschließen würden. Dennoch war es unvertretbar, dass solche Aktionen wie diejenige, die Levin Brinkowsky hatte erdulden müssen, ungeahndet blieben.

»Versteh mich nicht falsch, Ramon, ich sage für dich ab, wenn du es unbedingt möchtest. Aber ich weiß, wie viel dir Fußball bedeutet, und es ist nicht richtig, vor solchen Idioten zu kuschen und nichts zu unternehmen. Du erinnerst dich doch an die letzten Fußballländerspiele, bei denen die Spieler alle vor dem Anpfiff gekniet haben. Genau damit wollten die Spieler gegen solche Leute wie den Ricky ein Zeichen setzen.«

Katharina ließ Ramon ihre Worte verdauen. Sie fuhren inzwischen im Schritttempo und kamen an den Verursachern des Verkehrsstaus vorbei. Mehrere schwer demolierte Pkw parkten auf der Standspur. Zwei Polizisten waren damit beschäftigt, Fotos zu machen und Unfallbeteiligte zu befragen, während in zwei Rettungswagen hektische Betriebsamkeit herrschte.

»Schau nicht dorthin, Ramon, das würdest du in solch einer Situation auch nicht wollen«, sagte Katharina, als sie den ersten Rettungswagen passierten.

Das Szenario schien Ramon an ihr letztes Gespräch zu erinnern.

»Ich gehe nicht zur Polizei. Die stechen mich ab, wenn die das mitkriegen!«, schrie er.

›Ramon, beruhige dich. Ich habe dir gesagt, dass ich dich nicht dazu zwingen werde. Was hältst du davon, wenn ich am Montag eine Kommissarin anrufe, die ich von einem Fall her kenne. Wir fahren zusammen dahin und du erzählst erst einmal, was passiert ist, ohne den Namen von Ricky Metzger zu nennen. Also ganz anonym. Und dann hören wir uns an, was die Polizei machen will.‹

In dem Jungen arbeitete es. Er tat Katharina unfassbar leid, aber sie war entschlossen, einen Weg zu finden, diesem Pöbel energisch entgegenzutreten. Allerdings musste es ein Weg sein, bei dem Ramon seelisch und körperlich nicht vor die Hunde ging.

›Ich werde Beat heute Abend anrufen und ihm sagen, dass er die endgültigen Buchungen um eine Woche aufschieben muss. Und du entscheidest, nachdem wir mit der Kommissarin gesprochen haben. Bist du mit diesem Vorschlag einverstanden, Ramon?‹

Der Junge schaute aus dem Fenster und nickte.

Sie hatten die Ausfahrt von der Ostseeautobahn erreicht und das Navi zeigte an, dass sie nach siebenundzwanzig Kilometern Landstraße am Ziel sein würden. Der Weg führte durch die seendurchzogene vorpommersche Landschaft mit ihren winzigen Ortschaften, die verlassen und vergessen wirkten. Die Jugend hatte diesem Fleck Erde eindeutig den Rücken gekehrt.

Katharina fühlte sich zwanzig Jahre zurückversetzt. Nicht weit östlich von hier, in der Nähe von Greifswald, war sie aufgewachsen. Sie hatte dort eine unbeschwerte, wohlbehütete Kindheit und Jugend verbracht.

Ihr hatte es nach damaligen Maßstäben an nichts gefehlt, denn als Kind zweier Ärzte hatte sie in der ehemaligen DDR zur privilegierten Bevölkerungsgruppe gehört. Immer wenn sie an diese Zeit zurückdenken musste, machte sich ihr schlechtes Gewissen bemerkbar, dass sie die Adoptivmutter vor vier Jahren so rigoros aus ihrem Leben verbannt hatte.

Kurz darauf bogen sie von der Hauptstraße ab und fuhren durch eine gemauerte Toreinfahrt. Hundert Meter entfernt erhob sich ein schmuckloser dreistöckiger Bau, der Katharina an eine umfunktionierte alte NVA-Kaserne erinnerte. Die hell getünchte Fassade brauchte dringend eine Auffrischung. Auf den Parkplätzen neben dem Eingang standen nur zwei Autos mit Berliner Kennzeichen.

Katharina nahm den Blumenstrauß von der Rückbank und drückte Ramon die Pralinenschachtel in die Hand. Sie stiegen die Stufen hoch, an deren Ende ein Treppenlift angebracht war und auf seinen nächsten Einsatz wartete. Katharina meldete sich am Empfang. Nach wenigen Minuten erschien eine korpulente Frau um die fünfzig mit einer altmodischen Hochsteckfrisur. Es war die Heimleiterin.

»Guten Tag, Frau Tenzer, ich hoffe, Sie hatten eine angenehme Fahrt. Schön, dass Sie uns besuchen. Und Sie haben Glück. Ihre Mutter ist heute ausgesprochen gut drauf und fragt ständig, wann Sie endlich da sind.«

Katharina stellte Ramon der Heimleiterin vor. Sie nickte dem Jungen lächelnd zu und wandte sich zum Fahrstuhl am Ende des Flurs.

»Ich bringe Sie hinauf«, sagte sie im Gehen, »es ist gleich im ersten Stock.«

Sie verließen den Lift wenig später und liefen den Flur entlang bis zur letzten Tür auf der linken Seite.

»Ihre Mutter hat eine schöne Anderthalbzimmerwohnung nach Westen, zum Wald hin«, sagte die Heimleiterin und öffnete die Tür.

Sie betraten einen schmalen Flur mit einem Durchgang zum Wohnzimmer.

Waltraud Tenzer saß in einem Rollstuhl vor dem Fenster und blickte in den weitläufigen Garten, hinter dem sich ein Wäldchen anschloss. Katharina und Ramon blieben im Durchgang stehen, während die Heimleiterin zu der alten Dame trat.

»Hier ist Ihre Familie, Frau Tenzer«, sagte sie, drehte den Rollstuhl behände um hundertachtzig Grad und schob ihn vor den Esstisch. »Wie ich Ihnen versprochen habe.«

Sie nahm Katharina den Blumenstrauß ab und verschwand in einer kleinen Küche. Katharina begab sich langsam zu ihrer Mutter, verharrte für einen Moment, beugte sich hinab und umarmte sie. Ramon ließ keinen Blick von der alten Frau und bewegte sich nicht vom Fleck.

»Mutter. Ich freue mich, dich wiederzusehen.« Sie zeigte auf den Jungen, der immer noch wie eine Salzsäule dastand. »Darf ich dir Ramon Fillinger vorstellen?«

Die Heimleiterin kehrte aus der Küche zurück. Sie stellte eine Vase mit den Blumen auf den Esstisch, der liebevoll zum Nachmittagskaffee gedeckt war.

»Bevor Sie gehen, wäre es gut, wenn Sie noch einmal unten bei mir im Büro vorbeischauen könnten, Frau Tenzer«, sagte sie leise. »Es gibt da noch etwas, das ich gerne mit Ihnen besprechen würde.«

Damit verließ sie das Zimmer, ohne auf eine Reaktion zu warten.

Waltraud Tenzer hatte unterdessen den Blick zwischen Katharina und Ramon hin- und herschweifen lassen.

»Katharina, du bist es. Du warst lange nicht hier«, sagte sie mit einem Lächeln. »Und du hast deinen Sohn mitgebracht. Wie schön.«

Sie winkte den Jungen heran.

»Ramon ist nicht mein Sohn, Mutter. Er ist mein Neffe. Der Sohn von Bernhard, meinem Bruder.« In der Sekunde, in der sie die Sätze ausgesprochen hatte, bereute Katharina sie.

Ihre Mutter starrte sie ungläubig an und schüttelte den Kopf. »Wer ist Bernhard?«

Ramon gesellte sich zu ihr, gab ihr höflich die Hand und legte die Pralinenschachtel auf den Tisch. Während des anschließenden Kaffeetrinkens blieben die Blicke der alten Dame wiederholt an dem Jungen hängen, der sich an dem frischen Butterkuchen schadlos hielt.

»Geht der Junge auch auf die Oberschule in Greifswald?«

»Nein, Mutter. Wir wohnen doch in Hamburg. Haben sie dir das nicht erzählt?«

Waltraud Tenzer starrte auf ihren Teller.

»Hamburg? Das liegt in der BRD, oder? Was macht ihr denn da?«, fragte sie mit einem Kopfschütteln.

Katharina bemühte sich, die Unterhaltung einigermaßen aufrechtzuerhalten. Das stark angegriffene Gedächtnis ihrer Mutter brachte zwar viele unzusammenhängende Details aus lange zurückliegenden Zeiten zutage, versagte aber kläglich, wenn es um die Erinnerung an jüngere Ereignisse ging. Katharina erkannte, dass irgendein Gespräch über ihr früheres Leben und die damalige familiäre Situation niemals mehr würde stattfinden können.

Ramon verhielt sich vorbildlich und versuchte unsinnigen Fragen oder solchen, die er nicht beantworten konnte, mit Humor aus dem Weg zu gehen. Bei dem Versuch, ihre Mutter auf dem iPad in die Geheimnisse des Computerspielens einzuweihen, musste Katharina schmunzeln.

Nach anderthalb Stunden erschien eine Pflegerin und erkundigte sich nach dem Befinden. Katharina hatte seit einigen Minuten bemerkt, dass ihre Mutter zunehmend ermüdete, und sie entschloss sich, aufzubrechen. Die Verabschiedung war ausgesprochen herzlich, obwohl Waltraud Tenzer inzwischen zum fünften Mal wissen wollte, wer Ramon eigentlich sei. Als Katharina versprach wiederzukommen, meinte sie es ehrlich, hatte jedoch keine Vorstellung, wie oft sie die fast dreistündige Fahrt zukünftig auf sich nehmen wollte.

Die Heimleiterin hatte ein winziges Büro und telefonierte gerade, als Katharina an die offen stehende Tür klopfte. Die Frau beendete das Gespräch und stand auf.

»Schön, dass Sie es einrichten konnten«, sagte sie. »Ich glaube,

Ihre Mutter hat sich sehr gefreut, Sie nach so langer Zeit wiederzusehen. Sie hat Sie ja auch sofort erkannt.«

Nachdem sie sich über den gesundheitlichen Zustand der alten Dame unterhalten hatten, lenkte die Heimleiterin das Thema auf einen Anruf des Vormundschaftsgerichts in der letzten Woche.

»Der aktuelle Vermögensbetreuer Ihrer Mutter, ein hiesiger Rechtsanwalt, geht in Pension und es soll jemand Neues vom Gericht eingesetzt werden. Man bat mich, mit Ihnen zu sprechen, ob Sie dieses Amt nicht übernehmen möchten. Schließlich sind Sie die letzte Verwandte.«

Katharina schluckte. Es stimmte, sie war die letzte Verwandte. Auch wenn sie keine Blutsverwandten waren, hatten sie eine gemeinsame Lebensgeschichte als Mutter und Tochter.

Sie versprach der Heimleiterin, sich die Sache zu überlegen, und verabschiedete sich.

***

Leon Schmalzberger grinste wie ein Honigkuchenpferd, als er Bühlhammer den Umschlag überreichte. Der Vorstandsvorsitzende hatte ihm strengstens untersagt, irgendwelche Ergebnisse seiner Recherchen per E-Mail oder WhatsApp zu schicken, denn er hatte irgendwo gelesen, dass die Polizei seit vielen Jahren ihre größten Erfolge immer dann feierte, wenn sie auf Handys oder Computer der vermeintlichen Täter zugreifen konnte.

Sie saßen im Fond des schwarzen Maybach. Bühlhammers Fahrer vertrat sich draußen auf dem Parkplatz die Beine. Er rauchte bereits die dritte Marlboro. Bühlhammer fingerte den dreiseitigen Bericht von Schmalzberger aus dem Umschlag. Er öffnete die Bordbar und zog eine Flasche *Premier Grand Cru Cognac* hervor.

»Was ganz Edles. Aus dem Hause *Frapier*. Wollen Sie auch einen zur Feier des Tages?«, fragte Bühlhammer generös.

Schmalzberger nickte und Bühlhammer holte umständlich die

entsprechenden Gläser aus der Halterung. Er schenkte großzügig ein und reichte einen der Schwenker weiter. Dann überflog er eilig den eng geschriebenen Bericht, wobei er mehrmals grummelnd nickte.

Schmalzberger betrachtete die tiefbraune Flüssigkeit in dem Kristallschwenker und fragte sich, ob die Maybach-Gravur mit dem Stern darunter wohl im Grundpreis dieser Karosse enthalten war oder ob sie zur Sonderausstattung gehörte. Er lehnte sich in dem hellen Leder zurück, nahm vorsichtig einen Schluck und schloss die Augen. Er konnte sich nicht erinnern, dass jemals zuvor etwas so Weiches und dennoch kraftvoll Aromatisches durch seine Kehle geflossen war.

»Wusste ich's doch. Krank zu Hause, dass ich nicht lache. Der Schweinehund wird bei Mama in Hamburg durchgefüttert und lässt den lieben Gott einen guten Mann sein«, sagte Bühlhammer, nachdem er den Bericht überflogen hatte. Er schüttelte die restlichen Unterlagen aus dem Umschlag. Es waren Fotos aus dem Reihenhaus, in dem Pavlov gewohnt hatte, und die Unterlagen aus dem Schnellhefter, den Schmalzberger in der Sporttasche im Flur gefunden hatte.

»Und das ist natürlich der Knaller, Schmalzberger. Chapeau. Dieser Himmelhund gründet auf Malta eine Briefkastengesellschaft und überweist dann einfach mal viereinhalb Millionen von unserem Firmenkonto«, sagte er und wedelte mit dem Schnellhefter in der Luft herum.

Wie aufs Stichwort zog Schmalzberger noch einen Umschlag aus der Innentasche seines Sakkos und reichte ihn Bühlhammer. »Meine erste Abschlagsrechnung, Herr Bühlhammer. Ich habe mir erlaubt, den üblichen Erfolgsaufschlag gleich hinzuzusetzen«, sagte er beiläufig.

Bühlhammer riss den Umschlag auf, nahm den Betrag mit einem Grummeln zur Kenntnis und ließ die Rechnung in einer völlig verschlissenen Lederaktentasche verschwinden, die aussah, als hätte sie schon sein Vater allmorgendlich zur Arbeit getragen.

»Schon okay, Schmalzberger. Sie haben ja erfolgreich gearbeitet«, sagte er.

»Was wollen Sie denn mit diesen Informationen unternehmen?«, fragte Schmalzberger. Er selbst hatte schon eine Vorstellung, was er mit den Kopien anfangen würde, die er sich von seiner Beute gezogen hatte. Die gerade genehmigten läppischen fünfzehntausend Euro waren nach seiner Vorstellung nur ein kleiner Vorschuss.

Bühlhammer überlegte einen Moment. »Ich will die Dokumente zuerst genau prüfen. Dann sehen wir weiter. In jedem Fall müssen Sie diesem Pavlov jetzt in Hamburg auf den Fersen bleiben. Ich muss über jeden Schritt, den er macht, auf dem Laufenden gehalten werden.« Aus seiner zerschlissenen Ledertasche kramte er ein Billighandy hervor. »Wenn Sie mit mir in Kontakt treten wollen, rufen Sie mich mit diesem Handy an. Nur damit. Vergessen Sie das nicht!«

Schmalzberger nahm das Telefon entgegen und nickte anerkennend. »Sie sind ja bestens informiert, wie man möglichst keine Datenspuren hinterlässt. Ermittlungstaktisch, meine ich natürlich.«

Bühlhammer winkte ab, als gehörten derartige Sicherungsmaßnahmen zum Alltagsgeschäft eines Vorstandsvorsitzenden.

»Da ist bereits eine Telefonnummer eingegeben. Nur unter der Nummer rufen Sie mich an. Sollte ich nicht drangehen, rufe ich zurück. Die Nummer gehört zu einem Handy, das in keiner Beziehung zu mir oder der Firma steht.« Er blickte auf seine Armbanduhr. »Ich muss zurück in den Betrieb«, stellte er fest und schaute prüfend auf den Flüssigkeitspegel in Schmalzbergers Glas. »Wollen Sie noch einen für unterwegs? Wie heißt es doch so schön auf Neudeutsch? Last one for the road!« Er schlug sich lachend auf den Oberschenkel.

Schmalzberger lehnte dankend ab mit dem Hinweis, dass er ja noch fahren müsse, und zwar selbst, wie er ausdrücklich bedauere.

Bühlhammer nickte ernst, ließ das Fenster hinunter und gab dem Fahrer draußen zu verstehen, dass er der Tätigkeit nachkommen möge, für die er entlohnt werde.

Schmalzberger schwang sich aus dem Nappa-Designo-Lederensemble und lief zu seinem Wagen zurück, der am anderen Ende des Parkplatzes stand. Als er ihn erreichte, schwebte der Maybach gerade durch die Auffahrt Richtung Autobahn.

**

Während der Rückfahrt in die Firma musste Bühlhammer an Edin Pavlov denken. Er zog noch einmal eines der Fotos hervor, die Schmalzberger aus der Wohnung seines Angestellten mitgenommen hatte.

So sieht der Schweinehund also aus, der sich kurzerhand von unserem Firmenkonto bedient hat. Warte nur, du Hund, ich kriege dich.

Er überlegte, ob er überhaupt jemals mit diesem Menschen zusammengekommen war. Er konnte sich jedenfalls nicht an eine direkte Begegnung erinnern. Er betrachtete die Dokumente über die maltesische Gesellschaft, die Schmalzberger ebenfalls hatte mitgehen lassen. Als er die Gründungsdokumente durchblätterte, stockte ihm der Atem. Neben Edin Pavlov tauchte als weiterer wirtschaftlich Berechtigter für die Gesellschaft ein Anton Busmann aus Hamburg auf.

Das konnte kein Zufall sein.

Es musste sich bei Busmann um denjenigen handeln, der Mitinhaber dieser Hamburger Firma war, die ihn auf Zahlung der viereinhalb Millionen verklagen wollte.

Bühlhammer merkte, wie sein Blutdruck in einen kritischen Bereich wechselte. Er legte die Unterlagen weg, lehnte sich tief in den Sitz zurück und schloss die Augen. Er war wahrlich kein Kind von Traurigkeit, aber die Dreistigkeit dieser beiden war nicht zu toppen. Er dachte fieberhaft nach, in welcher Form er die Beweise, die Schmalzberger geliefert hatte, tatsächlich verwenden könnte.

Mit Sicherheit konnte er nicht so einfach eine Strafanzeige erstatten. Unabhängig davon, dass er seinen Vorstandskollegen gegenüber erst einmal die Art und Weise der Beschaffung der Unterlagen erklären müsste, würde die Gefahr bestehen, dass bei einer gründlichen Untersuchung alle Verträge offengelegt werden müssten. Und das durfte auf keinen Fall passieren.

Andererseits bedurfte der nicht autorisierte Geldtransfer von Pavlov zumindest innerbetrieblich einer Aufklärung. Und wenn sich herausstellen würde, dass ihr Mitarbeiter abgetaucht war, waren sie im Vorstand ohnehin gezwungen, die Staatsanwaltschaft einzuschalten.

Um etwas Zeit zu gewinnen, würde er als Erstes die erneute Zahlung an die Hamburger Firma anweisen. Gleichzeitig würde er abwarten, ob Schmalzberger in Hamburg bei der Mutter von Pavlov fündig würde.

Er schnappte sich sein Handy und startete das E-Mail-Programm. Als er die letzte Nachricht seiner Assistentin las, stöhnte er auf.

Ein Kriminaloberkommissar Hasberg von der Mordkommission aus Hamburg habe angerufen und kurzfristig um seinen Rückruf gebeten. Es ginge um eine Firma *ai-solutions* aus Hamburg, mit denen sie in vertraglichen Beziehungen ständen.

18

Jorge öffnete die Augen und sah eine verschwommene blaue Gestalt neben seinem Bett stehen. Er zwinkerte und versuchte sich zu konzentrieren.

Wo bin ich?

Seine Gedanken wurden klarer und er war sich sicher, dass er irgendwo in einem Krankenzimmer lag. Die blaue Gestalt verwandelte sich langsam in eine junge Krankenschwester, die gerade die Tropfgeschwindigkeit seiner Infusion kontrollierte. Als sie bemerkte, dass ihr Patient wieder bei Bewusstsein war, beugte sie sich über ihn.

»Herr de la Penya, schön, dass Sie wieder bei uns sind. Ich hole gleich mal einen Arzt«, sagte sie freundlich. Ihre Stimme klang dumpf hinter dem Mundschutz.

Jorge sah ihre blitzenden Augen und stellte sich vor, sie lächelte ihn an. Sie legte eine Hand auf seine Stirn, um zu prüfen, ob er eine erhöhte Temperatur hatte, runzelte die Brauen und verschwand hinter einem der hellen Vorhänge, die als Sichtschutz dienten.

Seine Sinne kehrten langsam zurück und nach den blasebalgähnlichen Geräuschen der Beatmungsgeräte zu urteilen, musste er sich auf einer Intensivstation befinden. Er lag vollständig in der Waagerechten und sein Kopf war in einer Halsmanschette fixiert. Er hatte einen höllischen Brummschädel, sein gesamter Nackenbereich schmerzte.

Was war geschehen? Wie lange war er ohne Bewusstsein gewesen?

Er versuchte herauszufinden, ob es Tag war oder Nacht, aber er konnte in seinem eingeschränkten Blickfeld keine Uhr erkennen. Er hob den linken Arm. Da, wo früher seine Armbanduhr gewesen war, verliefen jetzt zwei Schläuche, die in Kanülen auf seinem Handrücken mündeten. Vorsichtig hob er die Bettdecke an. Er trug ein Unterhemd und eine Unterhose. Von seinen restlichen Klamotten war nichts zu entdecken. Er starrte an die Decke und dachte an die letzten Stunden vor dem Blackout.

Langsam setzte sein Erinnerungsvermögen ein.

Der Whistleblower. Alibaba. Jetzt fiel ihm alles ein.

Edin Pavlov, wie er mit richtigem Namen hieß. Sie hatten sich mitten in der Nacht in der Speicherstadt in einem Kellergewölbe getroffen. Er hatte vorher in der Redaktion einen Koffer mit einer halben Million Euro erhalten, die er Zug um Zug gegen beweiskräftige Dokumente aushändigen sollte. Er erinnerte sich jetzt auch daran, dass er Unterlagen durchgesehen hatte. Es ging um eine sensationelle Story über die illegale Lieferung von Software für den Einsatz autonomer Kampfdrohnen. Von einer deutschen Firma an libanesische Abnehmer. Und beim Hinausgehen hatte ihn dieser Schweinehund niedergeschlagen und sich mit der halben Million aus dem Staub gemacht.

Wo waren die Dokumente? Hatte der Kerl sie wieder an sich genommen?

Plötzlich wurde der Vorhang zur Seite geschoben und ein junger Mann in weißem Kittel mit Halbglatze und einer übergroßen Brille trat lächelnd an sein Bett. Er schaute über Jorge hinweg auf die medizinischen Apparaturen am Kopfende und nickte wohlwollend.

»Mein Name ist Dr. Sundmann. Ich bin der diensthabende Arzt. Ihre Werte sind alle in Ordnung, Herr de la Penya. Sie waren vier Stunden ohne Bewusstsein. Die Polizei hat Sie ohnmächtig in einem verlassenen Keller in der Speicherstadt gefunden. Um Mitternacht. Was haben Sie, um Himmels willen, dort um diese Zeit gemacht?«

Jorge antwortete nicht sofort und der Arzt schien an der Antwort kein Interesse mehr zu haben.

»Sie haben einen heftigen Schlag auf den Karotissinus bekommen. Also auf eine ganz bestimmte Stelle der Halsschlagader. Sie müssen sofort bewusstlos zusammengesackt und mit dem Kopf auf dem Steinfußboden oder der Hauswand aufgeschlagen sein«, sagte er in ruhigem Ton. »Es sieht so aus, als wäre der Schlag mit der Handkante ausgeführt, also ganz bewusst gesetzt worden, was darauf schließen lässt, dass der Angreifer eine Nahkampfausbildung hatte.« Er zog die Brauen hoch und rieb sich das Kinn. »Sie haben eine mittelschwere Gehirnerschütterung davongetragen, die Sie in drei Tagen überstanden haben dürften. Dann sollten auch die Nackenschmerzen langsam nachlassen. Heute und morgen müssen Sie noch stramm liegen bleiben.« Und an die Krankenschwester hinter ihm gewandt: »Herr de la Penya kommt jetzt erst einmal auf sein Krankenzimmer und schläft sich aus.«

In diesem Moment bewegte sich der Vorhang erneut und eine Person in einem grünen Kittel trat näher. Trotz Mundschutz und Kopfhaube erkannte Jorge Martha sofort. Sie gestikulierte wild, drängte sich an dem Arzt vorbei und schob sich auf die Bettkante. Sie ergriff seine Hand und schüttelte den Kopf.

»O Gott, o Gott!«, brach es aus ihr hervor. »Mein Schatz, ich hatte solche Angst um dich, als ich nach über einer Stunde nichts mehr von dir gehört habe. Was ist passiert?«

Der Arzt und die Krankenschwester zogen sich zurück. Martha streichelte sein Gesicht und Jorge berichtete stockend, woran er sich erinnern konnte.

»Aber jetzt erzähl mir mal, was du überhaupt mitbekommen hast«, drängte er sie.

Martha hatte völlig aufgelöst in der Zentrale der *EuroPA* angerufen und den Redaktionsleiter verlangt, nachdem sie keine Reaktion mehr von Jorge erhalten hatte und sämtliche Anrufe nur auf der Mailbox gelandet waren. Der Mann saß ebenfalls wie auf heißen Kohlen und wartete vergeblich auf ein Lebenszeichen seines Geldboten. Sie verständigten sich darauf, dass sie umgehend die Polizei über Notruf in die Speicherstadt beordern wollten. Sie gab ihm ihre Handynummer und er versprach, sich später zu melden, wenn er Neuigkeiten erfahren habe, bevor er sich selbst auf den Weg machte. Nach einer weiteren Stunde hätten zwei Polizistinnen bei ihr vor der Wohnungstür gestanden.

»Die erzählten mir, dass man dich bewusstlos und allein in einem dunklen Kellergewölbe gefunden und sofort einen Rettungswagen angefordert hat. Während man dich aus dem Keller getragen hat, ist dein Chef mit einem Kollegen aufgetaucht und hat fürchterlich Rabatz gemacht. Was genau vorgefallen ist, wollten sie mir nicht sagen.« Martha wischte sich ein paar Tränen aus den Augenwinkeln.

»Haben die mein Handy gefunden und irgendwelche Papiere? Die waren in einem Hefter. Und was ist mit meiner Uhr und meiner Brieftasche?«, fragte Jorge.

Martha zuckte mit den Schultern und zog eine Visitenkarte der Polizei Hamburg aus der Tasche. »Nein, die Polizei hat mir nur diese Karte gegeben und gesagt, dass du unbedingt aussagen musst. Von deinen Sachen haben die nichts erzählt. Die sind wohl hier im Krankenhaus – oder dieser Kerl hat sie dir geklaut.«

»Das glaube ich nicht. Der Whistleblower hat einen vertrauenswürdigen Eindruck auf mich gemacht. Und überhaupt, er hat doch den Koffer mit einer halben Million Euro mitgenommen.« Jorge warf einen Blick auf die Visitenkarte und legte sie auf den Nachttisch. »Die können warten. Ich muss zuerst telefonieren, Martha. Versuch bitte herauszubekommen, ob meine Sachen im Krankenhaus sind.«

Martha erhob sich und ließ ihn allein.

Jorge schloss die Augen und die Kopfschmerzen wurden langsam erträglicher. Ihm drängten sich mehrere Fragen auf, auf die er alle keine Antwort hatte.

Was war mit der Story, wenn die Polizei die Unterlagen gefunden hatte? Bei der Brisanz, die darin steckte, würden sie die sofort beschlagnahmen. Und musste er überhaupt aussagen, wer ihn niedergeschlagen hatte?

Wohl oder übel würde er sich um einen Anwalt bemühen müssen. Vielleicht sollte er schleunigst Dr. Hüne anrufen. Und was sollte er seinem Chef erzählen? Ohne die Beweisdokumente würden sie die Story schwerlich bringen können.

Nach fünf Minuten war Martha zurück. Sie hielt in der einen Hand einen Tragebeutel mit der Kleidung, die Jorge in der letzten Nacht angehabt hatte, und der Taschenlampe. In der anderen seine Armbanduhr, Handy und Brieftasche.

»Die haben die Sachen für dich sichergestellt. Es ist doch alles da, was du mitgenommen hast, als du gestern Abend aus der Wohnung gegangen bist, oder?«

»Haben sie keine Papiere bei mir gefunden?«, wiederholte Jorge leise.

Martha schüttelte den Kopf.

Jorge riss ihr buchstäblich das Telefon aus der Hand und schaltete es ein. Eine E-Mail von einem ihm unbekannten Absender war vor knapp einer Stunde eingegangen.

Sorry, dass ich dich kurzzeitig außer Gefecht setzen musste. Aber ich konnte nicht riskieren, dass du mir heimlich folgst. Ich hoffe, du bist bald wiederhergestellt. Gib die Papiere diesem Anwalt und sag ihm, ich melde mich bei ihm, wenn eure Story erschienen ist.

Jorge ließ das Handy sinken und blickte an die Decke.

Nein, Edin Pavlov hatte die Papiere nicht wieder an sich genommen. Warum auch? Sie mussten noch in dem Keller liegen und die Polizei hatte sie vermutlich übersehen.

Hoffentlich.

Sonst wäre die ganze Story einschließlich der halben Million futsch. Und seine ganz persönliche Chance auf einen Karriereschub hätte sich sprichwörtlich mit einem Handkantenschlag verflüchtigt.

»Alles in Ordnung, Schatz?«, wollte Martha wissen.

Jorge drehte vorsichtig den Kopf in ihre Richtung.

»Martha, Liebes, du musst sofort in diesen Keller«, sagte er und drückte ihre Hand fest. »Dahin, wo sie mich gefunden haben. Ich hoffe, er ist noch offen. Da müssen irgendwo Papiere liegen. Da unten standen überall Wandregale herum. Vielleicht ist der Hefter daruntergerutscht, als ich zu Boden gegangen bin. Es ist dringend, Martha. Du musst die Unterlagen finden.« Er beschrieb ihr die Örtlichkeit und bat sie, sich sofort auf den Weg zu machen und ihn anzurufen, sobald sie den Kellerraum betreten hatte. »Und nimm die Taschenlampe mit. Vielleicht brauchst du sie.«

Martha nickte und erhob sich.

Plötzlich wurde der Vorhang vollständig zurückgezogen. Ein kräftiger Pfleger trat in Jorges Blickfeld und rieb sich voller Tatendrang die fleischigen Hände.

»Ich bringe Sie jetzt erst einmal auf Ihr Krankenzimmer, Herr de la Penya.« Er hatte eine tiefe Stimme, die zu dem mächtigen Oberkörper passte.

Martha packte hastig ihre Sachen zusammen und hauchte Jorge einen Kuss auf die Wange.

»Ich bin dann erst einmal weg, Schatz. Ich komme nachher wieder, wenn ich alles erledigt habe«, sagte sie und schenkte dem Pfleger ein strahlendes Lächeln.

»Ach, bevor ich es vergesse. Oben warten schon zwei Polizeibeamte auf Sie«, sagte er grinsend und streckte Martha seine mächtige Pranke entgegen.

***

Die Rückfahrt vom Seniorenheim verlief einsilbig. Katharina hatte mit der Verarbeitung der vergangenen Stunden zu tun und war froh, dass Ramon ihr nicht mit irgendwelchen Fragen in den Ohren lag. Die meiste Zeit war er mit seinem Tablet beschäftigt oder hörte Musik.

Sie hatten gerade die Autobahnausfahrt bei Schwerin passiert, da setzte Starkregen ein. Der Scheibenwischer arbeitete auf höchster Stufe. Katharina musste die Geschwindigkeit auf unter sechzig Stundenkilometer drosseln, um überhaupt die Fahrbahn und die Rücklichter des vorausfahrenden Wagens zu erkennen. Ihr Handy klingelte und an der Nummer im Display erkannte sie, dass Rebecca anrief.

»Geh dran.« Ramon fand es immer spannend, wenn er zufällig im Auto die Gespräche über die Freisprecheinrichtung belauschen durfte. Es war zwar Wochenende, doch Katharina hatte ihrer Mandantin zugesagt, ständig erreichbar zu sein.

Die Beziehung zu Rebecca Brinkowsky war zwar in erster Linie geschäftlich, aber die gemeinsame Schulsituation hatte dem Mandatsverhältnis eine freundschaftliche Note verliehen. Dennoch hatte Katharina von Anfang an unterschwellig das Gefühl, dass Rebecca ihr gegenüber nicht vollständig offen war. Begründen konnte sie dieses Gefühl nicht.

Sie nahm das Gespräch an.

»Hallo, Rebecca. Bevor du loslegst, sollst du wissen, dass Ramon und ich im Auto sitzen und der junge Mann mithört. Wir sind auf der Rückfahrt von Greifswald. Es ist gerade fürchterliches Wetter. Wir können auch gerne heute Abend in Ruhe telefonieren.«

Ramon schien der Vorschlag nicht zu passen, denn er schüttelte den Kopf und verzog das Gesicht, als beiße er auf eine Zitrone.

»Hallo, Katharina. Hallo, Ramon. Ist schon okay. Ich wollte dir nur sagen, dass Toni mich vorhin angerufen hat. Am Anfang war er ganz entspannt. Er hat mir zweihunderttausend Euro für den Anteil von Isaak an der *ai-solutions* angeboten. Unter der Voraussetzung, dass alles ganz schnell gehen würde.«

Im Rückspiegel erkannte Katharina in der Ferne einen Rettungswagen mit Blaulicht. Das Sauwetter schien ein Opfer gefordert zu haben.

»Und als ich nicht gleich eingewilligt habe, hat er mit jahrelangen Prozessen gedroht und am Ende würde ich nichts bekommen. Du hast doch gerade die Firmenunterlagen von ihm erhalten. Hast du die schon ganz durchgesehen? Der Preis ist viel zu gering, oder?«

Katharina war erstaunt, dass Anton Busmann gerade jetzt so ein lächerliches Kaufangebot für ein Drittel der Firma abgab, da er ja davon ausgehen musste, dass Rebecca als Erstes ihre Anwältin fragen würde, ob die Summe realistisch sei. Sie klärte Rebecca über die Forderung der Firma in Höhe von vier Komma fünf Millionen Euro auf, die sich aus Busmanns Unterlagen ergab.

»Ob die Forderung berechtigt ist, muss ich als Erstes klären«, sagte Katharina. »Aber selbst wenn sie nicht besteht, wäre der Betrag viel zu niedrig. Der Firma geht es nach den wirtschaftlichen Zahlen gut. Das Angebot ist ein Witz.«

»Was soll ich ihm denn antworten?«, wollte Rebecca wissen.

»Du machst gar nichts«, antwortete Katharina. »Ich schreibe ihm eine E-Mail und teile ihm mit, dass ich von ihm wissen will, warum die *Bellmann & Wächter AG* bisher nicht bezahlt hat. Ich will den Grund kennen. Und danach werde ich ihm vorschlagen, den Firmenwert von einem neutralen Gutachter bewerten zu lassen. Da kann er sich auf den Kopf stellen.«

Pause.

»Hm, ja, das ist alles richtig, was du sagst. Nur wie lange dauert das? Ich will so schnell wie möglich alles geregelt haben. Mit der Firma, der Erbschaft …«

Katharina reagierte nicht sofort. Nein, sie verstand ihre Mandantin nicht. Rebecca war jetzt allein mit einem vierzehnjährigen Jungen. Katharina konnte ein Lied davon singen. Normalerweise würde jede andere Person in Rebeccas Lage um jeden Cent, den sie mehr kriegen könnte, hart kämpfen.

Warum legte ihre Mandantin so eine Eile an den Tag? Die entsprechende Frage verkniff sie sich.

Jedenfalls im Moment.

19

Die Kaffeemaschine zischte und stellte anschließend den Betrieb ein. Hasberg nahm die Kanne aus der Halterung. Nach einem Blick hinein belegte er das Gerät mit einem deftigen Fluch und stapfte aus dem Zimmer. Es stand zwar auf jedem Flur einer dieser monströsen Getränkeautomaten, bedauerlicherweise brauchte man in ihrer Etage einen halben Gewaltmarsch, um in den Genuss eines Kalt- oder Heißgetränks zu kommen. Hasberg und Inga Steenken hatten bereits unzählige Bitten um einen zweiten Automaten verfasst. Die Verwaltung hatte bisher aus Kostengründen abgelehnt und zumindest jedes Mal ihr Bedauern ausgedrückt.

Es war Montagnachmittag und in einer Viertelstunde hatte sich der Leitende Staatsanwalt bei ihnen angekündigt, um sich über den Stand ihrer Ermittlungen im Fall Brinkowsky zu informieren. Während Hasberg mit seinem leeren Tablett durch die Gänge schlurfte, war er in Gedanken bei den Fakten, die sie bisher zusammengetragen hatten. Es gab aus kriminalistischer Sicht zahlreiche denkbare Motive für die Tat und damit denkbare Täter. Doch der Fall war an einem Punkt angelangt, wo sie feststeckten. Der Durchbruch fehlte. Es gab einfach zu viele verdächtige Personen.

Nach zwanzig Minuten betrat er das Dienstzimmer wieder, das sich mittlerweile gefüllt hatte. Inga Steenken saß an ihrem Schreibtisch, Gesa und Jondracek hinter ihr am Fenster. Ihnen gegenüber, neben Hasbergs Schreibtisch, hatte sich Staatsanwalt Dr. Jungeblut niedergelassen, der lautstark telefonierte. Anscheinend hatte eine Mitarbeiterin auf der Geschäftsstelle irgendeine Akte verlegt, die er kurzfristig benötigte. Es fielen Worte wie »unfähig«, »Behinderung der Justiz«, »Wochenenddienst« und andere Nettigkeiten.

Hasberg stellte das Tablett ab und verteilte den Kaffee. Vorsorglich entschuldigte er sich für die fünfminütige Verspätung.

Jungeblut schien seinen Dampf schon abgelassen zu haben. Er beendete das Telefonat, steckte das Handy weg und nickte Hasberg lächelnd zu, während er seinen Becher entgegennahm.

Jungeblut war Ende dreißig, ehrgeizig, dabei nicht illoyal, wie Hasberg und Inga Steenken fanden. Ab und zu, wenn Inga als Zeugin in Gerichtsverfahren ausgesagt und sich anschließend in den Zuschauerraum gesetzt hatte, war sie voller Hochachtung im Dienst erschienen. Jungebluts Vernehmungen galten sowohl bei Richtern als auch bei den einschlägigen Verteidigern als beinhart, zuweilen aber auch als grenzwertig, wenn er versuchte, die Glaubwürdigkeit von Zeugen der Verteidigung durch persönliche Angriffe unter die Gürtellinie zu erschüttern. Häufig gab ihm der Erfolg am Ende recht, denn meistens brachen nach seinen kurzen, messerscharfen Fragen die mühsam erdichteten Lügengebäude der Verteidigung zusammen wie Kartenhäuser im Wind.

Inga hatte die wesentlichen Fakten übersichtlich an einer Metaplanwand aufgelistet. Erst gestern hatten sie aus Zürich die letzte Information erhalten, dass Isaak Brinkowsky zwar für den 14. Februar auf einem Flug nach Malta gebucht war, diesen jedoch nicht angetreten hatte.

»Seine Spur verliert sich also an diesem Tag in Zürich«, sagte Jungeblut und rieb sich das Kinn.

»Ja, er taucht erst mehrere Wochen später in Hamburg-Neugraben wieder auf«, erwiderte Inga. »Und zwar als verkohlte Leiche im Kofferraum eines Alfa Romeo, der aus einem Münchener Autohaus stammt.«

»Was haben wir denn für Hinweise aus dem maßgeblichen Zeitraum zwischen Mitte Februar und dem vermutlichen Todeszeitpunkt Ende März?«, wollte Jungeblut wissen.

Hasberg und Inga zuckten mit den Schultern.

»Nichts«, sagte Hasberg. »Absolut nichts. Keine Handydaten und niemand hat etwas von ihm gehört, geschweige denn ihn gesehen.«

»Die Kollegen sind in Zürich und München am Flughafen, auf den Bahnhöfen und bei den Autoverleihern mit seinem Bild hausieren gegangen. Überall Fehlanzeige«, ergänzte Inga. »Er scheint sich am 14. Februar tatsächlich in Luft aufgelöst zu haben.«

Jungeblut schüttelte verärgert den Kopf.

»Wir müssen endlich Fortschritte machen in der Sache. Was ist mit den Personen, die aus seinem Tod Nutzen ziehen?«, fragte er in die Runde. »Vielleicht kommen wir ja mit diesem Ansatz weiter.«

»Die Witwe hat mindestens ein klares Motiv«, erwiderte Inga. »Siebenhundertfünfzigtausend Euro aus einer Lebensversicherung. Allerdings hat sie den Anspruch bisher nicht geltend gemacht. Und dann ist da noch der Wert des Firmenanteils. Wie hoch der auch immer ist. Ob sie den Vater ihres Sohns einfach kaltblütig mit einer Eisenstange erschlägt? Ich habe da ehrliche Zweifel.«

»Und was ist mit der IT-Firma, gibt es da Verdachtsmomente?«, fragte der Staatsanwalt.

Hasberg nickte und suchte auf seinem Schreibtisch nach einem Zettel. »Hier habe ich eine Gesprächsnotiz über ein Telefonat mit einem Ludwig Bühlhammer, der vorhin auf meine Bitte hin zurückgerufen hat. Er ist Vorstandsvorsitzender der *Bellmann & Wächter AG* irgendwo bei Frankfurt. Die haben die Entwicklung einer Software bei der *ai-solutions* beauftragt und nicht vollständig bezahlt. Angeblich soll es da Mängel gegeben haben. Er hat mir zugesagt, die entsprechende Korrespondenz zu schicken.«

Jungeblut verzog gelangweilt das Gesicht.

»Bei den beiden Partnern sehe ich keine Motivlagen«, ergänzte Hasberg. »Die Witwe dürfte sich die Firmenteile auszahlen lassen wollen und die müssen bezahlen.«

»Na ja, dann haben wir da noch die antisemitischen Übergriffe auf die Familie des Opfers«, warf Inga ein. »Das passt schon eher zum Tathergang. Die Gürtelschnalle mit dem israelischen Wappen darauf ist ein Indiz in diese Richtung.«

»Das kann auch eine Finte sein.« Hasberg wiegte den Kopf.

Jungeblut stand auf und ging zur Metaplanwand. Mit den Händen in den Hosentaschen blieb er eine Weile davor stehen.

»Was ist eigentlich mit der Tatwaffe, mit diesem Eisenrohr? Angeblich wird so etwas beim Gerüstbau verwendet«, sagte er dann.

Gesa Zanker schüttelte den Kopf. »Keine Chance. Es gibt zwar einen Nachbarn. Er kann sich an einen Laster mit Gerüsten erinnern, der um den Jahreswechsel herum auf der Einfahrt der Brinkowskys stand. Ob ein Firmenname darauf war, wusste er aber nicht mehr. Und da Brinkowsky die Gerüstbauer schwarz bezahlt hat, existieren keine Papiere. Die Witwe kann sich nur an die Vornamen der beiden Arbeiter erinnern. Diese Spur ist tot.«

»Wartet mal. Bevor wir aufgeben, sollten wir noch einmal die gesamten Abrechnungen mit allen Firmen checken, die an dem Umbau beteiligt waren«, schlug Inga vor. »Die sind ja nicht alle schwarz beschäftigt worden. Vielleicht kann sich der ein oder andere an die beiden Gerüstbauer erinnern.«

Sie waren gerade dabei, für eine neue Runde Kaffee Münzgeld zu sammeln, da klopfte es und die Tür ging auf. Zwei jüngere Frauen betraten den Raum.

»Sorry, wir sind wohl gerade in eine Besprechung geplatzt. Wir können nachher wiederkommen, wenn es besser passt«, sagte die kleinere.

Sie stellten sich als Birte Templin und Gülay Schogun vor, Kolleginnen aus der Staatsschutzabteilung. Mit Birte, der jüngeren, hatte Inga vor einiger Zeit einmal telefoniert, als sie sich nach den diversen Strafanzeigen gegen die Familie Metzger erkundigt hatte.

»Staatsschutz. Ich ahne Schlimmes. Ihr seid wegen dieser Antisemiten hier, stimmt's?«, warf Hasberg in die Runde und blickte auf den Staatsanwalt. Für ihn war die Besprechung beendet.

Doch Jungeblut dachte nicht daran, sich zu verabschieden, sondern hob die Hand zum Gruß und grinste. »Ich wurde von Ihrem Boss vorgewarnt und war gerade im Begriff, meine Leute auf Ihren Besuch vorzubereiten. Da Sie jetzt schon hier sind, schießen Sie mal los«, sagte er jovial.

Jondracek ging ins Nebenzimmer und kehrte mit zwei Bürostühlen zurück, die er demonstrativ in die Raummitte rollte. Die Neuankömmlinge setzten sich.

Birte klappte eine dünne Mappe auf und verteilte an jeden eine beidseitig beschriebene DIN-A4-Seite. »Wir planen in Kürze eine groß angelegte Razzia gegen eine Gruppe von Rechtsradikalen in ganz Norddeutschland mit Kollegen aus Schleswig-Holstein und Niedersachsen. Wann die Sache steigen soll, erfahrt ihr rechtzeitig. Insgesamt zehn Durchsuchungsorte und fast hundert Beamte. Die einzelnen Orte mit den Einsatzleitern findet ihr auf der ersten Seite. Viele von den Beschuldigten stammen aus dem Rocker- oder Rotlichtmilieu. Acht Haftbefehle sollen gleich mit vollstreckt werden. Ich will euch nicht mit Einzelheiten nerven, aber wir haben gehört, dass ihr in einem Mordfall ermittelt, in dem ein Harald Metzger mit seiner Frau und drei halbwüchsigen Kindern als mögliche Verdachtspersonen infrage kommen.«

Sie drehte das Papier um. Alle anderen taten es ihr gleich.

»Auf der Rückseite findet ihr einen Grundriss der Wohnung der Familie Metzger. Erdgeschoss, drei Zimmer, circa neunzig Quadratmeter. Wir sind der Meinung, dass zwei aus eurem Team mit bei den Metzgers aufschlagen sollten, denn möglicherweise findet ihr Beweismittel für euren Fall, die wir gar nicht für wichtig erachten würden. Und wie unser Chef von Herrn Dr. Jungeblut erfahren hat, reicht die Beweislage in eurem Fall für eine Durchsuchung allein wohl nicht aus. Korrigieren Sie mich, Herr Staatsanwalt, wenn ich mich falsch ausgedrückt haben sollte.«

»Nein, nein, Frau Templin. Sie haben die Sachlage schon richtig wiedergegeben. Als ich von der geplanten Aktion gehört habe, fand ich die Idee charmant, mich mit meinen Leuten bei Ihnen dranzuhängen«, sagte Jungeblut grinsend. »Quasi als Trittbrettfahrer.«

Inga schaute Hasberg verdutzt an und las laut vor. »Harald Metzger, genannt Schrauberharry, dreiundvierzig Jahre, betreibt eine Motorradwerkstatt in Harburg. Handelt nebenbei auch mit Oldtimern und gilt als einer der führenden Köpfe der Gruppierung. Nadine Metzger, einundvierzig Jahre, Teilzeitjob beim Discounter. Ricky Metzger, fünfzehn Jahre, Schüler. Susanne Metzger, sechzehn Jahre, lebt im Konrad-Petersen-Heim für schwer erziehbare Jugendliche. Mike Metzger, achtzehn Jahre, Kfz-Mechaniker.«

»Ich finde die Idee genial. Ich wäre dabei«, meldete sich Hasberg.

»Weswegen ermittelt ihr eigentlich?«, fragte Gesa.

»Gefühlt das halbe Strafgesetzbuch durch. Bildung einer kriminellen Vereinigung, besonders schwerer Landfriedensbruch, Verwendung verfassungswidriger Kennzeichen, Nazipropaganda, unerlaubter Waffenbesitz und Steuerhinterziehung«, betete Gülay vor, als hätte sie ein Gedicht auswendig gelernt. »Reicht das für den Anfang?«

»Und wonach suchen wir konkret? Waffen, Reichsflaggen vielleicht? Ich meine, wir sollten zumindest einmal den Durchsuchungsbeschluss für die Wohnung Metzger gelesen haben, oder nicht?«, wandte Hasberg ein.

»Na klar, ich schicke euch alles per Mail«, sagte Gülay. »Aber ihr müsst euch gar nicht so tief in den Fall einarbeiten. Nur so viel vorab, Harald Metzger steht in Verdacht, eine Gruppe mit dem Namen *Bannerhelden* gegründet zu haben und ihr Chef zu sein. Sie besteht aus mindestens fünfzehn Leuten und wird von uns als kriminelle Vereinigung eingestuft. Wir haben aus einer Telefonabhöraktion Hinweise, dass sie einen ausländerfeindlichen Überfall plant und wir in der Wohnung Beweismittel dafür finden werden.«

Hasberg hob die Hand. »Was ist mit dem Werkstattbetrieb von Metzger? Den nehmt ihr doch sicher auch auseinander?«

»Ja natürlich. Dort sind sogar Kollegen von der Steuerfahndung mit dabei. Die machen gleich vor Ort eine Kassenprüfung. Außerdem sind sie der Meinung, dort Beweismittel für den unversteuerten Kfz-Handel zu entdecken.«

Hasberg nickte und schnappte sich eine Textausgabe des Strafgesetzbuchs, die hinter ihm im Regal stand.

»Es reicht, wenn ihr in der Wohnung nur nach den Beweismitteln sucht, die für euren Fall wichtig sein könnten«, sagte Birte. »Um den Rest müsst ihr euch nicht kümmern. Und die Daten, die wir auf den beschlagnahmten Endgeräten sichern, schicken wir euch nach der Auswertung sowieso rüber.«

Inga schaute Jungeblut fragend an.

»Ich finde den Vorschlag gut«, sagte er. »Ich glaube, Frau Steenken und Herr Hasberg stecken am tiefsten im Fall drin und sollten mitgehen.«

In diesem Moment klingelte Ingas Telefon. Sie warf einen Blick aufs Display.

»Die Zentrale«, sagte sie und hob den Hörer ab. Nach einem kurzen Augenblick wurde sie sichtlich nervös. Sie schaute auf die Uhr und anschließend in ihren Kalender. »So ein Mist, die beiden habe ich glatt vergessen. Ich hole sie gleich bei euch ab.« Sie legte auf. »Ich habe tatsächlich den Termin mit der Anwältin von Rebecca Brinkowsky vergessen. Die hatte mich vor ein paar Tagen angerufen. In eigener Sache, zusammen mit ihrem Sohn. Klang irgendwie seltsam. Jetzt warten sie unten. Mich müsst ihr also entschuldigen.«

Sie sprang auf und griff sich ihren Dienstausweis.

Jungeblut sah ebenfalls auf die Uhr und fragte die Beamtinnen vom Staatsschutz, ob es weitere Einzelheiten zu erörtern gebe. Als sie verneinten, beendete er die Besprechung. Nach der

Razzia wollten sie sich wieder zusammensetzen, hoffentlich mit konkreten Ergebnissen.

***

Sie saßen im Erdgeschoss des Polizeipräsidiums in einem Besprechungsraum, der zufällig nicht belegt war. Katharina war erstaunt, wie wohnlich es bei der Polizei aussehen konnte. Das Zimmer war mit gemütlichen Möbeln eingerichtet und strahlte eine gewisse private Atmosphäre aus.

Katharina berichtete Inga Steenken von dem Zusammentreffen von Ramon mit Ricky Metzger und seinen Kumpels vor der Sporthalle, ohne Namen zu nennen, wie sie es versprochen hatte. Ramon schlürfte unterdessen an seiner Cola Zero und passte genau auf, dass Katharina nicht mehr preisgab, als sie verabredet hatten.

Als die Polizistin ihn persönlich ansprach und vorsichtig fragte, was in den Umkleideräumen vorgefallen sei, blickte er stumm auf seine Schuhe. Dann schaute er Katharina an. Sie nahm seine Hand und merkte, dass er innerlich zitterte. Sie hatte das Gefühl, den Jungen zu hintergehen, denn sie wusste aus der Ermittlungsakte, dass die Polizei durch die Schule von dem Vorfall während des Sportunterrichts Kenntnis hatte. Und als Rebecca die diversen Anzeigen gegen die Familie Metzger erwähnt hatte, war sie persönlich zugegen gewesen. Sie konnte an drei Fingern abzählen, dass Inga Steenken die Mitglieder der Familie genau kannte und ahnte, um wen es sich bei dem Jungen mit dem Messer gehandelt haben musste.

»Ramon, ich verspreche dir, dass wir die Leute einsperren werden, wenn wir ihnen das, was du eben erzählt hast, vor einem Richter beweisen können«, sagte Inga Steenken und beugte sich vor.

Katharina konnte es nicht fassen.

Wie konnte sie so etwas behaupten? Ricky war vielleicht nicht einmal strafmündig. Und um ihn zwangsweise aus der elterlichen Wohnung heraus in ein geschlossenes Heim einzuweisen, reichte dieser einmalige Vorfall sicher nicht aus. Dafür hingen bei den Gerichten die Trauben ziemlich hoch. Und für einen gewieften Kollegen war es ein Leichtes, nachzuweisen, dass von Ricky Metzger keine Gefahr für einen erneuten Messerangriff ausgehen würde. Aber vielleicht gab es bereits weitere polizeiliche Vorfälle, von denen sie nichts wusste.

Ramon blickte von Katharina zu Inga Steenken. Mit verkniffenen Lippen schüttelte er energisch den Kopf.

»Es tut mir leid, Frau Steenken, im Moment lassen wir die Sache wohl erst einmal ruhen. Ramon hat Angst, und ich kann ihn gut verstehen«, sagte Katharina. Sie dachte an die Ausfahrt des Fußballvereins, für die Ramon absagen wollte. Wenn sie der Polizei hiervon erzählte, könnte sie gleich den Namen Ricky Metzger nennen.

Katharina merkte, dass die Kriminaloberkommissarin angestrengt nachdachte. Die Polizistin stand auf und blickte auf die Uhr.

»Pass mal auf, Ramon, du behältst dein Wissen erst einmal für dich und niemand erfährt, dass ihr heute hier gewesen seid. Möglicherweise gibt es in den nächsten Tagen neue Dinge, die wir von allein herausfinden, und du hast mit alldem nichts zu tun.« Sie nickte aufmunternd. »Ich schlage vor, Frau Tenzer, ich rufe Sie an und Sie schauen sich erneut die Ermittlungsakte an. Danach sprechen wir noch einmal. Mehr kann ich Ihnen zum jetzigen Zeitpunkt leider nicht sagen.«

Katharina hatte so eine dumpfe Ahnung, dass die Polizei irgendetwas plante. Vielleicht löste sich Ramons Problem von allein. Wenn Inga Steenken und ihre Leute aber in ein Wespennest stachen, würde die Situation womöglich eskalieren.

20

Die Fahrstuhltür öffnete sich ruckelnd und Jorge sah die beiden Beamten sofort. Sie standen am Ende des Flurs und erweckten den Eindruck, als wären sie gerade aus der Polizeischule entlassen worden. Der eine war ein schmächtiges Bürschlein mit einem Bart im Aufzuchtstadium. Der andere war kräftig gebaut und hatte eine Vollglatze. Nachdem der bullige Pfleger ihn aus dem Lift geschoben hatte, näherten sich die Uniformierten. Sie wiesen sich aus und Jorge fand, dass sie ihm gegenüber ausgesprochen freundlich auftraten. Warum eigentlich nicht? Je länger er darüber nachdachte, desto klarer wurde ihm, dass er nichts Widerrechtliches getan hatte. Er war für die Polizei nicht mehr und nicht weniger als ein Opfer einer Gewalttat, wie sie in der Millionenstadt tagtäglich zigfach begangen wurden.

Der schmächtige Polizist hatte einen Notizblock in der Hand und fingerte umständlich einen Kuli aus der Brusttasche.

»Herr de la Penya, schön, dass Sie wieder auf dem Weg der Besserung sind. Wir hätten da noch ein paar Fragen zu den Ereignissen von Freitagnacht«, sagte der andere.

Jorge versuchte, eine Leidensmiene aufzusetzen, aber ein guter Schauspieler war er noch nie gewesen. Wahrscheinlich wirkte er auf die Jungspunde wie ein Clown im Krankenstand.

»Sie sind doch Journalist beim Nachrichtenmagazin *EuroPA*«, sagte der Polizist.

Unbeeindruckt von der beginnenden Befragung schob der Pfleger Jorge durch den Korridor, während sich die Beamten bemühten, Schritt zu halten.

Jorge nickte zaghaft.

»Sowohl Ihr Chef als auch Ihre Lebensgefährtin gaben bei ihren Notrufen an, dass Sie um dreiundzwanzig Uhr ein berufliches Treffen in dem Keller in der Speicherstadt hatten, in dem Sie aufgefunden wurden. Stimmt das?«, fragte der ältere Beamte. »Und Sie hatten eine halbe Million Euro dabei, die wir nicht bei

Ihren Sachen gefunden haben«, ergänzte er, bevor Jorge antworten konnte.

Zum Glück hatten sie inzwischen das Krankenzimmer erreicht und der Pfleger forderte die Polizisten auf, vor der Tür zu warten.

Während das Kraftpaket das Krankenbett mit einer Leichtigkeit durchs Zimmer rangierte wie ein Bobbycar, überlegte Jorge fieberhaft, was er den Polizisten sagen sollte. War er überhaupt verpflichtet dazu?

Immerhin hatten Martha und sein Redaktionsleiter seinetwegen Polizei und Rettungsdienst alarmiert. Er hatte keinen blassen Schimmer. Am besten wäre es, wenn er sich auf den Verlust seines Erinnerungsvermögens berufen würde. Er brauchte nur ein paar Tage Zeit, dann würde er mithilfe eines Anwalts schon die richtigen Erklärungen abgeben.

Nachdem das Krankenbett seine endgültige Parkposition gefunden hatte und der Pfleger verschwunden war, machten sich die uniformierten Quälgeister bemerkbar und scharrten vor seinem Bett mit den Hufen.

»Sie können uns sicher sagen, wer die Person war, die Sie niedergeschlagen hat und dann mit der halben Million verschwunden ist. Wir haben es immerhin mit einem Raub zu tun. Da hört der Spaß auf. Wir sind schließlich von Amts wegen verpflichtet, den Täter dingfest zu machen«, sagte der kräftige Polizist in einwandfreiem Amtsdeutsch, wobei seine Stimme schärfer wurde.

»Es tut mir leid, aber … aber ich kann mich an nichts erinnern. Was nach meinem Aufbruch von zu Hause passiert ist, weiß … weiß ich nicht mehr«, stammelte Jorge, legte eine flache Hand auf die Stirn und senkte die Lider.

Jorge blinzelte durch die fast geschlossenen Augen, um die Wirkung seiner Worte einzufangen. Die Polizisten schauten sich an und zogen genervt die Augenbrauen hoch. In diesem Moment erschien eine junge Ärztin.

Jorge lauschte den Worten der Medizinerin, die für ihren

Patienten mindestens bis morgen Abend strenge Bettruhe verordnete.

Der schmächtige Polizist schnaubte und wollte gerade lospoltern. Der andere gab ihm einen Stoß mit dem Ellenbogen und wies mit dem Kinn Richtung Tür. Der Schmächtige zuckte daraufhin mit den Schultern. Er legte eine Visitenkarte der Polizei Hamburg auf Jorges Nachttisch mit der Aufforderung, sich zu melden, wenn das Erinnerungsvermögen wieder zurückgekehrt sei. Dann verdrückten sich die Beamten mit einem kurzen Nicken.

Anschließend wurde Jorge einer Überprüfung seiner Vitalzeichen unterzogen, die zur Zufriedenheit der jungen Ärztin endete. Sie kontrollierte die Schlauchverbindungen, die in seinen Handrücken mündeten. Seinen dankbaren Blick erwiderte sie mit einem strahlenden Lächeln. Jorge musste an Martha denken und spürte ein schlechtes Gewissen. Die Ärztin stellte einen Becher mit Tabletten neben die Visitenkarte und verabschiedete sich.

Jorge war froh, allein im Zimmer zu liegen. Sein Kopf dröhnte immer noch und er versuchte, etwas zu schlafen. Hoffentlich war Martha fündig geworden. Er wollte gar nicht darüber nachdenken, was wäre, wenn er weder die halbe Million noch die Beweisdokumente in der Redaktion präsentieren könnte.

Aber der E-Mail von Alibaba konnte er entnehmen, dass der Mann davon ausging, dass die Beweisdokumente trotz des kurzzeitigen Knock-outs bei ihrem bestimmungsgemäßen Empfänger verblieben waren.

Sein Handy brummte.

Er rappelte sich in eine aufrechte Sitzposition und merkte, wie es hinter seiner Stirn zu pochen begann und Übelkeit in ihm hochstieg.

Es war Martha. Sie hatte die Dokumente unter dem Regal neben der Tür gefunden und war bereits auf dem Weg nach Hause. Die Kelleraußentür war unverschlossen gewesen und sie hatte niemanden angetroffen. Jorge holte tief Luft. Manchmal wurden die Gebete, die er in seltenen Augenblicken der Hilflosigkeit aus tiefster Überzeugung sprach, doch erhört.

Sie vereinbarten, dass Martha alle Papiere kopieren und die Originale dann direkt bei seinem Redaktionsleiter persönlich abgeben sollte.

»Ich rufe dort gleich an und sage Bescheid, dass du kommst«, sagte er leise und begab sich langsam wieder in die Waagerechte. »Ach, Martha, vielen Dank. Du hast mir den Job gerettet. Ich liebe dich.«

»Na, dann überleg dir mal etwas, wenn du wieder bei mir bist. Ich glaube, dir fällt da was ein«, antwortete sie mit einem herzhaften Lachen und legte auf.

Jorge blieb eine Weile reglos liegen. Übelkeit und Kopfschmerzen ließen langsam nach.

Nachdem er seinen Chef informiert haben würde, wollte er Alibaba eine Nachricht schicken, wann der Whistleblower mit der Veröffentlichung rechnen musste. Vielleicht gab es für ihn noch Dinge, die er zu erledigen hatte, bevor die sensationsgeile Meute hinter ihm her war. Gleichzeitig wollte er in Erfahrung bringen, was der Mann weiter vorhatte. Schließlich hatte er unter Einsatz seines eigenen Lebens eine auflagenstarke Story beigebracht.

In diesem Moment brachte eine Schwester einen verschlossenen weißen Umschlag, der gerade im Stationszimmer für ihn abgegeben worden war.

Vorne stand sein Name in sauberer Handschrift, wie sie nur von einer Frau stammen konnte. Er riss den Umschlag auf. Auf einem Zettel stand: *Wenn die Story veröffentlicht wird, bist du tot.*

Jorge las die Worte wieder und wieder. Er hatte Mühe, sich zu konzentrieren, aber die Botschaft war unschwer zu verstehen. Von dem Hochgefühl, das er eben noch verspürt hatte, war nichts mehr übrig. Es verwandelte sich mit einem Schlag in eine dumpfe Angst.

Wer drohte ihm so unverhohlen mit dem Tod?

Jorge drückte den Rufknopf und nach wenigen Minuten erschien die Schwester, die ihm den Umschlag gebracht hatte. Sie konnte sich nur an eine schlanke Frau in einem hellen Regenmantel und mit grauer Mütze erinnern. Sie hatte einen Mund-Nasen-Schutz getragen, das Gesicht hatte sie daher nicht erkennen können. Nur die kalten blauen Augen und der seltsame Akzent, mit dem sie die wenigen Worte gesprochen hatte, waren der Schwester aufgefallen.

Sollte er die Polizei doch einschalten? Würde man ihm glauben?

Je länger er nachdachte, desto auswegloser erschien ihm seine Lage. Das allergrößte Problem war die Redaktion. Was sollte er seinem Chef sagen, der seit Stunden auf eine Nachricht von ihm wartete?

Jorge wählte Marthas Nummer. Sie war gerade zu Hause angekommen und kopierte Seite für Seite der Pavlov'schen Beweissammlung. Er berichtete ihr von der Drohung. Martha fing leise zu weinen an.

»Hör mir jetzt gut zu, Martha. Ich habe keine Ahnung, ob diese Drohung ernst gemeint ist oder nicht. Wenn du alles kopiert hast, bringst du die Originale zu dem Anwalt, von dem ich dir erzählt habe, und sagst ihm, ich melde mich später.«

Er gab ihr die Adresse von Dr. Hüne und hoffte inständig, der Rechtsanwalt würde wissen, was er mit den Originaldokumenten zu tun hatte.

»Die Kopien versteckst du bei deinen Eltern und meinem Chef sagst du, dass ich ihn erst morgen anrufen kann. Denk dir irgendeine Ausrede aus. Ich rufe sofort Dr. Hüne an. Hast du alles behalten?«

Martha schluchzte irgendetwas Unverständliches durchs Telefon. Jorge wertete die Laute als Zustimmung und legte auf.

Dann wählte er die Nummer von Dr. Fritz Hüne. Es hieß, der Anwalt sei bei einem auswärtigen Termin und erst morgen früh wieder im Büro zu erreichen. Jorge hinterließ die Nachricht, dass es dringend sei.

***

Katharina fuhr langsam auf den Parkplatz vor dem Jüdischen Friedhof in Altona. Sämtliche Stellplätze waren belegt und sie musste ihren Wagen in einer der Seitenstraßen abstellen. Rebecca hatte sie extra für die Beerdigung eingeladen und eine Absage kategorisch ausgeschlossen. Als ihre Rechtsanwältin habe Katharina ihr bisher in den schwersten Stunden ihres Lebens zur Seite gestanden und gehöre deshalb zum Kreis derjenigen Personen, auf die sie an diesem Tag besonderen Wert lege.

Obwohl Katharina im Laufe der Mandatsbeziehung keine besonders enge Bindung zu ihrer Mandantin und der Familie aufgebaut hatte, war ein zartes emotionales Band zwischen ihnen entstanden und sie hatte es nicht übers Herz gebracht, Rebeccas Bitte abzuschlagen. Sogar einen Gerichtstermin hatte sie dafür verlegen lassen.

Nachdem die Staatsanwaltschaft die verkohlten Überreste von Isaak Brinkowsky freigegeben hatte, war die Beerdigung in Katharinas Augen sehr kurzfristig innerhalb von wenigen Tagen angesetzt worden.

Wie Rebecca ihr erklärt hatte, bestand Isaaks Vater bei der Beerdigung auch in Deutschland auf die Einhaltung der strengen jüdischen Regeln. Seit er von der Ermordung erfahren hatte, hatte Amon Brinkowsky selbst mehrmals bei der Staatsanwaltschaft angerufen und sich über die Verzögerung der Freigabe der sterblichen Überreste seines Sohns lautstark beschwert. Es sei überhaupt eine instinktlose Negierung ihrer religiösen Bräuche durch die deutsche Justiz. Denn nach jüdischem Ritual müsse eine Beerdigung schließlich so schnell wie möglich erfolgen. Doch auch die Einschaltung des Zentralrats der Juden, der offiziellen Vertretung der jüdischen Gemeinden in Deutschland, half ihm nicht. Die zeitaufwendigen Untersuchungen der Rechtsmedizin mussten abgewartet werden.

Rebecca hatte ihr berichtet, allein die Umstände, dass sie keine Totenwache abhalten konnten und der Tote keiner Waschung unterzogen werden konnte, habe am Telefon beim Vater schon zu jammervollen Tiraden geführt. Zuallerletzt stritten sie sich auch noch bitterlich über Rebeccas Vorschlag, eine Feuerbestattung durchzuführen. Katharina, die noch nie auf einer jüdischen Beisetzung gewesen war, hatte sich über die wesentlichen Abläufe informiert. Umso erstaunter war sie, denn für gläubige Juden kamen ausschließlich Erdbestattungen infrage.

Katharina trug ein figurbetontes, aber schlichtes schwarzes Kostüm. Sie hatte lange überlegt, ihren schwarzen Hut aus dem Schrank zu holen. Am Ende hatte sie sich ein passendes Kopftuch gekauft. Und da sich das frühsommerliche Wetter zur Mittagszeit von seiner besten Seite zeigte, ließ sie ihren hellen Trenchcoat lieber gleich im Auto.

Sie war bewusst spät dran und schon von Weitem sah sie die Menschenschlange vor der großen Trauerhalle. Das runde Bauwerk mit seinem Kuppeldach und den beiden angrenzenden Flügelbauten aus rotem Backstein hätte auch gut und gerne einen Kleinstadtbahnhof aus den Anfängen des 20. Jahrhunderts abgeben können. Der Anblick des Gebäudes mit der überwiegend schwarz gekleideten Menschentraube davor ließ in ihr unweigerlich Gedanken an die dunkelsten Momente deutscher Geschichte aufkommen. Beklemmende Bilder von der Befreiung der Konzentrationslager am Ende des Zweiten Weltkriegs, die immer noch die Welt schockierten.

Die Beerdigungsbrüderschaft der jüdischen Gemeinde hatte sich alle Mühe gegeben, um möglichst viele Freunde und Angehörige dazu zu bewegen, an der Trauerfeier für Isaak Brinkowsky teilzunehmen. Ohne diejenigen, die wahrscheinlich schon im Gebäude warteten, schätzte Katharina die Personenzahl auf ungefähr sechzig.

Je weiter sie sich dem Ende der Schlange näherte, desto erstaunter war sie über das vielfältige Erscheinungsbild der Trauergäste. Einfache dunkle Kleidung wechselte sich ab mit eleganter schwarzer Garderobe und schlichter Alltagsklamotte. Viele Frauen trugen ein Kopftuch, die meisten Männer Kippas. Zwischendrin standen vereinzelt strenggläubige Orthodoxe mit ihren wilden Bärten und den unverwechselbaren Schläfenlocken, die wie gewachste Sprungfedern aus den schwarzen Hüten hingen.

Katharina stellte sich ans Ende der Schlange, die sich stumm in das Innere der Trauerhalle schob. Sie schaute sich um, von den Personen, die sie bisher aus dem Umfeld ihrer Mandantin kennengelernt hatte, konnte sie jedoch niemanden entdecken. Diejenigen männlichen Trauergäste, die noch keine Kippas trugen, bekamen welche an der Eingangstür ausgehändigt mit der freundlichen, aber bestimmten Aufforderung, sie erst bei Verlassen des Friedhofs wieder abzusetzen.

Bevor sie die zwei Stufen des Eingangspodests betrat, fiel ihr rechts neben der Tür ein schlanker Mann auf, der lässig an der Wand lehnte. Er schien in ihrem Alter zu sein, obwohl ihn die dunkle Sonnenbrille und der Dreitagebart älter wirken ließen. Er trug unter dem dunklen Anzug ein körperbetontes schneeweißes Oberhemd. Die eleganten Lackschuhe vervollständigten das attraktive Erscheinungsbild. Katharina überlegte, was ihn wohl mit der Familie Brinkowsky verband. Er war intensiv mit seinem Handy beschäftigt und es schien, als hätte er gar nicht die Absicht, an der bevorstehenden Trauerfeier teilzunehmen.

Die riesige Halle war bereits voll. Katharina erwischte einen der letzten freien Stühle im Übergangsbereich zum rechten Gebäudeflügel. Vorne im eigentlichen Abschiedsraum sah sie Rebecca und Levin. Sie saßen gegenüber dem aufgebahrten Sarg. Der orthodox gekleidete alte Mann neben ihr musste Isaaks Vater sein, Amon Brinkowsky. Katharina fragte sich, wie wohl das Verhältnis der beiden in den nächsten Jahren aussehen würde.

Es herrschte Stille und Katharina ließ den Blick durch die große Halle schweifen.

Plötzlich bemerkte sie ein bekanntes Gesicht.

Shannon McDermott. Neben ihr hatte die junge Frau vom Empfang der Firma Platz genommen. Sie wirkte in der Umgebung wie ein Fremdkörper. Katharinas Blick wanderte durch die Stuhlreihen, aber Anton Busmann war weit und breit nicht auszumachen. Offenbar war er nicht zur Trauerfeier seines besten Freundes erschienen.

Die Eingangstüren wurden geschlossen, die Trauerfeier begann.

Es gab zwei Trauerredner, die ihre Lobesworte in Deutsch vortrugen. Katharina vermutete, dass der eine ein Mitglied der Beerdigungsbrüderschaft war, der andere zweifelsohne ein Rabbiner. Zwischen den Reden erhob sich Amon Brinkowsky und es folgten Gebete und Psalmen in hebräischer Sprache. Beim letzten Gebet standen alle auf. Dann stimmte ein Chor neben dem Sarg das erste Lied an.

Eine Seitentür öffnete sich und die Träger hoben den Sarg empor. Dahinter versammelte sich der Trauerzug, angeführt von Rebecca, Levin und weiteren Angehörigen des Verstorbenen. Der Trauerzug setzte sich langsam in Bewegung. Der Auszug aus dem Abschiedsraum wurde von einem anschwellenden Gesang einer Trauergruppe begleitet.

Katharina war eine der Letzten, die sich dem Zug anschlossen. Nach etwa zwanzig Minuten erreichte er sein Ziel. Vor dem ausgehobenen Grab baute sich die große Trauergemeinde im Halbkreis auf und Katharina musste sich auf die Zehenspitzen stellen, um der Begräbniszeremonie folgen zu können. Nachdem der Sarg dem Erdreich übergeben worden war, sprach Isaak Brinkowskys Vater das Kaddisch-Gebet und warf drei Häufchen seiner extra aus Israel mitgebrachten Erde auf den Sarg.

»Denn du bist die Erde und sollst zu Erde werden«, sprach er laut.

Plötzlich bemerkte Katharina direkt neben sich den Mann, der am Eingang so vertieft in sein Handy gewesen war. Er musste erst vor Kurzem neben sie getreten sein, denn im Trauerzug hätte sie ihn sofort bemerkt.

Er hatte die Sonnenbrille abgenommen. Ihre Blicke trafen sich und Katharina verspürte eine innere Anspannung, wie sie sie lange nicht gefühlt hatte. Es ging eine unbeschreibliche Kraft von ihm aus. Sie bemerkte, wie sich ein zartes Lächeln auf seinen Lippen breitmachte.

»Sie müssen die Rechtsanwältin Katharina Tenzer sein«, sagte er gedämpft. »Ich heiße Sam.«

21

Inga Steenken warf die Brötchentüte auf ihren Schreibtisch und setzte sich. Es war siebzehn Uhr dreißig und um neunzehn Uhr wollten die Kollegen vom Staatsschutz im Rahmen der groß angelegten Razzia in ganz Norddeutschland die *Bannerhelden* hochnehmen und die führenden Köpfe dingfest machen.

Hasberg und sie sollten dabei sein.

Die überwiegend aus Männern bestehende rechtsradikale Gruppierung wurde verdächtigt, einen Überfall auf ein Flüchtlingsheim im Wendland zu planen. Der Ermittlungsrichter hatte nicht lange gezögert, die diversen Durchsuchungsbeschlüsse zu unterzeichnen, nachdem er die Lauschergebnisse der vorher angeordneten Telefonüberwachung gelesen hatte.

Harry Metzger war einer der Wortführer der Gruppierung und hatte wiederholt die Herstellung eines Brandsatzes gefordert, mit dem »die asozialen Parasiten ausgeräuchert werden sollen«. Und auf Facebook und Co. waren einschlägige Codes für verfassungswidrige Parolen der rechten Szene im Zusammenhang mit Bildern einer brennenden Flüchtlingsunterkunft aufgetaucht. Wegbeschreibungen wiesen zum Beispiel codierte Zusätze wie 444 auf, was in der rechten Szene für DdD stand und *Deutschland den Deutschen* bedeuten sollte. Unterzeichnet waren diese Mitteilungen häufig mit der Zahlenkombination 13/4/7, was so viel wie MdG bedeutete, die in Deutschland strafbare Formel *Mit deutschem Gruß*.

Da die Nachtaktion open end eingeplant war, begann ihr Dienst heute entsprechend spät. Hasberg war schon vor einer halben Stunde erschienen und hockte mit dem Strafgesetzbuch vor der Nase an seinem Schreibtisch. Daneben lagen Kopien von den Durchsuchungsbeschlüssen, die die Kolleginnen vom Staatsschutz nach der Besprechung zurückgelassen hatten. Für die bevorstehende Aktion müsse er sich noch juristisch warmlaufen, verkündete er großspurig, als Inga Steenken ihn auf sein frühes Erscheinen ansprach. Er wirkte nach der Lektüre richtig mitteilsam.

»Ich habe mir die Durchsuchungsbeschlüsse angeschaut, die uns Gülay und Birte vom Staatsschutz geschickt haben. Angeblich erwirtschaftet Metzger mit seiner Werkstatt nur Verluste«, berichtete er und biss in einen Apfel. »Das Finanzamt scheint dieser Behauptung wenig Glauben zu schenken und hat ein Steuerstrafverfahren eingeleitet. Quasi on top. Der entsprechende Durchsuchungsbeschluss liegt vor. Deswegen ist die Steuerfahndung heute Abend auch mit von der Partie«, ergänzte er kauend.

»Ja, dass die sich bei uns dranhängen, kommt ja immer mehr in Mode. Die können so vorhandenes Vermögen gleich schlankweg beschlagnahmen«, erwiderte Inga Steenken.

Um achtzehn Uhr vibrierten ihre Diensthandys. Einer der beiden Leitenden Staatsanwälte schickte den Einsatzbefehl an alle Teilnehmer und eine Viertelstunde später rollten mehrere Polizeifahrzeuge vom Hof. Schlag neunzehn Uhr standen sieben Personen vor dem Mehrfamilienhaus, in dem Familie Metzger wohnte. Neben Inga Steenken und Hasberg waren Birte Templin, Gülay Schogun und zwei weitere Kollegen aus der Staatsschutzabteilung dabei. Vervollständigt wurde der Trupp von einem großen, kräftigen Schutzpolizisten.

Der gesamte Gebäudekomplex bestand aus sechzehn Wohnungen mit zwei Eingangsbereichen. Inga Steenken blieb in einiger Entfernung stehen und musterte die Fassade bis hinauf zum Dach. Balkone waren an der Vorderseite Fehlanzeige und die Fenster schienen vor nicht allzu langer Zeit erneuert worden zu sein. Das Haus machte zwar keinen heruntergekommenen Eindruck, aber das Mauerwerk lechzte nach einem Neuanstrich und die Außenanlagen hatten längere Zeit keinen Gärtner mehr gesehen. Eigentümer war eine Wohnungsbaugenossenschaft, wie die Recherchen im Zuge der Einsatzvorbereitung ergeben hatten. Sämtliche Wohnungen waren vermietet und die Liste aller

Mietparteien befand sich in den Unterlagen der Einsatzleitung. Ebenso hatten die Ermittler vom Staatsschutz festgestellt, dass auf Harry Metzger eine Harley FXS Black Shine und auf Nadine Metzger eine uralte Honda zugelassen war. Den rostroten Japaner hatte Inga Steenken bereits auf dem Parkplatz stehen gesehen. Von dem schweren Motorrad war allerdings weit und breit nichts zu sehen und sie vermuteten, dass Metzger unterwegs war. Wahrscheinlich würden die Kollegen ihn in seiner Werkstatt antreffen.

Die Wohnung befand sich im Erdgeschoss des linken Gebäudeteils. Auf ihr Klingeln hin öffnete ein dürrer junger Mann die Tür. Nachdem sie sich ausgewiesen hatten, drückte Gülay dem verdatterten Gegenüber den Durchsuchungsbeschluss in die Hand und schob ihn beiseite.

»Sie sind Mike Metzger, nehme ich an. Wir würden gerne Herrn Harald Metzger und Frau Nadine Metzger sprechen«, sagte sie und ging, ohne eine Antwort abzuwarten, den Flur entlang.

»Mein … mein Vater ist gar nicht da … da«, stotterte der junge Mann, während in einem der hinteren Zimmer ein Fernseher plärrte.

Inga Steenken und Hasberg betraten als Letzte die Wohnung. Es roch nach Kohl, Zigarettenrauch und Alkohol. Der lange, schmale Flur war an Wänden und Decke dunkelrot gestrichen. Sie fühlte sich wie in einem alten Eisenbahnwaggon. Überall hingen Harley-Davidson-Devotionalien an den Wänden. Der hellgraue PVC-Boden schien längere Zeit keinen Tropfen Wasser abbekommen zu haben und hatte an manchen Stellen die Hafteigenschaft eines Klebers angenommen.

Hasberg gab Inga Steenken einen leichten Stoß mit dem Ellenbogen und zeigte auf eine Flagge, die am Ende des Flurs über der Tür hing.

»Schwarz-weiß-rot mit eisernem Kreuz. Die Flagge des deutschen Kaiserreichs. Wird gerne von Rechtsextremisten verwendet. Ist aber nicht strafbar«, flüsterte er ihr oberlehrerhaft ins Ohr.

Sie hatten inzwischen alle das Wohnzimmer erreicht, in dem eine brünette Frau mit Pferdeschwanz gerade ihren Personalausweis aus der Handtasche fingerte. Obwohl sie die vierzig schon hinter sich gelassen hatte, war Nadine Metzger immer noch eine überaus attraktive Frau. Sie trug eine pinkfarbene Bluse, hautenge Jeans und hochhackige weiße Schuhe, denen die Laufleistung anzusehen war.

Die halb leere Flasche Dujardin auf dem Couchtisch neben dem randvollen Aschenbecher verriet, dass in dem Longdrinkglas nicht nur Coca-Cola enthalten war. Im Fernsehen lief gerade eine Quizsendung. Ein Beamter schaltete den Apparat aus und schnappte sich die beiden Handys vom Tisch.

»Hey, dürft ihr das überhaupt?«, keifte Nadine Metzger los.

»Ja, das dürfen wir. Steht alles in dem Durchsuchungsbeschluss«, war die trockene Antwort von Gülay, während sie das amtliche Papier auf den Wohnzimmertisch legte.

Nadine Metzger beugte sich über die eng beschriebenen Seiten. Als würden sie eine ansteckende Krankheit verbreiten, vermied sie es, das Corpus Delicti anzufassen. Nach wenigen Sätzen schien das Amtsdeutsch ihre Auffassungsgabe überfordert zu haben, denn sie baute sich direkt vor Gülay auf, stemmte die Fäuste in die Hüften und musterte die junge Frau, die ihre türkischen Wurzeln nicht verleugnen konnte, von oben bis unten.

»Na denn, viel Spaß. Was die Polizei heutzutage so alles einstellt«, sagte sie.

Gülay nahm die Provokation gelassen. Sie war offenbar Schlimmeres gewohnt. Der junge Mann, der ihnen die Tür geöffnet hatte, war ihnen ins Wohnzimmer gefolgt. Nach Überprüfung seiner Personalien entpuppte er sich als Mike Metzger, der achtzehnjährige Sohn. Er warf sich aufs Sofa, zündete sich eine filterlose Zigarette an und grinste hämisch. Er trug zerschlissene Jeans, ein verwaschenes Poloshirt und hellbraune Sneaker.

Trotz seines coolen Gehabes wirkte er auf Inga Steenken eher verängstigt. Sie erinnerte sich an das Memo aus der Einsatzbesprechung über die Mitglieder der Familie Metzger und dachte an die Tochter, die in einer geschlossenen Jugendanstalt untergebracht war. Sie ärgerte sich, dass sie bei der Besprechung nicht nach dem Grund gefragt hatte. Wie hätte die junge Frau wohl reagiert, wenn sie noch zu Hause wohnen würde? Der dritte Sohn der Familie, der fünfzehnjährige Ricky Metzger, war anscheinend unterwegs.

Die Beamten entwickelten eine rege Geschäftigkeit und begannen, die persönliche Habe der Metzgers akribisch zu durchforsten. Man verteilte sich auf die unterschiedlichen Räume, wobei Inga Steenken im Wohnzimmer bei Gülay und Birte blieb, während sich Hasberg mit einem Kollegen in die Küche verabschiedete. Inga Steenken war gespannt, ob sie bei dem Einsatz tatsächlich Hinweise in ihrem Fall Brinkowsky finden würden.

Birte wandte sich an die Wohnungsinhaberin. »Frau Metzger, die Wohnung hat sicherlich einen Keller oder einen Bodenraum. Würden Sie uns den bitte zeigen?«

»Mike, mach du das mal. Ich muss erst Harry anrufen«, sagte Nadine Metzger, erinnerte sich dann jedoch, dass ihr Handy vorübergehend unter staatlicher Aufsicht stand, und blickte Birte fragend an.

»Sie können mit Ihrem Mann im Moment nicht telefonieren«, antwortete sie. »Einen Anwalt können Sie anrufen, wenn Sie möchten. Übrigens sind wir auch bei Ihrem Mann in der Werkstatt. Er kann ebenfalls nicht mit Ihnen telefonieren.«

Nadine Metzger pustete die Wangen auf und wollte gerade eine Schimpfkanonade abfeuern, da schien eine innere Stimme sie zur Mäßigung überredet zu haben.

»Wozu brauchen wir einen Anwalt? Wir haben nichts getan. Gar nix«, sagte sie in normalem Tonfall. Dann zündete sie sich eine Zigarette an und nickte ihrem Sohn zu.

Mike stand auf und wies mit dem Kopf zur Wohnungstür.

»Kommen Sie mit. Ich zeige Ihnen den Keller«, gab er knurrend von sich.

Ein großer, kräftiger Polizist folgte ihm in den Flur.

Die Durchsuchung war in vollem Gange, da klingelte Gülays Handy. Sie nahm das Gespräch an und nickte wiederholt, ohne zu antworten. Nach wenigen Minuten legte sie auf.

»Zu Ihrer Bemerkung von eben, Sie hätten nichts getan, Frau Metzger. Im Keller der Werkstatt Ihres Mannes haben die Kollegen gerade Unterlagen über einen schwunghaften Schwarzhandel mit Oldtimern beschlagnahmt. Und die Kassenauslesung des Werkstattbetriebs hat erhebliche Fehlbeträge ergeben. An einer Schätzung der nachzuzahlenden Steuern arbeitet die Steuerfahndung gerade mit Hochdruck.«

Auch wenn man Nadine Metzger aller Voraussicht nach mit den Gewinnen aus dem Oldtimerhandel und den Schwarzumsätzen in der Werkstatt nicht in Verbindung würde bringen können, hatte sich die Kollegin den Seitenhieb offenbar nicht verkneifen können. Die Angesprochene zuckte mit den Schultern und zündete sich eine weitere Zigarette an.

In diesem Augenblick betrat der kräftige Polizist wieder das Wohnzimmer. Er schüttelte den Kopf. Mike folgte ihm und setzte sich neben seine Mutter.

Plötzlich stand Hasberg im Türrahmen und winkte aufgeregt. »Kommt ihr mal bitte?«

Bis auf den kräftigen Polizisten wanderten alle in die Küche. Bevor Hasberg zu Wort kam, konnte Birte einen leisen Fluch nicht unterdrücken.

»Verdammt. Absolute Fehlanzeige. Wir haben nichts. Das kann nicht sein«, flüsterte sie.

»Ich habe da vielleicht etwas.« Hasberg zeigte auf ein aufgeschlagenes Fotoalbum. Auf einem Bild standen drei Kinder und zwei Erwachsene in einem verwilderten Garten neben einem Grill. Im Hintergrund war ein großes helles eingeschossiges Holzhaus im amerikanischen Stil mit überdachter Veranda zu sehen. »Die Aufnahme ist zwar schon älter, aber das ist doch unsere reizende Dame aus dem Wohnzimmer.«

»Und der größere Junge in der Mitte dürfte Mike sein«, sagte Gülay.

Hasberg blätterte mehrere Seiten zurück zu einem Foto mit dem Holzhaus. Daneben hatte jemand geschrieben: *2004 – unsere neue Errungenschaft mitten im Wald.*

»Habt ihr keine Recherche nach vorhandenem Grundeigentum gemacht, Birte?«, fragte Inga Steenken. Sie war neben ihn getreten.

»Sicher. Allerdings nur für Hamburg. Und da war nichts.«

»Los, ruf die Kollegen aus Niedersachsen an, die sollen sofort eine Abfrage durchführen«, sagte Gülay. »Wahrscheinlich gibt es da irgendwo im Wald ein Ferienhaus. Dann müssen wir dahin.«

Während Birte mit dem Staatsanwalt telefonierte, nahm Inga Steenken das Fotoalbum und ging ins Wohnzimmer. Sie legte es auf den Tisch und zeigte auf das Bild mit dem Holzhaus.

»Wo ist das, Frau Metzger? Wenn Sie und Ihr Sohn nicht die ganze Nacht in unseren Zellen verbringen wollen, packen Sie lieber gleich aus. Wir finden es sowieso heraus.«

Nadine Metzger schaute ihren Sohn an. Ihre Hände zitterten. Sie nahm einen Schluck Weinbrand direkt aus der Flasche.

»Ich weiß gar nicht, was Sie wollen. Das ist nur unser Wochenendhaus«, sagte sie unsicher. Dann nannte sie eine Adresse, die in den Buchenwäldern vom Rosengarten im nördlichen Niedersachsen lag. Gülay machte sich eine Notiz und sie begaben sich zurück in die Küche.

Birte telefonierte noch immer mit dem Staatsanwalt. Gülay zeigte ihr den Zettel.

»Ich habe die Adresse«, sagte Birte und gab die Anschrift durch. Nach einem Moment legte sie auf. »Wir sollen sofort losfahren. Das ist gar nicht weit von hier. Wenn sie den Schlüssel nicht herausgibt, sollen wir die Tür aufbrechen. Rechtlich ist der Einsatz abgesichert.«

Inga Steenken knuffte Hasberg in die Seite. »Weißt du, dass der Rosengarten ganz in der Nähe des Fundorts unserer Brandleiche liegt? Ich glaube, wir sollten auf jeden Fall mitfahren.«

»Na klar. Hier habt ihr ja auch nichts gefunden. Und wir brechen hier ab. Von uns fahren Gülay und ich.« Inga Steenken schaute den großen Schutzpolizisten an. »Ich würde dich bitten mitzukommen. Wer weiß, was uns da erwartet.«

Der kräftige Kerl klopfte auf seinen Pistolengurt und nickte.

Birte verschwand im Wohnzimmer, um nach den Schlüsseln zu fragen. Nach wenigen Minuten kehrte sie mit einem Lederetui zurück.

»Das war einfacher, als ich gedacht habe. Wir können los«, sagte sie.

Gülay bat den Rest der Truppe, Mutter und Sohn Metzger zur Vernehmung mit ins Präsidium zu nehmen. Dann brachen sie auf.

Während der etwa zwanzig Minuten dauernden Fahrt berichtete Gülay, dass die Steuerfahnder gleich vor Ort rund zweihunderttausend Euro Steuern ermittelt hatten, die Harry Metzger nachzuzahlen habe.

Sicherheitshalber hatten sie die Barkasse und seine Harley Davidson beschlagnahmt.

»Und was ist mit den Aktivitäten der *Bannerhelden*?«, fragte Birte.

»Fehlanzeige«, antwortete Gülay. »Sie haben Harald Metzger zwar auch erst einmal mit auf das Präsidium genommen, aber die Steuerhinterziehungen reichen nicht für einen Haftbefehl. Die warten und hoffen, dass wir fündig werden.«

Das Navi führte sie von der Landstraße in einen gut ausgebauten Feldweg. Rechts und links erhoben sich kräftige Linden, die ein blickdichtes Dach bildeten. Die spärliche Wohnbebauung bestand aus einfachen Siedlungshäusern mit großen Vorgärten, in denen häufig ein Wohnwagen oder Wohnmobil abgestellt war. Nach etwa einem Kilometer endete die Bebauung und der angrenzende Mischwald eroberte den Straßenrand.

»Seid ihr euch sicher, dass wir richtig sind?«, fragte Hasberg aus dem Fond des Kleinbusses.

»Ja. Das Navi sagt, wir sind gleich da«, antwortete der Polizist am Steuer.

Die Straße verwandelte sich in einen Schotterweg, der durch den Wald führte. Nach fünfhundert Metern fuhren sie rechts auf einen Parkplatz.

»So, dahinten ist es.« Der Polizist zeigte auf einen gepflasterten Fußweg, an dessen Ende ein eingeschossiges Holzhaus stand. Es war die Hütte aus dem Fotoalbum.

Sie stiegen aus und schauten sich um.

»Keine Menschenseele weit und breit. Natur pur. Richtig erholsam hier«, sagte Hasberg.

Alle grinsten.

Langsam breitete sich die Dämmerung aus.

»Nehmt genug Stablampen mit«, sagte Birte. »Wer weiß, ob wir da Licht haben. Und den Außenbereich müssen wir auch absuchen.«

Das dunkelbraun gestrichene Haus besaß an der gesamten Vorderseite eine überdachte Veranda, die von einem Lattenzaun begrenzt war. Das Gebäude musste auf einem Sockel oder Podest errichtet worden sein, denn man brauchte vier Treppenstufen, um die Eingangstür zu erreichen. Die drei Fenster nach vorne hinaus waren mit schweren Fensterläden verrammelt.

Während sich Birte und Hasberg am Eingangsschloss versuchten, inspizierte Inga Steenken mit den anderen zwei den rückwärtigen Teil des Grundstücks. Nach wenigen Minuten erschienen sie auf der Veranda, wo Birte mittlerweile die Eingangstür geöffnet hatte.

»Hinten gibt es auf den ersten Blick nichts Besonderes«, berichtete Inga Steenken. »Alle Fenster sind verschlossen und auf der Terrasse stehen ein paar alte Gartenmöbel, am Ende des Grundstücks ein baufälliger Schuppen.«

»Okay, dann lasst uns mal reingehen«, sagte Gülay.

Der kräftige Polizist blieb auf der Veranda zurück. Das Deckenlicht funktionierte und ließ einen spartanisch eingerichteten Wohnraum mit Kamin und einer Kochnische erkennen. Vor dem Kamin gruppierten sich drei Gartenstühle um einen Plastiktisch. An der Wand neben dem Kamin waren ein paar Holzscheite aufgeschichtet und neben der Kochnische lagerten Haushaltsutensilien in einem alten Regal. Die beiden Türen, die in den hinteren Hausteil führten, waren geschlossen. Ein fleckiger Berberteppich bedeckte fast den gesamten Boden.

Hasberg war der Erste, der seine Enttäuschung in Worte fasste. »Was sollen wir hier finden? Das war wohl wieder nix.«

Inga Steenken und Gülay begaben sich schnurstracks in die hinteren Räumlichkeiten, in denen sich zwei Schlafzimmer, ein Bad und eine Abstellkammer mit Hintertür nach draußen befanden. Nach wenigen Augenblicken kamen sie zurück ins Wohnzimmer. Außer ein paar persönlichen Habseligkeiten wie Wäsche und Lebensmittelkonserven sowie einer Batterie von Leergut war dort nichts vorhanden.

Hasberg hatte sich demonstrativ in einen der Gartenstühle gesetzt.

»Dann bleibt wohl nur das Gartenhaus. Viel Hoffnung habe ich da auch nicht. Was für eine ausgemachte Scheiße!«, fluchte er und stand auf. Er umrundete den Tisch und geriet plötzlich ins Stolpern, konnte sich aber gerade noch am Kaminsims abstützen. Er schaute nach unten und mit einer blitzschnellen Bewegung hatte er die Hälfte des Berberteppichs umgeschlagen.

Eine zwei mal zwei Meter große Falltür lag vor ihnen. Der Metallring zum Anheben war zurückgeklappt und so unter dem Teppich für Hasberg zur Stolperfalle geworden.

»Na, da schau her. Was haben wir denn hier?« Er öffnete unter Mühen die schwere Falltür.

Sie staunten nicht schlecht, als sie die breite, steile Treppe sahen. Schon im Lichtstrahl ihrer Stablampen war zu erkennen, dass unter ihnen ein gut ausgebautes Kellergeschoss auf sie wartete.

Bevor Hasberg seinen männlichen Beschützerinstinkt ausleben und hinuntersteigen konnte, hatte Gülay schon die ersten Treppenstufen genommen.

»Schaut euch das an. Ein Volltreffer!«, rief sie nach oben, während sich der Lichtkegel ihrer Stablampe vorwärtstastete.

Inga Steenken entdeckte den Lichtschalter an einem der Stützpfeiler. Plötzlich ließen mehrere Wandstrahler den Raum in dezentem Licht erscheinen. An den Wänden fanden sie die Reichkriegsflagge von 1935 bis 1945, die Reichs- und Nationalflagge sowie unzählige Wimpel mit Hakenkreuzen und nationalsozialistischen Parolen vor.

Der Keller erstreckte sich unter dem gesamten Holzhaus und maß etwa zehn Meter in der Breite und sechs Meter in der Länge. Auf der einen Seite standen drei Stuhlreihen mit je sechs Plätzen. Gegenüber befand sich in einer Ecke ein großer Schreibtisch, über dem das Emblem der *Bannerhelden* prangte. Eine arische Faust unter einem Stahlhelm, eingerahmt von zwei Keltenkreuzen, dem strafbaren Symbol der Neonaziszene, das die Überlegenheit der nordischen Rasse darstellen sollte.

»Hier haben sie also ihre Sitzungen abgehalten«, sagte Hasberg. »Unglaublich. So was habe ich noch nie gesehen.«

Während Gülay die Telefonnummer des Staatsanwalts wählte, durchsuchten sie den Schreibtisch und das mit mehreren Ordnern gefüllte Metallregal daneben.

»Na, guck mal hier«, sagte Birte und zog einen Ordner heraus. Auf dem Rückendeckel standen die Buchstaben *CI*. »Die scheinen sogar der *Christian-Identity-Bewegung* nahezustehen.«

»Der was?«, fragte Hasberg.

»Die *CI-Bewegung* kommt aus Amerika, ist aber dort wie hier verboten«, klärte Birte ihn auf. »Nach deren Vorstellungen wird weiß mit christlicher Identität gleichgesetzt. Allein Christen werden danach als ein angeblich auserwähltes Volk bezeichnet und Juden ausgeschlossen, da sie nach Ansicht der Antisemiten von Tieren oder vom Satan abstammen.«

Hasberg schüttelte den Kopf. »Was gibt es doch für kranke Typen. Wo soll das hinführen?«

»Guckt mal hier«, sagte Inga Steenken und leuchtete mit ihrer Lampe in die Ecke neben dem Schreibtisch, wo ein Baseballschläger lehnte. »Wenn mich nicht alles täuscht, sind die dunklen Stellen da auf der Schlagfläche Blutflecke. Gülay, wir brauchen hier auf jeden Fall die Spurensicherung.«

Hasberg hatte gerade die oberste Schublade des Schreibtischs aufgezogen und hielt einen Schnellhefter in die Höhe. »Das glaubst du nicht, Inga. Das ist ein Bericht über eine Observation von drei Personen. Rate mal, über wen Daten und Informationen gesammelt wurden? Anton Busmann, Shannon McDermott und Isaak Brinkowsky. Was sagst du nun?«

22

Katharina hatte früh die Kanzlei verlassen, da sie ihre Mittagsrunde aufgrund des herrlichen Wetters ausgiebiger gestalten wollte. Einmal ganz um die Binnenalster war der Plan.

Sie hatte das Ende des Ballindamms fast erreicht und wollte gerade links auf die Lombardsbrücke biegen, da sah sie auf der anderen Straßenseite ein bekanntes Gesicht.

Sam.

Er hatte sie auf der Beerdigung von Isaak Brinkowsky am Grab einfach angesprochen. Anfänglich hatte sie gedacht, er wollte sie anbaggern, aber dem war nicht so. Er lief nach der Trauerfeier am Grab den langen Weg bis zum Ausgang neben ihr her und erzählte nur wenig. Er schien aufrichtig bestürzt zu sein über den gewaltsamen Tod von Isaak Brinkowsky. Angeblich kannten sie sich von der Universität in Tel Aviv. Isaak hatte gerade seine Masterarbeit begonnen und nebenbei als Tutor einen Kurs für Erstsemester geleitet, den Sam belegt hatte.

Ohne dass irgendeiner es vorgeschlagen hätte, gingen sie nach wenigen Sätzen zum Du über. Sie verspürte eine ungewohnte Vertrautheit einem völlig fremden Menschen gegenüber. Als kannten sie sich schon eine Ewigkeit. Am Ausgang des Friedhofs, nach dem traditionellen Händewaschen, war er genauso plötzlich verschwunden, wie er vorher am Grab aufgetaucht war.

Katharina überlegte, ob sie ihm winken sollte.

Er nahm ihr die Entscheidung ab und obwohl die Fußgängerampel Rot zeigte, flitzte er gewandt wie eine Katze durch den fließenden Verkehr auf ihre Straßenseite.

»Katharina, schön, dich so schnell wiederzusehen. Ich wollte dich die nächsten Tage sowieso anrufen.«

Sam trug ein modisches hellgraues Sakko und ein elegantes dunkelblaues Halstuch. Die hautengen Chinos hatten die Farbe des Tuchs. Die weißen Sneaker waren der Knaller. Er sah aus, als käme er gerade von einem Shooting für ein Modemagazin.

»Sam, ich freue mich auch«, erwiderte sie. »Du warst nach der Beerdigung so plötzlich verschwunden.«

»Ja, entschuldige, ich hatte einen dringenden Termin. Und wie gesagt, ich wollte sowieso einen Termin vereinbaren.«

»Einen Termin vereinbaren?« Der Ausdruck für ein privates Treffen war ungewöhnlich.

»Nein, nicht, was du denkst. Einen beruflichen Termin.« Er machte eine kurze Pause. »Obwohl ... Wir können gerne mal abends essen gehen. Eine gute Idee.«

»Brauchst du anwaltliche Hilfe? Da fällt mir ein, Sam, ich wollte dich fragen, woher du eigentlich weißt, dass ich die Anwältin von Rebecca Brinkowsky bin.«

Er schaute sich um, als würde er nach irgendwem Ausschau halten. »Hättest du etwas dagegen, wenn ich dich ein Stück begleite?«

»Nein, natürlich nicht«, sagte sie.

»Pass auf, ich würde gerne gerade über das Mandat von Rebecca Brinkowsky mit dir sprechen«, fing er an. Bevor Katharina etwas sagen konnte, hatte er bereits den Zeigefinger an die Lippen gelegt. »Hör mir erst mal zu. Ich weiß, dass du der anwaltlichen Schweigepflicht unterliegst und nicht über deine Mandate reden darfst. Aber ich will auch gar nichts von *dir* hören. Sagen wir einfach, ich will dir nur etwas erzählen und dich warnen.«

»Also, Sam, wirklich. Das kommt mir jetzt irgendwie seltsam vor. Sag mal, wer bist du? Wie lautet dein Nachname? Und wovor willst du mich warnen?«

»Nun beruhig dich mal wieder. Wenn du wissen willst, wer ich bin, sage ich dir jetzt, dass ich für den israelischen Geheimdienst arbeite.«

Katharina merkte, wie ihr die Farbe aus dem Gesicht fiel. »Für den Mossad? Bist du aus Israel?«

»Ja. Aber ich lebe schon seit über fünfzehn Jahren in Deutschland. Ich bin hier so etwas wie ein Subunternehmer, wenn du verstehst«, sagte er mit einem schelmischen Grinsen.

»Na ja, so überraschend ist die Kontaktaufnahme durch deiner Brötchengeber dann doch wieder nicht. Isaak und seine Familie sind israelische Staatsbürger und die Begleitumstände seines Todes dürften ein Übriges bewirkt haben. Von seinem Job ganz zu schweigen.«

»Jetzt fängst du an mitzudenken. Der Tod von Isaak Brinkowsky ist kein Zufall. Ich fürchte, es ist nicht die erste und nicht die letzte Gewalttat in diesem Fall.«

Sie hatten den Neuen Jungfernstieg erreicht und bogen nach links ab, wo unter einer Baumgruppe eine Parkbank stand. Sie war ausnahmsweise frei.

»Lass uns uns einen Moment setzen. Ich muss dir etwas zeigen.« Er dirigierte Katharina sanft unter die Baumgruppe.

Sie ließ ihn gewähren und war gespannt zu erfahren, was er ihr erzählen würde. Als sie Platz genommen hatten, zog er ein Foto aus der Innentasche seines Sakkos und gab es ihr.

»Das ist ein Freund von mir, der für uns gearbeitet hat«, sagte er leise. »Er hat hin und wieder kleinere Observationen und Recherchen übernommen. Seit einigen Wochen ist er spurlos verschwunden.«

Das Bild zeigte einen jungen Mann mit Stoppelbart vor dem Hauptgebäude der Hamburger Universität. Er trug eine blaue Steppweste und hatte eine Aktenmappe unter dem Arm.

»Tut mir leid, den habe ich noch nie gesehen. Aber sag mir, was hat er mit meiner Mandantin und mir zu tun?« Katharina reichte Sam das Foto zurück.

»Er hatte von uns den Auftrag, ein Dossier über drei Personen zu erstellen. Bei den Personen handelte es sich um Isaak Brinkowsky, Anton Busmann und Shannon McDermott. Du weißt, wer diese Personen sind.«

Katharina nickte. Sie begriff langsam. Die Inhaber der *ai-solutions* waren also auf dem Schirm des Mossad. An dem großen Auftrag, von dem Isaak Brinkowsky gesprochen hatte, musste tatsächlich etwas dran sein.

»Habt ihr etwas mit dem Tod von Brinkowsky zu tun?«

»Nein, nein. Allerdings sind wir nicht die Einzigen, die ein gesteigertes Interesse an der Arbeit dieser Firma haben.«

»Und wer sind die anderen?«

»Kannst du dir das nicht vorstellen?« Er machte ein ernstes Gesicht. »Leute von der Hamas oder diejenigen, die dieser Terrorgruppe nahestehen. Vielleicht die Hisbollah, möglicherweise der libanesische Geheimdienst DGSE. Keine Ahnung, in jedem Fall geht es um eine große Gefahr für Israel.«

Katharina schaute ihn an, als käme er von einem anderen Stern. Was ging hier gerade vor sich? Hatte Rebecca von alldem überhaupt eine Vorstellung?

Sam sah, wie es in ihr arbeitete, und unterbrach den Gedankenfluss.

»Zu der Übergabe des Dossiers, die spätabends auf einem Parkdeck in der Innenstadt stattfinden sollte, ist es nicht gekommen. Ich hatte mich um eine geschlagene Stunde verspätet und meinen Kontaktmann nicht mehr erreichen können. Auf dem Parkdeck war niemand, als ich eingetroffen bin. Bis heute habe ich nichts mehr von ihm gehört. Er heißt übrigens Daniel Rosenberger. Ich fürchte, man hat ihn liquidiert. Und wahrscheinlich hat mir die Verspätung das Leben gerettet.«

»Das muss ich erst einmal verdauen, Sam oder wie immer du heißt«, sagte Katharina und stand auf. Sie trat an das gusseiserne Geländer vor dem Wasser und blickte auf die spiegelglatte Binnenalster. Kein Lüftchen wehte und die Wasserfontäne inmitten des Gewässers schickte ihren kräftigen Strahl in den wolkenlosen Himmel. »Warum gehst du mit der Geschichte nicht zur Polizei?«

»Ganz einfach. Wir haben nichts in der Hand. Ob Daniel tatsächlich tot ist, weiß ich nicht. Isaak, zu dem wir schon Kontakt aufgenommen hatten, ist wahrscheinlich von diesen Leuten getötet worden. Auch dafür haben wir keine Beweise. Aber du kannst dir sicher sein, dass unsere Zentrale die Hamburger Behörden informieren wird. Frag mich bitte nicht, wie.« Sam stellte sich neben sie.

Seine Augen sagten ihr, dass sie ihm vertrauen solle, doch als Rechtsanwältin brauchte sie mehr als treue Blicke. »Und wie komme ich ins Spiel? Oder sollte ich besser Rebecca sagen? Du willst Informationen von mir, liege ich da richtig?«

Er nickte. »Du bist die Einzige, bei der alle Fäden zusammenlaufen. Du hast Einsicht in die Ermittlungsmaßnahmen und Ergebnisse im Fall von Isaak und du hast das Vertrauen seiner Witwe. Außerdem hast du die Möglichkeit, in alle Firmenunterlagen der *ai-solutions* Einblick zu nehmen. Wir wissen nur, dass sie dort an einer Entwicklung gearbeitet haben, die politisch und militärisch hochbrisant sein muss.«

Die Vergangenheit holte Katharina ein. Schon einmal hatte sie vor vielen Jahren noch als Referendarin bei Rechtsanwalt Hausner in einem spektakulären Fall eine große persönliche Enttäuschung erfahren müssen, als sie mit einem alten Schulfreund eine intime Affäre begonnen und er sich später als schäbiger Verräter entpuppt hatte. Sie war also vorgewarnt.

»Ich kann dir unmöglich Informationen anvertrauen, die der anwaltlichen Schweigepflicht unterliegen, das weißt du genau. Wenn überhaupt irgendeine Zusammenarbeit laufen soll, dann nur mit Zustimmung von Rebecca Brinkowsky«, sagte sie und wandte den Blick von ihm ab.

»Ja, das verstehe ich«, sagte Sam. »Ich weiß nur nicht, ob ich ihr trauen kann.«

***

Jorge hatte darauf bestanden, dass man ihn am nächsten Morgen gleich nach der Visite entlassen würde. Der Oberarzt hatte ein säuerliches Gesicht gemacht, schlussendlich war ihm nichts anderes übrig geblieben, als dem Wunsch seines Patienten zu folgen.

Mit einem dicken Kopfverband, einem ziemlichen Brummschädel und seinen Entlassungspapieren in der Hand marschierte Jorge durch die Eingangstür des Krankenhauses und stieg auf der anderen Straßenseite in ein wartendes Taxi. Ihm war zwar speiübel, aber es gab dringenden Handlungsbedarf. Zu Hause würde er noch eine der Tabletten nehmen, die ihm die nette Schwester mitgegeben hatte. Und wenn er seine Telefonate erledigt hatte, würde er sich sofort ins Bett legen.

Martha war wie vereinbart für ein paar Tage bei ihrer Mutter untergetaucht. Jorge hoffte, dass sie noch etwas zu essen eingekauft hatte, denn in seinem Zustand wollte er nicht durch einen Supermarkt rennen müssen.

Er musste in jedem Fall mit Dr. Hüne telefonieren und ihm von der Drohung berichten, die er im Krankenhaus erhalten hatte. Und von den originalen Beweisdokumenten, die Martha ihm gestern überbracht hatte. Von diesem Gespräch würde er abhängig machen, wie er sich seinem Redaktionsleiter gegenüber verhalten würde, der schon zweimal auf seine Mailbox gesprochen und um Rückruf gefleht hatte.

Danach würde er entscheiden, ob er die Polizei über die Drohung informieren würde. Eigentlich war er sich nach wie vor unsicher, ob er die Worte überhaupt ernst nehmen sollte. Während der Fahrt ertappte er sich dabei, dass er mehrmals durch das Rückfenster blickte und den nachfolgenden Verkehr studierte.

Er fragte sich, warum Alibaba bisher nicht auf seine E-Mails und Telefonanrufe reagiert hatte. Das letzte Lebenszeichen von ihm war die Mail gestern im Krankenhaus gewesen. Die mit der Entschuldigung.

Zu Hause angekommen, stellte Jorge fest, dass Martha für das Nötigste gesorgt hatte. Ein oder zwei Tage konnte er sich gut in der Wohnung im siebten Stock verschanzen, ohne zu verhungern. Er legte sich auf die Couch und schnappte sich sein Handy.

Das Telefonat mit dem Anwalt gestaltete sich anfangs wie

erwartet. Dr. Hüne hatte die Unterlagen von Martha erhalten und bereits mit einem befreundeten Patentanwalt erörtert.

»Der Vertrag über die Steuerungssoftware mit dem Pflichtenheft ist ein Hammer. Wenn das veröffentlicht werden sollte, geht selbst ein Konzern wie *Bellmann & Wächter* in die Knie. Und die Tatsache, dass die Endabnehmer im Libanon sitzen, würde für einen politischen Paukenschlag sorgen. Im Vorstand dürften einige Damen und Herren für etliche Jahre verschwinden.« Er ließ die Worte einen Moment wirken. »Für das Kanzleramt und das Außenministerium dürfte es eine schier unlösbare Aufgabe werden, die Israelis und die Araber an einen Tisch zu bekommen. Gerade jetzt, wo sich möglicherweise eine leichte Entspannung im Nahen Osten abgezeichnet hat.«

Er schnaubte in den Hörer. Jorge wartete, dass der Anwalt weiterredete.

»Wenn ich es recht bedenke, hat dieser Fall weit mehr Brisanz als damals der Dieselskandal bei den Autoherstellern vor einigen Jahren, wenn Sie sich erinnern.«

Natürlich konnte sich Jorge daran erinnern. Er hatte gerade in Madrid als junger Redakteur angefangen und die Berichterstattung in den deutschen Medien ausgiebig verfolgt.

Jorge sprach die rechtlichen Risiken für sich und den Verlag an, die Dr. Hüne angesichts der Dokumentenlage sogleich vom Tisch wischte.

Als der Anwalt von der Drohung gegenüber Jorge erfuhr, herrschte Funkstille.

Ein Anwalt, dem die Worte fehlen, dachte Jorge. Das war definitiv neu für ihn.

Der Advokat fand schnell wieder in die Spur, denn bevor er weitere kostbare Zeit investiere, müsse zuerst die Honorarfrage geklärt sein.

»Ich gehe davon aus, dass Sie immer noch eine schriftliche Stellungnahme zu den mir vorliegenden Unterlagen haben möchten«, sagte er etwas steif. »Und im Übrigen soll ich Sie persönlich beraten, wie Sie sich der Polizei und Ihrem Arbeitgeber gegenüber verhalten sollen. Ich glaube, Sie wollen insbesondere wissen, ob Sie überhaupt vor der Polizei aussagen müssen.«

Jorge bejahte und fügte hinzu, dass er auch wissen wolle, ob er die Originaldokumente seinem Arbeitgeber aushändigen müsse. Ohne zu zögern, ließ der Anwalt die Katze aus dem Sack.

»Herr de la Penya, Sie müssen verstehen, diese Drohung ist nicht zu vernachlässigen«, sagte er langsam und hüstelte. »Bedenken Sie, dass ich mich in einem Worst-Case-Szenario, also wenn die Drohung gegen Sie in die Tat umgesetzt werden sollte, nicht erst an Ihre Erben wenden möchte, um an mein Honorar zu gelangen. Wir wollen nicht davon ausgehen, als Anwalt habe ich allerdings schon die sprichwörtlichen Pferde vor der Apotheke … Na, Sie wissen schon.«

»Über wie viel reden wir?«, fragte Jorge.

»Für meine bisherigen Aufwendungen genügen fünfzehntausend Euro. Zuzüglich neunzehn Prozent Umsatzsteuer, das versteht sich ja von selbst. Und für eine künftige Vertretung kämen dann noch zehntausend Euro als Vorschuss zuzüglich Umsatzsteuer hinzu.«

»Vorschuss? Und wie viel wäre der Rest?«, fragte Jorge.

»Das kann ich im Moment nicht sagen. Das hängt davon ab, was ich am Ende für Sie erledigen muss.«

Knapp dreißigtausend Euro also. Woher sollte er diese Summe nehmen? Er verdiente zwar nicht schlecht, aber am Monatsende blieb nicht viel, was er auf die hohe Kante legen konnte. Seine Ersparnisse auf dem Girokonto beliefen sich auf unter zehntausend Euro. Die paar Aktien in seinem Depot hatten vielleicht einen Kurswert von dreitausend Euro. Und seine Mutter brauchte er gar nicht erst zu fragen.

Und eigentlich musste der Verlag seine Anwaltskosten übernehmen. Schließlich würden die Verkaufszahlen durch seine Story in die Höhe schnellen und ein Vielfaches von den Kosten des Advokaten einspielen.

»Das muss ich erst mit meinem Arbeitgeber klären«, sagte Jorge. »Das werden Sie verstehen, Herr Dr. Hüne.«

Sie verabschiedeten sich und Jorge versprach, sich im Laufe des Tages wieder zu melden.

Bevor er seinen Redaktionsleiter anrief, überlegte er, ob das Gespräch mit dem Anwalt überhaupt erwähnen sollte. Und was war mit Alibaba und dem Zeugenschutzprogramm, in das er angeblich aufgenommen werden wollte? Warum rührte er sich nicht mehr?

Je länger er über Edin Pavlov nachdachte, desto seltsamer erschien ihm sein Verhalten.

Wenn *EuroPA* die Story tatsächlich bringen würde, wäre Pavlov seinen Arbeitsplatz bei *Bellmann & Wächter* los, das war so sicher wie das Amen in der Kirche. Doch wie er eben aus berufenem Mund gehört hatte, würde der Konzern diese Geschichte wohl wirtschaftlich nicht überleben und pleitegehen. Immerhin hatte er die fünfhunderttausend Euro, die Pavlov fürs Erste nicht verhungern ließen.

Möglicherweise musste er diesen Geldbetrag versteuern, denn sein Verlag würde die Ausgabe mit Sicherheit dem Finanzamt gegenüber als Ausgabe deklarieren. So gesehen hatte die halbe Million auch nur eine begrenzte Halbwertzeit.

In jedem Fall wäre Edin Pavlov für fünf Minuten Ruhm der Held der Medien. Als kleiner Angestellter hätte er sich unerschrocken gegen die Waffenmafia gestellt.

Roter Teppich statt Zeugenschutz.

Wozu brauchte er dann noch eine neue Identität?

Jorge wählte die Nummer seines Redaktionsleiters, der nach dem ersten Klingeln am Apparat war.

»Schön, Ihre Stimme zu hören. Ich hoffe, es geht Ihnen besser.«

Jorge erzählte von den erlittenen Blessuren und den Polizisten, die ihm im Krankenhaus auf die Nerven gegangen waren. Dann kam die Sprache auf die Dokumente, die Martha gefunden hatte, und der Redaktionsleiter konnte nicht mehr aufhören zu schwärmen.

»Jorge, die Dokumente sind der absolute Knüller. Wir ziehen die Sache ganz groß auf. Printausgabe, Onlinedokumentation und am Abend versuchen wir sogar, eine Sondersendung im öffentlich-rechtlichen Fernsehen zu ergattern. Da sind wir gerade dran. Eine Stellungnahme von *Bellmann & Wächter* werden wir wohl nicht kriegen, aber das ist auch egal.«

Jorge fragte sich, ob er mit seinem Kopfverband wirklich im Fernsehen auftreten sollte.

»Allerdings brauchen wir für unsere Absicherung die Originale, das werden Sie verstehen. Wann können Sie uns die reinreichen?«

Jorge blieb nichts anderes übrig, als zu erwähnen, dass eine Veröffentlichung der Story für ihn mit einem Risiko für Leib und Leben verbunden sei.

»Lebensgefahr? Wieso das denn?«, fragte der Redaktionsleiter.

»Ich habe im Krankenhaus eine Morddrohung erhalten.«

Funkstille.

»Das glaube ich jetzt nicht. Jorge, Sie müssen zur Polizei gehen. Nur die kann Sie schützen. Aber wir haben fünfhunderttausend Euro für diese Story auf den Tisch gelegt ... Glauben Sie, wir setzen eine solche Summe mal eben in den Sand?«

»Ich habe mit Anwalt Dr. Hüne gesprochen. Wenn er mich vertreten soll, will er dreißigtausend Euro Honorarvorschuss. Das Geld habe ich nicht.«

»Sind die Originaldokumente bei Dr. Hüne?«

Jorge zögerte.

»Ja«, sagte er schließlich, denn er fürchtete, der Anwalt würde ihm sagen, dass er dem Verlag am Ende die Dokumente herausgeben müsste.

»Das Honorar übernehmen wir. Sie verschaffen uns die Originaldokumente und wir bringen die Story. Und Sie tauchen anschließend erst einmal ab und fahren am besten zurück nach Spanien. Was halten Sie davon?« Der Redaktionsleiter räusperte sich.

Jorge reagierte nicht. Ihm hatte es die Sprache verschlagen.

Nach einer Pause meldete sich der Redaktionsleiter erneut. »Also gut, ein kleines Handgeld legen wir noch drauf. Und ich lasse meine Kontakte zur Presse in der spanischen Hauptstadt spielen.«

23

Die Verabredung mit Katharina in dem italienischen Edelres-
taurant neben der Spielbank Hamburg schien für Rebecca eine
Befreiung von einer schweren Last zu sein, obwohl die Beerdigung ihres Mannes noch nicht lange zurücklag. Schon bei der
Begrüßung spürte Katharina eine deutliche Erleichterung bei
ihrer Mandantin, die sie in einer überschwänglichen Dankbarkeit
für die bisherige Tätigkeit äußerte. Katharina empfand das als
völlig übertrieben, was sie Rebecca prompt mitteilte. Schließlich waren aus anwaltlicher Sicht noch keine Komplikationen
aufgetreten und Katharina fand, dass sie bisher nicht übermäßig
viel erreicht hatte.

Nachdem sie sich gesetzt und einen Aperitif bestellt hatten,
erzählte Rebecca, dass sie den Termin heute Abend nur mit viel
Überredungskunst habe wahrnehmen können, denn die letzten
Tage habe sie ihren Schwiegereltern zuliebe nach jüdischer Tra-
dition gemeinsam in heimischer Isolation verbracht. Das Haus
verwandelte sich in ein Bethaus, denn der Vater saß von früh bis
tief in die Nacht auf dem Schemel und sprach morgens, nachmittags und abends das Totengebet. Spiegel und Bilder waren im
ganzen Haus verhängt, überall brannten Kerzen. Lediglich gute
Freunde und Nachbarn kamen zum Trost vorbei und brachten
Essen mit.

Katharina hörte gespannt zu und nachdem der Aperitif serviert war, drang sie zum Kern ihres Treffens vor.

»Du ahnst nicht, wen ich getroffen habe, Rebecca.« Sie erzählte von dem Mann, der sich ihr als Sam vorgestellt hatte.

»Vom israelischen Geheimdienst, sagst du? Das gibt es doch
gar nicht. Ich kann mich nicht erinnern, dass sich Isaak jemals
politisch engagiert hätte. Warum sollte die Hisbollah oder der
libanesische Geheimdienst ihn umgebracht haben?«

»Es hat mit der Firma zu tun, hat Sam gesagt. Isaak und Anton
Busmann müssen etwas entwickelt haben, was für den Mossad

von erheblichem Interesse ist. Was, hat er nicht verraten. Nicht umsonst haben sie die drei Firmeninhaber observieren lassen. Und Rosenberger, der angebliche Freund von Sam, ist seitdem spurlos verschwunden.«

Ihre Mandantin schüttelte immer noch ungläubig den Kopf.

»Ich weiß, Rebecca, das klingt alles nach Hollywood und ich habe keine Ahnung, ob stimmt, was Sam mir erzählt hat, aber irgendwie hörte es sich glaubwürdig an. Er hat mir eine Handynummer gegeben, unter der er erreichbar ist.«

»Und ich soll dir die Erlaubnis erteilen, Sam alles aus meiner Akte zu erzählen? Das stimmt doch, oder?«

Katharina nickte.

»Und was haben wir davon? Hat er irgendetwas angeboten, was für mich von Interesse wäre?«

»Noch nicht. Ich könnte mir vorstellen, dass wir im Gegenzug etwas über diese Entwicklung der Firma und vielleicht über den Tod von Isaak erfahren.«

Rebecca stocherte in ihrer Pasta herum. »Ich muss mir das überlegen, Katharina. In den nächsten Tagen rufe ich dich an. Eines weiß ich jetzt schon. Wenn ich meine Einwilligung gebe, will ich bei dem nächsten Gespräch mit Sam dabei sein.«

Katharina stimmte zu und wollte morgen früh mit der Kriminaloberkommissarin darüber sprechen. Vielleicht gab es ja dort neue Erkenntnisse.

Sie kam auf einen Punkt, der ihr immer noch auf der Seele lag. Denn ihre Mandantin weigerte sich nach wie vor strikt, die Lebensversicherungssumme von siebenhundertfünfzigtausend Euro einzufordern.

»Wenn dir wirklich nichts an dem Geld liegt, lass es dir auszahlen und spende es an eine gemeinnützige Einrichtung. Ich weiß, das willst du nicht hören, doch steuerlich hättest du sogar einen erheblichen Vorteil«, deutete sie vorsichtig an.

»Du verstehst mich nicht, Katharina. Ich will das Geld nicht annehmen. Es resultiert unmittelbar aus dem grauenvollen Tod von Isaak. Egal, was ich damit mache«, erwiderte Rebecca unter Tränen. »Uns geht es nicht schlecht. Levin und ich verkaufen das Haus und die Firmenanteile und beginnen ein neues Leben. Irgendwo anders, wo uns nicht so viel an ihn erinnert.«

»Bist du denn damit einverstanden, dass wir gegen die beiden Partner deines verstorbenen Mannes gerichtliche Schritte einleiten? Das Angebot von Anton Busmann war lächerlich. Die Firma hat noch eine Forderung in Höhe von vier Komma fünf Millionen Euro allein gegen einen Auftraggeber. Nennenswerte Schulden sind nicht vorhanden. Du kannst dir ausrechnen, welchen Wert der Firmenanteil eigentlich hat. Vorausgesetzt, die Forderung wird realisiert.«

Rebecca legte das Besteck aus der Hand. »Selbst wenn du mich wieder für verrückt erklärst, Katharina. Ich möchte, dass wir das Angebot von Toni annehmen. Vielleicht packt er ja aus alter Verbundenheit ein bisschen was drauf. Da bin ich mir sogar ziemlich sicher. Ich werde ihn anrufen und dir die endgültige Summe durchgeben, sodass du die Verträge fertig machen kannst.«

Katharina war verdattert und zuckte mit den Schultern. »Wie du meinst. Es ist dein Geld. Nur mit der alten Verbundenheit ist es ja wohl nicht weit her. Ich habe ihn jedenfalls nicht auf der Beerdigung entdecken können.«

»Da gebe ich dir recht. Das habe ich auch nicht verstanden. Aber das ändert nichts.«

Die aus Katharinas Sicht völlig unverständlichen Reaktionen von Rebecca brachten den Abend etwas aus dem Gleichgewicht und plötzlich standen Levin, Ramon und allgemeine Schulprobleme im Vordergrund. Beide waren sie bemüht, keine Missstimmung zwischen ihnen aufkommen zu lassen. Katharina ärgerte am meisten, dass sie die Entscheidungen ihrer Mandantin zu persönlich genommen hatte, als ginge es um ihre Anwaltsehre.

Das ist nicht deine Entscheidung. Du hättest völlig anders reagiert, aber das hast du gefälligst zu respektieren.

Der Ober brachte den Espresso und Katharina schaute auf die

Uhr. Es war kurz vor einundzwanzig Uhr und sie hatte Ramon versprochen, spätestens um zweiundzwanzig Uhr zu Hause zu sein. Dass der Junge unter der Woche hin und wieder abends allein bleiben musste, stellte an und für sich kein Problem dar. Die inzwischen einige Jahre zurückliegenden erschütternden Ereignisse hatten aber auf der Kinderseele tiefe Narben hinterlassen. Nächtliche Einsamkeit rief bei ihm immer noch ab und zu krampfartige Angstzustände hervor, in denen er sich im Bett aufrecht in die Wandecke setzte und zitternd wie Espenlaub die Decke über den Kopf zog.

Der Jugendpsychologe hatte Katharina nicht versprechen können, dass diese Angstattacken in den nächsten Jahren völlig verschwinden würden. Aus diesem Grund hielt sie Absprachen bedingungslos ein.

Rebecca orderte die Rechnung.

Draußen vor dem Lokal verabschiedeten sie sich. Rebeccas wiederholten Vertrauensschwur fand Katharina aufgesetzt. Auf der Rückfahrt kam ihr Sam wieder in den Sinn.

Sollte sie ihn jetzt noch anrufen und darüber informieren, dass ihre Mandantin Bedenkzeit brauche?

Sie wählte seine Nummer.

Die Mailbox meldete sich. »Hier ist Sam. Ich bin leider nicht zu erreichen. Bitte hinterlassen Sie eine Nachricht nach dem Signalton.«

Katharina legte auf.

Es war eindeutig seine Stimme gewesen, die sich gemeldet hatte.

Immerhin stimmt die Handynummer, dachte sie.

24

Hasberg betrat am nächsten Morgen freudestrahlend das Dienstzimmer und hob den Daumen.

»Unsere beiden Mädels vom Staatsschutz haben den dicken Harry Metzger nach der Durchsuchung aber so richtig auseinandergenommen«, sagte er grinsend.

»Na, dann lass mal hören. Hat er ausgepackt?«, fragte Jondracek.

Hasberg hatte aus dem Nebenraum der Vernehmung zugehört, als Birte und Gülay Harald Metzger und seinen Anwalt mit den wesentlichen Erkenntnissen aus der Hausdurchsuchung konfrontiert hatten. Das Blut an dem Baseballschläger stammte tatsächlich von dem Toten aus der Baugrube, den Marko mit seinem Team gefunden hatte. Außerdem waren seine Fingerspuren auf dem Griff. Es bestand kein Zweifel, aus der Nummer kam er nicht mehr heraus.

»Mir geht immer wieder einer ab, wenn bei einer Vernehmung die Anwälte neben diesen Typen auf den Stühlen rumrutschen wie kleine Jungs im Kino, sobald es spannend wird«, sagte Hasberg und setzte sich hinter seinen Schreibtisch. »Metzger und sein Anwalt haben sich mehrmals unter vier Augen beraten und am Ende hat er den Mord gestanden. Es soll nachts auf einem Parkdeck in der Innenstadt passiert sein. Die werden morgen am Tatort den Tatablauf rekonstruieren.«

»Hat er sich auch zum Motiv geäußert?«, wollte Inga wissen.

»Ja. Es war angeblich ein Auftragsmord. Für vierzigtausend Euro. Fünfunddreißigtausend Euro haben sie im Keller der Werkstatt beschlagnahmt, aber ob die aus dem Kopfgeld stammen, ist unklar. Bei dem Opfer soll es sich um einen Boten gehandelt haben, der einer weiteren Person den Umschlag übergeben sollte, den wir in dem Holzhaus im Rosengarten gefunden haben.«

»Das war doch der Umschlag mit dem Dossier über die drei

Firmeninhaber der *ai-solutions*, von dem ihr erzählt habt, nicht wahr?«, fragte Jondracek.

»Ja, genau der«, sagte Hasberg. »Metzger und sein Kumpel haben angeblich erst mal Kopien gemacht. Das waren die, die wir gefunden haben. Das Original haben sie später ihrem Auftraggeber gegen Zahlung des Kopfgelds übergeben.«

»Weiß man inzwischen, wer der Tote ist?«

»Nein, die wollen jetzt mittels einer plastischen Gesichtsrekonstruktion ein Phantombild erstellen lassen. Das dauert«, antwortete Hasberg.

»Und hat sich Metzger zu seinem Kumpel geäußert und wer der Auftraggeber ist?«, hakte Inga nach.

»Seinen Kumpel will Metzger nicht nennen. Noch nicht. Sein Anwalt hat signalisiert, dass das möglicherweise nach einer Absprache mit dem Gericht anders aussehen könnte. Und nun zu seinem Auftraggeber. Haltet euch fest«, kündigte Hasberg vollmundig an und wartete, bis alle an seinen Lippen hingen. »Angeblich hat er den Auftrag vom libanesischen Geheimdienst erhalten.«

»Vom libanesischen Geheimdienst? Muss man die kennen?«, fragte Inga.

Hasberg holte einen Zettel aus der Tasche und las in umständlichem Französisch vor. »Direction Générale de la Sûreté Générale.«

»Schönen Gruß an Gülay und Birte. Jetzt nimmt der Fall ja richtig Fahrt auf«, sagte Inga. »Und der DGSG soll den Mord in Auftrag gegeben haben?«

»Gülay erwähnte, dass Harald Metzger den Geheimdienst erst nach einem Gespräch mit seinem Anwalt ins Spiel gebracht hat«, sagte Hasberg. »Wohl um der Sache eine staatstragende Note zu verleihen. Erst hat er nur von irgendwelchen Libanesen gesprochen.«

»Das klingt schon eher nach der Wahrheit, wenn ihr mich fragt«, sagte Jondracek.

»Dann können das nur Leute von der Hamas oder von der Hisbollah gewesen sein. Denen ist das zuzutrauen«, meldete sich Gesa Zanker aus dem Nebenzimmer, die das Gespräch durch die offene Tür aufmerksam verfolgt hatte.

»Haben die auch den Mord an Isaak Brinkowsky zur Sprache gebracht?«, wollte Inga wissen.

»Natürlich. Damit will er nichts zu tun gehabt haben. Da ist er fast ausgerastet, als sie ihm den anhängen wollten.«

Hasberg machte eine wegwerfende Handbewegung. »Für mich steht fest, dass diese rechtsradikalen Idioten unseren IT-Spezialisten auf dem Gewissen haben. Der Fundort der Leiche in dem ausgebrannten Autowrack liegt nur ein paar Hundert Meter vom Holzhaus mitten im Wald entfernt. Das ist kein Zufall.«

Inga wiegte den Kopf. »Ich glaube nicht. Fest steht, dass Isaak Brinkowsky wesentlich länger tot ist als der Mann in der Baugrube.«

Alle nickten.

»Und wenn wir unterstellen, dass der Mord an Brinkowsky ein Auftragsmord war, dann frage ich mich: Warum lasse ich den Überbringer des Dossiers beseitigen, wenn ich vorher eine Person liquidiert habe, um die es in den Recherchen dieses Papiers ging?«

»Vielleicht wussten die nicht, was sich in dem Umschlag befunden hat, der auf dem Parkdeck übergeben werden sollte«, sagte Gesa, die inzwischen am Türrahmen lehnte.

Inga zuckte mit den Schultern. »Alles ist möglich. Aber wenn Metzger kein Geständnis ablegt, sehe ich im Moment schwarz, dass wir unseren Fall mit ihm als Täter abschließen können. Wir haben nichts an Indizien, geschweige denn an Beweisen gegen ihn in der Hand, außer vielleicht den Örtlichkeiten.«

Hasberg berichtete den Kollegen über die Auswertung der Handys und Laptops der *Bannerhelden*-Mitglieder. Man hatte genügend Beweise, um die führenden Köpfe dieser Rechtsradikalen für mehrere Jahre aus dem Verkehr ziehen zu können. Insbesondere im Keller des Holzhauses hatte man Mitgliederlisten, Aktionspläne sowie Aufzeichnungen über die Herkunft und den Verbleib von Spendengeldern gefunden, mit denen sich lückenlos nachweisen ließ, wer alles an der geplanten Inbrandsetzung des Asylbewerberheims bei Hitzacker beteiligt gewesen war. Allen voran Metzger senior, der die technische Ausrüstung für diesen perfiden Überfall besorgt hatte. Insgesamt war die Aktion für die Kriminalämter aus Hamburg und Niedersachsen ein voller Erfolg gewesen. Unter den fünf Haftbefehlen, die vollstreckt wurden, war auch der gegen Harald Metzger. So wie es aussah, würde er erst wieder als Rentner ungesiebte Luft atmen. Seine Frau Nadine und Sohn Mike hatten sie dagegen nach den Vernehmungen noch spät in der Nacht entlassen.

Erstaunlich sei nur gewesen, erzählte Hasberg weiter, dass über den Mordauftrag der Libanesen keine Silbe in den elektronischen Endgeräten gefunden worden war. Weder über Handy noch über E-Mail oder andere Messengerdienste schienen die Auftraggeber Kontakt aufgenommen zu haben.

»Die haben gelernt«, sagte er. »Sie müssen alles per Brief oder persönlich abgesprochen haben. Wenn Metzger nicht so blöd gewesen wäre, den blutigen Baseballschläger mit seinen Fingerspuren aufzuheben, wären die niemals in unseren Fokus gerückt.«

»Was ist eigentlich mit Ricky, dem anderen Sohn?«, fragte Inga. »Ist der auch schon vernommen worden?«

»Wie Birte mir gesagt hat, ist er bisher nicht beim Staatsschutz auf dem Schirm. Das kann allerdings nicht mehr lange dauern, fürchte ich«, antwortete Hasberg.

Ingas Handy klingelte. »Das ist Marko. Der kann warten. Er denkt wahrscheinlich, dass wir den Fall des Toten aus der Baugrube ebenfalls übernehmen sollen. Aber das sehe ich nicht.«

Hasberg fasste zusammen, was die Kollegen vom Staatsschutz ihm noch über die *Christian-Identity-Bewegung* berichtet hatten, über die im Keller in einem Ordner Hinweise aufgetaucht waren.

»Die haben vielleicht verschwurbelte Verschwörungstheorien, sage ich euch. Ihre Anhänger glauben, dass Juden nicht von Adam abstammen, sondern aus einem Ehebruch Evas mit dem Satan entstanden sind. Und seitdem würden sie ununterbrochen Komplotte anfangen, um die Welt unter Satans Herrschaft zu bringen und einen jüdisch kontrollierten Finanzkapitalismus auszuleben.«

»Und das soll sich alles Harald Metzger überlegt haben?«, fragte Inga.

»Nein, die Bewegung kommt aus den Nordstaaten der USA. Die wollen in Deutschland Anhänger finden und Fuß fassen. Deshalb wenden sie sich in erster Linie an umtriebige rechtsradikale Gruppierungen bei uns. Da die Bewegung bei uns nicht verbreitet ist, war der Aufgriff wohl ziemlich wichtig. Wenn ich Gülay richtig verstanden habe, haben die gerade eine Videokonferenz mit Kollegen von der CIA in Chicago und machen sich schlau.«

✳✳✳

Jorge saß im Taxi und war auf dem Weg zum Hamburg Airport. Um einundzwanzig Uhr fünfundvierzig sollte seine Maschine mit der Flugnummer IB 2618 nach Madrid abheben. Mehr als einen Koffer plus Handgepäck hatte er nicht dabei. Ziemlich wenig, wenn man bedenkt, dass ich vorerst nicht nach Deutschland zurückkehren werde, sagte er sich, als der Wagen vor der ersten Ampel halten musste. Aber er hatte beileibe nur Zeit gehabt, um die notwendigsten Dinge zusammenzusuchen. Den Rest seiner Klamotten musste Martha ihm in den nächsten Tagen nachschicken.

Den ganzen Tag über hatte er telefoniert. Einige Gespräche hatte er sogar vom Bett aus geführt, denn die Ärzte hatten ihm eigentlich noch drei Tage Bettruhe verordnet. Sein Nacken war hart wie Stein und ein leichtes Dröhnen im Schädel verspürte er auch immer noch. Im Flugzeug würde er bis zur Landung durchschlafen.

Er holte sein Handy hervor und wählte Marthas Nummer. Bereits nach dem ersten Rufzeichen ging sie dran.

»So, mein Schatz, es ist alles auf den Weg gebracht. Du glaubst ja nicht, wie rasend schnell manche Dinge geschehen können, wenn nur genug wirtschaftlicher Druck erzeugt wird.« Er schaute auf die Uhr. »Vor ein paar Stunden habe ich nicht gewusst, was ich tun soll. Ob ich die Bedrohung gegen mein Leben ernst nehmen muss oder nicht. Jetzt fahre ich zum Flughafen und lande in vier Stunden in Madrid.«

»Hat denn mit dem Verlag alles geklappt? Haben sie bezahlt?«, wollte Martha wissen.

»Prompt«, sagte Jorge. »Eine Stunde nachdem ich mit meinem Chef telefoniert habe, waren schon fünfzigtausend Euro auf meinem Konto. Dem Anwalt habe er seine dreißigtausend überwiesen und die Originaldokumente haben sich mit einem juristischen Kurzgutachten per Kurier auf den Weg in die Redaktion gemacht. Der Ballon kann steigen.« Jorge holte tief Luft.

»Also erscheint dein Artikel morgen und sie berichten in allen Medien von der Sache?«, fragte Martha euphorisch.

»Ich gehe fest davon aus.« Jorge malte sich aus, welche Reaktionen der Bericht im Bundeskanzleramt und in der Knesset auslösen würde.

»Und was hat der Anwalt zu der Drohung gesagt?«, bohrte Martha weiter. »Will er etwas unternehmen?«

»Nein, er hat die Entscheidung, ob ich die Polizei einschalte, selbstverständlich mir überlassen.« Er verstummte.

»Ja und? Nun sag schon, wie hast du dich entschieden?«

»Martha, du weißt, ich bin Journalist. Das ist meine Berufung. Und so wie es aussieht, wird das für mich den beruflichen Durchbruch bringen.«

»Was meinst du denn damit?«

»Mein Chef hat in Madrid seine Kontakte spielen lassen und wenn der Artikel veröffentlicht wird, kann ich zwischen einem Job bei *El País* und *El Mundo* wählen. Vor einer halben Stunde habe ich das letzte Telefonat mit beiden Zeitungen geführt. Mein Journalistenaustausch in Hamburg wird sofort beendet.«

»Wie hat denn dein Chef das hingekriegt?«, fragte Martha.

»Das weiß ich nicht. Es ist mir auch völlig egal. Die beiden Zusagen stehen. Das ist Fakt. Sie warten nur noch auf die Berichterstattung morgen früh. Du wirst verstehen, dass ich jetzt auf keinen Fall zur Polizei in Deutschland gehe, mich verkrieche und meine Quelle offenlege. Das müsste ich nämlich. Dann bin ich als angesehener Journalist raus, bevor ich überhaupt angefangen habe.«

Funkstille.

»Martha, was ist? Mein Liebes, kannst du das nicht nachvollziehen?«

Keine Antwort.

»Nun sag endlich etwas.«

»Was wird denn jetzt aus uns?«, fragte sie leise. »Sind deine Versprechungen gar nichts wert gewesen?«

Jorge hatte gewusst, dass Martha das Thema ansprechen würde. Er war vorbereitet und freute sich auf ihre Reaktion.

»Martha, mein Schatz. Es tut mir leid, dass alles so Hals über Kopf abläuft, aber es lässt sich nun mal nicht ändern. Du kommst selbstverständlich nach, wenn du alles geregelt hast. Uns hält doch hier nichts. Auch du wirst bestimmt einen neuen Job in Spanien finden. Wenn ich in Madrid angekommen bin, fahre ich als Erstes zu meiner Mutter. Ich werde ihr ausgiebig von dir erzählen. Zum Beispiel davon, dass wir nächstes Jahr in Spanien heiraten werden. Und ich werde ihr von meinem neuen Job erzählen. Sie wird stolz sein auf ihren Sohn.«

Jorge vernahm abwechselnd ein fröhliches Lachen und ein herzzerreißendes Schluchzen. Da er akustisch nicht mehr verstand, was Martha sagen wollte oder ob sie überhaupt etwas sagen wollte, legte er auf.

Sie würden die nächsten Tage noch reichlich Gelegenheit haben, die Hochzeitszeremonie zu besprechen.

Er schloss die Augen und dachte an Edin Pavlov.

War er bereits mit seiner halben Million in Sofia eingetroffen? Wie würde dieser reagieren, wenn er für einen journalistischen Moment plötzlich vor die Weltöffentlichkeit trat? Würde er jemals wieder etwas von ihm hören?

Die Karte mit der Drohung schob sich vor sein geistiges Auge.

Wer, um Himmels willen, hatte ihm die Botschaft geschickt? Wer außer seiner Redaktion und Edin Pavlov wusste noch von dem Leak bei *Bellmann & Wächter*? Darüber hatte er sich schon die letzten Tage das Hirn zermartert. Wer immer dahintersteckte, ab morgen würde es keinen Sinn mehr ergeben, ihm nach dem Leben zu trachten. Die Sache wäre gelaufen.

Sein Handy kündigte eine Nachricht an. Es war Martha. Sie wünschte ihm einen guten Flug. Sie wollte sich gleich heute Abend an die Gästeliste setzen.

Er hatte gar nicht gewusst, dass es so viele verschiedene Smileys mit roten Herzchen gab.

25

Katharina hörte die Meldung morgens in den Acht-Uhr-Nachrichten im Radio auf der Fahrt ins Büro. »*Das Nachrichtenmagazin* EuroPA *hat informierten Kreisen zufolge einen illegalen Waffendeal des deutschen Konzerns* Bellmann & Wächter *mit einem arabischen Abnehmer aufgedeckt.*«

Der Name der Firma ließ sie aufhorchen. Sie wartete, ob weitere Einzelheiten bekannt gegeben wurden, aber sie wurde enttäuscht. Katharina entschloss sich, im Büro als Erstes die Onlinetagesmeldungen zu durchforsten. Sie war sich sicher, dass die offene Forderung von vier Komma fünf Millionen Euro der *ai-solutions* gegen dieses Unternehmen in irgendeinem Zusammenhang mit der Nachricht stand.

Nur in welchem?

Und hatten Busmann, McDermott und Brinkowsky am Ende vielleicht sogar etwas damit zu tun?

Die Fragen schwirrten ihr durch den Kopf wie ein Bienenschwarm. Die Antwort, die ihr dazu einfiel, war gar nicht nach ihrem Geschmack. Hatte ihre Mandantin sie am Ende belogen?

Leider hatte sie für neun Uhr eine Videokonferenz im Terminkalender stehen, die sie nicht absagen konnte und auf die sie sich noch vorbereiten musste. Sie würde Wolf bitten, wenn er heute Morgen etwas Zeit erübrigen konnte, die aktuellen Informationen im Internet zu recherchieren. Vielleicht kannte er ja bei dem Nachrichtenmagazin *EuroPA* irgendjemanden, den er ausquetschen konnte.

Wolf saß schon am Schreibtisch und hämmerte wie verrückt auf seiner Tastatur herum, als Katharina in sein Büro trat. Sie erzählte ihm von der Meldung und bat ihn um eine Recherche. Wolf, der die Grundzüge des Falls Brinkowsky kannte, war sofort Feuer und Flamme. Er versprach, sich gleich an die Arbeit zu machen und nachher ausführlich zu berichten.

Katharina ertappte sich dabei, dass sie während der gut einstündigen Konferenz mit den Gedanken zum Fall Brinkowsky abschweifte. Zum Glück fing sie ihre Konzentration rasch wieder ein, denn in dem Gespräch ging es für ihren Mandanten um die wirtschaftliche Existenz. Der Insolvenzverwalter einer GmbH hatte die drei Geschäftsführer auf drei Millionen Euro verklagt, weil sie nach seiner Ansicht viel zu spät zum Insolvenzgericht gegangen waren und dabei immer fleißig über das Geschäftskonto das Tagesgeschäft der GmbH weitergeführt hatten. Zwischen den drei Anwälten ging es nun um eine gemeinsame Verteidigungsstrategie für ihre Klienten. Katharinas Mandant war der älteste und stand kurz vor dem Renteneintritt. Er war zwar wohlhabend, aber sie kannte die wirtschaftlichen Verhältnisse der beiden anderen nicht. Und wenn am Ende nur ihr Mandant in die Tasche greifen müsste, würde wohl von der Rente nicht viel übrig bleiben. Nach langem Hin und Her über die Zuweisung von Verantwortlichkeiten innerhalb der Geschäftsführung stellte sich schlussendlich heraus, dass eine gemeinsame Linie nicht zu erzielen wäre. Sie drückte den Button *Teilnahme beenden* und dachte an ihren alten Mentor Friedemann Hausner.

Jeder kämpft für sich allein.

Diesen Satz hatte sie oft von ihm gehört, wenn es bei Streitigkeiten von mehreren Parteien auf einer Seite um Absprachen über angeblich gleichgerichtete Interessen ging. Alle saßen zwar im selben Boot, doch jeder saß auf seiner eigenen Bank.

Sie klappte die Akte zu und schob sie grimmig zur äußersten Kante ihres Schreibtischs, als wäre der Stapel Papier für seinen unbefriedigenden Inhalt verantwortlich. Sie ging rüber zu Wolf, der gerade am Telefonhörer hing. Er winkte ihr zu und signalisierte, dass sie die Tür hinter sich schließen und sich setzen solle. Dem letzten Gesprächsfetzen entnahm Katharina, dass Wolf gerade mit einem alten Duzkollegen telefonierte.

»Ich habe so einiges in Erfahrung gebracht«, fing er an, nachdem er aufgelegt hatte. »Ich habe mir die Onlineausgabe des *EuroPA* runterladen müssen, aber es hat sich gelohnt.« Er erzählte Katharina die explosiven Neuigkeiten über eine Steuerungssoftware für autonome Kampfdrohnen, die der Konzern *Bellmann & Wächter* an dubiose Libanesen illegal für viele Millionen Euro verkauft haben sollte.

»Wird in dem Artikel erwähnt, woher das Magazin diese Informationen hat?«

»Ja, angeblich von einem Whistleblower, der der Redaktion namentlich bekannt ist und ihnen Originaldokumente vorgelegt hat. Und du kannst davon ausgehen, dass sich so ein Blatt wie *EuroPA* rechtlich abgesichert hat, bevor die so was veröffentlichen. Die Story wird mit Sicherheit auch politisch eine saftige Überraschung werden.«

»Wer hat den Artikel bei *EuroPA* verfasst? Kennt man den Redakteur?«, wollte Katharina wissen.

Wolf schaute auf das Stück Papier, das vor ihm lag, und versuchte offenbar, seine eigene Krakelschrift zu dechiffrieren. »Hier hab ich es. Ein Jorge de la Penya. Nie von dem gehört«, sagte er.

Katharina lehnte sich in dem bequemen Besucherstuhl zurück. Nachdenklich blieb ihr Blick auf dem großen Kunstdruck *The Acrobat* von Picasso hängen. Wie so oft, wenn sie sich im Büro von Wolf aufhielt, faszinierte sie dieses Kunstwerk. Die ausdrucksstarke Beweglichkeit, gepaart mit einem angedeuteten sexuellen Bezug, war grandios.

»Ich habe einen alten Freund bei der Staatsanwaltschaft angerufen, um auf den Busch zu klopfen. Er hat zwar nichts Konkretes erzählt, doch wie er nichts erzählt hat, sprach Bände. Die sind da auch dran. Mit Sicherheit«, sagte Wolf grinsend.

»Und hast du schon beim Magazin angerufen?«, fragte Katharina.

»Da fehlt mir noch der richtige Kontakt. Aber du kennst ja mein Netzwerk. Irgendwie bekomme ich da auch noch eine Adresse.«

Katharina bedankte sich bei ihrem Kollegen und kehrte zurück in ihr Büro. Sie stellte sich ans Fenster. Wenn an der Geschichte etwas dran war, dann bekam die Firma *Bellmann & Wächter* in den nächsten Tagen erhebliche Probleme. Der Aktienkurs dürfte auf Talfahrt gehen und die Staatsanwaltschaft mit einer Hundertschaft die Büroräume durchforsten. Für die Forderung der *ai-solutions* sah sie schwarz.

Vielleicht war es gar nicht so unklug, wenn Rebecca das Dumpingangebot von Busmann für die Geschäftsanteile von Isaak Brinkowsky annehmen würde.

Plötzlich fiel ihr Sam ein.

Und sein verschwundener Freund Daniel Rosenberger.

Momentan schien die angebliche außergewöhnliche Software von Brinkowsky und seinen Partnern in das Zentrum des Falls zu rücken.

Sie hatte auf einmal ein ganz mulmiges Gefühl.

War diese Entwicklung vielleicht diejenige, die jetzt von einem Whistleblower aufgedeckt worden war und von der Sam als große Gefahr für den Staat Israel gesprochen hatte?

Das konnte sie sich nicht vorstellen. Brinkowsky und wahrscheinlich Busmann hatten auch die israelische Staatsbürgerschaft.

Nein, unmöglich.

Sie wählte die Nummer von Kriminaloberkommissarin Steenken. Die schien direkt vor dem Telefon zu sitzen, denn sie hob nach dem ersten Rufzeichen ab. Katharina kam gleich zum Punkt und erzählte ihr von dem Treffen mit Sam, ohne seinen Namen zu nennen. Als sie erwähnte, dass er einen Freund vermisste, der für ihn einen Botendienst hatte erledigen sollen, hakte Inga Steenken sofort nach.

»Wer ist dieser verschwundene Freund? Hat er auch einen Namen? Und hat der Mann vom Mossad seinen Freund beschrieben?«, fragte sie.

Eine innere Stimme warnte Katharina, dass sie den Namen Daniel Rosenberger zu diesem Zeitpunkt nicht preisgeben sollte.

»Ich kann Ihnen nur sagen, dass er wohl einige Jahre jünger ist und in Hamburg studiert hat.«

»Wir müssen umgehend mit Ihrem Mann vom Mossad sprechen. Er ist ein wichtiger Zeuge.«

»Zeuge? Was soll er denn im Fall Brinkowsky bezeugen?«, bohrte Katharina nach.

Es herrschte Grabesstille.

Dann antwortete Inga Steenken zögerlich. »Sie erfahren es ja doch aus der Akte, Frau Tenzer. Es gibt einen weiteren Mordfall, der mit dem Fall Brinkowsky zusammenhängen dürfte. Wir haben sogar einen geständigen Täter. Leider wissen wir noch nicht, wer das Opfer ist. Möglicherweise ist es der verschwundene Freund von Ihrem Mossad-Mann.«

»Heißt das, Sie wissen etwa, wer Isaak Brinkowsky umgebracht hat? Und ich erfahre erst jetzt so nebenbei davon?«, herrschte Katharina die Polizistin an.

»Moment mal, Frau Anwältin, jetzt kriegen Sie sich erst mal wieder ein. Wir hätten Sie schon informiert, wenn wir konkrete Ermittlungsergebnisse hätten. Um es genau zu sagen, nein, der Mord an Isaak Brinkowsky ist noch nicht aufgeklärt.«

Katharina ärgerte sich, dass sie überreagiert hatte, sah aber keine Veranlassung, sich dafür zu entschuldigen. Denn die Tatsache, dass es im Fall Brinkowsky zwischenzeitlich einen weiteren Mordfall gegeben hatte, hatte man ihr bisher verschwiegen.

»Vielleicht setzen Sie mich bezüglich dieses zweiten Mordes einfach ins Bild. Und dann können wir ja über den Mann vom Mossad reden.«

Inga Steenken war einverstanden und erzählte Katharina von der Razzia bei den Metzgers. Von dem Auffinden der Tatwaffe im Keller des Holzhauses im Rosengarten und einer Kopie des Dossiers über die Gesellschafter der *ai-solutions*. Schließlich erwähnte sie das Geständnis von Harald Metzger, für vierzigtausend Euro von dubiosen Libanesen zu dem Mord an dem Boten auf dem Parkdeck angestiftet worden zu sein.

Bei der Erwähnung des Parkdecks als Tatort war für Katharina klar, dass es sich bei dem Opfer um Daniel Rosenberger, den Freund von Sam, handeln musste.

Warum hatte ihn niemand vermisst?

Außer Sam.

Wie würde er die Nachricht aufnehmen? Sie würde ihn im Anschluss an das Gespräch anrufen.

Kriminaloberkommissarin Steenken ließ nicht locker. »Frau Terzer, Sie wissen, dass Sie uns diesen Zeugen benennen müssen. Ich muss Ihnen nicht erklären, was Strafvereitelung ist.«

»Ich muss Ihnen gar nichts benennen, Frau Steenken. Ob durch mein Schweigen überhaupt eine Verurteilung von irgendjemand vereitelt wird, sei mal dahingestellt. Jedenfalls kann ich Ihnen nicht einmal sagen, wie die Person heißt, um die es geht, geschweige denn wo sie wohnt.«

»Sie können in Kontakt mit dem Mann treten, oder nicht?«

»Ja, das kann ich und werde ich. Aber sagten Sie nicht, Sie haben gemeinsam mit dem Staatsschutz eine Razzia bei den Rechtsradikalen durchgezogen? Für die müsste es doch ein Leichtes sein, über das Amt für Verfassungsschutz herauszubekommen, welche Agenten vom israelischen Geheimdienst gerade in Deutschland im Einsatz sind.« Als sie den Satz beendet hatte, musste sie sich eingestehen, dass der Vorschlag naiv war. Niemals würde der Mossad so einfach sein Einsatzpersonal einer deutschen Behörde gegenüber offenlegen. »Vergessen Sie es. Ich spreche mit dem Zeugen und melde mich dann.«

»Gut.«

»Ein weiterer Grund meines Anrufs ist außerdem die Meldung im Radio heute Morgen. Die *Bellmann & Wächter AG*. Der Verkauf von Kriegssoftware an libanesische Käufer hat etwas mit der *ai-solutions* aus dem Fall Brinkowsky zu tun. Sie kennen die Geschäftsbeziehungen der beiden Firmen. Das ist kein Zufall.«

»Ja, als ich das gehört habe, habe ich mir die gleichen Gedanken gemacht. Mehr als Sie wissen wir auch noch nicht. Mein Kollege Hasberg versucht gerade, Herrn Busmann für eine ergänzende Vernehmung telefonisch vorzuladen.«

»Na gut, dann warten wir erst einmal ab«, sagte Katharina und wollte das Gespräch gerade beenden.

»Moment, bevor Sie auflegen, möchte ich Sie bitten, mit Ihrer Mandantin zu sprechen oder mit ihr noch einmal bei uns zu erscheinen. Aufgrund der neuesten Entwicklungen in diesem Fall scheint uns Personenschutz für Rebecca und Levin Brinkowsky angezeigt zu sein. Die Einzelheiten dieser Maßnahme sollten wir schnellstens besprechen.«

Katharina versprach, mit Rebecca darüber zu reden, und legte auf.

Sie holte sich einen Kaffee und ließ das Gespräch mit der Polizistin noch einmal Revue passieren.

Bannerhelden. Diese widerlichen Judenhasser schreckten allem Anschein nach vor nichts zurück. Aber sie waren ordentlich aufgemischt worden und einige von ihnen würden hoffentlich für viele Jahre weggeschlossen werden.

Einer der führenden Köpfe war ausgerechnet der Vater von Ricky Metzger. Derjenige, der mit seinen Kumpels Ramon vor der Turnhalle so viel Angst eingejagt hatte und der mit auf das Fußballtrainingslager fahren sollte. Wie würde der Junge jetzt auf die kleinste Provokation reagieren, während sein Vater in Untersuchungshaft saß?

Katharina musste noch einmal mit Ramon reden.

Sie musste verhindern, dass die Jungen gemeinsam ins Fußballcamp fuhren. Nach dem nächsten Training würde sie Ramons Übungsleiter auf ein paar vertrauliche Worte zur Seite nehmen.

Mit einem mulmigen Gefühl im Magen wählte sie Sams Nummer. Wie würde er die traurige Nachricht aufnehmen, die sie ihm gleich überbringen musste?

Er klang erfreut, als er ihre Stimme hörte. Nachdem sie den

Toten aus der Baugrube erwähnt und die Tatumstände geschildert hatte, vernahm sie ein tiefes Durchatmen am anderen Ende der Leitung. Er ließ sich Zeit, bevor er reagierte.

»Weißt du, ich habe es längst vermutet, aber wenn es dann zur Gewissheit wird, hilft es nicht. Es macht nur wütend. Wann hört dieser Hass endlich auf? Kannst du mir das sagen?«

Katharina fand darauf nicht die richtigen Worte.

»Es ist kein Trost, doch die Täter scheinen ja als Auftragsmörder für Geld gehandelt zu haben«, versuchte sie, die schlichten Tatsachen in den Vordergrund zu rücken.

»Das hilft dem armen Daniel auch nicht mehr. Er war für eine gute Sache unterwegs. Leider. Und die meisten Vorwürfe mache ich mir selbst, wie du dir denken kannst.«

Katharina verkniff sich zu erwidern, dass die gute Sache immerhin mit einer geheimdienstlichen Operation zu tun hatte.

Wer sich in Gefahr begibt …

Sie sprachen über die aktuelle Tagesmeldung. Für Sam stand fest, dass die Steuerungssoftware, die der Konzern *Bellmann & Wächter* illegal an die Libanesen verkauft hatte, von Isaak Brinkowsky und Anton Busmann entwickelt worden war. Katharina antwortete darauf nicht, denn der Verdacht lag nahe. Und bisher waren dafür zwei Menschen auf grausame Art und Weise gestorben.

»Rebecca ist übrigens damit einverstanden, dass wir zusammenarbeiten. Aber sie möchte vorher ein Treffen mit dir. Ich glaube, sie will dich von Isaaks Unschuld überzeugen.«

»Du kannst ihr sagen, dass ich mit einem Treffen einverstanden bin. Wann und wo, gebe ich noch durch.«

»Dass wir uns da richtig verstehen, das wird keine Einbahnstraße. Es läuft nur Zug um Zug. Unsere Informationen gegen deine.«

»Du hast mein Wort.«

»Und was sage ich der Polizei?«

»Der kannst du ausrichten, dass ich aussagen werde. Allerdings muss ich mir erst Rückendeckung von meinem Katsa holen.«

»Deinem was?«

»Katsa heißen bei uns die aktiven Führungsoffiziere. Ich sage dir bei unserem nächsten Treffen, wie das konkret ablaufen wird.«

Nachdem Katharina aufgelegt hatte, machte sie sich über die jüngsten Ereignisse und die geführten Telefonate einen Vermerk.

Dann wählte sie Rebeccas Nummer. Die Mailbox sprang an und Katharina hinterließ eine Bitte um einen kurzfristigen Rückruf. Es gebe eine Menge zu besprechen. Kaum hatte sie aufgelegt, da rief Rebecca schon zurück.

Sie hatte die Nachrichten heute Morgen noch gar nicht gehört und war fassungslos. Das Schicksal des weiteren Mordopfers beeindruckte sie dagegen nicht allzu sehr. Als Katharina erwähnte, dass die Polizei und Sam davon überzeugt seien, die *ai-solutions* habe die Steuerungssoftware für Kriegsdrohnen für die Firma *Bellmann & Wächter* entwickelt, schien sie einem Nervenzusammenbruch nahe. Herzzerreißendes Schluchzen wechselte ab mit Flüchen und Beschimpfungen gegen alles und jeden. Am Ende erschöpft, weinte sie leise.

Katharina versuchte behutsam, das Gespräch fortzuführen. Im Stillen fragte sie sich, ob die Reaktion von Rebecca nicht überzogen war.

»Isaak hätte niemals für eine Kriegswaffe eine Software entwickelt. Und dass die dann auch noch an die Erzfeinde des israelischen Staats verkauft wurde – undenkbar.«

Katharina berichtete ihr von dem geplanten Treffen mit Sam und der Absicht der Polizei, für sie und Levin ab sofort Polizeischutz abzustellen.

»Nein, Katharina, das will ich nicht. Auf Schritt und Tritt überwacht werden kommt für mich überhaupt nicht infrage.«

»Wie du willst«, erwiderte sie kopfschüttelnd. »Ach, noch etwas. Bevor ich es vergesse, vielleicht solltest du angesichts der aktuellen Ereignisse das Angebot von Anton Busmann für deine Geschäftsanteile doch annehmen. Wer weiß, was davon übrig bleibt.«

»Seltsam, dass du mich daran erinnerst, Katharina. Seit Tagen habe ich vergeblich versucht, Toni zu erreichen. Seine Telefonnummer ist nicht mehr aktuell und auf E-Mails antwortet er nicht. Er ist wie vom Erdboden verschluckt.«

26

Ludwig Bühlhammer stand in seiner Zelle und blickte auf den Innenhof der Justizvollzugsanstalt. Einige Insassen saßen auf Bänken aus Drahtgeflecht und rauchten, andere tummelten sich unter dem Basketballkorb. Er hatte das Fenster aus Sicherheitsglas geöffnet und strich ehrfurchtsvoll über die dicken Gitterstäbe, die tief im Mauerwerk verankert waren. Die Stimmen, die bis zu ihm ins dritte Geschoss hallten, waren fremd für ihn. Nur vereinzelt konnte er ein deutsches Wort verstehen.

Sein Blick wanderte über den Innenhof und die ungepflegten Rasenstücke vor der monströsen Gefängnismauer, die sich wie ein gigantisches Monument erhob und mit ihrer Krone aus Stacheldraht jeden Gedanken an Freiheit sterben ließ.

Eine Handvoll Aufseher stand in Gruppen am Rand des Innenhofs. Sie waren mit ihren Handys beschäftigt oder in Gespräche untereinander vertieft. Schlagstöcke, Handfesseln und die obligatorischen Stahlschlüssel in Übergröße baumelten lustlos an ihren Gürteln.

Irgendetwas erinnerte ihn an den trostlosen Kinderspielplatz in der Hochhaussiedlung in Frankfurt-Niederrad, den er vor einigen Jahren eingeweiht hatte und der mit ihren Spendengeldern errichtet worden war.

Was für lobende Worte für sein Unternehmen waren damals gesprochen worden.

Und nun stand er, der CEO der *Bellmann & Wächter AG*, in einer armseligen Zelle, inmitten der Scherben seiner Gier. In drei Jahren hatte er sich eigentlich zur Ruhe setzen wollen, je nach Jahreszeit im Tessin oder auf den Kanaren.

Warum hatte er das Geschäft nur durchgezogen? Waren es die zig Millionen Euro, die am Ende die Zahlen seines Konzernabschlusses vergoldet hätten?

Er wusste es nicht einmal. Das war umso schlimmer.

Die letzten Tage liefen vor seinem geistigen Auge ab wie ein schlechter Horrorfilm. Zuerst die Razzia der Hundertschaft in der Vorstandsetage ihres Bürogebäudes. Die hatte er noch vorausgesehen, als die Pressemeldung am Morgen durch die Medienwelt gefegt war. Womit er nicht gerechnet hatte, war das Spießrutenlaufen durch die Empfangshalle in Handfesseln mit dem anschließenden Blitzlichtgewitter der Paparazzi auf dem Parkplatz.

Seine Frau verfiel am Telefon zwischenzeitlich in Schnappatmung, als die Polizei sie um eine Reisetasche mit den nötigsten persönlichen Utensilien bat. Bei der Polizei kam ihm kein anderes Rechtsanwaltsbüro in den Sinn als die Großkanzlei, die sie regelmäßig beauftragt hatten. Immerhin dauerte es nur eine Stunde, dann hatte man von dort einen namhaften Strafverteidiger in Bewegung gesetzt.

Sie verständigten sich nur kurz darüber, dass er zur Sache keine Angaben machen solle, obwohl er eine Menge zu erzählen gehabt hätte. Gegen Unterzeichnung einer Honorarvereinbarung mit einem Stundensatz von fünfhundert Euro beantragte der Advokat Akteneinsicht und verschwand genauso schnell, wie er gekommen war.

Und gestern, als ihm der schnöselige Haftrichter den Haftbefehl eröffnete, war sein Anwalt gar nicht erst zugegen. Er hatte weisungsgemäß keine Angaben zur Sache gemacht und nach handgestoppten zwölf Minuten war die Veranstaltung vorbei gewesen und er saß wieder in seiner Zelle.

In wenigen Minuten würde er das erste Mal in der Untersuchungshaft allein mit seinem Verteidiger über seine Zukunft sprechen können.

Würde er überhaupt noch eine Zukunft haben? Und wenn ja, wie sähe die aus?

Aus Fernsehkrimis hatte er in Erinnerung, dass es so etwas wie eine Freilassung aus der Untersuchungshaft auf Kaution gab.

Nur wollte er das?

Er stellte sich vor, wie er mit der Reisetasche von Louis Vuitton, die eigentlich seiner Frau gehörte, zu Hause am Eingangstor klingeln, aber niemand ihm öffnen würde. Seine Frau hatte mit Sicherheit ihre Sachen gepackt und war in das Chalet in die Schweiz geflüchtet. Gesprochen hatte er mit ihr das letzte Mal beim Frühstück vor vier Tagen. Und er ging nicht davon aus, dass sie ihn hier drinnen jemals besuchen würde.

Die völlige Isolation war für ihn das Schlimmste. Sie hatten ihm Handy und Tablet abgenommen und ihn von der Außenwelt abgeschnitten, wenn man von dem antiquierten Radioempfänger einmal absah.

Er setzte sich an den schmalen Schreibtisch neben dem Fenster. Papier und einen Kugelschreiber hatte man ihm großzügigerweise zur Verfügung gestellt. Er ging noch einmal seine Notizen durch, die er für das bevorstehende Gespräch mit seinem Verteidiger gemacht hatte.

In den Meldungen der letzten Stunden, die er über das Radio gehört hatte, war die Rede von einem Whistleblower, der der Presse vertrauliche Dokumente zugespielt hatte. Er hatte keine Ahnung, um wen es sich dabei handelte. Er zermarterte sich schon seit Stunden das Hirn, wer von denjenigen Personen, die an diese vertraulichen Dokumente gelangen konnten, solch einen Schritt wagen würde. Ihm fiel nur eine Person ein.

Edin Pavlov.

Ein langjähriger Mitarbeiter mit einer Vertrauensstellung, der zusammen mit Anton Busmann richtig tief in die Firmenkasse gegriffen hatte. Die Namen würde er sein Lebtag nicht vergessen. Wie einen Zirkusbären hatten sie ihn an der Nase durch die Manege gezogen und saßen wahrscheinlich warm und trocken auf Malta mit ihren vier Komma fünf Millionen Euro.

So wie es aussah, waren sie an die Presse gegangen, die sicherlich für die Story auch noch einiges hingeblättert hatte. Ihnen musste klar sein, dass er auspacken würde, wenn die Sache auffliegen würde.

In jedem Fall sollte sein Verteidiger dafür sorgen, dass die beiden in nächster Zeit unruhiger schlafen würden. Ob und wann der Schnellhefter mit den Ergebnissen des Privatdetektivs der Polizei übergeben werden müsste, sollte sein Anwalt entscheiden. Ganz sauber war Schmalzberger ja nicht vorgegangen. Der war zwar ein findiges Bürschchen, aber für den Einbruch bei Pavlov war er allein verantwortlich. Er konnte sich nicht erinnern, ihn konkret in Auftrag gegeben zu haben. Die Unterlagen dürften außerdem der Hamburger Softwareschmiede zum Verhängnis werden. Zum Glück hatte er die Papiere vorsorglich bei seinem Schwager im Keller hinter der Kartoffelkiste deponiert.

Wenn er an die Deals mit den Libanesen dachte, mit denen er sich in der Vergangenheit beschäftigt hatte, konnte er nur den Kopf schütteln.

Er schaute wieder auf seine Notizen.

Wichtig war, dass er den Verteidiger fragen musste, ob seine Frau ihr gesamtes Aktienpaket an der AG nicht schleunigst verkaufen sollte. Vor drei Tagen war es noch knapp zwei Millionen Euro wert gewesen. Obwohl, wenn er es genau bedachte, kannte er die Antwort schon.

Insiderhandel.

Der war strafbar.

Ob seine Frau das wusste?

Und dann waren da ja noch die Libanesen von der Gesellschaft aus Katar, die ihm den Deal mit den vielen Millionen überhaupt erst schmackhaft gemacht hatten. Wie würden sie reagieren, wenn sie erführen, dass die Software, die sie bereits erhalten hatten, kein Upgrade mehr erfahren würde?

Jedenfalls nicht von *Bellmann & Wächter*.

Er ertappte sich dabei, dass er schon wieder damit beschäftigt war, an die Probleme anderer zu denken.

So war er eben. Immer selbstlos und nur die Interessen der Firma im Kopf.

Unten auf seinem Zettel stand dann doch, dass er nicht vergessen durfte zu fragen, wie es mit ihm weitergehen würde.

Mit welcher Strafe hatte er zu rechnen?

Vor allen Dingen würde er gerne wissen, ob er sich die morgendlichen Mohnbrötchen, die er so sehr liebte, noch würde kaufen können.

In diesem Moment schwang die Zellentür auf und der Justizvollzugsbeamte kündigte den Besuch des Anwalts an.

✳✳✳

Sam wollte das Treffen auf neutralem Boden stattfinden lassen. Katharina und Rebecca waren sofort mit der Örtlichkeit einverstanden gewesen, die er vorgeschlagen hatte.

Das *Vinjas* war eine Weinstube in der St. Georgstraße, einer der Gassen gleich hinter dem Hotel *Atlantic*. Es war eine bekannte Location, wenn es um persönliche oder intime Treffen ging. Viele der Bistrotische standen in liebevoll restaurierten Wandnischen oder Erkern, wie sie häufig in Kellergewölben von stattlichen Häusern vorzufinden sind, die Ende des 19. Jahrhunderts in der Hansestadt erbaut worden waren. Im *Vinjas* dienten diese Plätze nun nicht mehr der kühlen Lagerung von Lebensmitteln, sondern boten Liebespärchen, Verschwörungstheoretikern, aber auch lichtscheuem Gesindel die Gelegenheit zu streng vertraulichen Gesprächen.

Katharina und Rebecca hatten sich ein paar Minuten früher verabredet und wollten gerade den Treppenabgang zum Lokal nach unten steigen, da bog Sam um die Heilige Dreieinigkeitskirche. Als er Katharina vor dem Weinlokal entdeckte, winkte er und beschleunigte seine Schritte. Katharina hielt Rebecca am Arm und nickte in seine Richtung.

Sam trug ein helles Sommersakko, dem man ansah, dass es eine Sünde gekostet hatte. Ein rostrotes Halstuch schlang sich lässig um den Kragen des schneeweißen Hemds. Die schwarzen Jeans mit den weißen Sneakern waren allerdings gewöhnungsbedürftig.

239

Sie gingen in die Weinstube und nahmen in der hintersten Nische Platz, die Katharina reserviert hatte.

Während sie in die Getränkekarte schauten, bemerkte Katharina aus dem Augenwinkel, dass Rebecca ihr Gegenüber eingehend musterte.

Nachdem sie bestellt hatten, ergriff Sam als Erster das Wort. »Ich gehe davon aus, dass die jüngsten Nachrichten bekannt sind «

Sie nickten.

Sam gab zu verstehen, für seinen Arbeitgeber sei von höchstem Interesse, wer der Endabnehmer der Steuerungssoftware sei. »An welche Firma hat *Bellmann & Wächter* diese Technik weiterverkauft? Es muss sich um irgendeine Gesellschaft in Riad oder in Katar handeln. Ich brauche nur den Firmennamen. Welche Personen hinter dieser Gesellschaft stehen, finden wir dann sogar leichter heraus als die deutschen Behörden.«

»Bisher weiß ich aus den Unterlagen der *ai-solutions*, die ich von Busmann erhalten habe, nur, dass die Firma eine Softwareentwicklung für knapp neun Millionen Euro an die *Bellmann & Wächter AG* verkauft hat«, antwortete Katharina. »Wohin die weiterverkauft haben, ist mir nicht bekannt. Und ob es sich hierbei um den illegalen Waffendeal handelt, den das Magazin *EuroPA* jetzt aufgedeckt hat, steht ja noch gar nicht fest.«

Rebecca hob schüchtern die Hand. »Also, Herr –«

»Bleiben wir bei Sam und Rebecca, wenn du nichts dagegen hast«, fiel er ihr ins Wort.

»Na gut. Ich will ein für alle Mal klarstellen, dass Isaak niemals an irgendeiner militärischen Entwicklung mitgearbeitet hätte, erst recht nicht für die Feinde Israels. Never ever.«

»Das Problem bei technischen Entwicklungen oder allgemeinen Bauteilen von Maschinen ist, dass sie auch für zivile Zwecke verwendet werden können«, sagte Sam ruhig.

»Wie ich den letzten Meldungen entnommen habe, hat man bei *Bellmann & Wächter* eine große Razzia durchgeführt und den CEO verhaftet«, sagte Katharina, um dem Gespräch eine andere Richtung zu geben. »Außerdem ist wohl ein Insolvenzantrag gestellt worden.«

»So ist es. Und du hast ja für Rebecca Einsicht in alle Akten. Du könntest herausfinden, an wen *Bellmann & Wächter* weiterverkaufen wollte.«

Katharina schaute ihre Mandantin an, die ihre Hände um das Glas Mineralwasser krampfte. »Ja, das dürfte nach dem letzten Stand der Ermittlungen herauszufinden sein. Aber, Sam, wir hatten vereinbart, dass auch wir im Gegenzug von euch Informationen erhalten.«

»Ja. Und ich bin befugt, euch alles mitzuteilen, was wir bisher wissen. Von einem V-Mann in Beirut sind wir vor einigen Monaten darüber informiert worden, dass eine radikale libanesische Gruppierung den Ankauf einer Steuerungssoftware für Kriegsdrohnen über eine Briefkastenfirma in Riad oder Katar eingefädelt hat. Welche konkreten Personen dahinterstehen, wusste unser Mann nicht. Als Entwicklungsfirma wurde uns die Firma *ai-solutions* aus Hamburg genannt.« Sam nahm einen Schluck Tee. »Und das war fast schon alles. Fast. In Bezug auf den Drahtzieher des Geschäfts fiel ein weiterer Name. Anton Busmann. Der war so dreist, die Libanesen auf die neue Software aufmerksam zu machen. Darüber hinaus hat er eine fette Provision kassiert, da er denen mitgeteilt hat, dass sie diese Technologie bei der *Bellmann & Wächter AG* aus Deutschland beziehen könnten. Ob die Libanesen gewusst haben, dass Busmann an der Entwicklungsfirma selbst beteiligt ist, konnte unser V-Mann nicht herausbekommen.«

»Dieses Schwein!«, entfuhr es Katharina.

Rebecca schüttelte wild den Kopf, dass etwas Wasser aus ihrem Glas schwappte. »Das kann nicht sein. Nein. Nein und nochmals nein. Toni nicht.«

»Doch, Rebecca. Unsere Quelle ist absolut vertrauenswürdig«, sagte er mit Überzeugung.

Katharina legte eine Hand auf den Arm ihrer Mandantin. »Rebecca, ich bin mir sicher, dass Isaak nichts davon gewusst hat. Wahrscheinlich ist er umgebracht worden, als er das herausgefunden hatte. Und das war auch der Grund für seine Verstocktheit zuletzt, von der du berichtet hast. Das passt alles zusammen.«

Rebecca hob zweifelnd die Schultern.

»Das sehe ich genauso. Und ich habe ausgerechnet meinen Freund Daniel Rosenberger in Hamburg mit der Recherche zu den Personen beauftragt, die hinter der *ai-solutions* stehen.« Sam hielt inne und musste schlucken. »Leider hat ihn der Auftrag das Leben gekostet, wofür ich die Verantwortung trage. Dieses gedungene Mörderpack. Und dann noch aus dem rechten Sumpf.«

Katharina nickte betreten. »Angeblich sollen die nichts mit dem Mord an Isaak zu tun haben. Jedenfalls wenn es nach der Polizei geht.«

»Das sehe ich auch so. Welches Motiv sollen die gehabt haben? Anton Busmann scheint mir da eher ein geeigneter Kandidat. Wenn Isaak ihm auf die Schliche gekommen ist und den Deal verhindern wollte, wäre Busmann den Libanesen gegenüber ganz schön ins Schwitzen geraten.« Er lehnte sich zurück. »Doch Busmann ist seit einigen Tagen verschwunden. Wir haben ihn plötzlich aus den Augen verloren.«

»Ja, ich erreiche ihn auch seit Tagen nicht«, sagte Rebecca.

»Was ist eigentlich mit Shannon McDermott? Hängt die mit Busmann zusammen oder war sie ebenfalls ahnungslos?«, warf Katharina in die Runde.

»Das wissen wir nicht. Unser Mittelsmann vermutet, dass sie genau wie Isaak Brinkowsky nicht in die Machenschaften von Busmann eingeweiht war.«

»Ich muss mit ihr ohnehin noch einmal sprechen, wie es mit der Firma weitergehen soll. Dann werde ich ihr auf den Zahn fühlen, was Anton Busmann angeht«, sagte Katharina und wandte sich an ihre Mandantin.

Rebecca wirkte teilnahmslos und zuckte mit den Schultern. »Mir ist langsam alles egal«, sagte sie und schaute auf ihre Uhr. »Seid mir nicht böse, aber ich möchte nach Hause. Levin und ich haben noch etwas zu besprechen, bevor er ins Bett geht.«

Katharina signalisierte Rebecca, dass sie heute die Zeche übernehmen würde und sie am nächsten Morgen telefonieren sollten.

Nachdem sich Rebecca verabschiedet hatte, wandte sich Katharina an Sam. »Ich werde morgen früh die Polizei anrufen. Was soll ich sagen, wenn sie mich nach deiner Aussage fragen?«

»Sag ihnen, dass ich am Nachmittag gegen fünfzehn Uhr im Präsidium erscheinen werde.«

»Mich würde ja brennend interessieren, ob der Mossad seinen Mitarbeitern für solche Fälle einen Anwalt bezahlt oder sie im Regen stehen lässt«, sagte Katharina provokant und beugte sich über den Tisch.

Sam erwiderte ihren Blick mit einem breiten Grinsen. »Hätten Sie vielleicht Interesse an einem neuen Mandat, Frau Anwältin? Als Zeugenbeistand in einem Mordfall?«

Sie mussten lachen.

Ihre Heiterkeit wurde durch ein »Pling« unterbrochen. Sam schaute auf sein Handy und steckte es in die Jackentasche.

»Es tut mir leid, Katharina, ich muss auch los. Es ist etwas dazwischengekommen«, sagte er mit ernster Miene. »Ich hoffe, die Zeiten sind bald vorbei. Meinst du, wenn der Fall aufgeklärt ist, schaffen wir beide es auf ein Date?«

Katharina antwortete nicht sofort. Sie dachte an Beat und die bevorstehende Reise nach Stockholm.

»Zum Essen natürlich«, sagte der Mann vom Mossad und lachte.

27

Hasberg legte den Hörer auf und tippte einen Bericht über die Telefonate, die er gerade geführt hatte. Der vorläufige Insolvenzverwalter der *Bellmann & Wächter AG* war erstaunlich redselig gewesen. Normalerweise musste er mit richterlichen Beschlüssen oder persönlichen Vorladungen drohen, um von Rechtsanwälten Dokumente zu erhalten oder sie zu Auskünften zu bewegen.

In diesem Moment trat Inga ins Dienstzimmer. Sie hatte Katharina Tenzer im Schlepptau, die Hasberg freundlich begrüßte.

»Ich habe eben mit dem Insolvenzverwalter von *Bellmann & Wächter* und danach mit einer Staatsanwältin in Frankfurt telefoniert. Da gibt es ein paar Neuigkeiten, die ich dir mitteilen wollte«, sagte er und schaute fragend auf die junge Anwältin.

»Schieß los. Frau Tenzer erfährt es sowieso aus der Akte. Ich habe mit ihr besprochen, dass wir uns bis zu einem gewissen Grad austauschen wollen. Wie das unter professionellen Frauen eben so üblich ist«, sagte sie lächelnd.

»Es ist nichts Weltbewegendes und hilft uns im Mordfall Brinkowsky wohl auch nicht weiter. Der zuständige Anwalt aus dieser riesigen Insolvenzverwalterfabrik aus Frankfurt hat sich gestern mit dem Verteidiger des Vorstandsvorsitzenden Ludwig Bühlhammer getroffen. Der sitzt nämlich in U-Haft. Mit dem Sekretariat von Bühlhammer hatte ich ja schon einmal gesprochen und um Übersendung von Unterlagen gebeten. Es ging um die Zahlung von vier Komma fünf Millionen Euro, die von *ai-solutions* angemahnt worden war. Erinnert ihr euch?«

Sie nickten.

»Laut seinem Verteidiger wird Bühlhammer von seinem Aussageverweigerungsrecht Gebrauch machen. Eine Armada von Gutachtern ist mit der Beurteilung der Rechtsfrage beauftragt worden zu prüfen, ob die von *Bellmann & Wächter* verkaufte

Software überhaupt eine Kriegswaffe im Sinne der gesetzlichen Definition darstellt. Das kann wohl noch eine Woche dauern, solange wird Bühlhammer noch in der U-Haft schmoren.«

»Hat er irgendwas zur *ai-solutions* und der Mahnung der Restzahlung gesagt?«, wollte Inga wissen.

»Nein, die müssen sich erst einmal einen Überblick verschaffen. Das kann dauern. Er hat sich unsere Nummer notiert und meldet sich, wenn sie die Geschäftsbeziehung mit der Firma prüfen.«

»Könnten Sie mir bitte die Kontaktdaten des Insolvenzbüros geben?«, fragte Katharina Tenzer.

Hasberg schrieb die Namen und die Adresse auf einen Zettel und gab ihn ihr.

»Und was hat die Staatsanwältin gesagt?«, fragte Inga.

»Dr. Jungeblut hatte vorher schon mit ihr telefoniert und ihr die Zusammenhänge mit unserem Fall Brinkowsky erläutert. Die gute Frau Staatsanwältin will über unsere Ermittlungen auf dem Laufenden gehalten werden. Das macht unser Boss.« Dann berichtete er, die Staatsanwaltschaft gehe davon aus, dass es sich bei der Steuerungssoftware sehr wohl um eine Kriegswaffe handle, denn ein Teil des Programms betreffe die Feineinstellung der automatischen Zielerfassung. Und die brauche man schließlich nur für Kriegsgerät.

Während Inga zustimmend nickte, machte sich die Anwältin Notizen.

Dann wandte sie sich an Hasberg. »Gibt es in dem Verfahren dort Verdachtsmomente gegen die beiden verbliebenen Gesellschafter der *ai-solutions*?«

Hasberg nickte. »Das habe ich die Staatsanwältin auch gefragt. Bisher sind Busmann und McDermott nur Zeugen in dem Verfahren gegen Bühlhammer.«

»Haben Sie eigentlich eine Ahnung, wer der Whistleblower ist, der *EuroPA* die Story zugespielt hat? Von den Journalisten dürften Sie nichts herauskriegen, die schützen ihre Quellen.

Hat denn der Verteidiger von Bühlhammer irgendetwas angedeutet?«

»Darüber haben wir gar nicht gesprochen, wenn ich ehrlich bin, Frau Tenzer. Ich gehe allerdings davon aus, dass es zur Sprache gekommen wäre, wenn Bühlhammer irgendeinen Verdacht geäußert hätte. Der hat ja bisher überhaupt nichts zum Tatvorwurf gesagt. Und das wird wohl so bleiben, fürchte ich.«

Inga sprang ihm zur Seite. »Die Frage, wer der Hinweisgeber für die Knallerstory von *EuroPA* war, spielt für unsere Ermittlungen keine Rolle.«

Katharina Tenzer runzelte die Stirn. »Wie sieht es denn mit dem Namen der Firma in Katar aus, an die die *Bellmann & Wächter AG* offiziell die Software weiterverkauft hat? Können Sie mir den Namen nennen?«

Hasberg schaute Inga fragend an.

Sie nickte.

»Ja, der ergibt sich aus dem Haftbefehl gegen Bühlhammer. Und den habe ich erhalten.« Hasberg nannte der Anwältin den Namen und eine Adresse in Doha.

»Und was haben Ihre Ermittlungen bezüglich des Alfa Romeo ergeben? Die Flugdaten aus Zürich sollten ja gecheckt werden.«

Hasberg erklärte ihr, dass sich die Spur des Alfa in München verlaufen habe. Das Autohaus, an das der Wagen vom Werk aus geliefert worden sei, sei pleite und die Geschäftsunterlagen staubten irgendwo vor sich hin.

»Ob Isaak Brinkowsky tatsächlich in Malta gewesen ist, wissen wir nicht«, ergänzte Inga. »Wir haben ja nicht einmal Hinweise, warum er dahin geflogen sein sollte. Seine Spur verliert sich definitiv in Zürich.«

»Und wie, glauben Sie, ist er nach Hamburg gelangt?«, fragte Katharina Tenzer.

Hasberg räusperte sich. »Wir denken, er hat sich den Alfa irgendwo in Zürich oder in München gemietet, gekauft oder geklaut und ist damit nach Hamburg gefahren.«

»Geklaut. So ein Quatsch!«, rief die Anwältin. »Ich bin der Meinung, er ist mit der Bahn gefahren, wenn wirklich feststehen sollte, dass er nicht geflogen ist. Und der Alfa dürfte von denjenigen stammen, die für seinen fürchterlichen Tod verantwortlich sind.«

Hasberg zuckte mit den Schultern. Er musste zugeben, dass diese Möglichkeit denkbar war. Im Grunde war alles nur Kaffeesatzleserei. Insgeheim dachte er, dass der Fall Brinkowsky möglicherweise niemals aufgeklärt werden würde. Aber das würde er hier und jetzt nicht öffentlich zugeben.

Die Anwältin wandte sich zum Gehen.

»Und es bleibt dabei, Frau Tenzer, dass dieser Sam, wie immer er richtig heißt, heute Nachmittag bei uns zu einer Aussage im Mordfall Metzger erscheint?«, fragte Inga. »Der Staatsschutz scharrt schon mit den Füßen.«

»Er hat es mir jedenfalls ausdrücklich zugesagt«, antwortete Katharina Tenzer.

»Und bringt er anwaltlichen Beistand mit? Bitte nicht. Sonst wird es kompliziert«, sagte Inga mit einem gequälten Lächeln.

✳✳✳

Leon Schmalzberger verfolgte am Abend gespannt die Sondersendung im Fernsehen über die Machenschaften der Firma *Bellmann & Wächter*. Er fand die Berichterstattung mit der Animation von Kampfdrohnen, die wie Ufos durch den nachtblauen Himmel zischten und sich selbstständig Zielobjekte suchten und sie abschossen, ziemlich reißerisch und überzogen. *Star Wars* ließ grüßen. Typischer Investigationsjournalismus. Da retten ein paar Schreiberlinge wieder die Welt, dachte er und öffnete die zweite Flasche Bier.

Erst vor drei Tagen war der Bericht des Nachrichtenmagazins *EuroPA* durch die Medienlandschaft gerauscht. Anscheinend hatten die Ermittlungsbehörden nicht lange gezögert und waren mit einer Hundertschaft in die Konzernzentrale eingerückt.

Als er den Kommentar eines Sprechers der Staatsanwaltschaft vernahm, dass der CEO des Unternehmens in Untersuchungshaft genommen worden sei, fing es in ihm an zu arbeiten. Der Name des Vorstandsvorsitzenden wurde zwar nicht ausdrücklich genannt, aber um wen es sich dabei handelte, war ihm sofort klar.

Ludwig Bühlhammer. Er erinnerte sich noch genau an den letzten Auftrag. Die Überprüfung der Krankschreibung eines Angestellten war schnell in den Hintergrund getreten, nachdem Bühlhammer ihm zu verstehen gegeben hatte, dass es auch um Betrug oder Untreue in Millionenhöhe ging.

Was für ein Glück hatte er nur gehabt, dass er in dem Reihenhäuschen bei Pavlov die Sporttasche mit den Unterlagen und Dokumenten der maltesischen Gesellschaft gefunden hatte. Wahrscheinlich war Pavlov kurz danach noch einmal in seinem Haus gewesen und hatte verzweifelt danach gesucht.

Er musste an die anerkennenden Worte seines Auftraggebers denken, während er ihm im Fond des Maybach die Dokumente präsentiert hatte. Und erst recht an den edlen Tropfen hinterher aus den exklusiven Maybach-Schwenkern.

Was für eine Dekadenz.

Und jetzt hatte Ludwig Bühlhammer das weiche Nappaleder gegen eine brettharte Matratze getauscht.

Schmalzberger fand die Fallhöhe gewaltig.

Die heimlich angefertigten Kopien seines Funds lagen bei ihm im Keller in einem Safe und warteten auf ihren Einsatz. Bisher hatte ihm die zündende Idee für eine einträgliche Verwendung der Dokumente gefehlt.

Das sah nach der plötzlichen Verhaftung von Bühlhammer anders aus. Wenn der noch nichts gegen Pavlov und Busmann unternommen hatte, besaß er vielleicht ein echtes Druckmittel, um in den Genuss eines Teils der Beute zu kommen. Immerhin hätte Bühlhammer bei einer Strafanzeige erklären müssen, wie er an diese Unterlagen gelangt war.

Er stiefelte in den Keller, öffnete den Tresor und holte einen Stapel Papiere heraus. Bevor er sich die Dokumente sorgfältig ansah, las er seinen Bericht, den er aufgrund der Angaben am Telefon von Bühlhammer angefertigt hatte.

Viel hatte ihm der Alte nicht mitgeteilt.

Sein Mitarbeiter Edin Pavlov war seit Wochen krankgeschrieben. Angeblich Burn-out. Er sollte überprüfen, ob das stimmte. Und die Ergebnisse sollten gerichtsfest sein. Was immer Bühlhammer darunter verstanden haben mochte, seine Recherchen waren nach wie vor verwertbar. Ob vor Gericht oder als Druckmittel bei vertraulichen Absprachen. Dann kam Bühlhammer zum Punkt. Er nannte ihm eine Firma auf Malta, auf deren Bankkonto vier Komma fünf Millionen Euro von *Bellmann & Wächter* überwiesen worden waren. Den entsprechenden Kontoauszug händigte Bühlhammer ihm aus und gab ihm auf, alles über die Firma in Erfahrung zu bringen.

Wie hatte sich Bühlhammer ausgedrückt? Bei dieser Sauerei habe es sich um den größten Skandal gehandelt, der jemals in seinem Unternehmen aufgedeckt worden sei. Wie sich jetzt herausgestellt hatte, stimmte die Aussage nicht ganz.

Er schaute die Dokumente durch, die er bei Pavlov entdeckt und einfach mitgenommen hatte. Pavlov hatte mit einem Anton Busmann die Firma in Malta bereits vor mehreren Jahren gegründet und dann zwei Strohleute als Geschäftsführer eingesetzt, die auch in den offiziellen Registern geführt wurden. Allerdings hatten beide Generalvollmachten und konnten ohne ihre Strohleute Geschäfte für die Firma abwickeln. Den Geburtsdaten nach waren Pavlov und Busmann Mitte vierzig. Leider enthielt weder die Gründungsurkunde noch der Gesellschaftsvertrag irgendwelche Anschriften. Busmann konnte sonst wo zu Hause sein.

Viel mehr war den Unterlagen nicht zu entnehmen.

Wenn er seine Informationen als Druckmittel verwenden wollte, kam eigentlich nur Busmann in Betracht.

Bei Pavlov, immerhin Mitarbeiter von *Bellmann & Wächter*, war es wahrscheinlich, dass Bühlhammer bereits etwas in die Wege geleitet hatte. Außerdem dürfte der längst irgendwo in Fernost am Strand liegen und sich die Sonne auf den Pelz scheinen lassen, denn sein Reihenhaus hatte er wochenlang nicht mehr bewohnt.

Die Adresse der Mutter in Hamburg kannte Schmalzberger zwar, aufgesucht hatte er Valentina Pavlova bisher nicht. Das sollte er zur Sicherheit nachholen. Er konnte sich nicht vorstellen, dass Pavlov bei seiner Mutter untergekrochen war. Wenn die alte Dame allein lebte, wäre es ein Einfaches für ihn, sie über ihren Sohn zum Plaudern zu bringen. Da fiel ihm ein, dass auf dem Bild, das er bei Edin Pavlov gesehen hatte, noch ein Bruder abgebildet war. Hoffentlich würde der ihm nicht in die Quere kommen.

Dann widmete er sich der Person Anton Busmann. Tatsächlich war er im Internet fündig geworden. Leider gab es vier Personen mit diesem Namen. Sie waren über die ganze Republik verstreut.

Zwei hatte er bereits bei Facebook und Co. gecheckt. Einer betrieb in München-Garching ein Blumengeschäft, ein anderer warb auf seiner Website mit Grabsteinen und hatte seinen Steinmetzbetrieb in Duisburg. Sie passten vom Berufsbild her nicht so recht zu einer maltesischen Briefkastenfirma. Außerdem schienen sie ihren Internetauftritten zufolge weit über fünfzig Jahre alt zu sein. Die konnte er getrost von seiner Liste streichen.

Bei den anderen zweien handelte es sich um einen IT-Entwickler in einer Hamburger Firma mit dem eigenwilligen Namen *ai-solutions* sowie den Inhaber einer größeren Versicherungsagentur in Berlin. Vom Alter her passte es bei beiden.

Vielleicht sollte er in Hamburg mit seinen Recherchen anfangen.

Er rief einen Freund aus gemeinsamen Tagen im Polizeidienst an, der ihm regelmäßig für ein kleines Handgeld mit eiligen Personenstandsdaten aushalf. Natürlich könnte er auch auf legalem Weg an die aktuelle Meldeanschrift von Anton Busmann in Hamburg gelangen, aber dieser Weg war eindeutig schneller.

Sein Freund versprach, gleich am nächsten Morgen zurückzurufen.

28

Katharina kehrte von einem Gerichtstermin zurück, der sich unendlich hingezogen hatte. Rebecca saß im Wartebereich und blätterte die Tageszeitung durch.

Es gab einiges zu besprechen, denn Rebecca wollte wissen, was für Neuigkeiten Katharina bei der Polizei erfahren hatte.

Viel war es nicht, was Katharina ihrer Mandantin erzählen konnte. Die Tatsache, dass Isaak Brinkowsky an der Entwicklung einer Kriegswaffe beteiligt gewesen war, nahm Rebecca mit einem Kopfschütteln auf. Die Spekulationen der Polizisten, wie Isaak von München oder Zürich nach Hamburg gekommen sein sollte, ließ sie unerwähnt.

Dann fragte sie Rebecca, ob sie noch einmal mit Anton Busmann gesprochen habe, denn auf der Rückfahrt habe Shannon McDermott angerufen und ziemlich verzweifelt geklungen. Anton Busmann sei nicht zu erreichen und sie sei mit der alleinigen Geschäftsführung der *ai-solutions* heillos überfordert. Die Großkanzlei, die von der Firma mit der Beitreibung der Restforderung von vier Komma fünf Millionen Euro gegen *Bellmann & Wächter* beauftragt worden war, hatte sich gemeldet, denn dass ein vorläufiges Insolvenzverfahren lief, hatte sich wie ein Lauffeuer verbreitet. Katharina hatte ihr am Telefon nur so viel sagen können, dass sie den Anwälten vertrauen sollte. Die wüssten, was zu tun sei. Mehr als eine Anmeldung zur Insolvenztabelle war am Ende für die *ai-solutions* nicht mehr drin.

»Ich habe von Toni nichts mehr gehört. Auch bei mir meldet er sich nicht. Bei ihm zu Hause war ich zweimal. Es hat niemand geöffnet.«

»Hat der eigentlich eine Frau oder eine Freundin?«, fragte Katharina.

Rebecca schüttelte den Kopf. »Nein, momentan, glaube ich, nicht. Und wegen des Geldes, weißt du, Katharina, ich habe es schon seit einiger Zeit geahnt, dass ich für meine Firmenanteile nicht mehr viel bekommen werde. Toni ist verschwunden und Shannon kennt sich in der Firma überhaupt nicht aus. Die ist ja immer unterwegs. Und jetzt noch das Insolvenzverfahren. Das wird der Firma den Rest geben. Hätte ich bloß gleich das Angebot von Toni angenommen.«

»Du glaubst doch nicht, dass du von Busmann auch nur einen Cent gekriegt hättest, Rebecca. Direkt nach dem Notartermin wäre er abgetaucht, ohne zu zahlen. Da bin ich mir sicher.«

Katharina sprach den von Inga Steenken erwähnten Polizeischutz an.

»Du weißt, dass ich das von Anfang an abgelehnt habe. Ich habe gemerkt, dass dauernd ein Streifenwagen vor unserer Auffahrt steht, aber ins Haus lasse ich die nicht. Zum Glück folgen die mir nicht, wenn ich zur Arbeit oder in die Stadt fahre. Levin hat mich auch schon gefragt, ob er wirklich Angst haben müsste.«

Katharina zuckte mit den Schultern. Sie konnte einerseits die mit einem Polizeischutz verbundene Einschränkung verstehen, andererseits war gerade nachts ein gewisses Sicherheitsgefühl wertvoll.

»Und wie sieht es nun eigentlich mit der Lebensversicherung –«

»Fang bitte nicht schon wieder davon an. Es hat sich nichts an meiner Meinung geändert«, unterbrach sie Katharina barsch.

Katharina machte sich eine Notiz, dass dieses Thema auch für sie ein für alle Mal vom Tisch war.

Rebeccas Handy plingte und sie schaute aufs Display. »Levin möchte von der Schule abgeholt werden, da die Schach-AG ausgefallen ist.«

Sie nahm die Warnungen der Polizei jedoch so ernst, dass sie ihren Sohn zur Schule brachte und abholte.

Immerhin etwas, dachte Katharina im Stillen.

Rebecca verabschiedete sich und Katharina entschloss sich, endlich bei der Heimleiterin in Greifswald anzurufen. Sie hatte das Telefonat immer wieder aufgeschoben, da sie sich nicht sicher war, welche Antwort sie der Frau geben sollte. Aber sie hatte gar keine andere Wahl. Natürlich würde sie die Vermögenspflegschaft für ihre Mutter übernehmen. Das Gespräch verlief zunächst überaus freundlich und die Heimleiterin versprach, alles Weitere zu veranlassen, dass man sich behördlicherseits mit Katharina in Verbindung setzen werde. Als Katharina erwähnte, dass sie daran gedacht habe, ihre Mutter in einem für sie näher gelegenen Heim in Hamburg unterzubringen, schien die Heimleiterin verstimmt zu sein und das Gespräch war schnell beendet.

Katharina holte sich einen Kaffee aus der Küche und entschloss sich, als Nächstes Sam anzurufen. Sie wollte gerade seine Nummer wählen, da stand Wolf von Behringer in der Tür. Er machte den Eindruck, auf ein Plauderstündchen aus zu sein, denn er warf sich gleich auf einen der Besucherstühle.

»Was gibt es Neues im Fall Brinkowsky? Hat der Mossad wieder zugeschlagen?«, fragte er grinsend. Als er vernahm, dass Busmann verschwunden war, stutzte er. »Der Nächste, der weg ist. Das muss irgendwie ansteckend sein.«

»Wie soll ich das verstehen?«, fragte Katharina stirnrunzelnd.

»Dein Mandant, besser gesagt, unser Mandant, Agapios Kontakos, ist ebenfalls weg.«

»Was heißt weg?«

»Da ist ja vor ein paar Tagen die Vorladung zu einer Vernehmung nächste Woche bei der Steuerfahndung gekommen. Das Sekretariat hatte ihm die Vorladung weitergeleitet und gebeten, sich mit dir wegen eines Termins für eine Vorbesprechung in Verbindung zu setzen.«

»Ja und?«

»Gestern, als du nicht da warst, rief er an und tobte sich mal wieder am Hörer aus. Das Ende vom Lied war, dass er das Mandat gekündigt hat und wir die Akte schließen sollen. Er sei schon im Ausland und habe auf diesen Staat keinen Bock mehr. O-Ton Kontakos. Ich hoffe, er hat bei dir keine Rechnung offen.«

»Dieser Vollidiot. Ich gehe davon aus, du hast ihm gesagt, dass er bei der nächsten Einreise an der deutschen Grenze hopsgenommen wird«, sagte Katharina und schaute in das Mandantenkonto in der elektronischen Akte. »Nein, alle abgerechneten Stunden hat er bezahlt. Hast du für ihn nicht noch eine Sache in Arbeit?«

»Bei mir sind alle Akten erledigt. Ich bin gespannt, ob er sich noch mal meldet. Wahrscheinlich spätestens dann, wenn sie ihn an der Grenze aufgreifen«, sagte Wolf mit einem hämischen Grinsen.

In diesem Moment läutete bei Katharina das Telefon. Der Empfang teilte ihr mit, dass eine Frau Schoska unangemeldet erschienen sei und Katharina unbedingt im Fall von Isaak Brinkowsky sprechen müsse.

»Schoska? Kenne ich nicht.«

»Sie sagt, sie sei eine Mitarbeiterin der Firma *ai-solutions*«, erwiderte die Assistentin.

Wolf trat murrend den Rückzug an.

Katharina begab sich in den Wartebereich und überlegte auf dem Weg dorthin, welche Mitarbeiter von der Firma sie überhaupt kannte. Ihr fiel nur die gepiercte Frau vom Empfangstresen ein.

Tatsächlich, es war die Frau, die sie bei ihrem ersten Besuch bei Anton Busmann kennengelernt und später auf der Beerdigung ein zweites Mal gesehen hatte. Als sie Katharina erblickte, lief sie ihr entgegen und ergriff ihren Arm.

»Frau Tenzer, ich muss Sie dringend sprechen. Doch es muss absolut vertraulich sein«, sagte sie leise.

Sie gingen in Katharinas Büro und die Frau setzte sich auf die vordere Kante des Besucherstuhls. Sie hatte einen halb vollen Jutebeutel auf den Knien, den sie nervös auf- und wieder zumachte.

»Na, dann schießen Sie mal los«, sagte Katharina.

Nach anfänglichem Herumgedrucke hatte sie Mut gesammelt.

»Ich habe den ganzen Vormittag überlegt, ob ich Ihnen sagen muss, was mir heute Morgen passiert ist. Aber ich glaube, das sollte ich.« Sie nahm hörbar Anlauf. »Heute Morgen bin ich wie immer mit dem Bus zur Arbeit. Der fährt eigentlich durch die Max-Brauer-Allee, heute gab es dort eine Straßensperrung wegen eines Rohrbruchs. Daher ging es durch ein paar Nebenstraßen. In einer musste der Bus vor einer Ampel länger warten. Als wir an einer Bäckerei vorbeikamen, habe ich in der Schlange vor dem Laden Isaak Brinkowsky gesehen.« Sie atmete tief aus, als hätte sie gerade eine tonnenschwere Last abgestellt.

Katharina lehnte sich in ihrem Bürostuhl zurück. »Frau, äh, Schoska, das ist doch richtig, oder?«

»Ja. Silke Schoska«, sagte die Frau und nickte eifrig.

»Sie müssen sich irren. Isaak Brinkowsky ist tot. Das hat die Rechtsmedizin bestätigt. Es hat einen DNA-Abgleich gegeben.«

»Ja, ich weiß, das habe ich von Shannon und von Rebecca gehört. Aber ich bin mir absolut sicher. Ich kenne Isaak viele Jahre. Er ist aus der Bäckerei herausgekommen und direkt neben dem Bus hergelaufen. Er hat sein Aussehen verändert, ich täusche mich jedoch nicht.«

»Inwiefern verändert?«, fragte Katharina.

»Er hatte eine Vollglatze und trug keine Brille. Außerdem steckte er in einem feinen dunkelblauen Anzug mit Krawatte. Dass Isaak solche Klamotten überhaupt im Kleiderschrank hat, habe ich bisher gar nicht gewusst. Er sah aus wie ein Banker.«

»Und trotzdem wollen Sie ihn so genau erkannt haben? Vielleicht war es ein Doppelgänger. Man liest immer wieder, dass es solche Personen gibt«, sagte Katharina zweifelnd.

»Wissen Sie, Isaak hatte schon immer, seit ich ihn kenne, einen komischen Gang, als ob das rechte Fußgelenk nicht voll funktionsfähig ist. Er lief immer ziemlich schleppend. Und dieser Mann ging genauso. Es war Isaak, ganz bestimmt.«

Katharina machte sich eine Notiz. »Und wann haben Sie ihn aus den Augen verloren? Oder ist er in den Bus gestiegen?«

»Nein. Nach ein paar Hundert Metern ist er in einen Hauseingang getreten. Er hat die Tür aufgeschlossen und drin war er.«

»Wissen Sie noch, wo das war?«

»Natürlich. Das war in der Chemnitzstraße 19 in Altona.«

Katharina notierte sich die Anschrift. »Haben Sie schon mit jemandem anderen darüber gesprochen?«

»Nein, noch nicht«, sagte Silke Schoska und schüttelte den Kopf. »Ich dachte mir, ich spreche zuerst mit Ihnen als Anwältin von Rebecca. Denn die kann ich gut leiden.«

»Wissen Sie, es war richtig, dass Sie als Erstes zu mir gekommen sind. Ich möchte Sie bitten, weiterhin zu keinem Menschen ein Sterbenswörtchen zu sagen. Ich werde der Sache vertraulich nachgehen und mich wieder bei Ihnen melden. Das verspreche ich.«

Nachdem sich Katharina die Anschrift und Telefonnummer ihrer Besucherin notiert hatte, verabschiedete sie die junge Frau und kehrte nachdenklich in ihr Büro zurück.

Sie googelte die Chemnitzstraße 19 und stellte fest, dass es sich um ein mehrgeschossiges Wohnhaus handelte.

Nur konnte sie dieser Person glauben?

Wenn das tatsächlich stimmen sollte, musste irgendetwas bei dem DNA-Abgleich falsch gelaufen sein. Aber die viel entscheidendere Frage war, wem sie als Erstes von dieser Geschichte erzählen sollte.

Kurz entschlossen schickte sie Sam eine SMS. Es gebe etwas, das sie ihm sagen müsse. Sie mussten sich unbedingt kurzfristig treffen.

Nur sie beide.

Egal, wo.

29

Katharina setzte Ramon am Treffpunkt für die Abfahrt zur Sportschule ab. Auf ihre Bitte hin, sich zu melden, wenn sie angekommen seien, nickte er nur gequält und stieg blitzschnell aus dem Auto aus. Er schnappte sich seine Reisetasche aus dem Kofferraum, winkte in ihre Richtung und stiefelte los.

Der Bus war anscheinend noch nicht da und Katharina entschloss sich, das Betreuerteam zu begrüßen und sich vorzustellen, denn sie kannte bisher lediglich den Jugendwart aus Ramons Verein. Am Ende der Kehre scherzten vier junge Erwachsene in Trainingsanzügen mit den wartenden Jungs.

Etwas abseits standen Ramon und Tarek, sein schwarzafrikanischer Freund aus demselben Verein. Sie waren im selben Jahrgang und die einzigen Spieler aus ihrem Fußballverein, die zu dem Lehrgang der landesbesten Jungen eingeladen worden waren. Die beiden verstanden sich prima, obwohl sie privat außerhalb des Fußballs keine Berührungspunkte hatten. Tarek ging auf eine andere Schule und wohnte in Hamburg-Jenfeld, einem Stadtviertel, in dem vorwiegend Migranten das Straßenbild prägten. Der Trainer hatte Katharina vor ein paar Wochen einiges über die Eltern des Jungen erzählt, während die Jungs in der Umkleidekabine beschäftigt gewesen waren.

Tareks Familie stammte aus dem Sudan. Seine Eltern waren mit ihm und seinen drei Geschwistern vor sieben Jahren vor dem Bürgerkrieg im Süden des Landes geflohen. Tareks Vater war Lkw-Fahrer in einer Spedition gewesen, die ihren Sitz im Grenzgebiet zum Tschad hatte. Der Vater nutzte die Gunst der Stunde, als ihm übers Wochenende ein leerer Zwölftonner überlassen worden war, mit dem er am Montag in der Frühe vom benachbarten Großmarkt Gemüse abholen sollte. Gemeinsam mit einem befreundeten Familienvater und ihren Familien machten sie sich mit dem klapprigen Lkw auf den Weg nach Norden. Ihre Fluchtroute führte sie über Libyen, mit dem Ziel, irgendwie Malta zu erreichen. Nach drei entbehrungsvollen Wochen kam die zehnköpfige Schicksalsgemeinschaft völlig entkräftet in Tripolis an. Kurz vor der Stadt Sabha im Zentrum des Landes mussten sie die acht Monate alte Schwester von Tareks bestem Freund beerdigen, denn für das seit Geburt kränkelnde Kind waren die Strapazen der Reise einfach zu viel gewesen.

In Tripolis organisierte Tareks Vater über einen Schleuserkontakt eine Überfahrt auf einem verrosteten Seelenverkäufer, die die Ersparnisse beider Familien endgültig aufzehrte. Nach einer stürmischen Nacht auf See zwischen Hoffen und Bangen erreichten sie die ersehnte Mittelmeerinsel. Unmittelbar nachdem sie festen Boden unter den Füßen hatten, kniete sich der Vater minutenlang hinter der Kaimauer auf den Boden und küsste das Kopfsteinpflaster ab.

Tareks Familie wurde per Losentscheid einem deutschen Flüchtlingskontingent zugeteilt und konnte noch am Tag der Ankunft über das UNHCR einen Asylantrag in Deutschland stellen.

Vor dem Container, in dem das Büro des Flüchtlingshilfswerks untergebracht war, lagen sich Tarek und sein bester Freund das letzte Mal in den Armen, um Lebewohl zu sagen. Seit diesem Tag hatte Tarek nie wieder etwas von ihm gehört.

Obwohl Ramon ihr bedeutete zu verschwinden, ließ sich Katharina nicht vertreiben. In diesem Moment bog ein großer Reisebus um die Ecke und hielt in der Kehre. Nachdem der Fahrer den riesigen Kofferraum geöffnet hatte, setzte unter den Jungs geschäftige Hektik ein. Jeder wollte zuerst sein Gepäck verstaut sehen, um einen der begehrtesten Plätze zu ergattern. Katharina sah zu, dass sie nicht umgerannt wurde, und verabschiedete sich von Ramon und Tarek, dessen Eltern sie zwar kannte, aber nirgendwo entdecken konnte.

Sie ging zurück zu ihrem Wagen und sagte sich, dass es absolut richtig gewesen war, Ramon die Teilnahme an dieser Ausfahrt mit einem Trick ermöglicht zu haben. Seine freudige Erregung am Frühstückstisch hatte sie genossen. Der bevorstehende Fußballlehrgang war für Ramon die Erfüllung eines langersehnten Traums. Seine Weigerung, wegen Ricky Metzger daran teilzunehmen, war nur der großen Angst vor weiteren tätlichen Übergriffen geschuldet.

Sie hatte nach langer Überlegung mit dem Jugendwart des Vereins ein vertrauliches Gespräch geführt, ohne Ramon etwas davon zu erzählen. Der Mann war hauptberuflich Lehrer und zufällig an der Schule tätig, an der Ricky Metzger und seine Spießgesellen ihr Unwesen trieben.

Sie verharmloste das kriminelle Geschehen vor der Sporthalle, um den Mann nicht gleich zu einer Anzeige bei der Polizei zu veranlassen und um ihr Gewissen Ramon gegenüber zu schonen.

Nach zwei Tagen rief der Jugendwart zurück.

Ricky Metzger war aus erzieherischen Gründen vom Fußballlehrgang des älteren Jahrgangs suspendiert worden. Man hatte die Eltern zwar nicht erreichen können, aber der Lehrer hatte ihm die Botschaft persönlich auf dem Schulhof überbracht. Das Ergebnis waren zwei zertretene Papierkörbe und eine schriftliche Mitteilung an die Eltern. Katharina nahm dem Lehrer noch das Versprechen ab, Ramon gegenüber nichts von ihrem Gespräch und den erwähnten Mobbingattacken zu erzählen, dann sagte sie seine Teilnahme zu.

Ramon hatte die Nachricht mit einer Becker-Faust und einem gehämmerten »Ja« aufgenommen und anschließend gleich Tarek angerufen und die gemeinsame Zimmerbelegung klargemacht.

***

Auf der Fahrt ins Büro dachte Katharina an den Tag, der vor ihr lag.

Sie hatte Sam gestern eine Nachricht geschrieben und er hatte gleich zurückgerufen. Katharina hatte ihn um ein Gespräch heute

Mittag gebeten. Er hatte zugesagt, obwohl sie ihm den Grund nicht genannt hatte. Sie wollte am Morgen in aller Ruhe über das nachdenken, was Silke Schoska ihr gestern erzählt hatte. Auch Rebecca würde sie erst einmal nichts von dem berichten, was eigentlich nicht wahr sein konnte.

Die Behauptung, dass Isaak Brinkowsky lebte, hielt sie für völligen Unsinn. Aber sie war entschlossen, der Sache auf den Grund zu gehen. Und Sam war der richtige Partner dafür.

Nur wusste er noch nichts davon.

Sie hatte bereits ihrer Assistentin angekündigt, alle Termine für heute abzusagen. Nur die eiligen Fristsachen wollte sie erledigen. Zum Glück standen keine Gerichtstermine an, denn die hätte sie nicht von einem Tag auf den anderen verlegen lassen können.

Wolf hatte im Büro sofort von ihrer Hektik Wind bekommen und löcherte sie mit Fragen nach neuen Erkenntnissen im Fall Brinkowsky. Sie wunderte sich schon seit ein paar Tagen, dass er mehr denn je Interesse an ihrem Fall zeigte. Die Behauptung von Silke Schoska behielt sie für sich.

Gegen Mittag hatte sie die dringenden Schreiben und Telefonate vom Tisch. Sie packte zusammen und machte sich auf den Weg zu Sam.

Sie hatte gezögert, als er am Telefon vorgeschlagen hatte, sich bei ihm in der Wohnung zu treffen. Er gab als Grund an, dass er noch etwas Papierkram zu erledigen habe.

Warum sollte sie auch nicht zu ihm in die Wohnung fahren?

Sam nannte ihr eine Adresse in der Danziger Straße im Stadtteil St. Georg. Dort habe er seit einem Jahr seine Zelte aufgeschlagen. Da Besucherparkplätze seit ein paar Wochen gar nicht mehr vorhanden seien, hatte er ihr empfohlen, lieber die U-Bahn zu nehmen. Eigentlich hatte sie vor, mit ihm später in die Chemnitzstraße zu fahren, aber am Telefon wollte sie nicht darüber reden. Und ob Sam selbst ein Auto hatte, wusste sie nicht. In der Hoffnung, sie würde schon irgendwo in der Nähe einen Parkplatz finden, holte sie doch lieber ihren Wagen aus der Tiefgarage.

Sam lebte in einem schmucken Altbau, wie er typischer für das alte Stadtviertel nicht sein konnte. Eine einladende Treppe aus grauem Granit führte zu einer doppelflügeligen Edelholztür mit unterschiedlich geschliffenen Glaseinsätzen, durch die das großzügige Treppenhaus zu sehen war. Neben der Tür prangte eine glänzende Messingplatte mit sechs Klingelknöpfen. Neben dem rechten mittleren Klingelknopf klebte über dem Namensschild ein handgeschriebener Zettel.

SAM.

Die Schrift auf dem Zettel war verblichen.

Er scheint ihn zumindest nicht erst heute für mich aufgeklebt zu haben.

Katharina schaute sich um. Es war niemand in Sichtweite. Sie löste den Zettel an einer Ecke ab und klappte ihn vorsichtig nach vorne. Darunter stand ein eingravierter Name.

HOSIAN.

Vielleicht wohnt er nur vorübergehend in der Wohnung eines Freundes?

Sie presste den Klebezettel fest auf das Namensschild und betätigte den Klingelknopf.

»Die Tür ist tagsüber offen. Ich wohne im Ersten. Komm hoch«, hörte sie seine Stimme durch die Gegensprechanlage.

Sie drückte die Tür nach innen und betrat einen stilechten Vorflur, der ins Treppenhaus führte.

Der Granit von der Eingangstreppe setzte sich fort und war mit bunten Mosaiken verziert, die sich in den schwarz glänzenden Wandkacheln wiederfanden. Die Kacheln endeten auf Brusthöhe unter einem Paneel aus dem Edelholz der Eingangstür. Links im Vorflur hingen sechs Briefkästen. An einem klebte ebenfalls ein Zettel mit *SAM.*

Katharina musste schmunzeln. Wer schrieb jemandem unter dem Namen *SAM*?

Sie sparte sich einen Blick unter den Zettel und trat über zwei Stufen durch eine doppelflügelige Schwingtür aus Glas und Holz. Die breite dunkle Holztreppe war in der Mitte mit einem Läufer aus rotem Sisal belegt und führte über das Hochparterre in den ersten Stock. Es roch nach Bohnerwachs und Reinigungsmitteln.

Sam wartete in der Wohnungstür und lächelte. Er trat zur Seite und machte eine einladende Handbewegung. Katharina schielte beim Betreten auf das Klingelschild. Auch dort klebte der obligatorische Zettel.

Im Flur neben der Tür bemerkte sie die Gegensprechanlage, die mit einem Monitor ausgestattet war.

Du Idiotin. Das hättest du dir denken können. Jetzt hast du dich ganz schön blamiert.

Er feixte und zog die Brauen hoch. »Immer diese neugierigen Anwältinnen. Das muss eine Juristenkrankheit sein.«

Sie lachten herzhaft und gingen ins Wohnzimmer.

Der Raum war großzügig geschnitten und hatte eine offene Küche, an deren Übergang ein runder Esstisch stand. Das Wohnzimmer mit seinen drei über Eck gestellten Hussensofas und dem großen Bücherregal an der einen Wand strahlte Gemütlichkeit aus.

Das ist niemals seine Wohnung, dachte Katharina. Hier könnte ein älterer Professor oder Schriftsteller leben.

Sie setzte sich auf das Sofa und Sam servierte Kaffee und Mineralwasser.

»Wie du ja schon festgestellt hast, ist das nicht meine Wohnung. Sie gehört einem Bekannten von mir. Thomas Hosian. Er ist beim Auswärtigen Amt und für ein Jahr auf einem Auslandseinsatz«, sagte er, nachdem er sich ebenfalls gesetzt hatte.

Katharina nahm die Erklärung kommentarlos hin. Was sollte sie auch darauf erwidern? Sie hatte sich so etwas Ähnliches gedacht.

Bevor sie Sam von dem Gespräch mit Silke Schoska erzählte,

teilte sie ihm den Namen der Firma in Katar mit, den sie von der Polizei erfahren hatte.

Sam bedankte sich und ging zu seinem Laptop auf dem Esstisch. Nach einem Moment kehrte er zurück und nickte. »Die Firma ist uns bekannt. Die Inhaber und ihre Familien gehören zum Umfeld der Hamas. Du weißt hoffentlich, was das bedeutet.«

Katharina nickte. Natürlich hatte sie von der radikal-islamischen Terrororganisation gehört. Umso weniger konnte sie sich vorstellen, dass Isaak Brinkowsky diese Leute mit seiner Technologie hatte beliefern wollen.

Dann berichtete sie von ihrem Gespräch mit der Mitarbeiterin der *ai-solutions*.

Sam rieb sich das stoppelige Kinn und stand auf. Er trat vor die Balkontür.

»Was denkst du? Kann das stimmen?«, fragte Katharina.

»Ich habe keine Ahnung. Irgendwie passt alles nicht zusammen. Noch nicht. Die IT-Entwicklung. Die Brandleiche und die gentechnische Übereinstimmung mit Isaak Brinkowsky. Der feige Mord der rechten Brut an Daniel.« Er holte tief Luft. »Und dann schaue ich mir Rebecca an und frage mich, wie sie in diese Geschichte passt. Ich habe ihr von Anfang an nicht so recht getraut, das weißt du.«

»Sam, lass uns in die Chemnitzstraße nach Altona fahren. Wir sollten uns das Haus zumindest einmal anschauen. Vielleicht finden wir etwas Verdächtiges.«

»Hast du ein Bild von Isaak?«, wollte Sam wissen.

Katharina nickte und klopfte auf ihre Umhängetasche.

»In Ordnung, wir fahren mit meinem Auto. Das steht in der Tiefgarage.«

»Mein Wagen parkt ein paar Straßen weiter, aber der kann da nicht bleiben. Wir sollten lieber mit meinem fahren«, widersprach Katharina.

Sam schüttelte den Kopf.

»Nein, in meinem habe ich eine Ausrüstung, die wir vielleicht brauchen könnten. Du stellst derweil dein Auto in die Tiefgarage«, sagte er und schnappte sich Jacke und Wagenschlüssel.

✳✳✳

Die Sportschule im Süden von Schleswig-Holstein, gerade hinter der Landesgrenze zu Hamburg, war für jugendliche Fußballer so etwas wie eine Kultstätte. Ehemalige Welt- und Europameister hatten hier seit Jahren zur Vorbereitung auf Länderspiele genächtigt und für spätere Generationen unter den Namensschildern an den Zimmertüren ihre Autogramme verewigt. Ramon suchte sich sofort das Zimmer aus, in dem schon Toni Kroos und Manuel Neuer geschlafen hatten. Ehrfürchtig machte er die Zimmertür auf und hielt nach weiteren Spuren der prominenten Vorbewohner Ausschau.

Ramon wusste, dass Tarek auch alle prominenten deutschen Nationalspieler kannte. Allerdings hatte sein Vater ihm verboten, Schals, Mützen oder Nationaltrikots zu tragen. Sie waren schließlich Schwarzafrikaner, hatte er Tarek eingebläut.

Jetzt lagen Ramon und Tarek wortlos auf ihren Betten und starrten an die Decke. Sie hatten beide zu Hause mit sparsamen Worten ihre Ankunft vermeldet und sich gleichzeitig fürs Erste abgemeldet. Die andauernden Nachfragen der Familie nervten. Jetzt waren ihre Gedanken bei den nächsten fünf Tagen.

Wahnsinn.

Während ihre Klassenkameraden Englisch, Deutsch und Mathematik pauken mussten, war für Ramon und seinen Freund Fußball satt angesagt. Zwei Trainingseinheiten am Tag und zwischendurch Taktikschulung. Genauso wie es die Profifußballer machten. Am letzten Tag gab es dann noch ein Testspiel gegen die Landesauswahl von Schleswig-Holstein.

Mehr ging nicht.

Angesichts des vollgepackten Fußballprogramms war es zu

verkraften, dass ansonsten strenge Regeln herrschten. Kein Alkohol, kein Kiffen und Rauchen und um einundzwanzig Uhr dreißig waren alle auf den Zimmern. Ab zehn galt absolute Nachtruhe und das Licht war aus. Wer sich nicht daran hielt, konnte sofort seinen Koffer packen.

Heute am Ankunftstag stand nur das halbe Programm auf dem Plan, denn den Nachmittag durften alle Teilnehmer auf dem Gelände der Sportschule nach freier Wahl verbringen, wo diverse andere Sport- oder Freizeitmöglichkeiten vorhanden waren. Mit einer vorher eingeholten Sondergenehmigung durfte man auch in die nahe gelegene Einkaufspassage.

In einer halben Stunde mussten sie ausgepackt haben und im Trainingszeug unten auf dem Rasen stehen.

Die erste Trainingseinheit hatte Ramon ziemlich gefordert und der Trupp schlich nach zweieinhalb Stunden schweißgebadet in die Umkleide zum Duschen. Nach dem gemeinsamen Mittagessen beschlossen Ramon und Tarek, auf ihrem Zimmer zu bleiben und am Nachmittag für zwei Stunden in die benachbarte Einkaufspassage zu gehen.

Sie verließen das Sportgelände und schlenderten den Bürgersteig entlang. Dem zerbeulten VW Bulli, an dem sie nach etwa hundert Metern vorbeikamen, schenkte Ramon keine Beachtung.

In der Einkaufspassage hingen sie mit einer anderen Gruppe aus der Sportschule eine Weile ab, um sich dann in ein Eiscafé zu setzen und mit ein paar Mädels rumzualbern. Rechtzeitig machten sie sich auf den Rückweg. Kurz hinter der großen Drehtür am Eingang der Passage blieb Tarek plötzlich stehen und fluchte leise. Er hatte seinen Rucksack im Café vergessen. Ramon hatte keine Lust, zu warten, und ging vor. Sein Weg führte ihn wieder an dem VW Bulli vorbei. Die seitliche Schiebetür stand einen Spaltbreit offen.

Als er sich direkt neben der Tür befand, ging sie ruckartig auf und vier Hände zerrten ihn ins Wageninnere. Für Sekundenbruchteile nahm er schemenhaft drei Personen mit Skimasken wahr, dann hatte er schon einen stinkenden Jutesack über dem Kopf und eine kräftige Faust klammerte sich um seinen rechten Arm. Die Schiebetür wurde mit einem kräftigen Rums geschlossen. Seine Gelenke wurden mit einem Klebeband fixiert und jemand durchsuchte seine Taschen. Nachdem sie ihm das Handy abgenommen hatten, hörte er, wie vorne die Fahrertür geöffnet wurde. Der Fahrer schien ausgestiegen zu sein und kam kurz darauf wieder zurück. Die Fahrertür fiel zu und der Bulli setzte sich in Bewegung.

Ramon brauchte einen Moment, um zu begreifen, was überhaupt passiert war.

Dann rief er laut um Hilfe. Prompt erhielt er einen heftigen Schlag in die Magengegend. Ihm wurde sofort speiübel und er versuchte, seine Atmung zu kontrollieren.

Wenn er jetzt kotzen müsste, würde er ersticken.

»Halt die Schnauze und bleib still sitzen, dann passiert dir nichts«, hörte er vorne eine dumpfe männliche Stimme sagen.

Er war sich sicher, dass die Stimme verstellt war. Sie klang wie in einen Becher hineingesprochen.

Die Übelkeit legte sich langsam.

Was wollten sie von ihm?

Und vor allem: War das Ricky Metzger mit seinen Kumpanen?

Durch den Jutesack drangen lediglich vereinzelte Lichtstrahlen, sodass Ramon nicht einmal die Umrisse der Personen im Wageninneren erkennen konnte. Das Schlimmste war der fürchterliche Gestank. Er hatte keine Vorstellung, was vorher in dem Sack aufbewahrt worden war. Eigentlich wollte er es auch gar nicht so genau wissen.

Lange würde er es jedenfalls nicht mehr aushalten, ohne zu kotzen.

»Mir ist tierisch übel. Ich kriege keine Luft mehr«, würgte er hervor.

Der Griff um seinen Arm lockerte sich und eine Hand schob den unteren Rand des Sacks etwas nach oben. Gleichzeitig drückte eine andere Hand seinen Kopf nach unten.

Ramon versuchte, nur durch den Mund zu atmen.

Wo bringen die mich hin? Und was haben sie vor?

Sie waren inzwischen eine Weile unterwegs und Ramon hatte den Eindruck, sie würden sich irgendwo auf einer Autobahn befinden, denn es ging in gleichbleibendem Tempo geradeaus. Absolute Stille herrschte im Fahrzeug. Wenn der Wagen ein Navi hatte, waren die Sprachhinweise ausgeschaltet.

Mit zunehmender Fahrtdauer machte sich bei Ramon neben der Angst pure Verzweiflung breit. Er hatte keine Möglichkeit, einen Notruf abzusetzen. Sein Smartphone hatten sie ihm abgenommen. Sicher hatte es der Fahrer vor der Abfahrt noch schnell in einen Mülleimer geworfen. Er hatte mal in einer TV-Sendung gesehen, dass man ein Handy mit Batterie orten konnte, auch wenn es ausgeschaltet war. Zumindest würde man das Telefon irgendwo finden und wissen, dass er entführt worden war.

Die Fahrt verlangsamte sich und es folgte eine weit geschwungene Rechtskurve. Offenbar sind wir von der Autobahn abgefahren, dachte Ramon. Nach einem kurzen Halt ging es ziemlich langsam weiter. Sie mussten sich wieder in einer Stadt befinden. Ab und an hielt der Wagen, um dann weiterzufahren. Vermutlich hielten sie immer vor irgendwelchen Ampeln.

Auf einmal wechselte der Untergrund. Ramon war überzeugt, dass sie irgendwo auf einem Schotterweg fuhren. Sie bogen in eine Auffahrt und der Bulli hielt. Er hörte von vorne ein Tuscheln zwischen Fahrer und Beifahrer. Verstehen konnte er nichts. Dann klapperte ein Schlüsselbund und die Wagentüren wurden geöffnet.

Er nahm den Kopf leicht nach oben und sein Blick blieb auf seinem Handgelenk hängen.

Es war zwanzig Minuten nach sechs.

Sie waren über eine Stunde unterwegs gewesen.

In der Sportschule würden sie jetzt beim Abendessen sitzen. Tarek.

Was hatte er wohl gedacht, als er in die Unterkunft zurückgekommen war und weit und breit nichts von ihm zu sehen gewesen war? Bei seinem Handy war die Mailbox angesprungen, mehr nicht.

Wahrscheinlich würde Tarek jetzt allein essen.

Das Betreuerteam würde sich nach ihm erkundigen.

Und dann?

Sie würden mit Sicherheit Katharina anrufen und fragen, ob er zu Hause war.

Und so wie er Tarek kannte, würde auch er Katharina eine Nachricht hinterlassen.

Aber würde das reichen?

30

Leon Schmalzberger saß in seinem unscheinbaren Kombi und beobachtete den Eingang des Hauses mit der Nummer 197 auf der anderen Straßenseite, in dem angeblich Valentina Pavlova wohnte. Es war ein weiß verputztes Siedlungshaus aus den Sechzigerjahren, dem man schon von außen die Enge und Schlichtheit im Inneren ansah. In der Nachbarschaft gab es Einzelhandelsgeschäfte und Handwerksbetriebe. Die Gegend war irgendwie aus der Zeit gefallen. Sie passte so gar nicht zu den modernen, von gläsernen Neubauten dominierten Innenstadtbereichen der Elbmetropole.

Er stieg aus und überquerte im Laufschritt die viel befahrene vierspurige Straße in Hamburg-Billstedt, einem überwiegend von Migranten bevölkerten Stadtteil.

Vor dem verwitterten Holztörchen blieb er einen Augenblick stehen und schaute über den winzigen Vorgarten. Eine Garage oder einen zum Grundstück gehörenden Stellplatz konnte er nicht entdecken, keine Seltenheit in diesem Viertel.

Er war gerade auf dem Weg zur Haustür, als hinter ihm ein Kleinwagen auf den Bürgersteig rumpelte. Auf dem Dach war ein Kochtopf aus Plastik befestigt.

Essen auf Rädern, stand in großen Lettern auf der Beifahrertür und der Motorhaube. Ein korpulenter junger Mann mit südosteuropäischen Wurzeln quälte sich in seiner schwarzen Servicekleidung aus dem Fahrersitz und holte aus dem Kofferraum eine Warmhaltekiste aus Styropor. Dann wackelte er durch das Törchen und blieb vor Schmalzberger stehen.

»Bin ich hier richtig? Wohnt hier Valentina Pavlova?«, fragte Schmalzberger.

»Ich Ratzek. Bringe Essen zweimal am Tag und kaufe Wasser und Tabletten«, antwortete er mit rollendem R. »Valentina alt und krank. Du Sohn?«

»Nein, ich bin nicht ihr Sohn, nur ein Bekannter von ihm«, log Schmalzberger.

»Kommen mit rein. Ich haben Schlüssel. Valentina nicht laufen, nur sitzen. Aber Kopf gut. Macht immer Witze und gibt viel Trinkgeld.«

Ratzek stellte die Kiste ab und schloss die Haustür auf. Schmalzberger stob eine Duftwolke aus altem Fett, Toilettenmief und abgestandenem Essen entgegen. Im hinteren Wohnbereich plärrte ein Fernseher.

»Puh, ich lasse Luft zuerst«, sagte Ratzek.

Schmalzberger folgte ihm in ein Esszimmer, das in den nicht viel größeren Wohnbereich überging. Die Tapeten erinnerten ihn an die Fernsehsendung *Die Unverbesserlichen*, die seine Großeltern immer geschaut hatten, wenn er bei ihnen hatte übernachten müssen.

Auf dem Esstisch trocknete die Mittagslieferung, die wohl nicht sonderlich geschmeckt hatte. Im Wohnzimmer lief eine Vorabendsendung. Ratzek riss das Fenster im Esszimmer auf.

Valentina Pavlova saß im Rollstuhl und schaltete den Fernseher aus.

»Ich bekomme Besuch. Wie schön«, sagte sie mit einer jugendlichen Stimme, die so gar nicht zu ihrem Erscheinungsbild passte. Die alte Frau hatte ein eingefallenes gelbliches Gesicht, ihr Körper war ausgemergelt. Um ihre Beine hatte sie eine karierte Wolldecke gewickelt.

Schmalzberger stellte sich mit richtigem Namen vor, gab sich jedoch als befreundeter Arbeitskollege aus, der sich Sorgen um ihren Sohn Edin machte, da der ja seit Wochen krankgeschrieben und nicht zu erreichen sei.

Valentina Pavlova schüttelte enttäuscht den Kopf.

»Verlorener Sohn trifft es genau. Auch ich habe seit einem Monat nichts mehr von Edin gehört. Das Letzte, das er mir erzählt hat, war tatsächlich, dass er krank ist«, sagte sie und ließ Ratzek nicht aus den Augen, der gerade den Esszimmertisch leer räumte. »Ratzek, mach das Fenster zu. Mir wird kalt.«

»Das tut mir leid für Sie«, sagte Schmalzberger und war im

Begriff, sich zu verabschieden, als ihm eine Idee kam. »Ich weiß, dass Edin in Hamburg einen Freund hat, Anton Busmann. Kennen Sie den?«

»Den Toni, so wurde er immer genannt. Natürlich kenne ich ihn. Er und Edin waren Studienfreunde und haben zusammen Sport gemacht. Judo und Karate. Der Toni war früher oft hier, aber den habe ich schon Jahre nicht mehr gesehen. Er hat mit seinen Eltern irgendwo im feinen Westen von Hamburg gelebt. In Niendorf oder Ottensen. Wo, weiß ich nicht mehr genau.«

Ratzek hatte das Fenster geschlossen und auf dem Tisch stand frisch zubereitet das Abendessen.

Schmalzberger wünschte der alten Dame einen gesegneten Appetit und verließ das Haus.

Auf der Fahrt in sein Hotel in der Nähe des Hauptbahnhofs überlegte er seinen nächsten Schritt. Bevor er zu Valentina Pavlova gefahren war, hatte er bei der Firma *ai-solutions* angerufen und nach Anton Busmann verlangt.

Er machte es privat und dringend.

Aber die Auskunft, die er erhielt, war ziemlich unbefriedigend. Von der Geschäftsführung sei nur Frau McDermott zu sprechen, die anderen beiden Herren seien längere Zeit verreist. Zumindest erhielt er eine Handynummer von Anton Busmann.

Allerdings hatte er es schon zweimal erfolglos versucht. Eine Nachricht hatte er nicht hinterlassen. Das, was er Busmann zu sagen hatte, gehörte nicht auf eine Mailbox.

Im Hotel entschloss er sich, einen letzten Versuch zu unternehmen. Er schickte Anton Busmann eine SMS, in der er um dringenden Rückruf bat.

Es gehe um Malta.

Dann begab er sich ins Hotelrestaurant und bestellte ein Bier und eine ordentliche Portion Hamburger Pannfisch.

Der Ober hatte gerade das Getränk gebracht, da vibrierte sein Handy. Die Nummer war unterdrückt.

»Ja bitte?«

»Sie wollten mich dringend sprechen? Wer sind Sie? Und was sollte der Hinweis auf Malta?«

»Ich bin Privatdetektiv. Mein Name tut nichts zur Sache.« Dann nannte er die maltesische Firma, Edin Pavlov und eine Zahlung von vier Komma fünf Millionen Euro von *Bellmann & Wächter* an die *ai-solutions.* »An dieser Firma sind Sie doch beteiligt, wenn ich mich nicht irre.« Er sprach leise, denn das Restaurant war gut besucht.

Es herrschte einen Moment Stille, bis sich der Anrufer wieder meldete. »Ach, so ist das. Ich verstehe. Wo Sie Ihre Informationen herhaben, brauche ich ja wohl nicht zu fragen.«

»Sie haben es erfasst.«

»Wie viel wollen Sie?«

»Zweihunderttausend. In kleinen Scheinen.«

»Das kann ich Ihnen so schnell nicht versprechen. Ich melde mich morgen und dann sollten wir uns in Kürze treffen.«

Schmalzberger merkte, wie sich sein Puls beschleunigte. »Wo?«

»Das sage ich Ihnen noch. Bringen Sie die Unterlagen mit und kommen Sie allein.«

Nach dem Telefongespräch merkte Anton Busmann, wie das Blut in ihm hochkochte. In letzter Zeit schien sich alles gegen ihn verschworen zu haben. Nachdem Pavlov und er sich die Millionen aus ihrer maltesischen Firma brav geteilt hatten, war die Welt noch in Ordnung gewesen. Irgendwann sagte Pavlov ihm, dass ein Privatdetektiv hinter die Sache gekommen sei und man in der Vorstandsetage von *Bellmann & Wächter* nun auch Bescheid wisse.

Damit hatten die Probleme angefangen. Sie mussten beide schlagartig verschwinden. Pavlov erzählte ihm, dass er vorher ein zweites Mal Kasse machen wolle. Er verkaufte ihren Coup tatsächlich an die Presse. Für wie viel, sagte er zwar nicht, aber Busmann war überzeugt, dass für solch eine Geschichte ein Vermögen über den Tisch gegangen war.

Sein Versuch, mit einer Drohung gegen den Journalisten eine Veröffentlichung zu verhindern, war kläglich gescheitert.

Und jetzt wollte dieser schmierige Privatschnüffler ihn auch noch zur Kasse bitten.

Er würde sich etwas einfallen lassen, bevor er sich endgültig von der Bildfläche verabschiedete.

***

In Sams lackschwarzem Hummer brausten sie die steile Garagenauffahrt hinauf. Katharina war ungern in das monströse Gefährt eingestiegen, denn es war unzeitgemäß. Außerdem fand sie, dass eine Kampfmontur in Tarnfarben besser zu diesem Fahrzeug gepasst hätte als ihr eleganter Hosenanzug.

»Im Prinzip hast du recht«, sagte Sam. »Fünfundzwanzig Liter auf hundert Kilometer und ein Platzbedarf von zwei VW Polo sind in einer Großstadt nicht angesagt. Vielleicht tröstet es dich, dass ich mit diesem Wagen vor einem Jahr in einem Einsatz in Marokko gewesen bin. Dort sind solche Fahrzeuge durchaus hilfreich. Da der Wagen nicht mir gehört, sondern ein israelisches Behördenfahrzeug ist, musste ich mit dem Brummer über Spanien nach Hamburg reisen. Eine Wonne.«

»Bist du eigentlich wie versprochen bei der Polizei gewesen?«, fragte Katharina.

Sam antwortete nicht sofort und Katharina merkte, dass ihm dieses Thema unangenehm war. Dann nickte er und erzählte von dem Phantombild, das sie von dem Toten in der Baugrube angefertigt hatten. »Es war Daniel. Von seinem Gesicht haben diese miesen Typen nicht viel übrig gelassen. Ich habe meine Aussage gemacht und das war's.«

Die Stadt war voll und sie brauchten fast eine Dreiviertelstunde, bis Sam in die Max-Brauer-Allee einbog. Das Navi zeigte an, dass nach sechshundert Metern rechts die Chemnitzstraße abzweigte. Sie ließen den Bahnhof Altona links liegen und Sam lenkte den Hummer in die Zielstraße. Wenig später fanden sie tatsächlich eine freie Bucht, wenn auch nur fürs Kurzparken.

»Es sind noch zwei Häuserblocks bis zur Hausnummer 19. Wir steigen hier aus und sondieren die Lage zu Fuß. Dann entscheiden wir weiter. Nimm das Bild vorsichtshalber schon mit«, sagte er und öffnete die Fahrertür.

Kurz darauf tauchte vor ihnen eine Bäckerei auf.

»Das muss die Bäckerei sein, in der die Frau Isaak Brinkowsky gesehen haben will«, sagte Katharina und blieb stehen.

»Komm erst mal mit. Da drinnen fragen wir auf dem Rückweg nach«, sagte Sam und ging einfach weiter.

Die Hausnummer 19 war ein viergeschossiges Mehrfamilienhaus aus den Siebziger- oder Achtzigerjahren. Der ehemals weiße Rauputz war schmutzig und rissig, zumindest schienen die Fenster zur Straßenseite kürzlich erneuert worden zu sein. Neben dem Eingang lagen vereinzelte Gerüstteile, die wahrscheinlich vergessen worden waren.

Sam trat an die Klingelleiste und machte ein Foto.

Dann gingen sie die Auffahrt neben dem Haus nach hinten und erreichten eine große Parkplatzfläche, die sich über die gesamte rückwärtige Grundstücksfläche erstreckte und an die ein Gartenteil mit mehreren Wäschespinnen grenzte. Immerhin hatten die Wohnungen Balkone, die fast alle Satellitenschüsseln beheimateten.

»Mit deinem Auto können wir uns da nicht hinstellen und warten, das fällt ja jedem sofort auf«, ätzte Katharina.

»Von hier sieht man sowieso nicht den Eingang. Wir müssen uns irgendwo vorne platzieren.« Sam drehte um, Katharina folgte ihm.

Auf der Straße schaute er sich um. Schräg gegenüber vor einem flachen Bürogebäude befanden sich vier Privatparkplätze, von denen einer besetzt war.

»Warte, ich bin gleich wieder da.« Sam lief in den seitlichen

Eingang des Bürotrakts hinein. Nach etwa fünf Minuten kam er zurück.

»Das ist eine Versicherungsagentur. Nette Leute. Wir dürfen einen Platz bis morgen früh belegen«, sagte er grinsend und steckte seine Brieftasche ins Sakko.

Das macht er nicht zum ersten Mal, sagte sich Katharina im Stillen.

Sie begaben sich auf den Rückweg.

Als sie die Bäckerei passierten, hielt Sam sie am Arm fest. »Bitte gib mir mal das Foto. Ich hole uns zwei Kaffee to go.«

Katharina sah durch das Schaufenster, wie er mit dem Bild in der Hand mit einer der beiden Verkäuferinnen sprach. Er schien den richtigen Ton getroffen zu haben, denn die Frau lachte und nahm die Aufnahme entgegen. Sie betrachtete das Foto immer noch amüsiert und schüttelte den Kopf. Sie reichte es an ihre Kollegin weiter und ließ den bestellten Kaffee durch die Maschine laufen. Auch die Kollegin schüttelte den Kopf.

»Fehlanzeige. Aber das hat nichts zu bedeuten, denn gestern Vormittag war nur eine der beiden hier«, sagte er wieder auf der Straße und reichte Katharina einen Kaffeebecher.

Sie holten den Wagen und Sam parkte mit dem Kühlergrill voran an der Hauswand ein.

»Wir setzen uns jetzt fein nach hinten und halten die Augen auf. Die dunklen Scheiben sind ein perfekter Sichtschutz. Von draußen sind wir nicht zu erkennen«, sagte er und stieg aus.

Sam öffnete die Heckklappe und griff sich eine Reisetasche aus einem der Seitenfächer. Er stieg in den Innenbereich, bei dem an den Wagenseiten Sitze angebracht waren. Katharina kletterte hinterher und Sam zog die Klappe zu.

Die Sicht war optimal. Sam öffnete die Tasche und entnahm ihr einen Fotoapparat mit einem großen Teleobjektiv. Dann schien er noch etwas anderes zu suchen, allerdings ohne Erfolg. Er testete die Einstellung des Tele und lehnte sich zufrieden zurück.

»Jetzt heißt es Geduld haben«, sagte er und schlürfte an seinem Kaffee.

Katharina schaute auf die Uhr. Sie hatte keine Vorstellung, wie lange sie mit einem Agenten des israelischen Geheimdienstes ihren Nachmittag verbringen wollte. Immerhin standen sie hier und jetzt auf ihren ausdrücklichen Wunsch hin.

»Zeig mal das Foto von der Klingelleiste«, bat sie.

Sam überließ ihr sein Handy. Es waren acht Klingelschilder mit vorwiegend ausländisch klingenden Namen. Zwei Namen bildeten eine Ausnahme. Goldmann war der eine, Fritzke der andere. Die Namen sagten ihr alle nichts. Sie hob fragend die Schultern und gab das Telefon zurück.

Die ersten beiden Stunden verliefen ereignislos. Zwei ältere Frauen machten eine Gassirunde mit ihren Hunden. Ein südländisch aussehender Mann ging zum Parkplatz und fuhr weg. Jetzt schob eine junge Frau einen Kinderwagen aus dem Haus und überquerte die Straße. Sie hielt direkt auf den Hummer zu und bog auf dem Fußweg nach rechts ab.

Ein dunkler Audi mit Hamburger Kennzeichen rollte langsam an dem Haus vorbei und bog auf die Auffahrt zu den hinteren Parkplätzen. Sam notierte sich das Kennzeichen. Nach wenigen Minuten kam ein Mann schnellen Schrittes die Auffahrt hoch. Sam hatte bereits die Kamera im Anschlag, der Auslöser gab ein klackendes Stakkato von sich.

Katharina traute ihren Augen nicht.

Es war Anton Busmann, der in den Hauseingang trat.

»Das gibt es doch nicht. Das ist Busmann!«, entfuhr es ihr.

Sam hatte immer noch den Sucher vorm Auge.

»Er hat auf den dritten Knopf von oben auf der rechten Leiste gedrückt«, sagte er und packte die Kamera weg. Dann schnappte er sich sein Handy und schaute auf das Bild der Klingelleiste. »Er hat bei Goldmann geklingelt.«

»Du weißt, was das bedeutet«, erwiderte sie.

Sam packte die Reisetasche in die Ablage unter seiner Sitzbank. Er klappte die Rücksitze um und kletterte auf den Fahrersitz.

Katharina tat es ihm nach und hoffte, dass ihr Hosenanzug unversehrt den Beifahrersitz erreichen würde. »Was machen wir jetzt? Sollen wir die Polizei verständigen?«

Sam schüttelte den Kopf. »Möglicherweise ist das nur sein Versteck. Er wird ja angeblich von allen Beteiligten gesucht, wie du mir erzählt hast. Ich nehme an, Busmann interessiert dich nicht so sehr. Du willst ja wissen, ob sich Isaak Brinkowsky dort befindet.«

Er hatte recht. Doch sollten sie dort einfach klingeln?

Wahrscheinlich war Busmann bewaffnet. Ihm traute sie alles zu.

»Ich schlage vor, wir brechen erst einmal ab.« Er schaute auf die Uhr. »Ich muss für eine Lauschaktion noch einmal nach Hause, mein elektronisches Stethoskop holen. Damit können wir Gespräche in seiner Wohnung von außen abhören. Ich dachte, es wäre hier im Wagen, aber ich habe mich geirrt.«

»Okay.«

»Wir fahren erst zu mir und dann zu dir. Du solltest dir etwas anderes anziehen. Etwas Dunkles, Sportliches vielleicht. Unterwegs besorgen wir uns was Essbares und kehren zurück. Wenn sich Brinkowsky tatsächlich dort versteckt, bleibt er auch dort und läuft nicht in der Gegend herum. Und heute Abend rücken wir ihm auf die Pelle. Sollte sich herausstellen, dass er dort nicht ist, können wir immer noch die Polizei verständigen. Was hältst du davon?«

Der Vorschlag ergibt Sinn, dachte Katharina und gab das Kommando zur Abfahrt. Es versprach heute Nacht spannend zu werden. Quasi ein Praktikum in Agentenkunde.

Was hätte sie eigentlich ohne ihn gemacht?

Auf der Rückfahrt zermarterte sie sich das Hirn, was Busmann und Brinkowsky wohl zu besprechen hatten, wenn sich der Mann ihrer Mandantin tatsächlich seit Wochen in dieser Wohnung versteckt hielt.

Und was hatte es mit der DNA-Analyse auf sich, die Brinkowsky als Brandleiche identifizierte? Konnten derartige Befunde so falschliegen? Irgendwann würde es sicher eine Erklärung für alles geben.

Während Katharina im Wagen wartete, als Sam seine Abhörutensilien aus der Wohnung holte, sah sie sich schon mitten in der Nacht von einem Balkon zum anderen klettern.

Die Rushhour hatte eingesetzt und sie erreichten Katharinas Wohnung erst nach einer geschlagenen Stunde.

Als Katharina im Schlafzimmer verschwand, unterzog Sam die Küche einer eingehenden Inspektion. Er hatte bereits Mineralwasser bereitgestellt und war gerade dabei, ein paar Brote zu schmieren, da trat Katharina in die Küche. Sie war barfuß und trug einen hautengen schwarzen Rolli und dunkelgraue Leggins.

Sam legte das Küchenmesser zur Seite. »Wow. Du siehst hinreißend aus. Ich würde sagen, das nächste Bond-Girl steht vor mir.«

Katharina schenkte sich ein Glas Wasser ein. Ihre Blicke trafen sich und sie merkte, wie ihr Blut in Wallung geriet. Plötzlich lagen sie sich in den Armen. Sie erwiderte seinen Kuss. Langsam glitt seine Hand unter ihren Rolli.

Ihr Handy auf dem Küchentresen gab ein »Pling« von sich und leuchtete auf. Sie lösten sich voneinander und Sam verzog enttäuscht das Gesicht.

Es war Tarek.

Er hatte eine SMS geschickt.

Ramon war seit heute Nachmittag verschwunden.

31

»Tarek, was heißt verschwunden? Hat Ramon nicht gesagt, wohin er vor dem Essen wollte?«, fragte Katharina hartnäckig.

Der Junge war selbst viel zu ratlos, um noch irgendwelche hilfreichen Anhaltspunkte liefern zu können. Auch das Betreuerteam hatte keine Nachricht von Ramon erhalten. Katharina versprach Tarek, umgehend zurückzurufen, wenn Ramon in den nächsten Stunden bei ihr auftauchen oder sich melden sollte.

Nachdem sie aufgelegt hatte, nahm Sam sie zärtlich in die Arme. »Es wird schon nichts Dramatisches passiert sein. Das wird sich aufklären.«

Sie entzog sich ihm und wählte zum dritten Mal Ramons Nummer.

Wieder ging die Mailbox an, sie beendete den Anruf diesmal, ohne eine weitere Nachricht zu hinterlassen.

»Das passt nicht zu Ramon. Und schon gar nicht würde er die Fußballwoche schwänzen, auf die er sich so gefreut hat.« Sie schaute auf die Uhr und wählte Tareks Nummer.

Der Junge war sofort am Apparat.

»Hör mal, Tarek, ich habe keine Ruhe, ohne nicht mit dir die Strecke von der Einkaufspassage zurück in die Sportschule abgegangen zu sein. Es ist noch länger hell, in gut einer Stunde bin ich da. Ich warte vor der Einfahrt und rufe dann an. Und sag bitte euren Betreuern Bescheid.«

Tarek versprach, auf sie zu warten.

Katharina bat Sam, sie bei ihm abzusetzen. Sie wollte mit ihrem Wagen zur Sportschule aufbrechen. Sam sollte mit der Observation der Wohnung Goldmann allein beginnen. Bei Neuigkeiten wäre er der Erste, der es erfahre.

Sam beteuerte, dass auch er sich melden würde, wenn es etwas zu berichten gebe. Obwohl er ohne Einschränkung seine Hilfsbereitschaft erklärte, konnte er seine Enttäuschung über den weiteren Verlauf des Tages nicht verbergen.

Katharina strich ihm über die Wange und schenkte ihm ein Lächeln. Dann verschwand sie im Schlafzimmer und erschien nach wenigen Minuten in heller Jeans und Bluse in der Küche. Sam packte gerade seine Nachtverpflegung zusammen.

Katharina gab ihm das Foto von Isaak Brinkowsky. »Vielleicht wirst du es brauchen.«

Sie fuhren los. Nach einer halben Stunde saß Katharina in ihrem Wagen und brauste gen Norden.

Unterwegs kreisten ihre Gedanken von Ramon zu Beat und der Schwedenreise und zu Sam und dem Moment, in dem sie sich einfach fallen gelassen hatte. Die Reise rückte immer näher und Beat hatte sich im letzten Telefonat ziemlich geheimnisvoll ausgedrückt und sich ganz nebenbei erkundigt, ob sie in ihrem Job gerade viel zu tun habe. Sie ahnte, dass er sie überraschen und vielleicht ein paar Tage eher nach Hamburg kommen wollte.

Hoffentlich war mit Ramon keine fürchterliche Katastrophe passiert.

Als sie die Sportschule erreichte, stand Tarek schon mit dem Landestrainer Timo Schmitz vor der Auffahrt. Sie parkte schräg gegenüber. Er begrüßte sie freundlich. Katharina merkte ihm an, dass er nervös war. Immerhin gehörte er zum Betreuerstab, der die Verantwortung für die Jugendlichen während des Trainingslagers hatte.

Schmitz konnte sich die plötzliche Abwesenheit von Ramon nicht erklären. »Das Training heute Mittag war super. Die Jungs haben toll mitgemacht und alle hatten einen Riesenspaß. Auch Ramon.«

Tarek nickte eifrig. »Ramon hat hinterher gesagt, dass er so ein Training im Verein noch nie gehabt hat. Er will unbedingt beim Testspiel am letzten Tag in der Anfangsaufstellung stehen.«

»Vielleicht ist er versehentlich von einem Auto angefahren worden und der Fahrer hat ihn in ein Krankenhaus gebracht«, meinte Schmitz.

Katharina hatte noch gar nicht an diese Möglichkeit gedacht. Aber ein Krankenhaus hätte sofort die Polizei verständigt und die hätte sich mittlerweile bei ihr gemeldet. Wenn sie seine Identität hatten feststellen können. Fast drei Stunden waren inzwischen vergangen, seit Tarek den Heimweg von der Einkaufspassage angetreten hatte.

»Hatte er sein Handy dabei und seinen Ausweis, Tarek?«, fragte sie. Im letzten Jahr hatte Katharina für Ramon einen Personalausweis ausstellen lassen, den er selten mitnahm. Heute Morgen hatte er Ausweis und Taschengeld im Seitenfach seiner Sporttasche verstaut. Das hatte sie mitbekommen.

»Sein Handy hat er immer mit. Ob er den Ausweis dabeihatte, weiß ich nicht«, sagte Tarek.

Sie beschlossen, nachher in Ramons Sporttasche nachzuschauen. Sie machten sich auf den Weg in die nahe gelegene Einkaufspassage und Katharina suchte den Bereich neben dem Fußweg ab, ob irgendwo eine Spur des Jungen zu entdecken wäre.

Nichts. Eigentlich hatte sie nicht damit gerechnet, wenn sie ehrlich war.

Am Eingang der Passage, wo Tarek umgekehrt war, um seinen Rucksack zu holen, blieben sie stehen.

Katharina stemmte die Arme in die Hüften und schaute sich um. Von hier bis zur Sportschule waren es etwa vierhundert Meter. Der Weg beschrieb eine leichte Linkskurve, aber man konnte die gesamte Strecke von hier aus überblicken.

»Wie lange hast du gebraucht, um deinen Rucksack aus dem Eiscafé zu holen, Tarek?«, fragte sie.

Er überlegte. »Vielleicht fünf bis zehn Minuten. Im Café saßen noch die Mädels, mit denen wir rumgealbert haben. Die haben dann noch ein paar dumme Sprüche losgelassen.«

»Und als du aus der Passage herausgekommen bist, hast du Ramon auch nicht mehr gesehen? War da niemand auf dem Fußweg?«

»Nein. Ganz hinten vor der Sportschule fuhr nur so ein verbeulter Bus los«, sagte er.

»Ein Bus? Was für ein Bus? Hast du dir das Kennzeichen gemerkt?«, fragte Timo Schmitz.

»Das Nummernschild konnte ich nicht erkennen«, sagte Tarek leise.

»Welche Farbe hatte der Bus?«, drängte der Trainer.

»Ist schon gut, Tarek, niemand macht dir einen Vorwurf. Wir sind nur alle um Ramon besorgt. Erinnerst du dich an die Farbe?«

»Der war so knallig orange. Und dreckig«, sagte der Junge.

Sie gingen den Weg zurück und hatten fast die Höhe der Sportschule erreicht, da nahm Katharina ihr Telefon aus der Tasche.

»Bevor ich wieder nach Hause fahre, probiere ich es noch mal auf Ramons Handy«, sagte sie.

Plötzlich ertönte aus dem Mülleimer vor ihnen der *Imperial March* aus *Star Wars*.

»Da, da ist sein Handy! Den Klingelton hat er ganz neu!«, schrie Tarek und lief los.

»Tarek, halt, nicht anfassen!«, rief Katharina und rannte ihm hinterher. »Ramon würde sein Telefon niemals freiwillig wegwerfen. Vielleicht sind da Fingerabdrücke von anderen darauf. Wir bräuchten eine Plastiktüte«, wandte sie sich an den Trainer.

»Wird erledigt«, sagte Timo Schmitz und schoss wie ein geölter Blitz Richtung Sportschule.

Tarek folgte ihm.

Katharina fotografierte unterdessen die Örtlichkeiten. Sie war überzeugt, es war etwas Furchtbares passiert.

Ramon war entführt worden!

In weniger als fünf Minuten waren Tarek und der Trainer zurück. Nachdem Katharina Ramons Handy vorsichtig in einen Frischhaltebeutel eingetütet hatte, überprüfte sie seine Reisetasche, die Tarek mitgebracht hatte. Ramons Ausweis war in der Seitentasche. Von den hundert Euro, die Katharina ihm mitgegeben hatte, waren immerhin noch neunzig vorhanden. Sie bedankte sich bei den beiden und versprach, sich zu melden, sobald es Neuigkeiten gebe. Dann machte sie sich verzweifelt auf den Weg ins Polizeipräsidium, um eine Vermisstenanzeige zu erstatten. Unterwegs wählte sie die Nummer von Sam.

Die Mailbox sprang an.

Bald fuhr sie auf den Besucherparkplatz des sternförmigen Gebäudes und nach einer weiteren halben Stunde saß sie mit Inga Steenken und Gesa Zanker in einem Besprechungsraum.

Nach wenigen Minuten hatte sie die Polizistinnen über die Ereignisse informiert und ihnen Handy und Foto übergeben. Gesa Zanker ließ das Handy sogleich in die Kriminaltechnik bringen, um Fingerspuren und mögliche Anrufe zu checken.

»Wir werden sofort eine bundesweite Vermisstenmeldung auf den Weg bringen, doch ich muss Ihnen ja nicht sagen, dass wir ohne Hinweise mit irgendwelchen konkreten Maßnahmen limitiert sind«, sagte Inga Steenken. Sie griff zum Telefon und bat einen Kollegen, das Foto mit entsprechenden Anfragen an alle Krankenhäuser der Stadt zu schicken. »Ich glaube zwar nicht, dass ihm ein Unfall widerfahren ist, aber sicher ist sicher.«

32

Ramon wachte auf und kauerte sich auf der verdreckten Matratze in eine Ecke des Kellerraums, in den sie ihn gesperrt hatten. Zum Glück musste er nicht mehr unter dem stinkenden Jutesack gegen den Würgereiz ankämpfen.

Er hatte bisher drei verschiedene Personen ausgemacht, die ihn festhielten. Sie trugen weite schwarze Umhänge und spitz zulaufende Kapuzen, die ganz über die Köpfe gezogen waren und kreisrunde Löcher hatten, durch die er in ihre hasserfüllten Augen blicken konnte. Sie sprachen in seiner Gegenwart so gut wie nicht und wenn, dann versuchten sie, ihre Stimmen zu verstellen.

Der Mann, der ihn die Treppe hinuntergetragen hatte, war groß und kräftig. Ramon hatte die stahlharten Armmuskeln gespürt, als er wie ein zusammengerollter Bettvorleger über die Schulter geworfen worden war. Die anderen waren wesentlich kleiner und schmächtiger. Möglicherweise war eine Person sogar eine Frau.

Wenn ihn sein Zeitgefühl nicht täuschte, musste er bereits einen halben Tag hier unten zugebracht haben. Er hatte keine Vorstellung, wo sich der Kellerraum befand. In der Nacht hatte er lange wach gelegen und war im Geiste wieder und wieder die Fahrtstrecke durchgegangen, um später Anhaltspunkte nennen zu können.

Wenn es ein Später gab.

Sie versorgten ihn zwar mit Wasser und Essen, aber das Schlimmste waren die Schmerzen an den Handgelenken von dem Kabelbinder, mit dem sie ihn gefesselt hatten. Das Plastik hatte tiefe Schnitte hinterlassen und er war sich sicher, dass die Narben ihn immer an diese fürchterlichen Ereignisse erinnern würden, wenn er jemals wieder lebend aus diesem Verlies herauskäme.

Das Klo befand sich nebenan. Wenn er mal musste, sollte er gegen die verschlossene Holztür schlagen. Dann kamen sie zu zweit und während einer ihn in das winzige Loch stieß, saß der andere auf der untersten Treppenstufe und spielte demonstrativ mit einer Machete.

Ramon wollte gerade aufstehen und sich bemerkbar machen, da wurde die schwere Holztür aufgeschlossen und schwang knirschend nach innen. Der Riese trat ein und stellte einen Holzblock mitten in den Raum.

Ramon ahnte Böses.

Er signalisierte, dass er zum Klo müsse und Hunger habe. Der Riese schob ihn in den WC-Verschlag. Als er in den Keller zurückkam, blieb sein Blick an dem Holzblock hängen.

Darauf lag ein totes, ungerupftes Huhn. Der Riese griff unter seinen Umhang und holte die Machete hervor. Die Szenerie machte Ramon noch mehr Angst, weil keiner einen Laut von sich gab. Mit einem Hieb, der ein trockenes Knacken verursachte, hackte der Mann ein Hühnerbein ab und hielt es wie eine Trophäe in die Höhe.

Ein anderer zog ein Blatt Papier hervor und drückte es Ramon in die Hand. *Hoffentlich spurt deine Mutter, sonst ergeht es dir genauso.*

Ramon schwieg. Sie schienen die Familienverhältnisse nicht allzu genau zu kennen, denn sie gingen davon aus, dass Katharina seine Mutter wäre. In seiner Klasse wussten alle, dass das nicht stimmte.

Wahrscheinlich wollten sie Geld, wie immer bei einer Entführung. Das hatte er in einigen Filmen gesehen, die Katharina ihm allerdings verboten hatte.

Der Riese ließ die Machete und das abgehackte Hühnerbein unter seinem Umhang verschwinden und wandte sich zur Tür. Bevor er die Tür schloss, zeigte er auf eine Brötchentüte, die sie ihm gönnerhaft auf die Matratze geworfen hatten.

Ramon war wieder allein. Er hörte, wie die drei die Treppe hinaufpolterten. Dann folgte das Knirschen der Tür am oberen Treppenende.

Er schaute auf das tote Huhn auf dem Holzblock mit dem abgehackten Stumpf und fragte sich, was sie ihm eigentlich damit sagen wollten.

Oder hatten sie nur die Absicht, ihm Angst einzujagen? Da brauchten sie sich keine besondere Mühe mehr zu geben, die hatte er mehr als genug.

Er schaute in die Brötchentüte.

Zwei Franzbrötchen hatten sie ihm dagelassen. Er hatte richtigen Heißhunger und nach wenigen Minuten war der Inhalt aufgegessen.

Er schaute sich in seinem Gefängnis um, was er bisher noch gar nicht richtig getan hatte. An der Decke blätterte der Putz großflächig ab. Es gab an der einen Wand direkt unter der niedrigen Kellerdecke ein mit Drahtgeflecht versehenes Fenster, hinter dem sich ein Lichtschacht befand. Darauf lag ein engmaschiges Gitter, durch das etwas Tageslicht in den Keller drang. Ramon war zu klein, um von der Matratze aus an das Drahtgeflecht zu gelangen, und ein Stuhl oder Tisch, den er vor das Fenster schieben könnte, war nicht vorhanden.

Vielleicht reichte ja der Holzblock, wenn er es schaffte, ihn an die Wand zu schieben.

Den hatten sie vergessen.

Argwöhnisch schaute er auf das tote Huhn.

Er hob die Matratze an und überzeugte sich, ob sein Fund von gestern Abend noch an Ort und Stelle war. Ein verrosteter Schraubenzieher hatte ihn im Rücken gedrückt, als er sich hingelegt hatte.

Er lag noch dort und wartete auf seinen Einsatz.

Ramon überlegte, wann der richtige Zeitpunkt wäre, um das Drahtgeflecht vor dem Lichtschacht auseinanderzubiegen. Die funzelige Glühbirne an der Decke war nachts und wenn er allein war, aus. Heute musste ein sonniger Frühsommertag sein und das bisschen Tageslicht genügte, um sich zurechtzufinden.

Ramon wollte es riskieren, denn zu verlieren hatte er nichts.

Wenn sie ihn hätten töten wollen, hatten sie bisher genug Möglichkeiten gehabt.

Er schob die Matratze beiseite und achtete darauf, dass der Schraubenzieher nicht hervorrutschte. Er brauchte erst gar nicht zu versuchen, den großen Holzblock tragen oder verschieben zu wollen. Er warf das tote Huhn in eine Ecke und stieß den Block um. Dann rollte er ihn vor das Fenster und richtete ihn mühsam auf.

Tatsächlich reichte er jetzt mit den Armen bis an das Drahtgeflecht heran. Er holte sich den Schraubenzieher und steckte ihn in eine der Schlingen. Den Schraubenzieher drehte er im Uhrzeigersinn. Nach zwei Drehungen machte es »klack« und eine Ecke des Drahts hatte sich gelöst. Eine Mischung aus Glücksgefühl und Stolz machte sich in ihm breit. Nach zwanzig Minuten hatte er eine Seite des Drahtgeflechts gelöst und konnte die obere Auflage des Schachts mit den Händen erreichen.

Sie ließ sich ganz einfach nach oben öffnen.

In ein paar Stunden müsste er es geschafft haben und wäre in Freiheit.

Dann hörte er, wie die Tür am Treppenabgang knirschend geöffnet und wieder geschlossen wurde.

∗∗∗

Katharina hatte die ganze Nacht kein Auge zugetan und war wie gerädert, als um sieben Uhr der Wecker klingelte. Sie hatte Sam eine WhatsApp geschickt, dass er sie heute Morgen unbedingt anrufen und ihr berichten solle, was seine Observation ergeben habe.

Tarek hatte bereits eine Nachricht gesendet, dass Ramon bis jetzt nicht wiederaufgetaucht war. Katharina hatte ihm geantwortet, dass sie inzwischen eine Vermisstenanzeige aufgegeben hatte. Er solle den Betreuern sagen, dass sie sich im Laufe des Tages bei ihnen melden werde.

Sie war gerade dabei, das Geschirr von gestern wegzuräumen, da rief Sam an. Katharina brachte ihn auf den neuesten Stand.

»Dann scheidet ein Autounfall aus. Und es hat sich noch niemand mit irgendeiner Forderung bei dir gemeldet?«, fragte er.

»Nein. Ich kann mir das Ganze nicht erklären. Wenn es eine Entführung ist, hätten die Täter längst irgendetwas verlangt. Und große Lösegelder gibt es bei mir sowieso nicht zu holen. Ich habe zwar ein paar Ersparnisse aus der Erbschaft von meinem Adoptivvater, aber das ist wahrlich kein Reichtum. An eine Entführung glaube ich daher nicht.«

»Vielleicht hat es ja mit deinem Job zu tun«, sagte Sam zögernd.

»Darüber habe ich auch schon nachgedacht, mir fällt allerdings niemand ein, der für so etwas infrage käme. Weder ein unzufriedener Mandant noch ein hasserfüllter Gegner«, erwiderte sie. »Erst einmal werde ich im befreundeten Elternkreis herumtelefonieren, vielleicht hat ja einer seiner Freunde irgendetwas gehört.«

»Gute Idee«, sagte Sam.

Gleichzeitig brannte Katharina darauf, zu erfahren, ob Sam gestern Abend Isaak Brinkowsky in der Wohnung in der Chemnitzstraße entdeckt hatte.

»Nicht wirklich. Ich habe eine Weile im Auto gesessen und immer wenn jemand das Haus verließ, habe ich ihm das Foto gezeigt. Erkannt hat ihn keiner.«

»Auf dem Bild sieht er ja auch ganz anders aus, als Frau Schoska ihn beschrieben hat«, wandte Katharina ein.

»Ja, das habe ich den Leuten auch gesagt, aber mehr als ein schüchternes Vielleicht habe ich nicht bekommen. Und wer in der Wohnung Goldmann wohnt, konnte mir niemand sagen. Der scheint im Haus völlig unbekannt zu sein.«

»Das könnte passen«, sagte Katharina.

»Die Wohnung liegt übrigens im ersten Obergeschoss und

hat einen Balkon zum Garten hin, der neben dem Garagenhof liegt.«

Katharina erinnerte sich, dass Sam vorgehabt hatte, über den Balkon eine Lauschaktion mit seinem elektronischen Stethoskop durchzuführen.

»Das hätte nichts gebracht. Auf den Balkon wäre ich gekommen, doch alle Fenster waren dunkel. Und der Audi von Busmann war weg, als ich wieder zurück war. Entweder war der Vogel ausgeflogen oder er hat schon geschlafen. Ich schlage vor, wir starten heute Abend einen zweiten Versuch. Was meinst du?«

Katharina war sich nicht sicher, was der weitere Tagesverlauf bringen würde. Vielleicht wurde sie heute Abend gebraucht, wenn sich jemand als Ramons Entführer meldete. Andererseits wollte sie nicht allein in ihrer Wohnung auf und ab laufen und die Zeit totschlagen. Auf einen Anruf konnte sie auch in Sams Auto warten.

Sie sagte zu, sich am Nachmittag wieder zu melden, wenn sie erfahren hatte, ob die Polizei irgendwelche Nachrichten aus den Krankenhäusern erhalten hatte. Sam war einverstanden.

Dann fiel ihr ein, dass sie noch nicht mit Beat gesprochen hatte.

In acht Tagen wollte er mit den beiden Jungs nach Schweden aufbrechen. Sie versuchte krampfhaft, die dunkle Vorahnung zu verbannen, dass aus dieser Reise wohl nichts werden würde. Über ein Warum wollte sie sich schon gar nicht den Kopf zerbrechen.

Erneut fuhr Katharina ins Polizeipräsidium.

Inga Steenken schlug vor, zur Sportschule aufzubrechen. »Ich möchte mir an Ort und Stelle einen Überblick verschaffen. Es wäre schön, wenn ich mit Tarek reden könnte.«

Katharina versprach, Tarek von unterwegs anzurufen. Ein älterer Kollege von der Spurensicherung schloss sich ihnen an und Katharina kam zum ersten Mal in den zweifelhaften Genuss einer Fahrt im Streifenwagen.

Die erneute Inspektion des vermuteten Tatorts erbrachte keine neuen Erkenntnisse, genauso wenig wie das Gespräch zwischen der Kriminaloberkommissarin und Tarek. Auch die Befragung des Betreuerteams ergab nichts Brauchbares.

Alle hatten seit gestern Nachmittag nichts von Ramon gehört. Katharinas Nerven waren zum Zerreißen gespannt. Auf der Rückfahrt kämpfte sie gegen einen Weinkrampf an und nur das Handy von Inga Steenken riss sie wieder in die Realität zurück. Man hatte unzählige Fingerspuren auf Ramons Handy sichergestellt und verdächtige Anrufe waren nicht vorhanden. Inga Steenken schlug vor, Katharinas Handy abzuhören, falls sich die Entführer melden sollten. Sie könnten sofort eine Handyortung in die Wege leiten, um nicht unnötig Zeit zu verlieren. Katharina überlegte. Immerhin war es nicht unwahrscheinlich, dass Mandanten oder Personen, die welche werden wollten, bei ihr anriefen und sofort losplapperten. Sie musste eben gleich nach der Annahme eines solchen Telefonats dazwischengrätschen. Angesichts der Lebensgefahr, in der sich Ramon möglicherweise befand, war das das kleinere Übel. Sie stimmte dem Vorschlag von Inga Steenken zu.

Also hieß es jetzt nur noch warten.

Die Polizistin gab ihr nach der Rückkehr ins Präsidium die letzten Bände der Fallakte Brinkowsky mit. Die Mordkommission verfolgte immer noch keine heiße Spur.

Gegen Mittag erreichte Katharina die Kanzlei und verschwand still und leise in ihrem Büro. Sie warf die Aktenbände auf den Schreibtisch, setzte sich in einen ihrer Besucherstühle und vergrub das Gesicht in den Händen. Dann ließ sie den Tränen freien Lauf. Wenn Ramon etwas Ernstes zustoßen würde, was mit ihrem Job zu tun hätte, könnte sie damit nur schwer umgehen. Obwohl Ramon nicht ihr leibliches Kind war, hatte sie inzwischen eine starke emotionale Bindung zu ihm aufgebaut, die sich dadurch verstärkte, dass Ramon sie unbewusst immer mehr in eine Mutterrolle drängte. Sie fragte sich, wie es wohl erst sein müsste, wenn man Todesangst um sein eigenes Kind haben musste. Sie wollte es sich gar nicht vorstellen.

Sie bearbeitete den Posteingang und schickte bei den für die nächsten Tage anstehenden Fristsachen Fristverlängerungen raus. An ein konzentriertes Arbeiten brauchte sie in dieser Situation nicht zu denken.

Dann rief sie Beat an.

Er hörte ruhig zu, fragte zwischendurch, welche Maßnahmen die Polizei bisher unternommen habe. Am Schluss versuchte er, Katharina, so gut es ging, zu beruhigen. Sie hatte ihm lediglich von Ramons Verschwinden seit gestern Nachmittag erzählt. Die gesamten Ereignisse im Fall Brinkowsky und mögliche Zusammenhänge erwähnte sie mit keinem Wort. Wie sie vermutet hatte, war für ihn sonnenklar, dass Noah und er nicht allein nach Schweden fahren würden, bevor nicht feststand, was mit Ramon geschehen war. Sie vertagten sich auf morgen.

Nachdem sie aufgelegt hatte, wanderte ihr Blick über den Schreibtisch. Die beiden letzten Bände der Fallakte Brinkowsky starrten sie an.

Du solltest sie lesen. Vielleicht ergeben sich daraus Hinweise, was mit Ramon passiert ist.

Sie holte sich einen Kaffee und zwang sich, den letzten Rest ihrer Konzentrationsfähigkeit zusammenzukratzen. Sie vertiefte sich in die Fallakte und merkte schnell, dass ein völlig neuer Tatkomplex hinzugekommen war. Eine rechtsradikale Gruppe um Harald Metzger hatte im Auftrag von radikalen Islamisten den Freund von Sam brutal erschlagen und in eine Baugrube geworfen. Wegen vierzigtausend Euro. Und bei der Durchsuchung der Vereinsräume der Gruppe hatte man ein Dossier über Brinkowsky und seine Partner gefunden, das der Mossad in Auftrag gegeben hatte.

Sie erinnerte sich.

Sam hatte davon gesprochen.

Und Harald Metzger hatte den Mord an Sams Freund sogar

bereits gestanden und saß in Untersuchungshaft. Ricky Metzger hatte Ramon vor der Turnhalle mit einem Messer bedroht. Der Fall Brinkowsky hatte eine neue Seitenlinie erhalten. Wie einem Vermerk von Hasberg zu entnehmen war, hatte Metzger den Mord an Isaak Brinkowsky bis jetzt vehement bestritten und konkrete Beweise gab es keine.

Wenn es überhaupt einen Mord an ihm gegeben hatte. Nach den gestrigen Entdeckungen war sie sich da nicht mehr so sicher.

Inga Steenken und Hasberg schienen sich nach der Aktenlage irgendwo im ermittlungstaktischen Nirwana zu befinden. Mit anderen Worten, sie waren ratlos.

Katharina rief Sam an.

Er hatte einen besonderen Plan ausgeheckt, um dem Bewohner der Wohnung Goldmann auf den Zahn zu fühlen.

»Wenn jemand aufmacht, werde ich erst mal kräftig für Unruhe sorgen«, sagte er euphorisch.

»Du willst da klingeln? Und dann?«

»Lass dich überraschen.«

Um kurz nach fünf fuhr Katharina langsam durch die Chemnitzstraße und entdeckte schon von Weitem den monströsen Boliden von Sam. Er stand auf demselben Parkplatz wie gestern. Wahrscheinlich hat er sich wieder bei der Versicherungsagentur ein besonderes Tagesticket gekauft, dachte sie. Sie fuhr eine Straße weiter und fand einen Parkplatz.

Nach zehn Minuten saß sie bei Sam im Hummer. Er hatte einen blauen Overall mit der weißen Aufschrift *Real Estate Service* an und trug eine entsprechende Baseballkappe.

Gefühlt hießen so zwei Drittel aller Hausmeisterfirmen auf dem Erdball.

»Die Aufmachung gehört wohl zu deinem Plan, nehme ich an.«

»Ganz recht. Ich werde jetzt an der Wohnung klingeln. Wer immer öffnet, wird aufgezeichnet.«

Er zog den Reißverschluss des Overalls ein Stück nach unten.

Aus einer Innentasche schlängelte sich ein Kabel und endete an der Innenseite, knapp unterhalb des Kragens. Jetzt erkannte sie das Loch im Stoff, das von außen so gut wie unsichtbar war.

»Und was willst du ihm erzählen, Sam? Sag nicht, du willst den Stromzähler ablesen.«

»Nicht ganz. Ich werde ihm sagen, dass ein paar Blocks weiter der Kampfmittelräumdienst eine Bombe aus dem Zweiten Weltkrieg entschärfen wird und alle aus diesem Haus in der nächsten Stunde verschwinden müssen. Du wirst schon sehen, wenn das unser Mann ist, kommt Bewegung in die Sache.«

Sam stieg aus und nahm vom Rücksitz eine Collegemappe, die er sich unter den Arm klemmte. Er marschierte über die Straße und klingelte bei mehreren Parteien.

Kurz darauf betrat er das Haus.

Katharina schaute auf die Uhr.

Wie lange würde er wohl brauchen? Was unternahm sie, wenn sich herausstellen sollte, dass sich Isaak Brinkowsky in dieser Wohnung mehrere Monate versteckt gehalten hatte?

In jedem Fall würde sie ihrer Mandantin gehörig die Hölle heißmachen. Denn sie musste als Erstes herausbekommen, ob Rebecca Kenntnis hiervon hatte. Und wenn ja, musste sie sich überlegen, wie sie darauf reagieren sollte.

Sie schaute wieder auf die Uhr.

Nach zehn Minuten wurde sie unruhig. Wenn bei Goldmann keiner geöffnet hätte, wäre Sam längst zurück. Am liebsten wäre sie ihm auf der Stelle gefolgt.

Die Haustür ging auf und Sam trat heraus. Er schaute sich um und lief geradewegs auf sie zu.

Die Hand vor dem Bauch hatte er zur Faust geballt.

Sein Daumen zeigte stramm nach oben.

Er warf Käppi und Collegemappe auf die Rückbank und schwang sich grinsend auf den Fahrersitz.

»Volltreffer«, sagte er und holte sein Handy aus der Innentasche des Overalls.

Er legte es auf die Mittelkonsole und drückte im Kameramodus auf *Play*.

Die Aufnahme zeigte, wie sich eine Wohnungstür öffnete. Ein Mann mit Glatze erschien kristallklar im Display. Er trug eine Jeans und einen verwaschenen Pullover. Die unförmige Brille erkannte Katharina sofort wieder.

Es war Isaak Brinkowsky, der grimmig in Sams Kamera blickte. Er lehnte sich aus der Tür und schaute unsicher über den Hausflur.

»Nicht zu fassen. Das ist er. Nur mit Brille und ohne Anzug, nicht wie Frau Schoska ihn beschrieben hat!«, entfuhr es Katharina.

»Wahrscheinlich trägt er seine Verkleidung nur, wenn er aus der Wohnung geht«, sagte Sam.

Die weiteren Filmszenen offenbarten in erster Linie, dass an Sam mindestens ein mittelmäßiger Schauspieler verloren gegangen war. Sam hielt ihm einen Ausweis vor die Nase und stellte sich als Brandmeier vom Hausservice vor. Der Ausweis war genauso schnell wieder verschwunden, wie er präsentiert worden war, und Sam öffnete geschäftig seine Mappe. Die Frage, ob er es mit Herrn Goldmann zu tun habe, bejahte Brinkowsky mit einem Nicken.

Die Geschichte von der bevorstehenden Bombenentschärfung verfehlte ihre Wirkung nicht.

Brinkowsky sah nervös auf die Uhr, brabbelte etwas von einer mehrtägigen Geschäftsreise und schloss ohne Vorwarnung die Wohnungstür.

»Es kamen weitere Hausbewohner auf den Flur, da ich gleich bei mehreren geklingelt hatte. Es sieht ja schlecht aus, wenn ein Hausmeister keinen Schlüssel zum Treppenhaus hat.«

»Das Video brauche ich unbedingt«, sagte Katharina und holte vorsorglich ihr Telefon aus der Tasche.

»Na klar, sollst du haben, aber ich glaube, du hast gleich noch etwas vor. Ich wette, in wenigen Minuten fliegt unser Vogel aus.

Er sagt sich, dass er es sich nicht leisten kann, in einer Stunde bei der Polizei seine Identität nachweisen zu müssen.«

Sam sollte recht behalten. Nach zwanzig Minuten erschien ein Mann mit Glatze in einem dunkelblauen Designeranzug. Er trug keine Brille, dafür zog er einen großen Koffer hinter sich her.

»Sieh an, sieh an. Er hat sich wieder richtig in Schale geworfen. Es geht los«, sagte Sam. »Nun schau nicht so, Katharina. Er wird den Bus oder die Bahn nehmen. Folge ihm vorsichtig und finde heraus, wohin er fährt. Mich kennt er, ich kann den Job schlecht übernehmen. Dein Auto holen wir später.«

Katharina gab sich geschlagen. Sie stieg aus und schlenderte Brinkowsky mit angemessenem Abstand hinterher.

An der ersten Straßenecke bog er nach rechts. Sie ahnte Böses und beschleunigte ihre Schritte.

Unmittelbar hinter der Abzweigung befand sich ein Taxistand. Sie sah noch, wie der Fahrer den Kofferraumdeckel schloss und mit Brinkowsky in den Wagen stieg. Dann fuhr er los.

Immerhin konnte sie das Kennzeichen erkennen.

Sie rief Sam an und in weniger als einer Minute hielt er mit quietschenden Reifen neben ihr.

Sie sprang auf den Beifahrersitz und noch bevor sie ihre Tür geschlossen hatte, schoss der Hummer auf die Straße. Nach wenigen Hundert Metern schaltete eine Fußgängerampel auf Rot und beendete die Verfolgungsjagd abrupt.

Katharina ließ sich von Sam zu ihrem Auto fahren. Bevor sie ausstieg, nahm sie ihr Handy und checkte die eingegangenen E-Mails.

»Deine Filmaufnahmen sind angekommen. Ich werde mir heute Abend überlegen, was ich damit mache. In jedem Fall werde ich Rebecca damit konfrontieren.«

Sam nickte. »Dir ist hoffentlich klar, dass ich meiner Behörde mitteilen muss, dass Isaak Brinkowsky lebt. Ich kann die Info hinauszögern. Reichen dir drei Tage?«

Katharina streichelte ihm über die Wange und lächelte. »Du bist ein Schatz. Vielen Dank. Bis dahin weiß ich auch, was ich zu tun habe.«

Sie stieg aus und fuhr auf direktem Weg nach Hause.

Ramons Schicksal traf sie in diesem Moment mit aller Wucht. Wie es ihm wohl erging?

Weitere Gedanken verbot sie sich.

Im Hausflur leerte sie ihren Postkasten und entnahm neben einigen Schreiben ein dünnes Päckchen, das so gerade durch den Briefschlitz gepasst haben musste. Es war ohne Aufschrift und musste demzufolge persönlich eingeworfen worden sein.

Es war leicht und beim Schütteln vernahm sie ein kratzendes Geräusch.

Katharina riss den Umschlag noch im Flur auf. Er enthielt eine flache Pappschachtel. Sie klappte sie auf. Im selben Augenblick entfuhr ihr ein Schrei und sie ließ die Schachtel samt Inhalt fallen.

Ein abgehackter Hühnerfuß flog heraus und blieb vor ihren Schuhspitzen liegen.

Den DIN-A5-Zettel, der noch in der Schachtel steckte, bemerkte sie erst, als sie den ersten Schreck überwunden hatte. Sie zog ihn hervor und faltete ihn auseinander.

Sieh zu, dass Harald Metzger freigelassen wird. Lass dir was einfallen, sonst schicken wir dir das nächste Mal andere Finger. Du weißt schon, welche.
Einen nach dem anderen!

33

Ramon reagierte blitzschnell. Er drückte das lose Drahtgeflecht gegen die Abdeckung des Lichtschachts, sprang vom Holzblock, kippte ihn auf die Seite und rollte ihn in die Mitte des Raums. Dann stellte er ihn aufrecht hin und rückte die Matratze an die Wand. Er warf sich der Länge nach auf die Wolldecke und schob den Schraubenzieher unter die Matratze. Jede Sekunde musste sich die Tür öffnen.

Nichts geschah.

Mit einem Mal hörte er draußen dumpfe Stimmen. Die Tonlagen ließen erkennen, dass die drei Entführer über irgendetwas diskutierten. Aber weder konnte Ramon den Inhalt der Gespräche verstehen, noch würde er die Personen später an den Stimmen wiedererkennen. Und in seiner Gegenwart sprachen sie kein Wort.

Überhaupt gaben sich seine Entführer alle Mühe, mit ihren Kapuzen und langen Kutten eine spätere Identifikation durch ihn unmöglich zu machen. Eigentlich lässt das nur den Schluss zu, dass sie mich am Ende wieder freilassen werden, sagte er sich.

Das gab ihm Hoffnung und er versuchte, an etwas Schönes zu denken. Tarek und den Fußballlehrgang mit der Landesauswahl verbannte er dabei lieber aus seinen Gedanken. Katharina würde dem Trainerteam schon gesagt haben, dass er entführt worden war.

Er würde sicher eine neue Chance bekommen.

Er dachte an Noah und Beat und den bevorstehenden Angelurlaub.

Darauf freute er sich riesig. Er hatte Katharina sogar so verstanden, dass sie ihm eine Ausrüstung zum Lachsangeln spendieren würde.

Er musste nur bis dahin aus dieser Hölle befreit worden sein. Und das setzte voraus, dass sie wussten, wo er war. Er hatte keine Vorstellung, wie sie ihn finden sollten.

Der Riese trat in den Raum und riss Ramon aus seinen Gedanken.

Er war allein und hatte ein Band um den Hals, an dem ein Pappschild befestigt war. *Wir sind eine Zeit lang weg. Schreien hilft dir nicht. Wir kommen wieder.*

Der Mann setzte einen Eimer in der hinteren Ecke ab. Er holte eine Rolle Toilettenpapier und warf sie Ramon zu.

Der Riese stellte eine Flasche Wasser und eine Packung Butterkekse dazu. Er bemerkte, dass das tote Huhn nicht mehr auf dem Holzblock lag. Er schüttelte langsam den Kopf und drohte mit dem Zeigefinger. Dann zog er einen neuen Kabelbinder unter seiner Kutte hervor.

Ramon schoss sofort die Angst vor den drohenden Schmerzen in alle Glieder. Er versteckte seine Hände hinter dem Rücken und rutschte dicht an die Wand.

Er flehte den Riesen unter Tränen an, ihn nicht wieder zu fesseln.

Doch der Mann kannte kein Mitgefühl.

Er war viel zu stark, als dass sich Ramon erfolgreich zur Wehr setzen könnte. Mit eisernem Griff bog der Riese seine Hände nach vorne und schob die Schlinge über die zerschundenen Gelenke.

Ramon schrie gellend auf, als der Riese den Binder zuzog und sich das Plastik in die blutunterlaufenen Striemen bohrte.

***

Schmalzberger lief den ganzen Tag wie Falschgeld durch die Stadt. Alle fünf Minuten schaute er auf sein Handy, ob irgendeine Nachricht eingegangen war. Er hatte von seinem Polizeifreund die Meldeadresse von Busmann erhalten und war auf dem Weg dorthin. Nicht dass er glaubte, Busmann dort anzutreffen, aber er hatte nichts Besseres zu tun, also konnte er sich auch eine Weile auf die Lauer legen.

Busmanns Apartment befand sich im Maintower, einem fünf-zehnstöckigen Wohnturm am Störtebeker Ufer mit Blick auf den Brooktorhafen. An der Rezeption seines Hotels hatte man ihn vorgewarnt, er solle lieber zu Fuß gehen, denn parken könne er dort nicht. Das Wetter war gut und nach zwanzig Minuten erreichte er sein Ziel.

Als er an der Wasserlinie vor dem imposanten Gebäude stand, fragte er sich, wie sich Busmann hier eine Wohnung leisten konnte. Egal, ob gekauft oder gemietet. Die Preise waren nur etwas für die obersten fünf Prozent auf der Einkommensskala. Er trat an die große doppelflügelige Eingangstür aus dickem Rauchglas und schaute in die Empfangshalle. Hinter einem halbrunden Tresen saß ein schwarzer Concierge und las in einer Zeitung. Sein anthrazitfarbener Anzug passte perfekt zum gleichfarbigen Granitboden.

Es gab außerhalb des Eingangsbereichs weder Klingelschilder noch Briefkästen. Wenn er feststellen wollte, ob er überhaupt richtig war, würde er fragen müssen, selbst auf die Gefahr hin, dass der Concierge sofort Busmann informieren würde.

Doch was sollte schon passieren? Busmann konnte mit Sicherheit zwei und zwei zusammenzählen. Nachdem er gehört hatte, dass Schmalzberger ein Privatdetektiv war, musste ihm klar sein, dass er seine Anschrift kannte.

Der Concierge erhob sich steif, als Schmalzberger die Eingangshalle betrat. Er trug am Revers ein Namensschild aus blitzblankem Chrom. Er hieß Alfred M'Bolo.

Ja, Herr Busmann wohne im elften Stock, aber er sei zurzeit verreist, gab M'Bolo zum Besten und zeigte dabei zwei Reihen strahlend weißer Zähne. Vor drei Tagen habe er für Herrn Busmann zwei große Koffer heruntergetragen. Wann er nach Hamburg zurückkehre, wisse er nicht genau. Er habe ihm ein stolzes Trinkgeld gegeben und sei dann in ein wartendes Taxi gestiegen. Schmalzberger bedankte sich und verließ den Maintower mit gemischten Gefühlen.

Wo hatte sich Busmann mit seinen zwei Koffern aufgehalten, als sie gestern miteinander telefoniert hatten?

Er schaute sich vor dem Gebäude um und entdeckte in der Nähe eine Cafeteria mit freien Plätzen direkt am Wasser. Er entschloss sich, eine Erfrischung zu sich zu nehmen. Er hatte sich gerade gesetzt, da ging eine SMS für ihn ein. *Heute Abend. 21 Uhr. Chemnitzstraße 19 in Hamburg-Altona. Bei Goldmann klingeln. Geld habe ich dabei. Sie bringen die Unterlagen mit. A. B.*

Die SMS war anonym, was für Schmalzberger nichts Ungewöhnliches war. Er selbst hatte sich ebenfalls eine App heruntergeladen, um Nachrichten anonym versenden zu können. Er konnte zwar nicht auf diese Nachricht antworten, doch der Absender wurde benachrichtigt, dass er die Information abgefragt hatte.

Schmalzberger checkte, wo sich die angegebene Adresse befand. Im Westen der Stadt. Der Routenplaner gab vom Hotel mit dem Auto fünfunddreißig Minuten an.

Er trank seine Coca-Cola aus und lief gemächlich zum Hotel zurück. Der Weg dorthin führte ihn wieder durch die Speicherstadt, hinweg über das Dovenfleet in das Kontorhausviertel. Dieser Teil der Altstadt war geprägt von mächtigen Wohn- und Bürogebäuden, an denen der rote Backsteinklinker in der Sonne glänzte, als hätte man ihn mit einer Lackschicht überzogen. Im Hotel ging er auf sein Zimmer und zog den Koffer unter dem Bett hervor. Er prüfte seine alte Glock 17 auf ihre Funktionsfähigkeit hin und zog eine schusssichere Weste unter sein Oberhemd. Dann schnappte er sich einen Satz Kopien der Unterlagen von Pavlov und fuhr los.

Unterwegs schob er sich bei McDonald's noch schnell einen Burger zwischen die Zähne. Gegen fünfzehn Uhr schlich er im Schritttempo durch die Chemnitzstraße. Es dauerte einige Runden durch die umliegenden Straßen, bis er schräg gegenüber endlich einen freien Stellplatz fand. Es war zwar ein Anwohnerparkplatz und einen Ausweis hatte er nicht, aber er hatte sowieso vor, die nächsten Stunden hier im Auto zu verbringen.

Er stieg aus und begab sich in den Hauseingang der Nummer 19. Tatsächlich gab es ein Klingelschild mit dem Namen Goldmann. Er inspizierte die Rückseite des Gebäudes und stellte fest, dass zumindest aus dem Erdgeschoss und aus dem ersten Stock eine Flucht über die Balkone möglich wäre, sollte es notwendig sein.

Er machte von der Vorder- und der Rückseite Aufnahmen und setzte sich in seinen Wagen. Eine kleine Kamera mit Aufzeichnungsfunktion positionierte er auf dem Armaturenbrett und schaltete sie ein. Dann stellte er den Sitz in Liegeposition und machte ein Nickerchen.

Gegen vier Uhr am Nachmittag erwachte er. Die laufende Kamera ließ er unberührt, denn er wollte sich einen Becher Kaffee aus der Bäckerei holen, an der er vorhin vorbeigefahren war. Nachdem er wieder im Auto saß, ließ er als Erstes die aufgezeichneten Kamerabilder ablaufen. Außer einer älteren Frau mit ihrem Hund hatte niemand das Haus verlassen oder betreten.

Irgendwie musste er die verbleibende Zeit bis einundzwanzig Uhr totschlagen. Er hatte sich einige Telefonate aufgespart, die er in der nächsten Stunde abarbeiten wollte. Die übrige Zeit verbrachte er mit Computerspielen auf seinem Tablet.

Gegen acht Uhr tat sich endlich etwas. Ein Audi fuhr langsam die Straße entlang. Er rutschte, so tief es ging, in seinen Sitz. Der Audi bog auf die Einfahrt neben dem Haus Nummer 19, die zum rückwärtigen Parkplatz führte. Nach wenigen Minuten kam ein Mann mit einer schwarzen Baseballkäppi und einer Plastiktüte die Einfahrt hoch.

Es war Anton Busmann.

Schmalzberger hatte das Konterfei von der Internetseite der *ai-solutions* ausgedruckt auf dem Armaturenbrett vor sich liegen.

Es bestand kein Zweifel.

Sollte er ihn schon jetzt auf dem Weg in die Wohnung abfangen? Er entschloss sich, noch zu warten.

Busmann betrat das Haus.

Um zwanzig Minuten vor neun hielt es ihn nicht mehr im Wagen. Er überprüfte seine Ausrüstung, schnappte sich die Papiere und stieg aus.

Nach dem ersten Klingeln summte der Türschnapper der Eingangstür und Schmalzberger betrat das Treppenhaus. Er betätigte das Minutenlicht im Flur und begab sich auf die Suche nach Goldmanns Apartment. Im ersten Stock wurde er fündig. Er ging den Flur hinab zu dem Fenster, das auf den Hof zeigte. Es war verschlossen und im Schloss steckte kein Schlüssel. Ein Fluchtweg sieht anders aus, dachte Schmalzberger.

Dann klingelte er an der Wohnungstür.

Die Tür öffnete sich. Anton Busmann trug immer noch das schwarze Käppi. Er musterte Schmalzberger, ohne ein Wort zu sagen. Schmalzberger verspürte eine Eiseskälte, die von seinem Gegenüber ausging.

»Kommen Sie rein«, sagte Busmann leise und machte den Eingang frei.

Schmalzberger trat ein und die Wohnungstür schloss sich hinter ihm mit einem satten Ton.

Noch bevor er einen Laut von sich geben konnte, durchbohrte etwas Spitzes seine Halsschlagader und den Kehlkopf. Mit einem blutigen Röcheln sank er zu Boden.

34

Katharina hatte gesehen, dass Wolf sie gestern Abend mehrmals auf dem Handy angerufen hatte. Nachdem sie mit Beat und Sam telefoniert und von dem grausigen Fund in ihrem Briefkasten erzählt hatte, war sie nicht mehr willens gewesen, ihre Geschichte ein drittes Mal zu erzählen. Sie entschloss sich, ihm im Büro die letzten Neuigkeiten zu präsentieren. Vielleicht hatte er ja sogar einen konkreten Vorschlag, wie sie auf die Drohung reagieren sollte. Wolf war schon immer in besonders herausfordernden Situationen ein guter Ratgeber gewesen.

Sam hatte sich fürchterlich über die dummdreiste Art der Entführer aufgeregt. Als Vollidioten und Amateure hatte er sie bezeichnet, denn es war doch klar, dass Katharina niemals Einfluss auf eine Haftentlassung eines geständigen Mörders nehmen könnte. In solchen Situationen musste man mit dem Schlimmsten rechnen, denn Amateurhaftigkeit bedeute immer auch ein Stück Unberechenbarkeit. Sam war außerdem der Meinung, dass die Entführung von Ramon in irgendeinem Zusammenhang mit der spektakulären Wendung im Fall Brinkowsky stand.

Beat war dagegen außerordentlich verständnisvoll. Er sprach ihr Mut und Kraft zu, in dieser Situation nicht die Nerven zu verlieren. Die Polizei würde dem Inhaftierten und den anderen Mitgliedern dieser Rassistenbande schon die Hölle heißmachen und sie ordentlich in die Mangel nehmen. Und solange die Entführer davon ausgehen konnten, ihr Ziel zu erreichen, würde Ramon nichts passieren. Davon, dass die Entführung möglicherweise mit einem ihrer aktuellen Fälle zu tun haben könnte, erzählte sie ihm lieber nichts.

Bevor sie am Abend mit einem leichten Schlafmittel versucht hatte, einigermaßen entspannt die Nacht zu überstehen, hatte sie Rebecca eine Nachricht geschickt, dass sie heute früh gleich nach dem Frühstück bei ihr vorbeikommen werde. Es gebe Dringendes zu besprechen. Rebecca hatte sofort geantwortet und den Termin bestätigt.

Schon auf dem Weg merkte Katharina, dass sie extrem angespannt war und dass das nicht nur mit Ramons Entführung zu tun hatte. Was wäre, wenn Rebecca wüsste, dass ihr Mann am Leben war?

Als Rebecca ihr die Tür öffnete, merkte sie, dass auch ihre Mandantin äußerst nervös war. Katharina ging nach einem kurzen Gruß demonstrativ an ihr vorbei und nahm am Esstisch Platz. Rebecca lief wie ein aufgescheuchtes Huhn zwischen Küche und Essbereich hin und her und arbeitete ihre Nervosität am Kaffeeautomaten ab.

»Setz dich hin und hör mir zu«, sagte Katharina. Sie holte ihr Handy hervor und spielte den Film ab. »Das hat Sam gestern aufgenommen. Ich hoffe, du kannst mir dafür eine nachvollziehbare Erklärung liefern.«

Rebecca starrte auf die kurze Sequenz und Katharina merkte, wie es in ihr arbeitete.

»Ich muss dir außerdem sagen, dass Ramon seit zwei Tagen verschwunden ist. Er ist von den Rassisten um diesen Harald Metzger, die früher mal in eurem Haus wohnten, entführt worden. Gott weiß, was die gerade mit ihm machen.« Katharina kämpfte mit den Tränen, aber sie wollte Rebecca gegenüber keine Schwäche zeigen. »Diese Schweine verlangen, ich soll dafür sorgen, dass der Kerl aus der U-Haft entlassen wird. Diese Idioten. Als könnte ich darauf Einfluss nehmen!« Sie zeigte Rebecca eine Kopie des Erpresserbriefs und ein Foto der abgehackten Hühnerkralle. »Jetzt red endlich! Ich habe die furchtbare Ahnung, dass auch Ramons gegenwärtiges Schicksal mit eurer Scharade zusammenhängt. Wenn du mir nicht auf der Stelle sagst, was sich tatsächlich abgespielt hat, fahre ich sofort zur Polizei und vergesse meine anwaltliche Schweigepflicht.«

Rebecca stand auf und trat vor das große Fenster, das hinaus in den Garten zeigte. Sie vergrub das Gesicht in den Händen und schüttelte heftig den Kopf. Nach einem Moment kam sie zurück an den Esstisch und setzte sich Katharina gegenüber. Sie blickten sich in die Augen und Katharina spürte, wie sich eine klirrende Kälte in ihr breitmachte.

»Ich weiß, du musst jetzt das Schlimmste von mir denken. Und das, was mit Ramon passiert ist, tut mir unendlich leid. Aber damit habe ich nichts zu tun, das musst du mir glauben. Ich kann dir hier und jetzt keine Erklärung für alles geben. Noch nicht. Ich bitte dich, mir bis morgen früh Zeit zu lassen, dann komme ich in dein Büro und wir sprechen über alles.«

Katharina überlegte, ob sie sich darauf einlassen konnte oder lieber sofort das Mandat kündigen und zur Polizei gehen sollte. Nur was würde das an Ramons Lage ändern? Wahrscheinlich nichts.

Es sei denn, dass ihre Mandantin die Entführung von Ramon zu verantworten hätte. Dann sähe die Situation anders aus. Doch das konnte sie sich beim besten Willen nicht vorstellen.

Sie steckte die Kopie des Erpresserbriefs in ihre Tasche und stand auf.

»Also gut, Rebecca. Ich hoffe, deine Erklärung morgen früh zwingt mich nicht, mein Mandat niederzulegen. Ich erwarte dich um neun Uhr bei mir im Büro«, sagte sie förmlich und erhob sich.

Rebecca blieb am Tisch sitzen. »Ich kann mich hoffentlich auf deine professionelle Einstellung verlassen und darauf, dass du deine Schweigepflicht auch wirklich ernst nimmst.«

Katharina schnappte nach Luft. Eine solche Unverfrorenheit hätte sie Rebecca Brinkowsky niemals zugetraut.

***

Auf der Fahrt ins Polizeipräsidium versuchte Katharina krampfhaft, ihre Gedanken zu ordnen. Da sie Rebecca bis morgen früh eine Schonfrist eingeräumt hatte, waren alle Erkenntnisse über sie und Isaak Brinkowsky aus dem Mandatsverhältnis tabu. Ihre

Anwaltszulassung wollte sie nicht gefährden. Wenn sich herausstellen sollte, dass sich Rebecca und ihr Mann möglicherweise eines oder mehrerer Kapitalverbrechen strafbar gemacht hatten, konnte sie ihr Mandat beenden. Aber selbst dann durfte sie der Polizei keine Informationen übermitteln, auch auf die Gefahr hin, dass der oder die Täter ungeschoren davonkamen.

Nur in einem Fall läge es anders. Wenn sie nachweisen könnte, dass die Verletzung ihrer Schweigepflicht unmittelbar Ramons Lage verbessern würde. Doch dafür fehlten bisher jegliche Anhaltspunkte.

Vielleicht gab es ja Möglichkeiten, dass Inga Steenken und Hasberg die entscheidende Wendung im Fall Brinkowsky nicht von ihr persönlich erfuhren.

Aber sie würden es erfahren, das war das Wichtigste.

Über diesen Weg würde sie nachdenken, wenn sie mit Rebecca gesprochen hatte. Vielleicht hatte ja Sam noch eine andere Lösung parat.

Die Kriminaloberkommissarin und ihr Kollege konnten ihr leider nur mitteilen, dass die Untersuchungen des Briefs und der Hühnerkralle noch nicht abgeschlossen waren. Fest stand lediglich, dass keine Fingerabdrücke vorhanden waren.

»Wir brauchen nicht darüber zu reden, dass wir auf diese idiotische Forderung nicht eingehen können«, sagte Hasberg. »Ich schlage vor, dass wir jetzt sofort, noch vor Abschluss der Untersuchungen, Harald Metzger mit den Fakten konfrontieren und ihn in die Mangel nehmen. Ich mache gleich in der U-Haft einen Termin und informiere seinen Verteidiger.«

»Moment, Moment, nicht so eilig, Hasberg«, bremste Inga Steenken ihn. »Vielleicht können wir ja zum Schein auf die Forderung eingehen und dann zugreifen. Vorausgesetzt, der Staatsanwalt spielt mit.«

Katharina runzelte die Stirn. »Wie stellen Sie sich das vor? Etwa wie einen Agentenaustausch unter Geheimdiensten nachts auf einer Brücke? Ich glaube kaum, dass das funktioniert.«

»Nein, so nicht. Wir könnten Metzger mit einem Sender ausstatten. Möglichkeiten hätten wir da ...«, sagte die Polizistin zögernd.

»Und garantieren Sie mir auch, dass Ramon freigelassen wird?«, unterbrach Katharina sie.

»Frau Tenzer, lassen Sie uns als Erstes einmal mit dem Staatsanwalt sprechen und ihn von den Neuigkeiten in Kenntnis setzen«, erwiderte Inga Steenken. »Anschließend werden wir Metzger und seiner Bande noch einmal auf den Zahn fühlen. Und sollten sich die Entführer wieder bei Ihnen melden, informieren Sie uns ja sowieso.«

Sie verabschiedeten sich.

Zurück im Büro hatte sie gerade an ihrem Schreibtisch Platz genommen, da stand Wolf von Behringer in der Tür. Er erkundigte sich im Plauderton nach ihrem Befinden.

Katharina berichtete ihm von der Entführung und dass sie womöglich mit dem Fall Brinkowsky zusammenhängen könnte. Er war einigermaßen fassungslos und versicherte ihr seine volle Unterstützung. Katharina erzählte ihm anschließend von dem Vorschlag der Polizei, zum Schein auf die Forderung der Entführer einzugehen, und fragte ihn, was er davon halte. Wolf meinte lapidar, dass das eine Schnapsidee sei und wieder einmal von der Hilflosigkeit der Polizei zeuge.

Katharina entschloss sich, Wolf von der Tatsache, dass der Ehemann ihrer Mandantin tatsächlich lebte, noch nichts zu sagen. Wenn sie das Mandat niederlegen würde, müsste sie Wolf darüber sowieso informieren. Und wenn nicht, würde sie seine Meinung ebenfalls gerne hören.

»Wolf, es tut mir leid, aber im Augenblick ist der Fall Brinkowsky bei mir etwas in den Hintergrund geraten, was du sicherlich verstehst.«

Wolf von Behringer nickte.

»Du könntest mir trotzdem einen Gefallen tun und dir morgen Vormittag für mich etwas Zeit nehmen. Dann muss ich mit dir im Fall Brinkowsky etwas Wichtiges besprechen. Das klingt jetzt etwas verschwörerisch, mehr kann ich dir heute jedoch nicht sagen. Und frag nicht weiter, es hilft eh nichts.«

Wolf nickte verständnisvoll und verließ ihr Büro.

Katharina merkte, wie sie langsam die Fähigkeit verlor, die Dinge ihrer Wichtigkeit nach zu sortieren. Natürlich stand Ramon im Mittelpunkt. Doch die dramatische Entwicklung des Falls Brinkowsky blieb nach wie vor ein zentrales Thema.

Sie entschloss sich, erst einmal Sam von dem Gespräch mit Rebecca zu erzählen.

Er fand es richtig, dass Katharina nicht sofort das Mandat gekündigt, sondern ihr die erbetene Frist gewährt hatte. »Ich glaube allerdings, sie wird dir am Ende keine befriedigende Erklärung bieten.«

»Abwarten. Ich bin auch sehr gespannt darauf«, sagte sie.

»Was hat denn die Polizei gesagt, was sie jetzt unternehmen will?«, fragte Sam.

»Das glaubst du nicht«, antwortete sie. »Die überlegen tatsächlich, den Metzger zu verkabeln und zum Schein auf die Forderung einzugehen. Da mache ich nie mit. Wenn da etwas schiefgeht, ist es das Todesurteil für Ramon.«

»Das sehe ich genauso. Das geht gar nicht.«

Katharina konnte ihre Tränen nicht mehr zurückhalten.

»Du bist in einer Stimmung, in der du nur Trübsal bläst und dir die Haare raufst. Ich glaube, es ist besser, wenn du heute Abend ein wenig Gesellschaft hast. Wie wäre es, wenn wir etwas kochen und gemeinsam auf das nächste Zeichen der Entführer warten?«

Sie beruhigte sich etwas. »Sam, das ist lieb von dir und ich weiß deine Fürsorge zu schätzen. Aber ich möchte lieber allein zu Hause verbringen, denn vielleicht muss ich noch einmal zur Polizei, wer weiß? Ich verspreche dir, wenn das alles vorbei ist, dann –«

»Sag jetzt nichts, was du später bereuen würdest. Alles ist gut so. Wenn du mich brauchst, ich kann in zehn Minuten bei dir sein«, fiel er ihr ins Wort.

Die nächsten Stunden verbrachte Katharina damit, die liegen gebliebene Arbeit zu erledigen. Sie musste sich immer wieder zusammenreißen, um sich konzentrieren zu können.

Am frühen Nachmittag versuchte sie, Inga Steenken oder Hasberg zu erreichen, was ihr nicht gelang. Der Kollege Jondracek erzählte ihr, dass die Kriminaloberkommissarin noch in der Vernehmung von Harald Metzger stecke und Hasberg mit einigen Kollegen andere Bandenmitglieder, die in unterschiedlichsten Haftanstalten in Norddeutschland ihr Dasein fristeten, mit der Entführung von Ramon konfrontiere und mit langen Strafen drohe, wenn sie nicht die Entführer und das Versteck benannten.

Katharina zweifelte, ob diejenigen Bandenmitglieder, bei deren sich die Verdachtslage so erhärtet hatte, dass eine Untersuchungshaft angeordnet worden war, wirklich Einzelheiten der Entführung kannten.

Und warum wollten die Entführer nur den Kopf der Bande freipressen? Und was war mit Metzgers Ehefrau und den Kindern? Morgen früh würde sie als Erstes die Kriminaloberkommissarin anrufen und weiter Druck machen. Mehr konnte sie im Moment nicht für Ramon tun. Gegen sieben Uhr packte sie ihre Sachen zusammen und verließ das Büro. Ihr Magen knurrte, denn außer einem Apfel hatte Katharina den ganzen Tag nichts gegessen. Zu Hause angekommen, kochte sie Pasta und schenkte sich ein Glas Rotwein ein.

Es war einsam in der Wohnung ohne Ramon. Er fehlte ihr unendlich, auch wenn sie ihn manchmal für seine Launen zum Mond schießen könnte. Hätte sie nicht besser doch die Einladung von Sam annehmen sollen?

Nein.

Sie war sich sicher, dass der Abend dann für sie in einer katastrophalen Gefühlsschleife geendet hätte.

Wenn dieser Albtraum doch erst zu Ende wäre und sie Ramon wohlbehalten in die Arme nehmen könnte. Dann würde sie auch schnell wieder einen klaren Kopf bekommen.

Es klingelte an der Wohnungstür.

Sie schaute zur Uhr.

Es war kurz vor acht.

Sie lief zur Tür und schaute durch den Spion. Der Hausflur war dunkel, niemand war zu erkennen.

Sie zog die Sicherheitskette ab und öffnete.

Es war Beat.

Er stand vor der Tür und lächelte.

Sie war völlig sprachlos. Nach wenigen Sekunden lag sie in seinen Armen und weinte bitterlich.

35

Sie erwachte aus einem traumlosen Schlaf und dachte an die zurückliegende Nacht. Während Ramon irgendwo gefangen gehalten wurde, hatte sie sich ihrer Lust hingegeben. Es war einfach über sie gekommen. Als Beat sie in seine Arme genommen und minutenlang an sich gedrückt hatte, war alle Last der letzten Tage von ihr abgefallen und das Verlangen nach ihm immer stärker geworden. Es waren keine Worte nötig gewesen. Seine bloße Anwesenheit hatte ihr unendlich Halt gegeben.

Sie drehte sich auf die Seite und sah, dass Beat schon aufgestanden war. Sie schaute auf die Uhr.

Es war halb acht.

Sie hatte um neun Uhr mit Rebecca in ihrem Büro die entscheidende Besprechung, von der abhing, wie es in ihrem Fall weiterging.

Gab es danach überhaupt noch einen Fall Brinkowsky für sie?

Ramon. Seine Entführer hatten sich gestern auch nicht mehr gemeldet.

Der Albtraum ging unverändert weiter.

Geschirr klapperte in der Küche und der Kaffeeautomat signalisierte hektische Betriebsamkeit. Katharina verschwand unter die Dusche und nach einer halben Stunde saßen sie gemeinsam am Frühstückstisch.

Beat war noch im Bademantel und Katharina hatte ihm gegenüber ein schlechtes Gewissen, ihn gleich allein zu lassen. Er war nicht besonders gesprächig und Katharina erschien es so, dass auch er mit Ramons Entführung nur schwer umgehen konnte.

»Ich glaube nicht, dass die Besprechung lange dauern wird. Ich komme danach zurück und hole dich ab. Dann fahren wir zur Polizei. Die wollten gestern noch alle Mitglieder der rechtsradikalen Gang befragen. Ich hoffe, dabei ist etwas herausgekommen.«

»Kein Problem.« Beat strich ihr zärtlich über den Unterarm. »Ich werde verrückt, wenn sich diese Schweinehunde nicht bald melden. Wir müssen doch irgendetwas tun können!«

»Jetzt mach du deinen Termin und komm wieder. Dann schauen wir, was die Polizei inzwischen erreicht hat«, sagte er und fing an, den Tisch abzudecken.

Katharina fuhr ins Büro und bearbeitete einige E-Mails, die sie gestern nicht mehr beantwortet hatte.

Es war fünf nach neun und Rebecca war nicht erschienen. Eigentlich war ihre Mandantin bisher überpünktlich gewesen.

Um zehn nach neun wählte sie ihre Nummer.

Die Mailbox ging dran. Katharina war so überrascht, dass sie sofort wieder auflegte. Sie probierte es auf der Festnetznummer, auch da schaltete sich nur der Anrufbeantworter ein. Nachdem sie es um halb zehn noch einmal probiert hatte, packte sie ihre Sachen zusammen und holte ihren Wagen. Sie wollte ihre Mandantin jetzt endgültig zur Rede stellen. Unterwegs rief sie Beat an, aber der schien gerade mit seinem Sohn zu telefonieren.

Rebeccas Wagen stand im Carport. Katharina klingelte, niemand öffnete. Sie umrundete das Haus. Die Terrassentür war verschlossen. Weit und breit war keine Menschenseele zu sehen.

Nachdenklich ging sie zum Auto. Auf dem Handy meldete sich nach wie vor die Mailbox.

Beat rief zurück. Er hatte tatsächlich gerade mit Noah gesprochen und bei ihm war alles in Ordnung. Der Junge war für ein paar Tage bei Beats Schwester untergekommen, die in Zürich mit ihrem Mann ein Hotel unterhielt. Katharina hatte sie letztes Jahr einmal bei Noahs Geburtstag im Familienkreis kennengelernt und sie hatten sich sofort gut verstanden. Karla war Anfang vierzig, kinderlos und stand ständig unter Strom.

Beat schlug vor, dass Katharina erst einmal nach Hause fahren und ihn abholen solle. Unterwegs probierte sie es zweimal, doch von Rebecca gab es kein Lebenszeichen. Sie merkte, wie sich der anfängliche Ärger über den ausgefallenen Termin langsam in Wut verwandelte. Sie fürchtete, dass Rebecca wahrscheinlich von Anfang an niemals die Absicht gehabt hatte, heute Morgen bei ihr zu erscheinen und Abbitte zu leisten.

Beat stand schon an der Straße, als Katharina um die Ecke bog. Sie hatte gestern mit Inga Steenken verabredet, dass sie heute gegen Mittag im Präsidium erscheinen würde.

Sie mussten eine geschlagene Stunde im Foyer warten, bis die Kriminaloberkommissarin sie endlich abholte. Sie entschuldigte sich tausendmal, aber heute Morgen hatten sich die Ereignisse mal wieder überschlagen, erzählte sie im Fahrstuhl. Katharina hatte Beat als einen sehr guten Freund vorgestellt, was in ihren Augen eine zutreffende Charakterisierung ihrer Beziehung war. Beat hatte etwas Unverständliches in seinen Dreitagebart gemurmelt und Inga Steenken schien ihre Beziehung nicht zu interessieren.

Die Polizistin führte sie in ein Besprechungszimmer, in dem drei Personen saßen. Zanker und Hasberg kannte Katharina bereits.

Die dritte Person stellte sich als Staatsanwalt Dr. Jungeblut vor, der umständlich die Zuständigkeiten im Entführungsfall von Ramon erklärte. »Frau Tenzer, ich gehe davon aus, dass Sie von den Entführern noch keine weiteren Informationen erhalten haben. Sonst hätten wir wohl schon etwas von Ihnen gehört.«

Katharina nickte und wollte wissen, was die Befragung der *Bannerhelden*-Mitglieder ergeben habe.

»Alle haben vehement abgestritten, irgendetwas von einer Entführung zu wissen, mit der Harald Metzger freigepresst werden soll«, antwortete Inga Steenken. »Wir haben die drei Inhaftierten, Nadine Metzger und diverse andere Mitglieder vernommen.«

Hasberg hob eine Hand und klappte die Akte vor ihm auf. »Aufgrund der Forderung der Entführer haben wir außerdem noch einmal die Wohnung der Metzgers und ihr Holzhaus im Rosengarten durchsucht. Überall Fehlanzeige.«

»Uns fehlen Beweise, um größere Aktionen planen zu können. Wir haben ja überhaupt keine Ansatzpunkte«, ergänzte Inga Steenken.

Der Staatsanwalt schob Katharina einen vorbereiteten Text auf einer DIN-A4-Seite herüber. Oben in der Mitte war das Bild von Ramon aufgedruckt, das Katharina der Polizistin gegeben hatte. Es zeigte Ramon mit Käppi, wie er auf einem Fußball saß und grinsend ein Victoryzeichen machte.

Katharina musste schlucken.

»Diese Meldung werden wir ab Mittag in allen Medien im norddeutschen Raum verbreiten. Mehr können wir aktuell nicht tun«, sagte Jungeblut.

»Die Idee von Frau Steenken, dass wir zum Schein auf die Forderung eingehen, ist also vom Tisch?«, fragte Katharina.

Alle schauten Inga Steenken an.

»Ja. Erstens ist es zu gefährlich und zweitens können wir Metzger nicht ohne irgendeinen Austausch gehen lassen«, sagte sie.

»Wir haben alle diensthabenden Streifenbeamte mit dem Foto von Ramon ausgestattet. Der Einsatz eines Spürhunds an dem Ort, an dem Sie das Handy entdeckt haben, war erfolglos. Die Spur verlief sich bereits nach wenigen Metern. Es tut uns leid, dass wir im Moment nichts weiter unternehmen können, aber ich bin mir sicher, die melden sich kurzfristig wieder«, sagte Jungeblut. »Ich glaube nicht, dass Ramon bis jetzt etwas geschehen ist, denn er ist ja deren einziges Pfand.«

Gesa Zanker nickte in Beats Richtung.

»Frau Tenzer, wir müssten noch einige neue Entwicklungen im Fall Brinkowsky mit Ihnen besprechen. Ich schlage vor, dass Herr Ferry als Privatperson unten im Foyer auf Sie wartet«, sagte sie in einem Ton, der sich nicht nach einem Vorschlag anhörte, sondern wie ein Befehl.

Beat nickte sofort und erhob sich.

Hasberg begleitete ihn aus dem Besprechungsraum.

Dann erzählte Inga Steenken, dass Ludwig Bühlhammer, der CEO von *Bellmann & Wächter*, nun doch in der U-Haft ausgepackt habe. Als sie von den vier Komma fünf Millionen Euro berichtete, die Busmann und Pavlov über Malta abgezockt hatten, verschlug es Katharina die Sprache.

Waren Rebecca und Isaak Brinkowsky etwa auch in die Sache verwickelt?

Das konnte sie beim besten Willen nicht glauben. Natürlich war es nicht auszuschließen.

»Wir versuchen seit gestern Nachmittag, Anton Busmann und den Privatdetektiv Schmalzberger vorzuladen. Nur erreichen wir beide nicht«, sagte Hasberg, der wieder zurückgekehrt war.

»Und Ihre Mandantin würden wir hierzu auch gerne befragen. Als Zeugin selbstverständlich. Aber es eilt. Könnten Sie Frau Brinkowsky bitte anrufen, ob sie gleich vorbeikommen könnte?«, bat Inga Steenken.

Jetzt hatte sie ein Problem. Sie konnte hier und jetzt nicht zugeben, dass sie selbst Rebecca Brinkowsky im Moment nicht erreichen konnte. Sollte ihre Mandantin in naher Zukunft als Beschuldigte in Verdacht geraten, bestand sogar möglicherweise Fluchtgefahr, was nichts anderes als U-Haft hieß.

Also machte sie gute Miene zum bösen Spiel.

Katharina holte ihr Handy aus der Tasche und wählte zum dritten Mal an diesem Morgen Rebeccas Nummer.

»Tut mir leid. Mailbox«, sagte sie mit Unschuldsmiene. »Sie scheint beschäftigt zu sein und geht nicht ans Telefon. Ich sag ihr Bescheid, sowie ich sie erreicht habe. Außerdem schreibe ich ihr gleich noch eine Nachricht.«

»Und Herrn Busmann haben Sie auch nicht kürzlich getroffen?«, hakte Hasberg nach.

Vielleicht solltet ihr mal in der Chemnitzstraße 19 in Altona nachschauen. Ich kann euch aber leider nichts erzählen, so gerne ich es auch tun würde, dachte sie im Stillen und schüttelte den Kopf.

»Die Wohnung von Herrn Busmann haben wir bereits aufgesucht«, sagte Inga Steenken.

»Der hat erst vor Kurzem ein sündhaft teures Apartment in der Hafencity gekauft«, meinte Hasberg. »Mit allem Schnickschnack. Concierge, Fitnessstudio auf der Dachterrasse und so weiter und so weiter. Dürfte nicht unter zwei Millionen gekostet haben. Diese IT-Entwicklungen scheinen ja einiges abzuwerfen.«

Katharina zog die Brauen hoch.

Ständig diese Neiddebatten. Wie sie das hasste. Gleich kommt noch irgend so eine teure Automarke ins Spiel. Es ist immer dasselbe. Und die Strafrichter sind am Ende nicht viel besser. Stellt sich heraus, dass ein Angeklagter einen teurer Wagen fährt, ist er fast schon überführt.

»Da kann ich Ihnen nicht weiterhelfen«, sagte Katharina.

»Es war ja nur eine Frage, Frau Tenzer«, erwiderte Gesa Zanker. »Vom Concierge haben wir erfahren, dass Herr Busmann angeblich seit einigen Tagen verreist ist. Wohin und für wie lange, konnte er uns nicht sagen. Vielleicht weiß Ihre Mandantin ja mehr zu berichten.«

»Was ist denn mit Frau McDermott? Weiß die nicht, wo Busmann ist?«, fragte Katharina.

»Nein. Auch ihr hat er nicht gesagt, wo er hingefahren ist. Seltsam, nicht wahr?«, sagte Hasberg zynisch.

Katharina war sich nach dem, was sie soeben erfahren hatte, sicher, dass Busmann mittlerweile per Haftbefehl gesucht wurde. Die Verdachtslage war eindeutig.

Inga Steenkens Handy klingelte. Sie ging dran und das Gespräch verlief sehr einseitig. Die Polizistin schien in Katharinas Gegenwart nicht offen sprechen zu wollen, aber um den Anrufer zu vertrösten, war sie zu neugierig. Den wenigen Worten, die sie von sich gab, entnahm Katharina, dass es um den Privatdetektiv ging, den Bühlhammer beauftragt hatte.

Als Inga Steenken aufgelegt hatte, verabschiedete sich Katharina. Die Kriminaloberkommissarin brachte sie ins Foyer und war auffallend wortkarg. Katharina hatte den Eindruck, dass irgendetwas die Beamtin verärgert haben musste. Doch sie war sich keiner Schuld bewusst.

Wissen sie vielleicht schon, dass Isaak Brinkowsky noch lebt?

Als Katharina den Empfangsbereich betrat, entdeckte sie Beat allein in einer Ecke sitzend. Er hatte einen Becher dampfenden Kaffee vor sich stehen und war in das Nachrichtenmagazin *EuroPA* vertieft.

Die Fahrt ins Büro verlief schweigend.

Dort organisierte Katharina ihr weiteres Tagesgeschäft. Sie wollte Beat nicht für Stunden allein lassen, andererseits hatte sie noch einige Telefonate zu erledigen und mit ihrer Assistentin Terminvereinbarungen und abgehende Schreiben zu besprechen.

Beat hatte volles Verständnis für ihre Arbeitswut. Er habe ohnehin noch ein paar Besorgungen zu machen und da er gerade in der Innenstadt sei, werde er die Gelegenheit nutzen.

In zwei Stunden wollten sie sich wieder bei Katharina in der Wohnung treffen.

Bereits nach gut einer Stunde hatte sie die dringendsten Dinge auf den Weg gebracht und rief Beat an. Vielleicht konnte sie ihn ja irgendwo aufsammeln. Sie erreichte ihn bei einem großen Herrenausstatter in der Anprobe. Er hatte beim Schaufensterbummel einen edlen Anzug gesehen, den er in Zürich nur für den doppelten Preis bekommen würde. Katharina solle vorfahren, er komme mit dem Taxi nach.

Als sie ihren Wagen in die Tiefgarage lenkte, fiel ihr Sam ein. Sie hatte versprochen, sich heute zu melden. Das Gespräch mit Rebecca hatte zwar nicht stattgefunden, aber das, was sie von der Polizei über Busmann, seinen Komplizen und die maltesische Firma mit dem prallen Bankkonto erfahren hatte, musste sie ihm erzählen.

Und leider auch, dass es zu Ramon keine Neuigkeiten gab.

Katharina setzte sich auf ihren Balkon und rief Sam an. Er

war genauso baff über Bühlhammers Aussage, wie sie es gewesen war.

»Mein Gott, die waren ganz schön abgezockt. Vor allem Busmann. Dem hätte ich das gar nicht zugetraut«, sagte er fast anerkennend. Dann wollte Sam wissen, welche Erklärung Rebecca ihr heute Morgen geliefert habe.

»Gar keine. Sie ist nicht gekommen und den ganzen Vormittag auch nicht an ihr Handy gegangen. Es scheint, als hätte ich mit meiner Menschenkenntnis völlig danebengelegen. Ich stehe auf dem Schlauch und überlege die ganze Zeit, wie ich mich jetzt verhalten soll.«

»Die Polizei weiß noch nicht, dass du deine Mandantin momentan nicht erreichst, oder?«, fragte Sam.

»Nein. Inga Steenken und Hasberg wollten sie allerdings gleich als Zeugin verhören und ich sollte sie umgehend anrufen. Ich konnte sie zum Glück auf später vertrösten. Busmann und Rebecca sind einfach verschwunden.«

»Pass auf, ich komme vorbei und wir besprechen die nächsten Schritte«, sagte Sam und hatte schon aufgelegt, bevor Katharina irgendetwas erwidern konnte.

Jede Sekunde konnte Beat von seinem Stadtbummel zurückkehren und bei ihr eintreffen. Sie hatte weder Beat noch Sam von der Existenz des jeweils anderen erzählt.

Warum auch?

Nein. Sie würde Sam nicht anrufen und ihn davon abhalten. Vielleicht war es gut, wenn sich die beiden kennenlernten.

Sie hatte gerade aufgelegt, da rief Beat aus dem Taxi an. Er sei gleich da und schlug vor, einen ausgiebigen Spaziergang um die Alster zu machen. Frische Luft würde ihr guttun. Katharina wollte ihm nicht am Telefon mitteilen, dass sie gleich Besuch kriegen würden.

Und schon gar nicht, von wem.

Ein paar Minuten später ging die Wohnungstür auf. Beat hatte zwei große Einkaufstüten in der Hand und ging direkt ins Schlafzimmer. Nachdem er seinen Einkauf verstaut hatte, holte er sich ein Glas Milch aus dem Kühlschrank und setzte sich zu Katharina auf den Balkon.

»Sam kommt gleich vorbei«, sagte Katharina.

»Wer ist Sam?«, fragte Beat und nahm einen ordentlichen Schluck.

»Sam ist ein Agent vom israelischen Geheimdienst. Sehr nett und sehr hilfsbereit. Mein Fall Brinkowsky. Ich habe dir davon erzählt.«

Beat nickte.

Sie beschrieb, wie sie sich kennengelernt hatten und dass er schon länger auf die Hamburger IT-Firma angesetzt war. Beat hörte aufmerksam zu, ersparte sich aber jeglichen Kommentar. Katharina glaubte, in seinem Gesicht einen Anflug von Enttäuschung zu entdecken.

Es klingelte und wenig später trat Sam auf den Balkon.

Katharina machte die beiden Männer miteinander bekannt und sie merkte sofort, dass Sam eingeschnappt war. Er wollte sich nichts anmerken lassen und verhielt sich Beat gegenüber absolut korrekt. Beat war sehr zurückhaltend, was Katharina nicht zuletzt damit begründete, dass er eigentlich nur in privater Mission unterwegs war und nicht so recht beurteilen konnte, was er eigentlich offiziell wissen durfte und was nicht.

Sie besprachen die festgefahrene Lage bei der Entführung und was die Polizei überhaupt konkret unternehmen konnte, außer mit einer Meldung an die Öffentlichkeit zu gehen.

Plötzlich vibrierte Sams Handy. Es war eine Kurznachricht und sie schien ihn zu beunruhigen.

»Sorry, ihr beiden, ich muss los. Ich melde mich heute Abend noch einmal bei dir, Katharina. Vielleicht gibt es ja etwas Neues.«

Sie brachte ihn zur Tür. Im Treppenhaus drückte er wortlos ihre Hand und verschwand im Fahrstuhl.

Katharina hatte gerade wieder bei Beat auf dem Balkon Platz genommen, da klingelte es erneut an der Tür.

Es war Sam. Er hielt einen verschlossenen Umschlag in der Hand. »Der war in deinem Briefkasten und schaute oben heraus. Ich habe da so eine Ahnung.«

Katharina brauchte sich den Umschlag nicht erst genauer anzusehen. Sie wusste, wer der Absender war.

Sie riss ihn auf.

Darin steckte ein zusammengefalteter Zettel. *Das ist die letzte Nachricht. Wenn Harald Metzger nicht bis morgen Abend frei ist, ist es Zeit, Abschied zu nehmen.*

36

Ramon lag auf dem Rücken und hatte die Hände auf den Bauch gelegt. Er vermied jede noch so kleine Bewegung, denn seine Gelenke brannten wie Feuer. Eigentlich hätte er längst pissen müssen und Hunger und Durst hatte er auch. Aber er verkniff sich alles und hoffte, dass seine Entführer rechtzeitig wiederkommen würden und sie seine Fesseln durchschnitten, wie sie es bisher immer gemacht hatten. Es dämmerte und der Kellerraum war fast dunkel. Vom ersten Tag an hatte er panische Angst in der Nacht, dass Ratten unter seine Decke krochen und ihn anknabberten. Tagsüber inspizierte er regelmäßig sämtliche Ecken und Ritzen in dem verwitterten Gemäuer, bisher hatte er zum Glück noch keine Nager oder anderes Ungeziefer entdecken können.

Wenn jetzt diese Viecher über mich drüberlaufen, bleibe ich liegen und rühre mich nicht.

In diesem Moment hörte Ramon oben am Treppenabgang ein knirschendes Geräusch und rief laut um Hilfe. Kurz darauf öffnete sich die Tür zu seinem Verlies und der Riese stand im Rahmen.

»Bitte, bitte, schneiden Sie mir die Fesseln durch!«, flehte Ramon. »Meine Arme tun fürchterlich weh.«

Der Riese ergriff seine Arme. Als er die Kabelbinder durchschnitt, schrie Ramon auf, als würde er gerade abgestochen werden. Hastig trank er fast eine ganze Flasche Wasser und verschlang gierig den Vorrat an Butterkeksen. Dann ließ der Mann ihn aufs WC. Als er wieder auf der Matratze saß, ging es ihm deutlich besser, obwohl seine Handgelenke feuerrot waren. Ramon war sich sicher, über kurz oder lang würden sich die Wunden entzünden. Seine Bitte um Salbe oder einen Verband war jedes Mal mit einem Kopfschütteln beantwortet worden.

Jetzt kam ein zweiter Entführer in den Kellerraum, der ein Schild in der Hand hielt, auf dem stand: *Wir wechseln jetzt die*

Location. Wenn alles gut läuft und deine Mutter spurt, bist du morgen Abend frei.

In der anderen Hand hatte der Mann den Jutesack, dessen widerlichen Geruch Ramon noch in der Nase hatte. Sie zogen ihn hoch und stülpten den Sack über seinen Kopf. Er hoffte inständig, dass sie ihn nicht wieder fesselten.

Plötzlich wurde er von kräftigen Armen umfasst und über breite Schultern geworfen. Es ging durch die Tür und dann die Treppe hoch. Ein Luftzug fuhr unter den derben Stoff und Ramon atmete tief ein.

Draußen war es deutlich kälter als an dem Tag, als man ihn entführt hatte. Er hörte, wie die Schiebetür des Busses geöffnet wurde. Dann schwangen ihn kräftige Arme von den Schultern und er hatte wieder Boden unter den Füßen. Jemand schubste ihn in den Wagen und setzte sich neben ihn. Drei Türen gingen zu und der Anlasser gab ein quälendes Gejaule von sich. Der Fahrer fluchte leise und versuchte es erneut. Der Motor sprang an und sie fuhren wieder über den Schotterweg, an den sich Ramon noch erinnern konnte.

Nach einer gefühlten Ewigkeit hielt der Wagen an. Ramon glaubte, dass sie weder irgendwo in der Stadt noch auf einer Autobahn unterwegs gewesen waren.

Er wurde aus dem Auto geschubst und der Riese warf ihn sich erneut über die Schulter. Nach einem längeren Fußweg lief er ein paar Treppenstufen nach oben. Eine Tür wurde aufgeschlossen. Dann hörte Ramon, wie eine Luke oder Klappe geöffnet wurde. Es ging eine steile Treppe hinunter und über ihnen krachte die Luke zu. Mit einem kräftigen Schwung landete Ramon auf einer Matratze.

Ihm wurde der Jutesack abgenommen. Das Licht war grell und er musste für einen Moment die Augen schließen. Der Riese stieg die Treppe hoch und drückte die Luke hoch. Jemand reichte ihm Wasser, Brot und etwas Obst. Dann verschwand er, ohne irgendeine Nachricht zu hinterlassen. Nachdem die Luke geschlossen war, hörte Ramon, wie oben irgendetwas Schweres darübergeschoben wurde. Er war wieder eingeschlossen.

Er ließ den Blick durch den riesengroßen Raum wandern. Erst dachte er, es würde sich um einen Schulraum oder etwas Ähnliches handeln, denn in einer Hälfte reihten sich mehrere Stühle aneinander. Gegenüber stand ein großer Schreibtisch an der Wand. An den Wänden hingen Wimpel, Fahnen und Embleme, von denen Ramon einige sofort wiedererkannte.

Nazisymbole.

Sie hatten im letzten Schuljahr während einer Projektwoche den Nationalsozialismus behandelt und er hatte ein Referat über die Bücherverbrennung 1933 gehalten.

Wo hatten sie ihn versteckt?

Er stand auf und inspizierte die kleinen Fenster an zwei Wänden. Auch hier waren Abdeckungen über den Lichtschächten, wie in dem Verlies. Nur waren sie wesentlich neuer und mit einem Schloss versehen. Er holte sich einen Stuhl und überprüfte die Verriegelung. Seine Ahnung bestätigte sich. Nicht eines ließ sich öffnen.

Von oben drangen dumpfe Stimmen zu ihm. Der Tonlage nach zu urteilen, war es ein Streit. Ramon stellte sich vor die Treppe und lauschte.

Die Stimmen wurden lauter und vor allem klarer.

Er erklomm die steile Treppe, bis er direkt unter der Luke auf einer Treppenstufe hocken blieb.

Eine Stimme kannte er.

Sie gehörte Ricky Metzger.

Jetzt wusste er es genau.

Ihm wurde übel.

***

Jondracek schoss mit einem Zettel in der Hand in das Büro von Inga Steenken und Hasberg. »Wir haben eben eine Anzeige über einen anonymen E-Mail-Account erhalten. Jetzt haltet euch fest. Angeblich liegt in der Chemnitzstraße 19 in der Wohnung Goldmann ein toter Privatdetektiv mit Namen Leon Schmalzberger. Umgebracht haben soll ihn Isaak Brinkowsky.«

Hasberg winkte ab. »So ein Quatsch. Das ist wieder irgendein Spinner, der sich wichtigmachen will. Isaak Brinkowsky ist tot. Das hat die Rechtsmedizin amtlich festgestellt. Wir haben, glaube ich, wirklich Besseres zu tun.«

»Gib mal her die Nachricht. Ist die Anzeige komplett anonym?«, fragte Inga Steenken.

»Ja, ohne jeden Absender«, sagte Jondracek und reichte ihr den Zettel.

Sie las den vollständigen Text durch und wandte sich dann an Hasberg. »Ein sogenannter Wichtigtuer, wie du ihn eben genannt hast, macht aber keine Anzeige, ohne dass er einen Hinweis auf seine Person hinterlässt.« Sie schaute wieder auf die Zeilen. »Sag mal, du hast doch mit den Kollegen in Frankfurt gerade erst gesprochen. Bühlhammer hat in der U-Haft ausgepackt und von einem Privatdetektiv erzählt, wenn ich dich richtig verstanden habe. Hieß der nicht so ähnlich?«

Hasberg stutzte. Dann schlug er sich mit der flachen Hand vor die Stirn.

»Na klar. Ich Idiot. Der hieß tatsächlich so. Der war von der Detektei … Wie war der Name noch?«, sagte er und wühlte wild auf seinem Schreibtisch herum.

»*IWD Wirtschaftsdetektei*. Habe ich schon recherchiert«, sagte Jondracek mit einem breiten Grinsen. »Und ob ihr es glaubt oder nicht, Herr Schmalzberger ist laut seiner Assistenz zurzeit auf Geschäftsreise in Hamburg und wohnt im Hotel *Reichshof* am Hauptbahnhof. Leider ist er auf seinem Handy seit gestern nicht zu erreichen. Ich habe jedoch seine Nummer.«

»Wo ist eigentlich die Chemnitzstraße?«, fragte Hasberg. »Und ist da überhaupt ein Goldmann gemeldet? Das hast du sicher auch schon gecheckt.«

»Bingo. Die Chemnitzstraße liegt in Altona. Geht ab von der Max-Brauer-Allee«, rezitierte er wie ein Eleve. »Und Artur Goldmann ist dort seit vier Jahren gemeldet. Deutscher Staatsbürger, aber 1976 in Jerusalem geboren.«

»Ich glaube, wir sollten dann mal schleunigst aufbrechen«, sagte Inga Steenken und griff zum Hörer, um ein Team der Spurensicherung in Bewegung zu setzen.

Nach wenigen Minuten saßen sie im Wagen und rasten mit Blaulicht Richtung Altona. Inga Steenken schlug sich mehrfach mit der flachen Hand auf den Oberschenkel und fluchte leise vor sich hin.

»Was hast du?«, fragte Jondracek von der Rückbank und beugte sich zwischen die Vordersitze.

»Weißt du, wenn das tatsächlich stimmen sollte und wir Spuren von Isaak Brinkowsky finden, hat uns seine Frau ganz schön verarscht. Und möglicherweise ihre Anwältin auch.«

Nach zehn Minuten fuhren sie in die Chemnitzstraße ein und hielten direkt vor der Hausnummer 19. Jondracek hatte unterwegs noch zweimal erfolglos versucht, Leon Schmalzberger auf dem Handy zu erreichen. Im Hotel *Reichshof* schickte er die Rezeptionistin am Telefon ziemlich rüde auf Schmalzbergers Zimmer. Nach wenigen Minuten hatte sie zurückgerufen. Der Gast sei nicht auf seinem Zimmer und sein Bett in der letzten Nacht nicht benutzt worden. Sein Koffer und seine persönlichen Sachen seien allerdings noch da.

»Na wunderbar. Passt doch alles«, sagte Hasberg und war als Erster an der Eingangstür.

Da bei Goldmann niemand öffnete, klingelten sie gleichzeitig bei den anderen Mietparteien. Der Schnapper summte und wenig später standen sie vor dem Apartment mit dem Namensschild *Goldmann.*

Die gewaltsame Öffnung der Wohnungstür bereitete Jondracek keine besondere Mühe und als sie eintraten, stieg ihnen bereits der Geruch in die Nase, den sie schon zu oft wahrgenommen hatten, um ihn verwechseln zu können. Es war nicht etwa ein übervoller Mülleimer, der in der Küche auf seine Entleerung wartete, sondern die aromatischen Vorboten eines beginnenden menschlichen Verwesungsprozesses.

Am Ende des Flurs lag eine männliche Leiche.

Inga Steenken beugte sich über ihn. »Der sieht aus wie der Privatdetektiv vom Vorstandschef der *Bellmann & Wächter AG*. Jedenfalls, wenn man nach dem Konterfei auf der Website der *IWD Wirtschaftsdetektei* geht«, sagte sie und schaute auf die Uhr. »Wo bleibt denn eigentlich die Spurensicherung?«

Jondracek machte sich auf den Weg durch das Haus, um die Nachbarn zu befragen. Inga Steenken und Hasberg begingen vorsichtig die Räume. Die Einrichtung war funktional, wenig Schnickschnack, wie Hasberg bemerkte.

»Du meinst, hier hat ein Mann gewohnt«, frotzelte sie, während sie die Küche inspizierte.

»So kann man es auch ausdrücken. Jedenfalls steht hier wenig Überflüssiges«, gab Hasberg zurück.

Drei Beamte von der Spurensicherung erschienen und Inga Steenken bat die Kollegen, etwaige Fingerspuren mit denen von Isaak Brinkowsky abzugleichen.

Nach einer weiteren halben Stunde kam der Rechtsmediziner und äußerte nach kurzer Untersuchung, dass Schmalzberger wahrscheinlich durch einen Stich in die Halsschlagader verblutet war. Als Tatwaffe vermutete er ein langes, schmales Messer, das wohl auch den Kehlkopf durchbohrt hatte.

Hasberg machte sich an die Durchsuchung des Toten und bemerkte als Erstes die Glock unter dem Sakko, die in einem Holster steckte. Auch eine Geldbörse mit hundertfünfzig Euro, Ausweis und Kreditkarten war noch vorhanden. Dann entdeckte er unter dem Oberhemd die schusssichere Weste.

»Was hat der hier mit Schussweste und Waffe gewollt, Inga?«

»Ich habe da so einen Verdacht. Hast du irgendwelche Unterlagen bei ihm gefunden? Und ein Handy?«

Hasberg schüttelte den Kopf. »Worauf willst du hinaus?«

»Ich glaube, unser Detektiv war auf Erpressungstour. Die Informationen, die er durch den Auftrag von Bühlhammer erhalten hat, wollte er wohl als Druckmittel einsetzen und das ist mal so richtig schiefgegangen. Nur wer das Opfer sein sollte, ist mir im Moment noch nicht klar. Die Kollegen aus Frankfurt haben erzählt, dass er Busmann und den Angestellten Pavlov als Täter dieses Vier-Komma-fünf-Millionen-Coups ermittelt hat. Die beiden haben doch die Firma auf Malta.«

Jondracek kehrte von seiner Befragungstour durchs Haus zurück. Von acht Mietparteien hatte er nur in vier Wohnungen jemanden angetroffen. Artur Goldmann war wissenschaftlicher Mitarbeiter des Archäologischen Museums in Hamburg und gerade für ein Jahr mit einer internationalen Expedition in Jordanien.

»Der gräbt in der Wüste Wadi Rum im Osten des Landes alte Steine aus«, berichtete er. »Hat mir ein älterer Herr aus dem zweiten Stock erzählt, der stark gehbehindert ist und für den Goldmann öfter Besorgungen erledigt hat. Angeblich soll er demnächst wieder zurückkommen.«

»Die Wohnung stand also seit fast einem Jahr leer«, sagte Inga Steenken und ging zurück ins Wohnzimmer zu den Kollegen von der Kriminaltechnik.

»Du kommst gerade recht«, sagte einer der Beamten. »Tatsächlich gibt es überall in der Wohnung neben einigen anderen Fingerabdrücken massenhaft welche von Isaak Brinkowsky. Vor allem in Bad und Küche und an der Fernbedienung vom Fernseher.«

Inga Steenken wechselte in die Küche zu Hasberg und Jondracek.

»Wir haben es gehört. Was tun wir jetzt?«, fragte Jondracek.

»Du musst noch einmal durchs Haus und den Leuten ein Bild von Isaak Brinkowsky zeigen. Vielleicht hat ihn ja jemand mal im Treppenhaus gesehen.«

Jondracek nickte und machte sich auf den Weg.

Die beiden Techniker, die noch in der Wohnung waren, packten gerade ihre Koffer zusammen, da kam der dritte Kollege zur Tür herein. Er hatte einen Beweismittelbeutel mit einem blutigen Stilett in der Hand.

»Das dürfte die Tatwaffe sein. Lag in der Gelben Tonne, aber gut versteckt in einer Styroporverpackung. Fingerspuren sind alle abgewischt«, sagte er und übergab Inga Steenken die Tüte.

Sie schaute sich die mit einem verzierten Griff versehene Klinge genau an.

»Das muss etwas Antikes sein. Vielleicht orientalisch. Ab damit ins Labor«, sagte sie und reichte das Teil an den Techniker zurück.

Das Team der Kriminaltechnik verabschiedete sich.

Inga Steenken setzte sich in einen Wohnzimmersessel. »Lass uns die Wohnung noch einmal nach weiteren Hinweisen auf Isaak Brinkowsky durchforsten, bis Jondracek zurück ist. Vielleicht hat Brinkowsky hier irgendetwas vergessen.«

Hasberg nickte und verschwand ins Schlafzimmer. Inga Steenken durchsuchte den Wohnzimmerschrank, den sich die Techniker schon einmal vorgenommen hatten.

Nach zehn Minuten trat Hasberg mit einem Umschlag ins Wohnzimmer.

»Hier, schau dir mal die Fotos an. Ich glaube, das hast du gesucht«, sagte er und zog einen Stapel Bilder heraus.

Inga Steenken staunte nicht schlecht.

Auf zwei älteren Bildern saßen drei Personen bei strahlendem Sonnenschein auf einem Segelboot. Sie hielten Longdrinkgläser in den Händen und prosteten sich zu. Neben einem kahlköpfigen Mann waren deutlich Rebecca Brinkowsky und ihr verschwundener Ehemann zu erkennen.

»Bingo«, sagte sie. »Sie haben sich gekannt. Der mit der Glatze oder derjenige, der die Aufnahmen gemacht hat, dürfte Artur Goldmann sein. Sonst wären die Fotos wohl kaum hier.«

Jondracek kehrte zurück, hatte allerdings keine neuen Erkenntnisse im Gepäck. Isaak Brinkowsky war im Haus ein Unbekannter.

»Doch Goldmann und das Ehepaar Brinkowsky kennen sich schon lange«, informierte Inga Steenken ihn und zeigte ihm die Bilder.

»Wow, das ist ja der Hammer!« Er fasste sich an den Kopf. »Während wir seit Wochen nach seinem Mörder suchen, hält er sich in der verwaisten Wohnung seines Freundes versteckt. Aber wer ist dann im Kofferraum des Alfa verbrannt?«

Inga Steenken holte ihr Handy hervor. »Wir fahren zu Rebecca Brinkowsky. Ich versuche, sie von unterwegs anzurufen, und wenn wir sie nirgendwo erreichen können, schreiben wir sie zur Fahndung aus. Jungeblut soll schon mal zwei Haftbefehle besorgen. Verarschen lassen wir uns nicht.«

Hasberg grinste. »Was für ein Fall. Mich würde interessieren, ob Isaak Brinkowsky vielleicht irgendwo am Rand verkleidet an seiner eigenen Beerdigung teilgenommen hat.«

37

»Sam, was mache ich jetzt?«, fragte Katharina, als sie die Nachricht gelesen hatte.

Er nahm ihr den Zettel aus der Hand und las ihn laut vor. Dann holte er sein Handy hervor.

»Ihr geht wieder in die Wohnung. Ich muss kurz telefonieren, dass ich etwas später komme«, sagte er und blieb im Treppenhaus, während Katharina und Beat in die Wohnung zurückkehrten.

Katharina ließ die Wohnungstür angelehnt. Im Wohnzimmer klammerte sie sich an Beat und legte den Kopf an seine Brust.

»Wenn Ramon etwas passiert, höre ich mit meinem Job auf. Aber ich bin so froh, dass du da bist«, sagte sie leise.

»Es wird bestimmt alles gut. Ich glaube fest daran«, sagte er ruhig und streichelte ihr Haar.

Sie hörten die Wohnungstür zufallen und Katharina löste sich aus der Umarmung. Sam sah ziemlich ernst aus, als er Platz genommen hatte.

»Heute Nacht hat es einen kriegerischen Drohnenangriff der Hamas im Westjordanland auf einen unserer Militärstützpunkte gegeben. Mehrere israelische Soldaten sind tot.« Er strich sich durch das dunkle Haar. »Mehr weiß ich noch nicht. Einer meiner Cousins war dort stationiert, hoffentlich ist er nicht unter den Opfern. Meine Tante würde das nicht überleben.«

»Das ist ja furchtbar, Sam. Es tut mir wirklich leid. Ich bete, dass deinen Angehörigen nichts passiert und es dort nicht schon wieder Krieg gibt«, sagte Katharina mitfühlend.

Beat nickte ernst und holte eine Flasche Mineralwasser mit drei Gläsern aus der Küche.

Sam schien sich wieder gefangen zu haben und nahm dankend ein volles Glas entgegen. »Katharina, erinnerst du aus der Ermittlungsakte irgendwo ein denkbares Versteck, in das diese rechten Schweine Ramon verschleppt haben könnten? Denk nach oder fahr noch einmal ins Büro und schau die Akten durch.«

Katharina überlegte einen Moment und zuckte mit den Schultern. »Es muss vor allem ein Ort sein, den die Polizei noch nicht durchsucht hat. Und mir fällt nur die Wohnung der Familie Metzger oder deren Gartenhaus ein. Von den anderen Beteiligten steht in unserer Akte leider nichts. Da gibt es ja auch keinen Bezug zum Fall Brinkowsky.«

»Eine Wohnung in der Stadt scheidet als Versteck aus. Da ist die Entdeckungsgefahr viel zu groß. Was ist das für ein Gartenhaus?«, wollte Sam wissen.

»Das liegt irgendwo im Rosengarten. Ganz in der Nähe, wo man angeblich die Leiche von Isaak Brinkowsky gefunden hat«, sagte sie und schaute Beat an.

Was er wohl denken muss, wenn er nur sporadisch ein paar Sachverhaltshäppchen serviert bekommt, fragte sie sich. »Das Haus liegt allein und hat einen großen Keller, in dem man die Spuren zu unserem Fall gefunden hat. Für die Adresse müsste ich ins Büro fahren. Die Polizei hat das Objekt gleich nach der ersten Forderung nach einer Freilassung von Harald Metzger noch einmal durchsucht und nichts gefunden.«

»Das hat nichts zu bedeuten«, sagte Sam. »Im Gegenteil. Ein alter Trick. Das beste Versteck ist da, wo alle schon gesucht haben.«

Katharina schaute von Sam zu Beat und dann auf ihre Uhr. »Lasst uns noch einmal zu diesem Gartenhaus im Rosengarten fahren. Ich möchte nichts unversucht lassen. Wir pirschen uns im Dunkeln heran und wenn sie da sind, rufen wir die Polizei. Die schickt dann das SEK.«

Beat und Sam nickten sich zu.

»So machen wir es«, sagte Sam und stand auf. »Du besorgst die genaue Anschrift und ich erledige meinen Termin und bin um sieben Uhr wieder hier. Dann haben wir eine Einsatzbesprechung.«

Nachdem Sam gegangen war, saßen sich Beat und Katharina eine Weile schweigend gegenüber. Katharina überlegte, ob ihr

Plan wirklich so gut war. Sie hatte Angst davor, heute Abend in eine für Ramon schicksalhafte Katastrophe zu laufen, wenn sie von den Entführern entdeckt werden würden. Doch für sie gab es keine Alternative. Heute nur herumzusitzen und abzuwarten, war keine Option.

Beat schenkte sich noch ein Glas Mineralwasser ein. »Katharina, meinst du nicht, dass du den Drohbrief der Polizei geben solltest?«

Natürlich sollte sie das. Aber es war unmöglich, mit der Kriminaloberkommissarin zu sprechen, denn sie hätte ihr sagen müssen, dass sie mit Rebecca telefoniert hatte. Zwei Tage nach der polizeilichen Aufforderung an ihre Mandantin, sich zu melden. Und wenn sie sagte, dass sie Rebecca zwei Tage nicht habe erreichen können, würden sie wohl nicht zögern, einen Haftbefehl zu erlassen. Sie erläuterte Beat diese Konfliktsituation, der ihr beipflichtete.

»Außerdem kann die Polizei mit der Drohung sowieso nichts anfangen, solange sie nicht weiß, wo Ramon gefangen gehalten wird«, sagte er. »Ohne einen Austausch wird Metzger niemals freigelassen werden.«

Katharina nahm ihn in den Arm. Dann verabschiedete sie sich ins Büro.

Um Punkt neunzehn Uhr klingelte es an der Wohnungstür und Sam stand in dunkler Kampfkleidung davor. Katharina kannte die Montur schon von ihrem nächtlichen Einsatz in der Chemnitzstraße.

Sie hatte ein paar Brote geschmiert und die Männer langten kräftig zu. Sie bekam keinen Bissen herunter.

Nach der Brotzeit gab sie Sam die Adresse, die es anzusteuern galt. Der Routenplaner zeigte dreiundzwanzig Kilometer und eine Fahrtzeit von fünfunddreißig Minuten an.

»Es wird ja erst spät dunkel«, sagte Sam, während er auf die Uhr schaute. »Wir fahren um einundzwanzig Uhr los. Wir müssen uns sowieso langsam vortasten.«

Katharina nahm ihr Handy und wählte zum x-ten Mal Rebeccas Nummer.

Diesmal sprang kein AB an. »Dieser Anschluss ist vorübergehend nicht erreichbar.«

Rebecca hatte ihre Mailbox deaktiviert. Warum sonst, wenn sie kein schlechtes Gewissen hatte? Um die Zeit bis zum Aufbruch zu verkürzen, machte Beat den Fernseher an.

»Schalte mal auf NDR«, bat Sam, »vielleicht bringen sie etwas über Ramons Entführung.«

Tatsächlich wurde am Ende eine Suchmeldung der Hamburger Polizei durchgegeben. »Vermisst wird der vierzehnjährige Ramon Fillinger, der vor drei Tagen vor einer Sportschule an der nördlichen Stadtgrenze zu Schleswig-Holstein entführt wurde. Von ihm fehlt bisher jede Spur. Der Junge ist circa einen Meter sechzig groß, schlank, hat dunkle Haare und braune Augen. Zuletzt trug er Bluejeans, helle Sneaker und ein blaues Sweatshirt mit der Aufschrift *New York Giants*. In der Nähe des Entführungsorts haben Zeugen einen alten orangefarbenen VW Bulli wahrgenommen. Wer den Jungen oder das Fahrzeug gesehen hat, wird gebeten, die Hamburger Polizei unter der eingeblendeten Nummer anzurufen. Für sachdienliche Hinweise ist eine Belohnung von zehntausend Euro ausgesetzt.«

Das Bild von Ramon, das Katharina Inga Steenken gegeben hatte, wurde eingeblendet.

Sie musste an ihre Amerikareise letztes Jahr denken, bei der sie ihm in New York das blaue Sweatshirt der *Giants* gekauft hatte. Er hatte es noch im Shop übergezogen und seither wie eine Trophäe behandelt.

Nachdem die Nachrichten zu Ende waren, schaltete Beat den Fernseher aus. Eine Weile saßen sie stumm auf ihren Plätzen und schauten immer wieder auf die große Wanduhr im Esszimmer. Die Zeiger schienen festgewachsen zu sein.

Beat war der Erste, der etwas sagte. Wahrscheinlich damit überhaupt jemand die bedrückende Stimmung durchbrach.

»Ich könnte mir vorstellen, dass die Belohnung etwas bringt. Irgendjemand muss Ramon und den bunten Bus gesehen haben.«

Katharinas Handy klingelte. Sie schaute aufs Display.

»Verdammt«, sagte sie und drückte das Gespräch weg. »Das war die Polizei. Die will sicher wissen, ob ich mit Rebecca gesprochen habe. Die muss ich wohl morgen früh endlich mal zurückrufen.«

Die Zeit bis zum geplanten Aufbruch verlief zäh.

Zehn Minuten vor der Zeit hielt es Katharina nicht mehr in der Wohnung. Sie drängte Sam und Beat, endlich loszufahren.

Für Katharina war von Anfang an klar gewesen, dass sie Sams Boliden nehmen würden. Als sie auf der Straße vor dem Monstrum standen, merkte sie, wie sich Beat auf die Zunge biss und hinten einstieg.

Sie zuckelten über die Elbbrücken, anschließend befuhren sie die Wilhelmsburger Reichsstraße bis in den südlichen Teil der Großstadt. In Marmstorf, einem ländlichen Vorstadtbereich mit vielen Bäumen und großen Landhausvillen, fuhr Sam plötzlich auf einen Waldparkplatz, der von der Straße kaum einsehbar war. Das Navi zeigte noch eine Fahrtstrecke von gut vier Kilometern bis zum Ziel an. Vor ihnen parkte ein Kombi mit polnischem Kennzeichen. Das Innenlicht war eingeschaltet und die Insassen diskutierten angeregt.

»Was machen wir hier?«, fragte Katharina.

»Wartet es ab«, antwortete Sam. »Ich hoffe, die Polen sind gleich weg.«

Die Personen in dem Kombi schienen bemerkt zu haben, dass hinter ihnen jemand aufgefahren war, jedoch im Wagen sitzen blieb. Das Innenlicht erlosch und der Kombi rollte vom Parkplatz.

Sam stieg aus und öffnete die Heckklappe. Er kehrte zurück und reichte Katharina und Beat jeweils eine schwarze Schussweste. »Nur zur Vorsicht. Keine Sorge. Aber wenn wir dieses Pack dort wirklich antreffen und sie uns bemerken sollten, müssen wir mit allem rechnen. Ich trage meine bereits, ihr könnt sie einfach über eure Pullover ziehen.«

Kurz darauf ging die Fahrt weiter. Die Dämmerung hatte eingesetzt und nach wenigen Minuten bogen sie in einen Schotterweg. Sam fuhr rechts ran und stellte das Navi auf den kleinsten Maßstab. Es waren jetzt noch tausend Meter bis zum Ziel.

»Das Haus liegt von hier aus rechts von der Straße«, sagte er und fuhr im Schritttempo weiter.

Plötzlich hielt er an. Noch vierhundert Meter.

»Da ist ein perfekter Parkplatz. Völlig unauffällig«, sagte er und nahm links eine Hofeinfahrt.

Sie gelangten auf einen großen Vorplatz, auf dem ein Kleinlaster mit Gerüstteilen stand. Der große Bungalow dahinter war komplett eingerüstet und im Erdgeschoss flatterten mehrere provisorische Fensterabdichtungen im Wind.

»Hier wohnt zurzeit sicher niemand«, sagte er und parkte so, dass sie notfalls, ohne zu wenden, gleich durchstarten könnten. Er stellte den Motor ab und ging noch einmal an die hintere Heckklappe. Er kam mit zwei Pistolen zurück und reichte sie weiter.

»Bevor ihr euch aufregt, hört mir erst mal zu. Die Pistolen sollt ihr nur im Notfall benutzen, wenn wir angegriffen werden. Ihr unternehmt sowieso nichts außer beobachten«, sagte Sam und lud beide Waffen durch. Er zeigte auf den Sicherungshebel an der Seite. »Den müsst ihr nach hinten schieben, dann könnt ihr abdrücken. Es sind sechs Schuss in jeder Pistole. Sie sind scharf.«

Sie schalteten ihre Handys auf lautlos und stiegen aus. Sam gab jedem von ihnen noch eine Stablampe und er selbst hängte sich ein Fernglas mit Nachtsichtfunktion um den Hals. Sie liefen über einen Schotterweg bis zum angrenzenden Wald. Dann bogen sie auf einen Waldweg parallel zum Straßenverlauf. Nach fünf Minuten tauchte hinter dem Waldrand schemenhaft ein Gebäude auf. Trotz der Entfernung war zu erkennen, dass im Inneren Licht brannte.

»Das muss es sein«, sagte Sam und schaute durch das Nacht-sichtglas. »Ich kann nichts erkennen. Wir müssen näher ran.«

Sie schlichen weiter. Vom Waldrand bis zum Haus waren es jetzt noch ungefähr zweihundert Meter freie Wiesenfläche.

»Ihr wartet hier und beobachtet mit dem Nachtglas, was passiert. Ich versuche festzustellen, ob ich Ramon irgendwo entdecke«, sagte Sam und überließ Katharina das Fernglas. Dann huschte er wie ein Schatten in der Dunkelheit über das Gras bis zu einem morschen Bretterzaun.

Katharina und Beat wechselten sich mit dem Fernglas ab.

Sam kauerte hinter dem Bretterzaun und lugte zwischen zwei Latten hindurch. Die beiden Fenster zu seiner Seite waren hell erleuchtet, aber die Gardinen waren zugezogen. Sein Blick wanderte am Haus vorbei und er erkannte auf dem Parkplatz die unverkennbaren Umrisse eines VW Bulli. Die Farbe war von seiner Position aus nicht zu erkennen, also schlich er bis zum Ende des Zauns, kroch darunter hindurch und lief ein Stück hinter einer Hecke entlang. Nach zehn Metern kam er direkt neben dem Parkplatz raus. Er nickte nur, als er die Farbe des Bullis erkennen konnte.

Orange mit reichlich Rost durchsetzt.

Er lehnte sich an das Heck, holte seine Luger heraus und schraubte den Schalldämpfer auf.

In diesem Moment hörte er neben sich hinter der Hecke ein schlurfendes Geräusch. Er stellte sich dicht an den Wagen und hielt die Waffe mit beiden Händen umfasst vor seiner Brust.

Plötzlich erschienen Katharina und Beat und schlossen zu ihm auf.

»Was macht ihr denn hier?«, zischte er. »Ich hätte euch beinahe erschossen.«

»Wir haben es einfach nicht mehr ausgehalten und sind dir gefolgt. Vielleicht können wir helfen«, sagte Beat gedämpft.

Katharina zeigte auf den Bulli. »Das ist doch der orangefarbene Bus, von dem Tarek erzählt hat. Du hattest recht, Sam. Sie sind hier. Ramon ist hier!«

Sam nickte. »Ich gehe jetzt da rein und hole deinen Jungen. Du wählst inzwischen den Notruf. Sag ihnen, es seien Schüsse gefallen. Dann ist das SEK in fünfzehn Minuten hier.«

Katharina nickte und zog ihr Handy aus der Tasche.

»Ich komme mit«, sagte Beat und klopfte sich auf die Jackentasche mit der Pistole.

»Nein, Beat, das ist mein Job«, erwiderte Sam und hielt auf die Vorderseite der Hütte zu.

Nach wenigen Schritten hatte er die Treppe zur Veranda erreicht.

Die beiden vorderen Fenster waren ebenfalls hell erleuchtet, die Gardinen diesmal nicht zugezogen. Sam schlich mit seiner Waffe im Anschlag an die Hauswand neben der Veranda und verschwand an der rechten Hausseite. Nach kurzer Zeit betrat er vorsichtig die Veranda und stellte sich neben das Fenster. Vorsichtig spähte er hinein.

Dann ging er bewusst geräuschvoll die Veranda entlang und stellte sich hinter die Hausecke.

Im Inneren des Hauses erlosch das Licht. Die Tür ging auf und ein riesiger Mann mit einer Kutte trat heraus. Er leuchtete mit einer Taschenlampe die Veranda ab.

»Plopp, plopp«, machte es aus der Luger und der Riese sackte zusammen und krachte auf die Holzbretter. Die Taschenlampe kullerte die Treppe hinunter.

Aus dem Haus drang ein lauter Schrei. Anschließend war das Zufallen einer Holztür zu hören. Sam schaltete seine Stablampe ein, hielt sie über seiner Luger und hastete in das Gebäude.

»Ricky, hau ab!«, schrie eine Stimme.

Zwei Schüsse fielen hintereinander.

Sie klangen wie Peitschenhiebe in der Nacht.

Es machte erneut »plopp«. Dann war es still.

Beat und Katharina schauten sich entsetzt an. Sie waren soeben Zeugen einer Hinrichtung geworden.

Plötzlich stürmte ein schmächtiges Kerlchen in schwarzer Kutte aus dem Haus Richtung Parkplatz.

Geistesgegenwärtig trat Beat hinter dem Bus hervor und rief: »Hände hoch!«

Er schoss zweimal in die Luft.

Der schmächtige Kerl blieb abrupt stehen und kehrte schlagartig um. Wie vom Teufel besessen, lief er seitlich am Haus vorbei, schwang sich über den Bretterzaun und stürzte über das Feld zum Waldrand. Ricky Metzger rannte um sein feiges Leben.

Katharina und Beat hetzten zum Haus und blieben auf der Veranda neben der Tür stehen. Katharina leuchtete hinein.

Sie ließ den Lichtstrahl durch den Raum wandern.

Weiter hinten im Raum lag ein dritter Mann auf dem Rücken und rührte sich nicht. Auch er hatte eine Kutte am Leib.

Außerdem ein kugelrundes rotes Loch mitten in der Stirn. Neben ihm lag ein Revolver.

Dann entdeckte Katharina Sam rechts an der Wand gleich neben der Tür. Er stöhnte und blutete an Hals und Oberschenkel. Die schallgedämpfte Luger lag zwischen seinen Beinen. Entsetzt kniete sie sich neben ihn.

»Sam, um Himmels willen, was ist passiert?«, rief sie. Dann sah sie, dass er schwer verwundet war. Sie nahm vorsichtig seinen Kopf, legte ihn auf ihren Schoß und strich ihm über die Stirn.

»Nicht sprechen, Sam. Die Polizei ist jeden Augenblick hier.«

Er öffnete mühsam die Augen.

»… bis auf einen habe ich sie gerichtet … diesen menschlichen Abschaum … Das war ich Daniel … und meinem Volk schuldig … Und dein Junge ist da unten. Ich glaube, ihm ist nichts geschehen«, röchelte er und spuckte Blut.

Dann starb er in ihren Armen.

»Nein, nein! Sam, halte durch! Hilfe ist unterwegs!«, schrie sie und starrte Beat an, der neben ihr kniete.

Er erhob sich und ging zu dem Mann am Boden. Beat stellte sich mit der Pistole in der Hand über ihn und beförderte den Revolver mit einem Fußtritt durch den Raum. Er blickte dem Mann ins Gesicht.

»Das Schwein hat es auch erwischt«, sagte er und schaltete das Deckenlicht an.

Hinten, am anderen Ende des Raums, sahen sie eine breite Kellerluke, die offen stand.

Ganz langsam tauchte der Kopf von Ramon über dem Rand auf.

In der Ferne hörte Katharina die Martinshörner näher kommen.

38

Katharina erwachte mit höllischen Kopfschmerzen. Der Showdown der letzten Nacht war nicht spurlos an ihr vorübergegangen. Nachdem die Polizei mit dem SEK erschienen war und sie den Beamten geschildert hatte, was passiert war, hatte man sie mit Ramon im Krankenwagen in die Uniklinik fahren lassen. Er war bis auf die Fesselungsspuren an den Handgelenken und ein Angsttrauma unverletzt. Zumindest bis heute sollte er noch zur Beobachtung im Hospital bleiben. Katharina versprach ihm, ihn am Mittag abzuholen. Um zwei Uhr nachts kam sie zu Hause an und wartete auf Beat. Nach zehn Minuten schlief sie auf dem Sofa ein.

Beat vernahm man noch vor Ort ausführlich und setzte ihn gegen drei Uhr vor Katharinas Wohnhaus ab.

Zum Glück hatte er einen eigenen Schlüssel, denn wahrscheinlich hätte sie sein Klingeln gar nicht gehört, so tief hatte sie geschlafen. Er trug sie ins Bett und machte sich auf dem Sofa lang. Aber an Schlaf war nicht zu denken.

Katharina musste sich in den frühen Morgenstunden übergeben. Beat hatte ihr zwei starke Schmerztabletten gebracht.

Jetzt saßen sie frisch geduscht beim Frühstück und die Lebensgeister kehrten langsam zurück.

Ihr Handy klingelte und das Display kündigte Kriminaloberkommissarin Steenken an, ihren Plagegeist der letzten Tage. Katharina zuckte mit den Schultern. Dann nahm sie das Gespräch entgegen.

Die Polizistin hatte inzwischen von den nächtlichen Ereignissen erfahren und reagierte verständnisvoll. Sie berichtete, dass man Ricky Metzger ziemlich schnell in der Wohnung seiner Eltern festgenommen habe. Widerstand habe er nicht geleistet.

Katharina sagte zu, am Nachmittag im Präsidium zu erscheinen. Inga Steenken bemerkte, dass sie allein kommen solle, denn es werde um den Fall Brinkowsky gehen und nicht um Ramons Entführung.

›Gibt es neue Erkenntnisse?‹«, fragte Katharina.

Inga Steenken druckste herum. Dann wurde sie konkret.

»Wir haben eine anonyme Anzeige erhalten, dass Isaak Brinkowsky am Leben ist und sich monatelang in einer Wohnung eines Freunds in Altona versteckt gehalten hat«, sagte sie und holte tief Luft. »Dort haben wir nicht nur unzählige Fingerabdrücke von Brinkowsky sichergestellt, sondern auch einen toten Privatdetektiv aufgefunden. Reicht das fürs Erste, Frau Tenzer?«

»Ja«, sagte Katharina und legte auf. »Darf ich dich heute Nachmittag mit Ramon allein lassen, Beat? Ich glaube, es wird bei der Polizei nicht lange dauern. Nach dem, was ich gerade gehört habe, werde ich wohl das Mandat von Rebecca niederlegen, dann ist das Thema ohnehin vom Tisch.«

Er war einverstanden.

Bevor sie zu Ramon ins Krankenhaus fuhren, wollte Katharina im Büro vorbeischauen und ihrer Assistentin für die nächsten Tage einige Anweisungen geben. Insbesondere war ein Gerichtstermin zu verlegen.

Schlimmstenfalls müsste Wolf einspringen. Bisher hatten sie sich in Notsituationen immer auf den anderen verlassen können.

Das Wetter war sonnig und trocken und Katharina war entschlossen, zu Fuß ins Büro zu gehen. Frische Luft würde für einen klaren Kopf sorgen.

Bereits am Empfang erfuhr sie, dass gestern ein großer DIN-A4-Umschlag für sie von einem Kurierdienst abgegeben worden war. Da er an sie persönlich adressiert war, liege er noch ungeöffnet auf ihrem Schreibtisch.

Sie ging in ihr Büro und riss das Kuvert auf.

Es enthielt einen mehrseitig handgeschriebenen Brief, eine Notarurkunde im Original und zehntausend Euro in bar.

Der Brief war von Rebecca Brinkowsky.

Katharina schloss die Tür, stellte das Telefon auf *Nicht stören* und setzte sich in ihren Sessel. Dann fing sie an zu lesen.

Liebe Katharina,
ich weiß, du bist unendlich böse auf mich und sicherlich auch mächtig enttäuscht. Und ich kann es dir nicht einmal verdenken. Aber lass dir versichern, Isaak und ich haben nur aus Angst um unser aller Leben gehandelt.
Ende letzten Jahres hat Isaak erfahren, dass Toni Busmann Isaaks Softwareentwicklung für die autonome Steuerung von Drohnen und anderen Fahrzeugen oder Fluggeräten an eine kriminelle Großfamilie aus dem Libanon verkauft hat, ohne vorher mit Shannon und Isaak gesprochen zu haben.
Die Familie gehört der radikal-islamischen Hamas an und es war von Anfang an klar, dass die Käufer diese Technik für militärische Zwecke erwerben wollten, die antiisraelisch sind. Mit den Libanesen hatte Toni vereinbart, dass die Software über eine katarische Gesellschaft von Bellmann & Wächter *eingekauft wird. Shannon und Isaak hat er erzählt, dass dieses Unternehmen Isaaks Technik ausschließlich für zivile Zwecke erwirbt. So jedenfalls hat Toni Isaak das Geschäft mit dem Konzern verkauft. Wie wir erst viel später erfahren haben, hat Toni bei* Bellmann & Wächter *einen alten Bekannten gehabt, über den der Kontakt wohl erst zustande kam. Die Verträge zwischen unserer Firma und* Bellmann & Wächter *waren für Isaak auch ganz harmlos.*
Zufällig hat Isaak dann im Firmentresor den Vertrag gefunden, den Bellmann & Wächter *ihrerseits mit den Libanesen abgeschlossen hatte. Isaak glaubt, dass Toni diesen Vertrag von den Libanesen erhalten und ihn aus Versehen im Tresor vergessen hat. Er hat Toni zur Rede gestellt und der hat Isaak angefleht, die Verträge zu erfüllen, da sonst*

ihr Leben auf dem Spiel stehe. Isaak hat daraufhin die Software heimlich manipuliert, und zwar so, dass nur er die normale Funktionstauglichkeit wiederherstellen kann. Anfang Januar sind bei uns zwei arabischstämmige Männer erschienen, die offen damit gedroht haben, Levin und mir etwas anzutun, wenn Isaak nicht dafür sorge, dass die Libanesen über Bellmann & Wächter *schnellstmöglich die versprochene funktionsfähige Software erhielten. Man hat ihm dafür bis Mitte Februar Zeit gegeben. Sollten wir zur Polizei gehen, wäre das unser aller Todesurteil. Ich selbst war dabei, als diese Drohung ausgesprochen wurde. Wir haben uns die ganze Nacht den Kopf zerbrochen, was Isaak tun soll. Für ihn wäre es niemals infrage gekommen, eine Software zu entwickeln und zu verkaufen, mit der sein Geburtsland angegriffen werden sollte. Er war damals in einer ausweglosen Lage. Außerdem hat ihn das niederträchtige Verhalten seines besten Freundes aus Kindheitstagen geradezu aus dem Sattel geworfen.*

Plötzlich spielte uns der Zufall in die Karten und wir ergriffen unsere Chance. Ich habe dir doch erzählt, dass wir um den Jahreswechsel herum bei uns am Haus Gerüstbauarbeiten beauftragt hatten, da das Dach dringend repariert werden musste. Es stimmt, dass Isaak über einen Freund die Arbeiten hat »schwarz« ausführen lassen. Wir hatten uns mit dem Hauskauf finanziell ganz schön strecken müssen und waren froh, so noch ein paar Euro sparen zu können. Und dann geschah es. Einer der Arbeiter, der an diesem Tag allein bei uns war, rutschte vom Dach, fiel gegen mehrere Gerüstteile und landete tot mit eingeschlagenem Kopf und Oberkörper vor unserem Eingang.

Als ich den toten Mann dort liegen sah, stellte ich auf einmal eine gewisse Ähnlichkeit mit Isaak fest. Da kam mir die Idee, mit diesem armen Teufel Isaak ganz offiziell aus dem Leben scheiden lassen zu können. Wir, besser gesagt ich, wären den Libanesen gegenüber aus allen Verpflichtungen raus gewesen und wir hätten irgendwo ein neues Leben anfangen können. Und wenn der Kollege des Toten tatsächlich nach ihm gefragt hätte, so hätten wir ihm einfach gesagt, dass er wie immer nach Feierabend gegangen sei.

Isaak fand die Idee anfangs zwar völlig verrückt, aber ich konnte ihn überzeugen mitzumachen, zumal er nichts zu tun hatte, außer unterzutauchen. Die Hoffnung auf ein angstfreies Leben hat uns nach vorne schauen lassen. Hinter der großen Garage haben wir eine riesige Tiefkühltruhe, die wir noch am selben Tag leer geräumt haben. Wir haben dem armen Kerl dann die Sachen, die er anhatte, aus- und ihm alte Kleidung von Isaak angezogen und ihn in die Truhe gelegt. Im Februar hat Isaak seine Abschiedstour inszeniert. Das war das Einzige, das er sich selbst ausgedacht und umgesetzt hat. Nachdem er mit einem alten Alfa, den er in München von einem Gebrauchtwagenhändler erworben hatte, nach Hamburg zurückgekehrt war, haben wir den Autobrand inszeniert. Einen alten Ledergürtel mit einer auffälligen Schnalle und eine Aktentasche von Isaak haben wir mit entsorgt, um die Polizei gleich auf die richtige Spur zu bringen.

Ab diesem Zeitpunkt musste Isaak verschwinden. Artur Goldmann, ein langjähriger Freund von uns, ist für rund ein Jahr als Archäologe in Jordanien unterwegs und ich hatte versprochen, mich während seiner Abwesenheit um die Wohnung zu kümmern. Post, Heizung, Blumen. Katharina, es passte einfach alles.

Nun begann der schwierigste Teil unseres Plans. Ich musste bis zu dem Zeitpunkt, ab dem Isaak offiziell als tot galt, die trauernde Witwe spielen. Auch dir gegenüber. Aber bitte versteh, ich hatte keine andere Wahl. Die Sache lief anfangs wie geplant. Mit der Kleidung des Toten, die ich der Polizei als die von Isaak übergab, hatte ich schneller einen Totenschein von ihm, als wir je geglaubt hätten. Nun musste ich nur noch emotional die Beerdigung in Gegenwart der Familie und unserer Freunde überstehen. Wenn ich dir sage, dass diese Zeit die schlimmste meines bisherigen Lebens war, kannst du es mir ruhig glauben. Wenn ich sah, wie Levin am vermeintlichen Tod seines Vaters litt, hat es mir fast das Herz zerrissen. Der einzige Trost war, dass wir beide in nicht allzu ferner Zukunft versuchen konnten, ihm unsere Beweggründe für diese Lüge verständlich zu machen. Und unsere Freunde so zu täuschen, wie wir es getan haben, war nicht leicht, in die Tat umzusetzen …

Übrigens habe ich ganz vergessen, dir zu sagen, dass es nur einen Grund dafür gab, die Lebensversicherung für Isaak nicht anzunehmen. Wir wollten nicht noch einen Versicherungsbetrug begehen.

Ich bin keine Juristin und weiß daher nicht, gegen wie viele Paragrafen wir mit unserer Scharade verstoßen haben und was uns erwartet, wenn wir uns eines Tages vor Gericht verantworten müssten.

Und dann war uns auf einmal das Glück nicht mehr hold. Toni muss irgendwie von Isaaks Versteck Wind gekriegt haben. Wahrscheinlich ist er mir einmal heimlich gefolgt, als ich zu Isaak gefahren bin, und hat ihn dabei entdeckt. Da ich ja eine offizielle Wohnungsbetreuung übernommen hatte, habe ich niemals ein Geheimnis daraus gemacht, dass ich zu Artur ins Apartment fuhr, um nach der Post zu sehen. Allerdings habe ich die Besuche manchmal zu sehr ausgedehnt.

Nachdem die Berichte von dem Waffendeal bei EuroPA erschienen waren, hat er uns erpresst und wollte für sein Schweigen Isaaks Gesellschaftsanteile an der ai-solutions von mir für den symbolischen Preis von einem Euro *übertragen haben. Das ursprüngliche Angebot, das er dir gegenüber einmal abgegeben hat, war damit hinfällig. Wir wollten uns zwei Tage später wieder in der Chemnitzstraße treffen. Toni wollte einen Vertrag mitbringen, den ich unterzeichnen sollte. Aber er ist nicht erschienen. Ich weiß bis jetzt nicht, warum. Wir sind dann Hals über Kopf in einer Nacht-und-Nebel-Aktion mit dem Allernotwendigsten aus Hamburg geflohen. Du kannst dir nicht vorstellen, wie sich Levin gefreut hat, als wir seinen Vater an einem Taxistand aufgelesen haben. Wir haben ihm alles erklärt und er hat es verstanden. Und das Wichtigste ist, er hat uns verziehen.*

Ich hoffe, Katharina, du kannst es nach der Lektüre dieser Zeilen ebenso.

Kurz bevor wir aufgebrochen sind, habe ich von dir erfahren, dass Ramon von den Rechtsradikalen, die Levin ebenfalls drangsaliert hatten, entführt wurde. Ich bete inständig, dass er unversehrt zu dir zurückkehrt.

Für deine bisherigen Bemühungen möchte ich mich als Erstes ganz herzlich auch im Namen von Isaak und Levin bedanken. Du bist eine gute Anwältin und gleichzeitig eine empathische Frau, was dich umso glaubwürdiger und überzeugender macht. Ich glaube, die zehntausend Euro sind eine angemessene Entlohnung für deine Tätigkeit. Du findest daneben noch eine notarielle Generalvollmacht von Isaak und mir. Wir möchten dich bitten, unser Haus und die Einrichtung bestmöglich zu verkaufen. Deine Gebühren behältst du ein und den Rest überweist du mir auf ein Konto, das ich dir noch nennen werde. Wir hoffen, wir können nach dieser Beichte noch auf deine Hilfe zählen. Du selbst kannst entscheiden, ob du diesen Brief der Polizei zur Kenntnis überlässt oder nicht. Du wirst schon das Richtige tun. Unser Einverständnis hast du so oder so. Wenn du das liest, werden wir drei weit weg von Hamburg

an einem sicheren Ort weilen, wo wir einen Neuanfang
versuchen.

In Dankbarkeit
Rebecca, Isaak und Levin

Alle drei hatten den Brief unterschrieben. Keine Frage, mit dem Toten, den man in der Wohnung in der Chemnitzstraße 19 gefunden hatte, hatte Isaak Brinkowsky nichts zu tun. Das konnte nur Busmann gewesen sein.

Katharina ließ den Brief auf den Schreibtisch fallen und ging zum Fenster. Eigentlich brauchte sie nicht zu überlegen, ob sie die Erklärung von Rebecca und Isaak Brinkowsky im Nachhinein akzeptieren konnte.

Natürlich konnte sie.

Zwei verzweifelte Menschen hatten in einer für sie extremen Situation keinen anderen Ausweg gesehen.

Das war in ihrem Beruf nichts Besonderes. Ja, sie war noch die Anwältin von Rebecca Brinkowsky. Besser gesagt, sie vertrat jetzt die ganze Familie.

Aber wie sollten Rebecca und Isaak Brinkowsky wieder ins wirkliche Leben zurückkehren? Darüber musste sie noch nachdenken.

Ihr Handy vibrierte und kündigte einen Anruf von Inga Steenken an. Die Kriminaloberkommissarin musste den Termin für heute auf übermorgen verschieben. Gestern Nacht hatte man Anton Busmann in Konstanz an der deutsch-schweizerischen Grenze festgenommen. Er war aussagebereit und Hasberg und sie waren auf dem Weg dorthin. Katharina bedankte sich für die Information und legte auf.

Mal sehen, was er zu sagen haben würde. Sie schickte Inga Steenken eine E-Mail, in der sie ihr mitteilte, dass nicht Isaak Brinkowsky, sondern Anton Busmann für den Toten in der Chemnitzstraße verantwortlich sei. Sie selbst habe gesehen, wie

Busmann dort hineingegangen sei. Sie müssten ihn nur kräftig in die Mangel nehmen, dann würde er schon gestehen.

Sobald sie Busmanns Aussage kannte, würde sie entscheiden, ob sie Inga Steenken den Brief der Familie Brinkowsky überlassen konnte.

Isaak Brinkowsky würde wieder von den Toten auferstehen, so viel stand fest.

Welche Schicksale einem als Anwältin im Laufe der Zeit doch begegnen, dachte sie.

Keine Frage, sie hatte den schönsten Beruf der Welt.

Zürich war in weite Ferne gerückt. Sie würde mit Beat noch einmal über ihre gemeinsame Zukunft reden müssen.

Katharina packte zusammen und schickte ihm eine Nachricht, dass der Fall Brinkowsky zwar nicht beendet sei, ihr Urlaub trotzdem in einer Woche beginnen könne.

Sie durfte nur nicht vergessen, nach dem Besuch im Krankenhaus noch eine Angelausrüstung für Ramon zu besorgen. Das hatte sie ihm versprochen.

Der erste Fall für Katharina Tenzer

Olaf R. Dahlmann

Das Recht des Geldes

ISBN 978-3-89425-467-4

Auch als E-Book erhältlich

Sie will nur ihren Job machen.
Doch sie soll eine Marionette sein.
Also beginnt sie ihr eigenes Spiel …

Ein ermordeter Anwalt in Liechtenstein, verschwundene Steuerdaten und ein handlungsunfähiger Chef: Katharina Tenzer absolviert ihr Referendariat in der angesehenen Hamburger Kanzlei Friedemann Hausner und soll unverhofft die Unternehmerfamilie Koppersberg gegenüber der Steuerfahndung vertreten. Doch Hausner sagt seiner jungen Mitarbeiterin nicht alles. Als Katharina begreift, worum es wirklich geht, ist es schon zu spät. Längst verfügt sie über Wissen, das sie eigentlich nicht verheimlichen darf. Und das sie zum nächsten Ziel des Mörders macht …

»Dahlmann ist ein Insider, er weiß, was alles möglich ist in der Welt der Steuerzahler, und das macht seinen Krimi sogar noch ein bisschen gruseliger. Das Thema Steuern kann also richtig spannend sein.«
Anja Keber, Bayern 2

»Ein echter Pageturner. Weglegen geht nicht vor der letzten Seite.«
Benedikt Stubendorff, NDR Welle Nord

Der zweite Fall für Katharina Tenzer

Olaf R. Dahlmann
Fillingers Erbe
ISBN 978-3-89425-592-3
Auch als E-Book erhältlich

Diese Millionen halten noch immer viele wach …

Die Hamburger Anwältin Katharina Tenzer soll dafür sorgen, dass
einem Steuerflüchtling die Haft erspart bleibt. Doch kaum hat
Bernhard Fillinger deutschen Boden betreten, wird er erschossen.
Zurück bleiben sein zehnjähriger Sohn und eine Spur in die Schweiz.
Dort sollen Daten zu finden sein, die offenlegen, wohin während
der Wendezeit Teile des millionenschweren DDR-Vermögens
verschwunden sind. Eine Jagd beginnt, bei der Katharina bald nicht
mehr weiß: Ist sie Jägerin oder Gejagte?

*»Olaf R. Dahlmann versteht es, komplexe Sachverhalte und
komplizierte Konstrukte so plastisch darzustellen, dass der Leser
jederzeit auf dem Laufenden ist und dabei spannend unterhalten wird.
Eine gewisse Beklemmung bleibt, führt Fillingers Erbe die Anwältin
und damit den Leser doch in die letzten Tage der DDR. Und dort gab
es nun mal die Stasi, Bespitzelung, Zwangsadoption, Veruntreuung
und Auftragsmord. Starker Tobak, kurzweilig erzählt.«*
Michael Schulte, Westfälische Nachrichten